BOSHAFTE MAGIE

(LEGACY SERIE BUCH 4)

MCKENZIE HUNTER

Übersetzt von
ANNA DRAGO

McKenzie Hunter

Boshafte Magie

© 2018, McKenzie Hunter

Covergestaltung: Yocla Designs

Übersetzung: Anna Drago

Lektorat: Katrin Dolle

ISBN: 978-1-946457-33-2

DANKSAGUNG

Ich bin grenzenlos dankbar für meine Freunde und Familie, die mich weiterhin bedingungslos unterstützen und dafür sorgen, dass ich auch ab und zu meine Autorenhöhle verlasse.

Ich möchte auch Yocla Designs für das schöne Cover und Luann Reed danken, die so hart daran arbeiten, mir zu helfen, die beste Geschichte zu erzählen, die ich erzählen kann.

Zu guter Letzt möchte ich meinen Lesern dafür danken, dass sie Livys (Olivia Michaels) Reise verfolgt und mir erlaubt haben, sie mit meinem Schreiben zu unterhalten. Ich kann Ihnen nicht genug danken.

Einige Augenblicke waren vergangen, und ich konnte meine Augen immer noch nicht von der aufgebrochenen Tür abwenden. Spuren von Conners vertrauter Magie lagen in der Luft und streiften meine Haut. Savannah war weg. Ich konnte nicht fassen, dass sie weg war. Die Ereignisse der letzten zwanzig Minuten spielten sich immer wieder in meinem Kopf ab, und ich sezierte jeden Moment und versuchte herauszufinden, wann genau alles so schrecklich schiefgelaufen war. Ich hätte sie nicht verlassen sollen. Ich hätte den Schutzzauber überprüfen sollen. Ich hätte Lucas anrufen sollen, damit er auf sie aufpasste. Die Liste der Dinge, die ich hätte tun sollen, wurde mit jedem Moment länger. Ich verlor die Kontrolle, und das Gewicht meiner Schuld war schwer zu ertragen. Ich riss meine Aufmerksamkeit erst von der Tür los, als ich Gareth neben mir spürte. Er war so nah, dass ich seine Körperwärme auf meiner Haut spürte. Es hätte mich trösten sollen, tat es aber nicht.

„Bist du sicher, dass es Conner war?", fragte ich noch einmal. Ich wusste, dass er die Frage leid war – die Antwort würde sich nicht ändern. Reste von Conners Magie hingen noch immer in der Luft. Es war schwer zu begreifen, dass er dahinterstecken konnte. Es war unmöglich. Ich hatte gesehen, wie Gareth ihn zerfleischt hatte. Wer konnte so etwas überleben?

Egal wie oft ich tief durchatmete, nichts half gegen meine überwältigenden Emotionen, die immer schwerer zu kontrollieren waren, als wir durch das Loch traten, das einst die Tür zu meiner Wohnung verschlossen hatte. Holzsplitter lagen am Boden verstreut, doch die Zimmer, die ich mir mit Savannah teilte, sahen genauso aus wie bei meiner Abreise. Es gab keinerlei Kampfspuren. Er hatte Savannah einfach mitgenommen, und sie hatte sich nicht wehren können. Ich blinzelte mehrmals und kämpfte gegen die Tränen an.

Gareth war ein paar Meter entfernt und telefonierte, wie ich annahm, mit der Gilde der Übernatürlichen. War das ein Problem der Gilde der Übernatürlichen? Savannah war eine Ignesco. Ich hielt das nicht für übernatürlich, weil sie nichts tun konnte, außer die Magie anderer zu verstärken. Als magische Fähigkeit an sich war es nutzlos und simpel, doch wenn sie mit mächtiger Magie gekoppelt wurde, konnte sie ziemlich gefährlich sein. Ich fragte mich, ob Conner von Savannahs Fähigkeit erfahren hatte, als sie meine Magie verstärkt hatte, um die mit dem Virus infizierten Übernatürlichen zu heilen. Ohne Savannah wären sie gestorben. Mir lief ein Schauer über den Rücken. Was, wenn Conner am Angriff auf das Sonnenwend-Festival beteiligt gewesen war und er dafür sorgen wollte, dass Savannah den Opfern beim nächsten Angriff nicht helfen konnte? Conner wollte mich wahrscheinlich quälen: Ich hatte seine Akolythen getötet – und seine Pläne, die Säuberung durchzuführen, etwas, das er unbedingt wollte, vereitelt. Das war meine Strafe dafür.

„Ich habe sowohl die Gilde der Übernatürlichen als auch den Wandlerrat benachrichtigt und gebeten, sofort mit der Suche nach ihr anzufangen. Wir werden sie finden." Gareth klang so zuversichtlich, dass ich ihm glauben wollte. Aber düstere Gedanken darüber, wozu Conner fähig war und wie wütend er auf mich war, machten sich wieder in meinem Kopf breit. Savannah zu verletzen wäre die perfekte Rache.

Lucas hatte einen starren Blick und strahlte kaum kontrollierbare Wut aus, als er hereinkam. Ich vermutete, dass er, wenn er ein Mensch wäre, rot gewesen wäre. Normalerweise hatte er Wachen bei sich, doch heute war er allein. Als ich ihm von Savannahs Entführung erzählt hatte, hatte er sich nicht die Mühe gemacht, sich zu verabschieden, bevor er aufgelegt hatte.

Er untersuchte die kaputte Tür, dann sah er sich langsam um und runzelte die Stirn. „Was ist passiert?", fragte er mit angespannter Stimme; Zorn zitterte darin. Zorn, der sich gegen mich zu richten schien.

Ich versuchte, beruhigend durchzuatmen, doch Conners Magie prickelte in meiner Nase, eine schnelle Erinnerung an die Situation. Ich erzählte Lucas alles, was passiert war. Dass Gareth und ich gerade auf eine geplante Dienstreise aufgebrochen waren. Als wir die Straße von meinem Haus weggefahren waren, hatte er im Rückspiegel etwas Verdächtiges gesehen und sofort umgedreht. Wir waren gerade rechtzeitig vor dem Haus angekommen, um einen weißen Lieferwagen vor der offenen Tür meines Gebäudes wegfahren zu sehen. Nachdem wir dem Lieferwagen gefolgt waren, hatte Gareth einen Blick auf den Fahrer erhaschen können. Es war Conner.

Lucas runzelte die Stirn. „Ich dachte, du hättest Conner getötet!", fuhr er Gareth schroff an.

„Das dachte ich auch." Gareths Stimme, Ton und Haltung begannen, die von Lucas zu spiegeln. Das geschah jedes Mal, wenn sie zusammen in einem Raum waren. Es war eine Grundaggression, das Posieren und das Testen der Grenzen der jeweiligen Dominanz. Ich hatte weder Zeit für dieses Verhalten, noch wollte ich die Situation deeskalieren müssen.

Lucas' finsterer Blick wanderte in meine Richtung. Das

Silber um seine Iriden tanzte unkontrolliert. Eisig. Durchdringend. Es fiel ihm schwer, seine Wut zu kontrollieren, und sie fing an, sich ein neues Ziel zu suchen und sich auf mich zu konzentrieren. „Wie konntest du das zulassen?", knurrte er.

Sein Vorwurf traf mich, eine Summe meiner eigenen Gefühle. Ich fühlte Wut, Hoffnungslosigkeit, Schuld und Trauer. Es war schwer zu entziffern, was ich fühlen sollte, und es war verdammt schwer, die Gefühle mit Lucas' Blick auf mich einzudämmen. Es war gut, dass ich keinen Zugang zu einer Waffe hatte, denn in diesem Moment war mir danach, Lucas das scharfe Ende von allem spüren zu lassen, was ich in Reichweite gehabt hätte.

„Wie konnte *ich* das zulassen? Glaubst du für einen Moment, ich wollte, dass Savannah entführt wird? Glaubst du, ich fühle mich nicht schuldig und spiele diesen Vorfall immer und immer wieder in meinem Kopf durch, um herauszufinden, was ich falsch gemacht habe? Wie kannst du es wagen, hierherzukommen und mich zu fragen, wie ich das zulassen konnte!"

Erst als ich spürte, wie sich Gareths Hand um meine Taille legte und er mich einige Meter zurückzog, bevor er mich aus dem Raum führte, wurde mir klar, wie nahe ich Lucas gekommen war. Meine Fäuste waren an meinen Seiten geballt, und ich hatte keine Skrupel, sie gegen ihn einzusetzen.

„Livy, du musst dich beruhigen", sagte Gareth leise. Seine Stimme war sanft und beruhigend, trug aber nicht dazu bei, meine fehlgeleitete Wut zu mildern. Fehlgeleitet, aber das war mir egal. Lucas' Worte hatten den Zunder meiner Gefühle entfacht. Und ich sah, dass Gareth sich große Mühe gab, seine eigenen zu kontrollieren. Ich wusste, dass er um meinetwillen wütend war: Er musste wütend sein, dass jemand überlebt hatte, nachdem er ihn zerfleischt hatte. Doch es war noch erschütternder, sich vorzustellen, wie

Conner überlebt haben konnte. Er hatte offensichtlich mehr Tricks auf Lager, als ich geglaubt hatte. Das war eine Erinnerung daran, dass er viel mehr Magie zur Verfügung hatte. Was ihn gruseliger machte und definitiv das Gleichgewicht der Situation veränderte. Jedes Mal, wenn ich mit ihm zu tun hatte, wurde ich mit der Tatsache konfrontiert, dass meine Magie begrenzt war.

„Warum sagst du mir, ich soll mich beruhigen? Er ist derjenige, der hier reinmaschiert ist und mich beschuldigt hat, zugelassen zu haben, dass Savannah etwas zustößt! Warum schnappst du dir nicht *ihn* und ziehst ihn aus dem Zimmer?", schoss ich wütend zurück.

Er zog ein Gesicht, das ich nur als Mischung aus Mitgefühl und Ungläubigkeit interpretieren konnte. Ich wusste, dass ich unvernünftig war. Wenn er versucht hätte, Lucas aus dem Zimmer zu ziehen, wäre die Situation wahrscheinlich zu einer heftigen Konfrontation eskaliert.

„Wir werden sie finden", versicherte er mir. „Mit der Hilfe der Gilde der Übernatürlichen und des Wandlerrats werden wir sie finden."

Ich war mir sicher, dass er sich so optimistisch gab, weil er mich beruhigen wollte, doch ich hasste es, dass er mich anlog. Mein Bullshit-Alarm schrillte. Wie konnte er das garantieren? Wandler hatten einen ausgezeichneten Geruchssinn und konnten jeden in der Stadt aufspüren, doch wenn Conner Magie einsetzte, wie wollten sie Savannah dann finden? Das Einzige, was mir etwas Hoffnung machte, war, dass Conner gefahren war. Er hatte sie nicht teleportiert, was er normalerweise leicht hätte tun können. War seine Magie jetzt begrenzt?

„Er ist gefahren", sagte ich. Gareth wartete mit gerunzelter Stirn darauf, dass ich fortfuhr. „Er ist gefahren, anstatt zu teleportieren. Ich frage mich, ob er nicht mehr so stark ist, wie er es war. Ob er sparsam mit seiner Energie umgehen muss."

Gareth nickte langsam und überlegte. „Möglicherweise", sagte er leise. Er wollte gerade etwas anderes sagen, als ein Tumult im Nebenzimmer seine Aufmerksamkeit erregte. Mehrere Stimmen. Autoritäre Stimmen. Ich nahm an, dass jemand von der Gilde oder dem Wandlerrat angekommen war. Wir eilten ins Wohnzimmer und stellten fest, dass Vertreter beider gekommen waren. Es waren drei Männer vom Wandlerrat. Ich nahm an, dass sie das waren – es war nicht zu leugnen, dass sie Wandler waren. Einer musste ein Bär oder ein anderes großes Tier sein. Seine menschliche Gestalt war groß, breit und massig. Von den beiden anderen vermutete ich, dass sie Katzenwandler waren. Sie bewegten sich mit der raubtierhaften Agilität von Katzen, geschmeidig und anmutig, während sie sich umsahen. Sie atmeten ein und schnitten Grimassen. Agenten der Gilde der Übernatürlichen standen ein paar Schritte entfernt und trugen die übliche legere Kleidung: dunkle Hosen und Polo oder Hemd. Sie waren auch Wandler, und ohne die Abzeichen an ihren Hüften hätte ich nicht sagen können, welcher Organisation sie angehörten.

Keiner von ihnen hielt sich mit etwas so Banalem wie einer Begrüßung auf. „Wir brauchen etwas von ihr", informierte uns einer der Katzenwandler. Sein nachtschwarzes Haar war militärisch kurz geschnitten, und die Farbe seiner Augen war so nah an seinem khakibraunen Hautton, dass der Wandlerring um sie herum geradezu dekorativ wirkte – etwas, um die Monotonie seines Aussehens zu durchbrechen. Abgesehen von der starren Grimasse auf seinem Gesicht hätten seine runden, sanften Züge ihn weniger bedrohlich aussehen lassen als die meisten Wandler. Der andere Katzenwandler war kleiner, massiger und kräftig gebaut. Sein lockiges blondes Haar hatte er hinters Ohr gestrichen. Er war selbstbewusst, und etwas Bedrohliches ging von ihm aus. Von den beiden wäre er derjenige, mit dem ich sicher nicht kämpfen wollte. Er sah stark aus, als könnte ein einziger Schlag von ihm einen umhauen. Ich war mehr als glücklich, dass er sich auf die Suche nach Savannah machen würde.

Der dunkelhaarige Wandler bat erneut nach etwas von Savannah. Seine Stimme war dieses Mal sanfter, und er war ein bisschen weniger aggressiv. Als wir uns nicht sofort bewegten, blickte er in meine Richtung und schien sich große Mühe zu geben, nicht so finster dreinzublicken. Ich war mir nicht sicher, ob er mich so ansah, weil er wusste, dass ich eine Legacy war, oder ob er mir, wie Lucas, bereits die Schuld an der Situation zugeschrieben hatte. Er wartete geduldig darauf, dass ich etwas brachte, das Savannah gehörte. Ich wusste, dass es etwas sein sollte, das sie getragen hatte, doch es schien mir nicht richtig, etwas aus ihrem Wäschekorb zu holen, daher nahm ich den Bezug von ihrem Kissen und brachte ihn ihm. Er machte einen halben Schritt darauf zu und wich zurück.

Er deutete mit dem Kopf in Lucas' Richtung. „Sein Geruch überdeckt ihren", sagte er und warf mir einen miss-billigenden Blick zu. Ich eilte zurück in ihr Zimmer und stellte fest, dass es eine schwierigere Aufgabe war, etwas von ihr zu finden, das nicht Lucas' Geruch an sich hatte. Ihr Pyjama kam wahrscheinlich nicht in Frage, und wenn sein Duft überall auf ihrem Kissenbezug war, war ich mir ziem-lich sicher, dass er auch überall auf ihrem Laken war. Ihr Handtuch kam auch nicht in Frage; ihr blumiges Duschgel würde wahrscheinlich ebenfalls ihren Duft überdecken. Gareth kam herein, spürte meine Frustration und legte mir die Hand auf die Schulter. Sein Blick wanderte zu dem Sessel in der Ecke, der darüber geworfenen Decke und dem Buch auf dem kleinen Tisch daneben. Er hob die flauschige Decke auf.

„Die riecht stark nach ihr", erklärte er. Ich runzelte die Stirn. Woher wusste er, dass Lucas' Duft nicht daran war? Er hatte nicht an der Decke geschnuppert. Als er meinen neugierigen Blick sah, lächelte er mich schief an. „Ich bin mir sicher, wenn Lucas die Wahl hätte, mit Savannah auf einem Liegesessel oder im Bett zusammen zu sein, würde er sich für das Bett entscheiden." Dann warf er einen weiteren Blick zurück auf den Sessel. „Es scheint, als wäre das auch ihr besonderer Ort."

Es waren nur Stunden vergangen, doch es kam mir wie eine Ewigkeit vor, seit ich gesehen hatte, wie Savannah in ihrem Sessel entspannt ein Buch gelesen oder mit mir rumgehangen hatte, während ich jedes glutenfreie oder geschmacksarme Essen, zu dem sie mich zu überreden versuchte, beleidigt hatte.

Wage es nicht zu weinen!, schalt ich mich, als mir Tränen in die Augen stiegen. Ich hatte kein Problem damit zu weinen; ich betrachtete es nicht als Zeichen von Schwäche. Ich wollte einfach nicht vor übernatürlichen Autoritätspersonen weinen, also wappnete ich mich, als wir Savannahs Zimmer verließen. Als Gareth die Decke übergab, kamen die Wandler zusammen und schnupperten daran. Augenblicke später gingen sie zur Tür hinaus. Nachdem sie Anweisungen von Gareth erhalten hatten, folgten die drei Männer der Gilde ihnen.

„Ich denke, du solltest einen Schutzzauber wirken", wies mich Gareth an, bevor er ging.

„Wozu? Den kann er auch brechen." Ich mochte es nicht, wie niedergeschlagen meine Stimme klang, doch genauso fühlte ich mich. Conner sollte eigentlich tot sein – ein Problem weniger, mit dem ich mich auseinandersetzen musste. Meine Tage hätten mit dem Versuch ausgefüllt sein sollen, andere Legacy zu finden, damit wir endlich ein normales Leben führen konnten. Jetzt fragte ich mich, wie viele weitere Vertu da draußen waren und ob sie alle so widerstandsfähig und schwer zu töten waren wie Conner. Was war nötig, um ihn zu töten? Wenn ein gigantischer

Löwe, der ihn zerfleischt hatte, nicht genug war, hatte ich keine Ahnung, wie ich ihn aufhalten sollte.

„Livy, konzentrieren wir uns darauf, Savannah zu finden. Um Conner kümmern wir uns später." Wieder hörte er sich für meine Ohren zu optimistisch an. Es war unmöglich, dass er sich keine Sorgen darüber machte, dass Conner am Leben war.

Ich nickte nur und warf ihm ein gezwungenes Lächeln zu. Zögernd sah er mich an und ging schließlich. Ich war in der Küche, bevor sich die schnell ersetzte Tür vollständig hinter ihm geschlossen hatte, und nahm mir ein Küchenmesser. Ich zog es über meine Handfläche und setzte meine Magie ein, um Conner zu finden. Dabei unterdrückte ich die Angst, die bei der Vorstellung in mir aufstieg, gegen einen Mann antreten zu müssen, der unsterblich zu sein schien. Ich schloss die Augen und rief die Magie herbei, erlaubte ihr, mich einzuhüllen und sich wie ein sanfter Umhang um mich zu wickeln, bevor sie sich um meine Arme schlängelte und in Richtung meiner Fingerspitzen kroch. Ein Stadtplan erschien vor meinen Augen. Helle Linien breiteten sich entlang der Karte aus. Ich betrachtete sie und wartete auf den Lichtblitz, der mir zeigen würde, wo ein anderer Legacy oder Vertu war. Doch nichts geschah. Ich wusste, dass Conner in der Stadt war, weil er sich keine Gelegenheit entgehen lassen würde, mich zu verspotten. Er würde das Chaos beobachten, dass er geschaffen hatte. Er verhinderte irgendwie, dass meine Magie ihn fand.

Meine Gedanken kreisten und wurden eine Mischung aus Möglichkeiten, Spekulationen und deprimierenden Szenarien. Manche waren absolut lächerlich, doch ich konnte nicht anders, als sie in Betracht zu ziehen. In den letzten Wochen hatte ich eine Menge gesehen. Feen konnten ihre Erscheinung verändern. Könnte jemand Conners Aussehen angenommen haben? Ich musste die Stelle sehen, von der ich dachte, dass er dort gestorben war.

. . .

Ich folgte dem Pfad in den Wald. Conner hatte eine seltsame Vorliebe für Wälder und suchte seine Verstecke immer dort. Es erschien sinnvoll: Er konnte schlecht einen Schutzzauber wirken und eine geheime Siedlung in einer Großstadt verstecken. Sie wäre zu leicht zu entdecken, doch im Wald hatte er freie Hand. Langsam ging ich zwischen den Bäumen hindurch und wartete darauf, das vertraute Summen zu spüren oder den erstickenden Geruch seiner Magie wahrzunehmen, doch da war nichts. Er hatte die wunderschöne Zuflucht zerstört, die er für seine Akolythen und mich geschaffen hatte. Ein Hauch von Magie lag in der Luft – nur ein Flüstern. Doch es war bei Weitem nicht so stark wie die Magie, die ich in meiner Wohnung gespürt hatte. Ich hielt meine Sai, die Zwillinge, fester und rechnete damit, dass er auftauchte. Das tat er oft. Im einen Moment sieht man ihn, dann wieder nicht. Von den vielen Dingen, die ich an ihm hasste, war es das, was mich am meisten störte. Ich steckte einen der Zwillinge in dessen Scheide und fuhr mit meiner Hand über den leeren Raum, in der Hoffnung, die Grenzen eines Schutzzaubers zu spüren. Wieder einmal fand ich nichts. Ich konnte den leichten Hauch von Magie nicht ignorieren, der in der Luft lag. Jemand war in der Nähe. Jemand mit einer unverwechselbaren Magie.

Farbblitze zuckten vor mir. Worte, die sich langsam bewegten, dunkelrot, die Farbe von Blut. Als das Gekritzel in der Luft aufhörte, konnte ich die Nachricht lesen: DU WIRST MIT DEINEM LEBEN BEZAHLEN. Ich musste den Autor nicht erraten, ich wusste, von wem es war. Conner. *Schätze, er will nicht mehr, dass ich die Mutter seiner Babys werde.* Ich hatte seine Annäherungsversuche zuvor abgewiesen und mich über seinen Wunsch lustig gemacht, dass ich die Frau wurde, die seine Kinder gebar. Die Frau, von der er glaubte, dass sie ihm die Art von Kindern schenken würde, die er seiner Meinung nach verdiente. Meine Weigerung hatte ihn geärgert. Sein absurdes Anspruchsdenken hatte mich zum

Feind gemacht, weil ich es gewagt hatte, ihn abzuweisen. Jetzt zahlte Savannah dafür. Ich atmete tief durch und versuchte, meine Gefühle zu kontrollieren, da sie drohten, in Schuldgefühle abzugleiten. Das konnte ich jetzt wirklich nicht brauchen. Die Nachricht hing fast zehn Minuten lang in der Luft. Offensichtlich wollte er sichergehen, dass ich sie sah.

„Nachricht erhalten", sagte ich ins Nichts. Die Worte verschwanden im selben Tempo, in dem sie aufgetaucht waren, und zeigten ein gewisses Maß an Kontrolle und Geschick im Umgang mit Magie. Es war nur eine weitere, die ich zu Conners vielen Drohungen hinzuzählen musste. Ich suchte die Gegend weiter ab, in der Hoffnung, ihm zu begegnen, bereit zu kämpfen.

Ich holte mein Handy aus der Hosentasche, als es klingelte, und hörte Gareths Stimme, die ungewöhnlich gut gelaunt und lebhaft war. „Wir haben sie gefunden. Komm ins *The Isles*. Sie wird gerade untersucht." Ich wünschte, sie hätten sie in ein normales Krankenhaus gebracht. Das *The Isles* war für Übernatürliche und Leute, die von Übernatürlichen verletzt worden waren; sie war ein Mensch. Sie brauchte einen menschlichen Arzt.

„Geht's ihr gut?"

Er brauchte einen Moment, um zu antworten. Ich überlegte, ob er schlechte Nachrichten hatte und nach einem angemessenen Weg suchte, sie mir beizubringen, oder ob er einen Ort suchte, an dem er ungehindert sprechen konnte.

„Irgendwas stimmt nicht mit ihr", gab er zu. Seine Stimme war emotionslos, und ich hatte das Gefühl, als würde er mit dem Familienmitglied eines Opfers sprechen und nicht mit seiner Freundin oder was auch immer ich für ihn war. „Komm einfach so schnell wie möglich her."

„Ist sie verletzt?"

„Nein." Wieder antwortete er mit einer professionellen Distanz, die mich nervös machte.

Gareth wartete vor dem *The Isles* auf mich, als ich ankam.

„Wer hat sie gefunden?", fragte ich.

„Niemand, sie ist einfach ins Hauptquartier der Gilde der Übernatürlichen marschiert." Das war das erste Mal, dass er irgendwelche Emotionen zeigte, und es war eine erbärmliche Verwirrung.

„Sie ist einfach reinmarschiert?"

„Ja. Sie ist reingekommen und hat nach mir gefragt."

Er brachte mich in den Untersuchungsraum, und ich trat ein und fand meine muntere Mitbewohnerin, die normal und unverletzt aussah. Ihr langes blondes Haar war auf ihrem Kopf zu einem unordentlichen Knoten zusammengebunden, und sie trug dieselbe Kleidung, die sie getragen hatte, bevor ich das Haus verlassen hatte: eine bunte Yogahose, ein locker sitzendes Top mit weitem Ausschnitt, damit es ihr von der Schulter rutschen konnte, und ein Paar Socken. In dem Moment, als ich eintrat, blickte sie auf, um mich anzusehen. Sie neigte ihren Kopf zur Seite, und das Lächeln, das ihre Lippen umspielt hatte, verschwand. Ihre grauen Augen wurden eiskalt und scharf. Sie stürzte sich auf mich, stieß den Arzt neben sich weg und warf mich zu Boden. Der erste Schlag schockte mich. Als sie den zweiten landete, war ich mir nicht sicher, wie ich reagieren sollte. Ich war darauf trainiert zu verletzen, möglicherweise zu töten. Beides wollte ich Savannah nicht antun. Zur Verteidigung gezwungen blockte ich die nächste Serie von Schlägen.

„Savannah! Ich bin's, Livy."

Gareth hatte seine Arme um ihre Taille geschlungen und sie weggezogen, doch sie kämpfte darum, sich zu befreien, um mich erneut anzugreifen.

„Gareth, lass mich los!", knurrte sie durch zusammengebissene Zähne.

Sie erkannte Gareth. „Ich bin's", wiederholte ich.

„Ich weiß, wer du bist, Anya", zischte sie wütend.

Ich starrte sie mit weit aufgerissenen Augen an und versuchte, nicht von der Wut in ihren Augen und ihrem angewiderten Blick gekränkt zu sein.

Meine Anwesenheit machte sie noch wütender, und jedes Mal, wenn sie dachte, Gareths Griff hätte sich gelockert, unternahm sie einen weiteren Versuch, sich loszureißen und mich anzugreifen. Eine leise, samtige Stimme sprach hinter mir. „Savannah." Lucas schnurrte ihren Namen, und sie regierte genauso sanft. Als sie lächelte, ließ ihre Wut für einen Moment nach – bis sie wieder in meine Richtung blickte. Feuer und Wut, nur auf mich gerichtet.

Ich schluckte den Kloß in meinem Hals herunter und blinzelte mehrmals. Als Lucas zu ihr kam, umarmte sie ihn. Sie kannte Gareth und Lucas. Was sie von Anya wusste, hasste sie. Was hatte Conner ihr angetan? Welche Erinnerungen hatte er ihr in den Kopf gesetzt?

„Ich denke, Sie sollten das Zimmer verlassen, Livy Anya", drängte der Arzt.

„Mein Name ist Livy", sagte ich, als ich rückwärts aus dem Zimmer ging. Doch der Blick, den Savannah mir zuwarf, als ich den Arzt korrigierte, entging mir nicht.

„Sie weiß nicht, wer ich bin", sagte ich zu Gareth, nachdem er zu mir ins Wartezimmer gekommen war. Ich starrte auf die Auswahl im Automaten. Jedes Mal, wenn ich die gesunden Optionen von Nüssen, getrockneten Beeren und Früchten betrachtete, sah ich das Bild von Savannah vor mir, die mich mit blankem Hass ansah.

„Sie weiß, wer du bist, doch was sie über dich weiß, ist anders. Das habe ich gemeint. Etwas stimmt nicht mit ihr. Sie weiß, wer ich bin, dass ich der Kommandant der Gilde der Übernatürlichen bin, und sie glaubt, dass wir Freunde sind. Als wir sie nach ihrer Adresse gefragt haben, hat sie Lucas' Adresse angegeben. Was kann ihren Verstand in nur wenigen Stunden so durcheinandergebracht haben?", fragte Gareth gereizt.

Ich schloss die Augen und atmete scharf ein. „Dazu sind nur wenige Minuten nötig, und ich bin sicher, Conner ist ein Experte darin. Das erklärt, warum er keine Energie auf das Teleportieren verschwendet hat. Er hat die Magie gebraucht, um ihr den Kopf zu verdrehen."

„Es muss einen Weg geben, das rückgängig zu machen."

„Da bin ich mir sicher, ich weiß nur nicht, wie …" Meine Stimme brach. Ich fühlte mich hilflos. Und ich hasste es, mich so zu fühlen.

2

„Was meinst du damit, Conner ist nicht tot?", fragte Kalen und lehnte sich an den Tisch, bevor er seine große Kaffeetasse an die Lippen führte. Wie üblich sah er aus, als hätte er bei diesem einen Schluck einen himmlischen Moment erlebt.

„Ich bin mir nicht sicher, wie viel klarer ich mich ausdrücken kann. Conner lebt. Er hat Savannah entführt und irgendwas mit ihrem Kopf angestellt, und jetzt hasst sie mich. Ich meine, sie hasst mich wirklich. Sie hat mich angegriffen."

Er stieß sich mit der Tasse in der Hand vom Tisch ab und ging auf und ab. Dann blieb er auf halber Länge des Raumes stehen und runzelte die Stirn. Es war der Raum, in dem er von einem Mors gelähmt worden war, einem übernatürlichen Attentäter, den Harrah auf mich gehetzt hatte. Ich wusste, dass die Bilder ihn genauso verfolgten wie mich. Wie wir beide machtlos am Boden lagen. Es hatte Harrah die Gelegenheit gegeben, mir die Kehle durchzuschneiden. Ich hob eine Hand an meinen Hals und ließ meine Finger darüber gleiten, strich über unversehrte Haut. Abgesehen von den Erinnerungen gab es keine Spuren des Angriffs

15

mehr. Dafür hatte Conner gesorgt, als er mich geheilt hatte. Ich war dankbar für seine Hilfe, obwohl ich wusste, dass es kein Akt der Selbstlosigkeit gewesen war. Er hatte etwas dafür gewollt. Mich.

„Jetzt muss ich einen Weg finden, das rückgängig zu machen", sagte ich.

„Einen Zauber rückgängig zu machen ist nicht wirklich schwer", erklärte Blu, als sie ins Büro kam, den Hals über den Stapel Bücher auf ihren Armen gestreckt. Kalen stellte schnell seinen Kaffee auf den Tisch, um sie ihr abzunehmen. Er schmunzelte angesichts des spöttischen Blicks, den ich ihm zuwarf.

„Was? Ich hätte dir auch geholfen", behauptete er.

„Sicher, nachdem ich auf mein Gesicht gefallen wäre. Und ich bin mir nicht ganz sicher, ob du nicht zuerst überprüfen würdest, ob die Bücher unbeschädigt sind."

Er verdrehte die Augen. Sobald die Bücher auf meinem Schreibtisch lagen, stand ich auf, um den Stapel anzusehen. Es waren alte Zauberbücher. Die Ledereinbände waren abgegriffen, und sie rochen deutlich nach altem Papier, vermischt mit einem leichten Geruch von Salbei und Tannin. Ich hatte mir selbst vergeben, dass ich so widerwillig gewesen war, alles über meine Magie zu lernen, was ich konnte. Es war ein jugendlicher Akt der Rebellion wegen einer Situation gewesen, die meine Eltern nicht ändern konnten. Aus diesem Grund musste ich als Erwachsene lernen, was ich konnte. Ich hatte das Glück, dass Blu eine Fülle von Wissen zu teilen bereit war.

„Umkehrzauber sind einfacher, als sie sich anhören, wenn man Zugang zu viel Magie hat" – Blu lächelte – „was du hast."

„Was ist, wenn die Person, die den Zauber gewirkt hat, stärker ist als ich?", fragte ich. Sie sah verblüfft aus, als könnte sie sich niemanden vorstellen, der mächtiger war als ich. Ich würde lügen, wenn ich nicht zugeben würde, dass das schmeichelhaft war.

Kalens Lippen verzogen sich zu einem amüsierten Grinsen. „Du hältst dich für einen Superhelden, nicht wahr?", zog er mich wegen meines Schweigens angesichts Blus Bemerkung auf.

„Natürlich nicht." Ich zwinkerte und grinste dann.

„Lügnerin." Ich freute mich für Kalen und seine neue Unbeschwertheit. Wenn er sich Sorgen um Savannah und Conner machte, konnte er es gut verbergen. Ich war nur zur Arbeit kommen, um zu recherchieren. Ich konnte nicht mit all den Dingen, die mich an Savannah erinnerten, im Haus bleiben und wollte nicht ständig an ihren Angriff auf mich vom Vortag denken. Heute Morgen hatte ich die Entscheidung getroffen, sie wieder zu besuchen, was Gareth mir auszureden versucht hatte.

Lucas' Rolle in der Stadt und verschiedene Verbindungen hatten es ihm leicht gemacht, schnell Änderungen in seinem Haus vorzunehmen, damit es so aussah, als hätte Savannah dort gelebt. Wahrscheinlich hatte es keine große Anstrengung gekostet. Obwohl er die meiste Zeit bei uns zu Hause war, hatte Savannah viel Zeit dort verbracht. Selbst wenn sie wirklich bei ihm gelebt hätte, bezweifelte ich, dass er bereit gewesen wäre, sein modernes, in Schwarz und Grau gehaltenes Zuhause mit stilvollen Edelstahlgeräten und teuren weißen Möbeln für sie zu verändern. Es passte zu dem, was er war – einer der ältesten Vampire der Welt und Meister der Stadt. Gareth war davon überzeugt gewesen, dass es das Beste war, doch ich war anderer Meinung. Ich hatte die Befürchtung, dass, wenn Savannah sah, dass Lucas' Zuhause nicht wie ihres eingerichtet war, es ihre Erinnerung aufrütteln würde. Gareth und Lucas waren überzeugt, dass sie das noch mehr traumatisieren würde. Es war zwei gegen eine gewesen, und ich war bereit, alles zu tun, um die Situation für Savannah zu verbessern, also hatte ich aufgegeben.

Ich vermutete auch, dass Lucas nichts dagegen hatte, Savannah auf Dauer in seinem Haus zu haben. Sein Interesse an ihr schien mehr als nur eine Eroberung oder etwas Flüchtiges zu sein. Seine Anbetung für sie war schwer zu ignorieren. Es hatte wahrscheinlich viel mit Savannahs Begeisterung für Vampire und ihre allzu traditionelle Einstellung zu tun. Als er uns Blumen geschickt hatte, hatte ich es für ausreichend gehalten, ihm eine SMS zu schicken, um ihm zu danken. Sie hatte das Bedürfnis verspürt, seine Einladung zum Abendessen anzunehmen und ihm eine Dankeskarte zu schicken. Eine echte Karte – eine, für die sie das Haus verlassen und in ein Geschäft gehen musste, um sie zu kaufen. Er schätzte die Mühe und die Aufmerksamkeit, die damit verbunden waren. Aus dem Blick, den er mir zugeworfen hatte, war offensichtlich, dass er wusste, dass die einzige Rolle, die ich dabei gespielt hatte, war, dass ich meinen Namen daruntergesetzt hatte, nachdem sie die schwierigeren Teile erledigt hatte. Ein Lächeln trat auf mein Gesicht, als ich mich an das Abendessen erinnerte, und dann verspürte ich einen stechenden Schmerz, als Erinnerungen an Savannah, die mich angriff, aufstiegen. Die Wut und der Hass, die in ihren Augen geleuchtet hatten, beunruhigten mich.

Hör auf, an sie zu denken, schalt ich mich. Es war nicht so, dass ich nicht an sie denken wollte, doch es war eine Ablenkung von dem, was getan werden musste. Ich musste meiner besten Freundin helfen.

„Es gibt Wesen, die stärker sind als eine Legacy – Vertu."

Blu nickte langsam. Sie wusste, was sie waren, doch ich nahm an, dass sie glaubte, wir seien gleich stark, besäßen aber unterschiedliche Arten von Magie. Und vielleicht hatte sie recht. Vielleicht hatte ich meine nicht ganz ausgeschöpft und war genauso stark wie Conner. Zynismus machte sich in mir breit, und ich verwarf die Idee schnell. In dieser Situation war ich lieber ein Zyniker und ließ mir das Gegenteil beweisen, als fälschlicherweise ein Optimist zu sein und erkennen zu müssen, dass ich dumm war.

„Aber ich muss nicht so stark sein. Wenn ich Savannah benutzen kann, wird das meiner Kraft einen ausreichenden Schub geben." Ich ignorierte das grundlegende Problem, nahe genug an Savannah herankommen zu müssen, damit sie mir helfen konnte. Ich musste nur einen Umkehrzauber finden. Mit dem Rest würde ich mich später befassen.

„Leslie hat dir Essen gemacht", informierte mich Gareth, sobald er meine Wohnung betrat. „Ich bin sicher, dass du noch nichts gegessen hast." Er blickte auf den Stapel Bücher auf dem Sofatisch.

„Danke", sagte ich, nahm den Behälter und stellte ihn neben den Stapel auf den Tisch. Das Essen roch köstlich, doch ich hatte dringendere Dinge zu erledigen.

Ich drückte ihm zwei Bücher an die Brust und legte bunte Papierstreifen darauf. „Such' nach allen Umkehrzaubern", wies ich ihn an. „Sobald du einen gefunden hast, leg einfach einen Streifen Papier rein, um ihn zu markieren." Ich hätte sie mit einem Textmarker hervorgehoben, wenn es meine Bücher wären, doch sie waren eine Leihgabe von Blu.

Mit einem schiefen Lächeln warf er den Büchern und dann mir einen Blick zu. „Dir auch einen guten Abend, Anya."

Ich funkelte ihn an.

„Also gut, Livy. Hast du jemals vor, deinen Geburtsnamen wieder zu benutzen?"

Ich schüttelte den Kopf. Ich war Livy, und selbst wenn die ganze Welt wüsste, dass ich eine Legacy war, war ich viel länger Olivia als Anya. Mit dem Namen Anya verband ich Schmerz. Nicht nur den Tod meiner Eltern, sondern Jahre auf der Flucht.

Obwohl mir seine Begrüßung nicht gefiel, hatte er mir

zumindest eine gegeben. Das konnte ich von mir nicht behaupten. Ich beugte mich vor und gab ihm einen Kuss auf die Wange, bevor ich mich wieder setzte und mir den Behälter mit dem Essen nahm.

„Danke", fügte ich hinzu, während ich den Deckel öffnete und anfing, die Makkaroni mit Käse mit den Fingern zu essen. Mir war nicht bewusst gewesen, wie hungrig ich war, bis ich das Essen gerochen hatte.

„Sexy", schnaubte Gareth, als er in die Küche ging. „Soll ich dir nicht eine Gabel holen? Sowas benutzen die meisten Leute nämlich, wenn sie Makkaroni mit Käse essen. Vielleicht auch ein Messer, damit du das Hühnchen nicht mit den Fingern zerreißen musst." Er murmelte laut genug, dass ich es hören konnte: „Und *ich* soll halb Tier sein."

„Das habe ich gehört", schoss ich lachend zurück.

„Es war nicht so, dass es nicht für deine Ohren bestimmt gewesen wäre", sagte er, kehrte mit dem Besteck und Servietten zurück und reichte sie mir, während er sich neben mich setzte.

Ich wischte meine Hände an der Serviette ab und benutzte die Gabel, um den Rest der Makkaroni mit Käse aufzuessen.

Ich lächelte. „Ich weiß es zu schätzen. Sag' deinem Kindermädchen, es ist köstlich."

„Haushälterin."

„Fantastisches Wort für *Kindermädchen*. Sie putzt dein Haus, kocht dir Essen, kauft ein und räumt dir hinterher. Das nenne ich Kindermädchen. Aber wenn du sie Haushälterin nennen willst, dann sei es so", sagte ich schmunzelnd.

Er schüttelte den Kopf und wandte sich den Büchern zu. „Ich werde sie wissen lassen, dass du dir nicht die Mühe gemacht hast, irgendwelches Besteck zu benutzen. Nach dem anfänglichen Schock, dass ich mit einer Höhlenfrau zusammen bin, wird sie sich geschmeichelt fühlen."

„Betty Geröllheimer ist heiß", sagte ich. Als er eines der

Bücher nahm, die ich bereits durchgelesen hatte, sagte ich zu ihm: „Es gibt eine Reihe von Umkehrzaubern. Sie sind sehr spezifisch. Ich dachte, es würde allgemeine geben – doch die gibt es scheinbar nicht. Also muss ich einen finden, der spezifisch für das ist, was mit Savannah passiert ist."

„Er hat ihren Verstand beeinflusst. Wie schwer kann das sein?" Er runzelte die Stirn, als er durch das Buch blätterte und sich die verschiedenen Zaubersprüche ansah, die Blu, Kalen und ich heute schon gefunden hatten.

„Ich habe schon früher Erinnerungen verändert, aber ich weiß nicht, welche Erinnerungen er ihr eingepflanzt hat." Das hatte ich mit den Trackern der Bruderschaft des Ordens gemacht, die hinter mir her gewesen waren. Ihr Name ließ es respektabler erscheinen, als sie wirklich waren: ein Haufen radikaler Übernatürlicher, deren einziger Zweck es war, Legacy zu jagen und zu töten. Gareth war Teil dieser Organisation gewesen. Er war gegangen, weil er ihren Grundsätzen nicht blind folgen konnte, doch es war immer noch ein wunder Punkt zwischen uns. Ich würde gerne sagen, dass es mit jedem Tag weniger wichtig und leichter zu akzeptieren wurde, doch dem war nicht so. Ich hatte immer noch Schwierigkeiten, damit umzugehen. „Hat Savannah irgendwas zu dir gesagt?"

Er nickte mit ernstem Gesicht. Während er sprach, strömte Mitgefühl aus seinen Worten. „Sie hält dich für böse. Ihrer Meinung nach hast du wahllos Menschen getötet. Sie hat eine ungerechtfertigte Menge Angst und Hass auf dich, und ich kann es nicht erklären. Es ist schwer, sie zu befragen, weil sie sich schrecklich aufregt, je mehr du verteidigt wirst. Man muss sehr vorsichtig sein, wenn man mit ihr spricht."

„Hast du ihr gesagt, dass sie meine Mitbewohnerin ist?"

Er fuhr mit den Fingern durch sein Haar und zerzauste es. Seine Miene wurde finsterer, und als sich seine Augen verdunkelten, schien der Wandlerring ein wenig heller zu vibrieren. Es war ziemlich nervig, als ob seine Augen von innen erleuchtet wären. „Ich habe es versucht, doch jedes Mal wurde sie wütender und hat mich der Lüge bezichtigt. Und es schien so seltsam, dass sie mich als Freund betrachtet, und doch verteidige ich eine Person, die sie hasst." Gareth lehnte sich auf dem Sofa zurück und fuhr mit den Händen über sein Gesicht, während er seufzte. „Was zum Teufel hat er ihr angetan?"

„Ich weiß nicht. Aber wir müssen es reparieren."

„Kann er es rückgängig machen?"

„Ich bin sicher, dass er es kann. Zuerst müssen wir ihn finden. Doch selbst wenn wir ihn finden, ist das seine Rache, und was er Savannah angetan hat, ist ein Produkt davon. Er will, dass ich bezahle." Ich presste den letzten Teil des Satzes heraus. Da ich etwas brauchte, worauf ich mich konzentrieren konnte, nahm ich mir eines der Bücher und blätterte es durch.

Drei Stunden später hatten wir alle Bücher durchgesehen. Ich ging sie ein zweites Mal durch, um zu entscheiden, welcher der beste Zauber war. Der Druck begann zu wachsen, als ich mir die Anzahl der farbigen Streifen ansah, die zwischen den Seiten hervor spähten. Es waren so viele, und ich hatte nicht den Luxus, es mit Versuch und Irrtum zu probieren. Es fühlte sich an, als hätte ich nur einen Versuch. Wenn es fehlschlug, würde Savannah mich nicht nur weiter als Feind betrachten, es würde auch ihre Überzeugung bestätigen, dass ich eine Art Monster war – schließlich würde ich versucht haben, sie zu verzaubern.

Ich setzte mich zu Gareth und lehnte mich auf dem Sofa zurück. Er legte seine Hand auf mein Bein und drückte es sanft. „Wir werden etwas finden. Ich habe die Gilde der Übernatürlichen auch darauf angesetzt. Da Victor dort ist, haben seine Befehle leider Vorrang." Natürlich war das so; er war der Leiter des FSR, einer Bundesbehörde, die dem FBI entspricht. Meine Vorstellung war nicht unter günstigen Bedingungen erfolgt. Tatsächlich waren sie geradezu feindselig gewesen. Sie hatten Gareth und mich festgenommen, nachdem ich Harrah getötet hatte, die mir Attentäter auf den Hals gehetzt hatte. Es war eine chaotische Situation gewesen und eine Quelle der Zwietracht zwischen Gareth und dem FSR-Leiter, doch schließlich waren wir entlassen worden. Das FSR war seit den Anschlägen beim Sonnenwend-Festival in der Stadt präsent geblieben. Seit diesem Vorfall hatten sie sich der Suche der Gilde der Übernatürlichen nach den Verantwortlichen angeschlossen, und Victor, der Leiter des FSR-Teams, hatte die Initiative gestartet, die verbleibenden Legacy der Welt vorzustellen. Oder besser, mir die Aufgabe zuzuteilen, was zur Folge hatte, dass ich die noch lebenden Legacy finden musste.

„Haben sie irgendwas über den Angriff herausgefunden?", fragte ich.

Seine Halsmuskeln spannten sich extrem an. Sein Neffe Avery war eines der Opfer gewesen. Obwohl Gareth versessen darauf zu sein schien, Avery das Leben schwer zu machen, um der extremen Milde und Nachgiebigkeit der Mutter des Teenagers entgegenzuwirken, liebte er ihn und würde alles tun, um ihn zu beschützen.

„Nein, wir haben keine Ahnung. Es scheint, als hätte sich Humans First aufgelöst und die radikalen Ablegerorganisationen, die an ihrer Stelle entstanden sind, werden nicht als Bedrohung angesehen. Nur ein Haufen Idioten, die ihrer Abneigung gegen Übernatürliche laut Ausdruck verleihen. Ich denke, wenn sie lange genug ignoriert werden, verstummen sie ganz." Er seufzte und sah auf die Uhr. „Es ist spät, wir sollten schlafen gehen."

Ich schnaubte. „Wir."

„Ja, wir." Er zog sein Hemd aus, und ich wandte mit großer Mühe meinen Blick ab. Gareth anzusehen, die wohlgeformten Muskeln seiner Brust, seines Oberkörpers und Rückens und das sexy, wissende Grinsen machten es schwer, ihn zu ignorieren. Etwas, dessen er sich sehr bewusst war.

„Du scheinst wirklich hart daran zu arbeiten", neckte er und meinte damit, wie viel Mühe ich mir gab, den halbnackten Mann zu ignorieren, der in meinem Wohnzimmer stand.

Er kam auf mich zu und küsste mich auf die Wange. Als er mich das zweite Mal küsste, glitt seine Zunge heraus, schmeckte meine Haut, neckte mich. Ich hätte nachgegeben, wenn da nicht dieses Grinsen gewesen wäre. Warum das hochmütige Grinsen? Es gab meiner Sturheit nur einen Schub.

Er streckte sich, erlaubte mir erneut einen vollständigen Blick auf seinen Körper und grinste, als ich ihn ansah, ihn in mich aufsaugte, bevor ich meinen Blick von ihm riss, als er ihn bemerkte. „Ich werde einfach im Schlafzimmer auf dich warten. Ich bin sicher, dass du reinkommen wirst, wenn du fertig damit bist, was auch immer du klarzumachen versuchst. Ich nehme an, du versuchst zu beweisen, dass du dich nicht so sehr zu mir hingezogen fühlst, und wir beide wissen, dass du dir damit etwas vormachst. Aber bitte, nur zu, versuch es nur."

Ein schelmisches Lächeln umspielte seine Mundwinkel, als er sich umdrehte und in mein Zimmer ging.

3

Am nächsten Tag ging ich zur Arbeit und war minutenlang verächtlichen Blicken von Barbie und Ken aus dem Mittleren Westen ausgesetzt, bevor es ihnen gelang, ihre schockierten Blicke von meiner Kleidung auf die Bücher zu lenken, die ich schleppte. Blu lag ausgestreckt auf dem Sofa. Ihre Schildpattbrille hatte einen Hauch von Blau, wie die mitternächtliche Tönung der Spitzen ihrer engen Korkenzieherlocken. Sie trug eine weiße Bluse mit einem eingewebten Muster, perfekt gebügelt natürlich, dunkelblaue, enge Jeans und dunkelbraune Riemchenpumps. Ich sah aus, als wäre ich bereit für eine lange Nacht der Recherche, und sie sah aus, als würde sie ein Buch für ein Fotoshooting in der Hand halten. Kalen ließ mich noch deplatzierter aussehen. Wer trug noch Westen? Er hatte eine dunkelblaue angezogen, getragen mit einem gestreiften Hemd und einer dunkelbraunen Hose, die die Farben des Hemdes ergänzten.

Kalen warf meinem Outfit – einem weiten weißen Hemd, dunkelgrüner Jeans, blau-weißen Chucks und einem hohen Pferdeschwanz, den ich ohne Spiegel gebunden hatte – einen spöttischen Blick zu, bevor er zuließ, dass er in ein mitfühlendes Lächeln überging. Ich war mir sicher, dass er sich an den echten Notfall erinnert hatte, der nichts mit Mode zu tun hatte.

Als er sich wieder seinen Recherchen zuwandte, wanderte sein Blick von mir zu dem Buch, das er in der Hand hielt. Er ging mit dem Buch in der Hand durch den Raum. Jedes Mal, wenn er an mir vorbeiging, bewegten sich seine Finger, als juckte es ihn, meine Kleidung zu wechseln, die anscheinend so ungeheuerlich war, dass es seine Konzentration störte.

„Wenn du das tust, könntest du einen Finger verlieren. Willst du das wirklich riskieren?", feixte ich, als es so aussah, als würde er seinen Kampf gegen den Drang verlieren. Sein gewaltiger Seufzer ließ ihn zusammensinken, als er mir zugestand, meine eigene Kleidung auszusuchen.

Er warf mir einen genervten Blick zu, bevor er sich auf einen Sessel neben Blu setzte.

„Okay, basierend auf dem, was Savannah gerade erlebt, ist der vielleicht der beste." Blu klang nicht sicher. Doch ich wollte, dass sie überzeugt war, ganz ohne Zweifel. Ich glaubte allerdings nicht, dass ich das bekommen würde. Das war eine der Komplexitäten der Magie. Ortungszauber, kognitive Manipulationen durch Feen, Zwänge von Vampiren, Wandeln oder meine Fähigkeit, Erinnerungen zu modifizieren und sie zu implantieren, defensive Magie einzusetzen und Schutzzauber und Schutzbarrieren zu errichten, schienen auf den ersten Blick einfach zu sein. Zauber waren jedoch nie einfach; es gab Nuancen. Wie den richtigen Schlüssel für eine Tür zu finden. Einer könnte passen, doch er würde sich nicht drehen. Und das war das Problem, mit dem wir konfrontiert waren. Conner hatte Savannahs Erinnerungen verändert, und ich konnte es rückgängig machen, doch ich musste den richtigen Schlüssel finden, der zu seinem Schloss passte. Und da ich nicht genau wusste, was er implantiert hatte, welche Erinnerungen modifiziert worden waren und welche Emotionen diese

Erinnerungen hervorriefen, war ich ratlos. Ratlos und verzweifelt.

Später an diesem Abend wurden Gareth und ich von einem wütenden und verärgerten Lucas an dessen Tür empfangen. Ich hatte den Widerwillen des Meisters gehört, als wir den Plan zuvor am Telefon besprochen hatten. Zweifel mussten ihn in der Zeit überwältigt haben, die wir gebraucht hatten, um zu ihm zu gelangen.

„Ich glaube nicht, dass das eine gute Idee ist", brummte er frustriert.

„Wir haben nicht viele Möglichkeiten", betonte ich, und meine Frustration spiegelte seine wider. Ich verstand, wie er sich fühlte. Einen Zauber zu wirken, während Savannah schlief, fühlte sich wie das Überschreiten einer Grenze an, falsch auf so vielen Ebenen. Doch sie würde es mich im Wachzustand wahrscheinlich nicht tun lassen, und ich konnte Lucas sie nicht dazu zwingen lassen, da es eine nachteilige Wirkung auf den Zauber haben könnte. Es gab nicht viele Möglichkeiten.

Nach einigen Momenten der Überlegung gab Lucas widerwillig nach und führte uns zu seiner Wohnung. Savannah lag auf seinem Bett, ihr üppiges honigblondes Haar aufgefächert und ein Arm ausgestreckt, wo die offene Bisswunde sichtbar wurde, aus der Lucas von ihr getrunken hatte. Ein bisschen Blut trat aus der Wunde. Er hatte sie absichtlich offengelassen, damit ich eine Probe für den Zauber nehmen konnte.

Schweigend bewegten wir uns um sie herum. Ich hatte den Zauber auswendig gelernt und schnell ein Messer gezückt und mir die Hand aufgeschnitten. Ich sprach den Zauber und fühlte starke Magie durch den Raum pulsieren. Sie wirbelte um uns herum und klimperte durch die Luft. Ich konnte das Kaleidoskop der Farben sehen und die kühle Brise spüren.

Es funktionierte. Oder zumindest fühlte es sich für mich so an. Ich redete mir ein, dass nichts, was sich so stark anfühlte, scheitern konnte. Optimistisch, ja, aber ich musste es sein. Es musste funktionieren. Meine Verzweiflung war genauso dick, schwer und allgegenwärtig wie die Magie.

Savannah schreckte hoch, als wäre sie wachgerüttelt worden. Ihre normalerweise ruhigen grauen Augen fixierten mich, doch die Wut dort war noch schlimmer als im Krankenhaus. Sie sah wild und rachsüchtig aus, als sie sich auf mich stürzte. Ich packte sie und stieß sie von mir. Ihre Beine verhedderten sich mit meinen, als wir auf dem Boden aufschlugen. Dann rammte sie mir ihren Ellbogen gegen die Kehle. Ich schnappte nach Luft. Sie rollte sich auf mich und schlang ihre Hände um meinen Hals. Ich wollte sie nicht verletzen, doch ich konnte auch nicht zulassen, dass sie mich verletzte. Ich packte ihr Handgelenk und drückte gegen die Druckpunkte, um sie dazu zu bringen, loszulassen. Sie war wildentschlossen, und unnachgiebige Gewalt ging von ihr aus. Es war, als wäre eine Attentäterin erwacht, und ihr einziges Ziel war, mich zu töten.

„Savannah." Ich presste ihren Namen aus meiner angespannten Kehle. Der Druck auf ihre Handgelenke begann zu wirken, und ihr Griff lockerte sich. Ich stieß sie von mir und rollte weg, dann nahm ich eine Verteidigungsposition ein und wartete darauf, dass sie angreifen würde. Das hätte sie getan, wenn Lucas sie nicht gepackt hätte.

„Hände weg von mir!", keifte sie und schlug mit ihren Fäusten gegen seinen Unterarm. Einen Menschen hätte es wahrscheinlich abgeschreckt. Wenn Lucas sie nicht angesehen hätte, wäre ihm jedoch nicht bewusst gewesen, wie heftig und aggressiv ihre Schläge waren.

Seine Stimme war sanft und beruhigend, als er Savannahs Namen rief, doch sie konnte nichts über ihre Forderung hören, dass er sie gehen lassen sollte. Wild um sich schlagend hieb sie nach seiner Hand und forderte, dass er sie losließ. Nach mehreren weiteren gescheiterten Versuchen, sie zu beruhigen, ließ er sie los, und sie wirbelte von ihm weg. Ihre Augen waren aufgebracht, lodernd vor Wut, als sie zwischen Gareth, Lucas und mir hin und her huschten. Den Großteil ihres Zorns richtete sie auf mich. Eine Wolke der Erkenntnis legte sich über ihr Gesicht: Ich war nicht der einzige Feind im Raum. Lucas und Gareth hatten sich mir angeschlossen. Langsam wich sie zur Tür zurück. Als sie nah genug war, riss sie sie auf.

„Savannah, bitte geh nicht!", flehte Lucas. Er bewegte sich auf die Tür zu, mit der üblichen gleichen vampirische Leichtigkeit der Bewegung, doch absichtlich langsam, als würde er sich einem verängstigten Tier nähern. Immer wieder sagte er ihren Namen, ein sanfter melodischer Rhythmus, der jedoch nicht ausreichte, um sie zu beruhigen. Als sie ihn mit einem Blick anstarrte, der ihm vorwarf, sie verraten zu haben, blieb er stehen.

„Wir versuchen, dir zu helfen", flehte er. „Dir geht es nicht gut."

Ich wollte mehr tun, um es ihr zu erklären, doch sie wollte nichts glauben, was aus meinem Mund kam. Ich gab mich geschlagen. Conner hatte gewonnen. Von all den Dingen, die er mir angetan hatte, den vielen Schlägen, die er gegen mich geführt hatte, hatte mich dieser am meisten verletzt.

Lucas bewegte sich weiter auf Savannah zu. Da ihre Aufmerksamkeit auf ihn gerichtet war, nutzte ich diese Gelegenheit, um mich zu bewegen. Ich konnte sie nicht aus der Tür lassen. Zumal sie kaum bekleidet war und nur ein Spaghettiträgernachthemd aus fast durchsichtiger Seide trug. Viel zu fadenscheinig und kurz für eine Herbstnacht im Mittleren Westen.

Bevor ich sie erreichen konnte, rannte sie zur Tür hinaus. Lucas schoss mit Vampirgeschwindigkeit hinter ihr her.

Gareth und ich folgten. Lucas wohnte über dem Club, der ihm gehörte, dem *Devour*. Nur wenige Leute schienen überrascht zu sein von der leicht bekleideten Frau, die durch den Club zum Ausgang rannte. Die Anzugträger, die Männer, die die Tür bewachten, waren wie immer da. Sie wirkten erschrocken über Savannahs Auftauchen. Nicht wegen der Kleidung, sondern der Tatsache, dass sie vor Lucas davonlief. Lucas versuchte, seine Fassung zu wahren und einen kühlgefassten Eindruck zu erwecken, obwohl es ihm peinlich sein musste, dass eine Frau aus seinem Club rannte, dürftig bekleidet, die offensichtlich aus seiner Wohnung kam. Savannah war oft genug mit ihm gesehen worden, dass die Leute wussten, dass sie zusammen waren.

„Hier gibt es nichts zu sehen. Nur eine kleine Meinungsverschiedenheit", sagte Lucas mit neutraler Stimme, als er versuchte, die Situation zu nichts weiter als einem Streit unter Liebenden zu deeskalieren. Er sah bedrohlich aus; es war ein Vampir-Ding, er konnte nicht anders. Seine flinken Bewegungen ließen ihn trotz seiner Versuche, harmlos auszusehen, wie ein tödliches Raubtier aussehen.

„Wir müssen sie gehen lassen", sagte Gareth.

„Nein", antworteten Lucas und ich gleichzeitig und rannten hinter Savannah her aus dem *Devour*. Zusammen mit dem Mond bot die Straßenlaterne genug Licht für mich, um sie verfolgen zu können. Licht war jedoch etwas, das weder Lucas noch Gareth brauchten.

Ein paar Clubbesucher waren aus dem Gebäude gekommen, und Lucas war sich ihrer bewusst. Seine Verärgerung über die Zuschauer breitete sich über die scharfen Ebenen seines Gesichts aus.

„Savannah, du musst wieder reinkommen." Sorge lag in seinen Worten, und seine gelassene Fassade schwand. Er schien unsicher, wie er mit ihr umgehen sollte. Dieser

Mangel an Selbstvertrauen schien seltsam für eine Person, die pures Selbstvertrauen verkörperte.

„Du weißt, was sie ist – wozu sie fähig ist – und du hast sie in meine Nähe gelassen." Wut zischte in Savannahs Worten. Die Augenblicke verstrichen, und sie stand mehrere Meter von ihm entfernt und sah verwirrt aus. Ich wurde hoffnungsvoll, dass mein Zauber vielleicht doch verspätet Wirkung zeigte. Vielleicht hatte sie mich erkannt.

Ich hatte die Menge ignoriert, bis etwas in Lucas' Richtung flog. Er drehte sich um und fing den Pflock auf, bevor er ihn in die Brust treffen konnte. Dieser Moment blieb jedoch nicht ohne Folgen für ihn – für uns alle. Starke Magie bewegte sich wie eine Wolke, hüllte die Gegend ein und sperrte das spärliche Licht aus. Die Straße wurde dunkel. Conner war innerhalb eines Sekundenbruchteils aufgetaucht. Savannah drückte ihren Rücken gegen seine Brust, als er seine Arme um sie schlang, und verschwand.

Lucas konnte seine Emotionen nicht länger zurückhalten und richtete sie gegen den Schützen, der dumm genug war, einen weiteren Versuch zu unternehmen. Lucas verbarg seine übernatürlichen Fähigkeiten nicht länger, und mit einer blitzschnellen Bewegung, die selbst für einen Vampir schnell schien, wurde das wütende Raubtier entfesselt. Das Auto kam nicht schnell genug weg. Lucas war schon dort, riss die Tür auf und den Schützen vom Beifahrersitz. Der Fahrer fuhr weiter und ließ den Mann zurück. Er trug eine ähnliche Tarnkleidung wie die Schützen, die beim Sonnenwend-Festival angegriffen hatten, und hatte denselben trotzigen und hasserfüllten Gesichtsausdruck. Sekunden später hörte ich, wie Gareth Lucas' Namen rief und ihn aufforderte, aufzuhören. Dann sah ich einen Ruck am Hals des Schützen und hörte ein Knirschen, und Lucas ließ den Mann aus seinem Griff gleiten. Gareth regierte mit einer Reihe von Schimpfworten.

„Ich habe dir gesagt, dass du aufhören sollst!"

„Ich unterstehe nicht deinem Kommando. Ich folge deinen Regeln nicht", sagte der Vampir und blickte auf die leere Stelle, von der Savannah verschwunden war.

„Das sind nicht meine verdammten Regeln, Lucas. Das sind verdammte Gesetze." Mehr Fluchen.

Als Sirenen die Menge übertönten, eilten einige Leute zu ihren Autos, und andere gingen zurück in den Club.

Wenige Minuten später führte Gareth Lucas zu einem menschlichen Polizeiauto.

„Verdammt, Gareth, du kannst nicht dauernd deine Freunde verhaften." Ich war nur noch angepisst.

„Lucas und ich sind keine Freunde", sagte er mit ruhiger Stimme.

„Gut, du kannst keine Vampire verhaften, mit denen du eine seltsame Interaktion hast und die du kennst, weil du mit ihnen im Rat der Übernatürlichen bist und die beste Freundin seiner Partnerin datest. Ist das besser?"

„Er hat mir nicht viele Optionen gelassen. Der Mann war entwaffnet. Er hätte ihn nicht töten müssen." Ich konnte eine Lüge nicht auf dieselbe Weise riechen wie Gareth, doch mein Bullshit-Alarm schrillte wie verrückt. Ich war mir nicht sicher, ob es anders ausgegangen wäre, wenn Gareth ihn zuerst erreicht hätte. Das Einzige, was ihn hätte aufhalten können, war die Hoffnung, dass der Schütze ihm Informationen über das Virus hätte geben können.

„Was wird mit ihm passieren? Er kann nicht in ein Gefängnis gehen."

„Normalerweise werden diese Dinge anders gehandhabt." *Anders* bedeutete, dass Harrah mit ihrem süßen, freundlichen Gesicht kam und die Gedanken der Menschen auslöschte, indem sie einfach den Raum betrat. Am nächsten Tag würde sie in allen Sendern eine brillante PR-Version der Ereignisse erzählen. Doch das war keine Option, da ich sie getötet und der Rat sie nicht ersetzt hatte.

„Der Mann hat zweimal versucht, ihn zu töten", schnaubte ich.

„Ich weiß", stieß er frustriert durch zusammengebissene Zähne hervor. „Das ist das Letzte, womit ich mich befassen wollte."

Sobald Gareth mich zu Hause abgesetzt hatte, stürmte ich hinein. Ich nahm eines meiner Messer und schnitt mir in die Hand, um einen weiteren Ortungszauber zu wirken, in der Hoffnung, dass Conner vom Teleportieren mit Savannah zu geschwächt war, um sich zu verbergen. Ich stand erwartungsvoll über der hell erleuchteten Karte und wartete darauf, dass die Farben aufleuchteten, um seinen Standort anzuzeigen. Wieder einmal stand ich vor nichts. Savannah hatte Angst und war bei Conner. *Verdammt.*

4

Gareth stand ruhig da und beobachtete, wie ich in meinem Wohnzimmer auf und ab ging.

„Er würde sie nicht einfach ohne Grund mitnehmen. Er hat irgendwas vor. Ich muss nur wissen, was es ist", brachte ich schäumend hervor. Ich ging nicht einmal mehr auf und ab. Ich trommelte mit dem Fuß auf den Boden und versuchte, die aufgestaute Energie und Frustration gegen Conner abzulassen. Ich glaubte nicht, dass ich jemals so viel Zorn, Wut und Hass in mir gehabt hatte, und alles war auf ihn gerichtet. Seit Lucas festgenommen worden war, waren vierundzwanzig Stunden vergangen, und ich zögerte zu fragen, was aus der Situation geworden war. Es gab keinen Zweifel, dass Lucas den Mann getötet hatte. Doch nachdem er zweimal mit einer Armbrust beschossen worden war, war nicht zu erwarten, dass er etwas unternahm? Dass er sich wehrte?

Als hätte er meine Gedanken gelesen, sagte Gareth: „Lucas wurde freigelassen."

„Freigelassen und nicht angeklagt oder gegen Kaution rausgelassen?"

„Es wurde keine Anklage gegen ihn erhoben."

Ich musterte Gareth. „Wie viele Gefallen musstest du einfordern, damit das passiert?" Er verzog sein Gesicht, bevor er mit den Händen darüber rieb.

Es war ziemlich sicher, dass ein Mann, der so lange lebte wie Lucas, eine ganze Reihe von Gefallen angesammelt hatte und gut vernetzt war. Ich war mir sicher, dass es auch nicht schaden konnte, Meister der Stadt und extrem reich zu sein.

„Es war Victor", sagte Gareth mit nachdenklicher Stimme. Bevor ich ihn befragen konnte, fuhr er fort: „Victor glaubt, dass es einen weiteren Angriff geben wird."

„Also sendet er eine Nachricht, indem er jemanden gehen lässt, der einen der Angreifer getötet hat?"

„Natürlich nicht. Viele Leute haben jedoch Lucas' Geschichte bestätigt, dass es Notwehr war. Niemand schien es als einen Akt der Aggression zu betrachten, also gab es nicht genug Beweise, um ihn anzuklagen."

Gareth stand auf und ging zur Tür. Ich sah ihn neugierig an. Er zuckte mit den Schultern. „Jemand steht vor der Tür."

Gerade als er die Tür erreicht hatte, klopfte es. *Das ist überhaupt nicht seltsam. Nein, überhaupt nicht.*

„Weil es Notwehr *war*", sagte Lucas und nickte Gareth zu, als er die Wohnung betrat. Besaß dieser Mann auch nur eine Jeans? Oder zumindest eine Khakihose? Wieder einmal sah Lucas von den Ereignissen des Vortages unberührt aus. Gekleidet in einen maßgeschneiderten schwarzen Anzug und einem schwarzen Hemd mit silbernen Manschettenknöpfen, die im Licht glänzten, war er eine Vision der Dunkelheit. Es war ein seltsamer Kontrast zu seiner blassen Haut und seinem blonden Haar. Lucas war normalerweise charismatisch und warmherzig, mit unterschwelligen Andeutungen von Gefahr und Erotik. Jetzt schien er vor allem Gefahr auszustrahlen.

„Ich kann Savannah finden, aber ich brauche deine Hilfe."

Ich wollte Savannah genauso gerne finden wie Lucas,

doch im Moment hatte ich Bedenken, mit dem Prinzen der Dunkelheit zusammenzuarbeiten.

Zögernd fragte ich: „Woher weißt du, wo sie ist?"

Er benetzte seine Lippen und biss dann darauf. Es war eine beeindruckende Leistung, dass er sie nicht mit seinen Reißzähnen durchbohrte. Als er seine Unterlippe losließ, verzog er sie zu einem halben Lächeln, während er den Blick von mir abwandte. Er fing langsam an und schien jedes seiner Worte mit Bedacht zu wählen, bevor er sprach. „Obwohl Savannah seit der Entführung anders mit dir umgegangen ist –" Er hielt inne. „Ist sie mir gegenüber immer noch dieselbe. Es gibt bestimmte Neigungen, die sie pflegt. Wenn ich von ihr nehme, macht sie gerne dasselbe mit mir. Sie hat keine Reißzähne, also habe ich oft –"

„Ich verstehe. Keine Notwendigkeit für weitere Details. Ich muss nicht alles wissen", warf ich schnell ein. Ich konnte fühlen, wie die Hitze über meine Wangen und meinen Nasenrücken kroch. Ich wusste, dass sie *zusammen* waren, wenn sie zusammen waren, doch ich wollte die Einzelheiten nicht wissen. Ich hatte genug Trips mit Savannah in verschiedene Dessousgeschäfte unternommen, um mehr zu sehen und zu hören, als mir lieb war, wenn sie sich entschied, detailliert zu beschreiben, warum sie so viel kaufen musste. Er schien nicht genug Geduld zu haben, um einen BH-Verschluss zu lösen, sondern pflegte stattdessen, sie ihr vom Leib zu reißen. Savannah hatte mir das nur erzählt, um meine Reaktion zu sehen. Sie wusste, dass ich nicht glücklich darüber war, dass sie mit einem Vampir zusammen war, doch in diesem Moment war ich so froh, dass sie es war. Wir würden sie finden können, weil sie sein Blut getrunken hatte. Lucas starrte mich zutiefst amüsiert an, als ich bei der Vorstellung angewidert das Gesicht verzog.

„Ich kann mein Blut verfolgen", sagte er.

„Ja, das habe ich verstanden. Erspar mir die Details bitte!", antwortete ich und wusste, dass ich niemals würde vergessen können, was er gesagt hatte. Sein Blick fiel auf meinen Hals und konzentrierte sich auf die Adern, oder besser gesagt auf den Bereich, wo die Adern sein sollten. Wahrscheinlich konnte er nicht anders. Ich nahm an, dass das Bluttrinken bei ihnen mit sexuellen Handlungen einherging. Doch ich ging davon aus, dass das nicht genug war, um ihn zu ernähren, also musste er auch andere Quellen nutzen.

Lucas wurde immer aufgewühlter, je mehr Zeit verstrich. Ich ging davon aus, dass er in dem Moment, in dem er etwas vorschlug, erwartete, dass es auch passierte. Ich glaubte nicht, dass diese Erwartung nur von seinen Gefühlen für sie getrieben wurde. Er hatte so lange gelebt und sich in der Stadt und unter anderen Vampiren ein solches Ansehen erworben, dass es ihm fremd war, wenn sich jemand nicht seinem Willen beugte.

„Wir sollten gehen", drängte er ungeduldig.

„Ich denke, es wäre eine gute Idee, wenn wir andere dazurufen würden", schlug Gareth hinter ihm vor. Lucas sah über seine Schulter und warf Gareth einen kühlen Blick zu. War es, weil er wollte, dass er wartete, oder weil er immer noch ein wenig verärgert darüber war, verhaftet worden zu sein, oder eine Kombination aus beidem? Da beide im Magischen Rat saßen und einander nicht aus dem Weg gehen konnten, musste es eine Grundlage geben, um eine Freundschaft zu pflegen, oder zumindest irgendeine Art spürbarer Bindung. Doch je mehr ich darüber nachdachte, desto wahrscheinlicher schien es, dass sie wahrscheinlich keine hatten. Sie waren zwei dominante Persönlichkeiten, die unerschütterliche Loyalität und bedingungslose Macht gewohnt waren.

„Ich habe nichts gegen Unterstützung, wenn sie rechtzeitig da sind. Aber ich werde nicht auf sie warten", sagte Lucas ernst.

„Die Gilde der Übernatürlichen hat Zugang zu Magie, etwas, das keiner von uns hat."

Lucas verwarf Gareths Bemerkung mit einer Handbewegung. „Du bist dagegen immun."

„Nicht gegen seine Magie." Seine Nervosität war deutlich hörbar. Die Vorstellung, von Magie beeinflusst oder sogar unterworfen zu werden, störte Wandler sehr. Ihre Immunität gegen die meiste Magie gab ihnen ein gewisses Maß an Arroganz gegenüber anderen und eine Art Gottkomplex. Doch Legacy- und Vertu-Magie reduzierten sie zu bloßen Sterblichen. Sie mochten es nicht, und Gareth drückte sein Missfallen mit seiner finsteren Miene aus.

„Ich werde sie holen. Ich dachte nur, du würdest es wissen wollen", schnaubte Lucas, als er zur Tür ging. Es war mir egal, wie sehr er schnaubte; wenn Savannah hinter einem von Conners Schutzzaubern stand, würden seine sehr wohl gerechtfertigte Empörung und Hartnäckigkeit nicht ausreichen. Er würde Magie brauchen, und zwar eine verdammte Menge davon. Gareth und ich wussten das beide, also machten wir keine Anstalten, ihn aufzuhalten, als er zur Tür ging. Logik würde ausreichen.

Lucas' finsterer Blick verdüsterte seine Ausstrahlung passend zu seiner Kleidung. „Livy, wenn Conner sie hat, brauche ich deine Hilfe", gab er leise zu. Normalerweise hätte ich ihn wegen seines Eingeständnisses aufgezogen, doch jetzt war nicht der richtige Moment. Er schien wirklich aufgewühlt zu sein, weil Savannah vermisst wurde, und ich hatte Mitgefühl mit ihm. Ohne die Hilfe anderer konnte er nichts unternehmen. Das war neu für ihn und konnte ihm nicht leichtfallen.

Von Gareth und einem Agenten der Gilde begleitet zu werden und an zwei Streifenwagen der menschlichen Polizei vorbeizukommen, schien Lucas nicht zu bremsen, als er durch die Straßen raste, sich kaum an eines der Verkehrszeichen hielt und fast alle Ampeln ignorierte. Die Häuser und

Gebäude, an denen wir vorbeikamen, waren nichts weiter als Farbflecken und Backstein. Als er schließlich anhielt, war ich nicht überrascht, dass unsere Spur uns in den Wald geführt hatte, wo ich Conner zum ersten Mal begegnet war. Gareth hielt dicht hinter uns an, als wir ausstiegen und durch Bäume, dichtes Gras und von Magie schwangerer Luft navigierten. Lucas bewegte sich mit vampirischer Geschwindigkeit und war mehrere Meter voraus. Wir mussten einige Male rennen, um mit ihm Schritt zu halten, was schwierig war, da er sich blitzartig bewegte, ohne uns zu warnen.

Schließlich blieb Lucas mitten im Wald stehen und suchte die Gegend mit Blicken ab. Er runzelte die Stirn und sah sich verzweifelt um. Magie vibrierte in der Luft. Ich schloss meine Finger um meine Zwillingsdolche, sah mich ebenfalls um, und versuchte, ein Gefühl dafür zu bekommen, wo Conner sein könnte, da ich hoffte, dem Ursprung der Magie folgen zu können. Es gab keinen Sog, nur starke Magie, die nach ihrer Verwendung noch in der Luft hing. Ich fragte mich, ob ich eine weitere von Conners höhnischen Botschaften finden würde. Gareth sog lautstark Luft ein und runzelte die Stirn.

„Ihr Geruch ist hier", sagte er und bewegte sich langsam.

Lucas wurde blass. „Ja, sie *war* hier." Seinen Arm zu heben schien eine Anstrengung zu sein, als er auf einen Baum zeigte. Nicht der Baum war es, der ihn finster dreinblicken ließ, sondern die Blutstropfen im Gras davor.

„Glaubst du, sie hat uns einen Hinweis hinterlassen?", fragte eine der Hexen von der Gilde, die hinter uns aufgetaucht war.

Ich schüttelte den Kopf. „Nein, es ist Conner, der mit uns spielt." Ich zeigte nach rechts, wo er mir eine weitere Nachricht hinterlassen hatte. Glänzende goldene Kalligrafie schwebte in der Luft. ICH WERDE DICH BRECHEN UND DANN TÖTE ICH DICH.

Ich atmete tief durch, doch es war nicht genug. Mein

Kopf dröhnte, und mein Herz schmerzte. Ich konnte mit Conner und allem, was er auf mich abfeuerte, fertig werden, doch ich konnte nicht damit umgehen, dass er Savannah zu einer Spielfigur in seinem sadistischen Spiel machte. Ich versuchte, aufrechter zu stehen, doch stattdessen ließ mein schwerer Seufzer meine Schultern weiter sinken. Wenn ich mich nicht zusammenreißen würde, würde ich mich in Embryonalstellung am Boden zusammenrollen. Ich zwang mich, mich aufzurichten. Ich spürte Conners Magie nicht in meiner Nähe, doch wenn er mich zufällig sehen könnte, würde ich ihm nicht das Vergnügen bereiten, mich Stück für Stück zusammenbrechen zu sehen.

Ich zügelte meine unberechenbaren Emotionen und atmete noch ein paarmal tief durch, um sicherzustellen, dass ich mit fester Stimme sprechen konnte. „Kannst du sie woanders hin verfolgen?", fragte ich und senkte meine Stimme, bis sie sanft und beruhigend genug war, um Lucas' beginnende Wut zu beruhigen. Er hatte sie im Zaum, doch ich konnte sehen, wie seine Kontrolle langsam nachließ.

„Er sollte tot sein. Warum ist er nicht tot?" Lucas richtete seine Wut auf Gareth, der selbst im Moment nicht gerade ein Ausbund an Ruhe war. Das Katz-und-Maus-Spiel war frustrierend.

„Ich habe ihn zerfleischt, meine Krallen in seine Brust gegraben und alles getan, außer ihm das Herz herauszureißen." Gareth trat einen Schritt auf Lucas zu. „Ich bezweifle, dass man das überleben könnte. Ich war mir sicher, dass er es nicht hat." Es war eine gute Erklärung, wenn wir die subtile Bedrohung ignorierten, die im ersten Teil lauerte. Ich hielt die Zwillinge fester, während ich mich strategisch zwischen sie schob und mich darauf vorbereitete, Lucas und Gareth bei Bedarf eine magische Ohrfeige zu verpassen. Ich hatte weder die Zeit noch die Geduld, Vermittler zu spielen, wenn ich es auf der anderen Seite mit einem Psychopathen zu tun hatte. Ich würde einfach meine Magie sprechen lassen und mich gegebenenfalls später halbherzig für mein Benehmen entschuldigen.

„Er tut das, um es mir heimzuzahlen. Verliert nicht den Fokus. Wir müssen Savannah finden", drängte ich, während ich zwischen ihnen blieb. Es dauerte länger, als ich wollte, doch nach ein paar Augenblicken nickten sie und wichen zurück, um zu ihren Autos zurückzukehren.

Wieder einmal, angezogen von einem anderen von Conners Tummelplätzen, navigierten wir durch eine Gruppe von Bäumen, und ich konnte die Magie spüren, die sich mit dem Geruch von Eichen verflocht. Lucas und Gareth schnupperten, änderten die Richtung und stürmten durch die dichten Bäume voraus. Galle stieg mir in die Kehle, als wir an einem Baum anhielten, an dessen Rinde mit einem Messer ein blutverschmiertes Blatt aufgespießt war.

„Was zum Teufel treibt dieser Typ!" Lucas knurrte. Wut loderte in seinen Augen, und er verspannte sich. Gareth schien sich zusammenzureißen, doch ich hatte keine Zweifel, dass das Spiel auch an seinen Nerven zerrte. Das war der dritte Ort. Dreimal hatte uns Conner an einen falschen Ort geschickt, nur um uns mit einer höhnischen Nachricht zu belohnen, in der er seinen Plan wiederholte, mich zu brechen und dann zu töten. Meine Kontrolle schien das Einzige zu sein, was Lucas und Gareth davon abhielt, ihre zu verlieren, doch selbst meine Entschlossenheit geriet ins Wanken.

„Du hättest ihn töten sollen, als du die Gelegenheit dazu hattest", knurrte Lucas und drängte sich an uns vorbei. Gareth, die Hände an seinen Seiten geballt, folgte ihm. Ich packte ihn am Arm, bevor die Situation eskalieren konnte.

„Er hat Gefühle für sie und kommt sich hilflos vor. Wir reden von Lucas. Kannst du dir vorstellen, wie er sich dabei fühlt?" Ich zuckte mit den Schultern und bemühte mich um ein Lächeln, doch nicht sehr erfolgreich. Ich konnte es nicht lange halten, und es verblasste schnell. Gareth schnaubte.

„Das ist so frustrierend." Er fuhr sich mit den Händen durchs Haar und zerzauste es.

Ein ebenso beunruhigender Anblick bot sich uns, als wir am vierten Ort ankamen. Das Nachthemd, das Savannah in der Nacht zuvor getragen hatte, lag am Fuß eines Baumes. Es fiel mir schwerer, stark zu bleiben und die Stimme der Vernunft zu sein. Ich wollte Conner so dringend wehtun, dass der Durst nach Rache meinen Mund austrocknete. Ich stellte mir das sadistische Vergnügen vor, das er empfinden musste, während er uns quälte.

Er benutzt sie nur, um an mich ranzukommen; er wird ihr nicht wirklich weh tun.

Ich hoffte wirklich, dass dem so war.

Die Hände tief in seine Hosentaschen vergraben, senkte Lucas den Kopf und schloss die Augen. „Ich fühle nichts mehr."

Weil er den ganzen Tag seine Spielchen gespielt hat; er ist erstmal fertig damit.

„Er benutzt Magie, um dich daran zu hindern, sie weiter zu verfolgen", erklärte ich leise.

„Was können wir tun, um sie zu finden?", fragte er.

„Im Moment nichts."

5

Fast zehn Stunden waren vergangen, und Lucas' Blick voller Wut und hoffnungsloser Resignation verfolgte mich. Wir wollten die Suche nicht aufgeben, konnten aber nichts weiter tun, und aufs Geratewohl in der Stadt herumzusuchen hätte uns nur noch müder und frustrierter gemacht. Ich hatte selbstbewusst genug geklungen, als ich ihnen sagte, dass Conner noch nicht mit seinen Spielchen mit mir fertig war, und das hatte Lucas ein bisschen beruhigt. Es war beunruhigend, wie gut er das Vorgehen eines Mannes verstand, der von Rachsucht getrieben wurde. Den größten Teil der Fahrt zurück zu mir nach Hause hatte ich darüber spekuliert, ob es mit seinem Verständnis dafür zu tun hatte, wie Connor Savannah benutzen würde. Das würde meine Annahme bestätigen, dass Lucas wegen einer dunklen Vergangenheit Bodyguards hatte.

Als ich später an diesem Tag das Gebäude der Gilde der Übernatürlichen betrat, dominierten Lucas' Vergangenheit und Savannahs Entführung meine Gedanken und lenkten mich so sehr ab, dass ich nur meine Hand hob, um Beth, die Empfangsdame, zu begrüßen. Anstatt den Aufzug zu nehmen, benutzte ich die Treppe, um auf dem Weg zu

Gareths Büro ein bisschen Energie zu verbrauchen. Ich fühlte mich wie ein Rennwagen im Leerlauf, so hatten mich Wut und Rachedurst aufgedreht. Nervös und bereit, die Bremse zu lösen.

Gareth und Victor, der Leiter des Federal Supernatural Reinforcement, standen im Büro ein paar Meter voneinander entfernt, und Anspannung lag in der Luft. Meine Aufmerksamkeit wanderte zwischen den beiden hin und her, und ich wartete schweigend, bis Victor schließlich nickte und ging.

„Tut mir leid, die Tür war offen", erklärte ich beim Eintreten.

Gareth zuckte mit den Schultern. „Das Meeting war vorbei. Es hätte gar nicht stattfinden sollen", brummte er.

„Kommt ihr beide nicht gut miteinander zurecht? Und ich dachte, ich wäre die Einzige, die dieses Problem hat."

Er grinste. „Das stimmt überhaupt nicht, du und ich kommen gut miteinander aus."

„Ach so? Darauf kannst du unmöglich stolz sein", antwortete ich und warf ihm einen missbilligenden Blick zu. Seinem schiefen Lächeln nach zu urteilen war er definitiv sehr zufrieden mit sich.

„Was ist mit Victor?", fragte ich, als er auf mich zukam. Er beugte sich herunter und küsste mich. Dann glitten seine Hände um meine Taille, und er zog mich an sich. Dann wanderten seine Hände meinen Rücken hinauf zu den Zwillingen, die in ihren Scheiden steckten.

„Ich kann nicht glauben, dass sie dich immer wieder mit Waffen hier raufkommen lassen", sagte er gereizt.

„Vielleicht sehen sie mich nicht als Bedrohung. Oder vielleicht schon und wollen insgeheim, dass ich dich damit ersteche." Er lachte, doch es war zu laut und zu selbstsicher, als wäre die bloße Vorstellung, dass ich das tun könnte, lächerlich.

„Du weißt, dass ich das könnte, wenn ich wollte?"

„Ich bin mir sicher, dass du das könntest, Sweetheart", sagte er und gab mir einen Kuss auf die Nasenspitze. Ich funkelte ihn an und entlockte ihm ein weiteres diabolisches Lächeln. Er vergnügte sich zu sehr auf meine Kosten.

Es ärgerte mich ein bisschen, dass er sich über mich lustig machte. Er hatte mich zu oft kämpfen sehen, um zu glauben, dass ich mich nicht gut halten würde. Ich lächelte, doch meine Wangen taten weh, weil es so viel Anstrengung erforderte.

„Dieses Lächeln ist beängstigend. Du siehst aus wie Harley Quinn."

Mein Mund blieb offenstehen, doch ich klappte ihn schnell wieder zu. Ich war beeindruckt, dass er sie kannte. Wenn ich sonst etwas über Comics erwähnte, starrte er mich meistens an, als würde ich eine andere Sprache sprechen.

Er lehnte sich an seinen Schreibtisch, verschränkte die Arme vor der Brust, und seine Lippen verzogen sich zu einem übermäßig selbstbewussten Lächeln. „Du findest mich gerade ziemlich heiß, nicht wahr?"

„Das war vor ungefähr fünf Sekunden. Die Abwesenheit jeglicher Demut hat es wiedermal versaut", schnaubte ich und kam dann auf meine Frage zurück. „Was war das mit dir und Victor?"

„Gestern hat es bei einem Fußballspiel einen Angriff gegeben. Drei Feen und ein Magier wurden getroffen. Victor ist ungewöhnlich nervös. Nervöse Leute sind impulsiv, und er ist gerade in diesem Stadium. Er will damit anfangen, Leute festzunehmen, die keine bestätigte Zugehörigkeit zu Humans First oder einer anderen anti-übernatürlichen Organisation haben. Ihre einzige Verbindung zu diesen Gruppen ist etwas so Nebulöses wie Facebook-Freunde. Das ist nicht genug, und wenn wir so aggressiv vorgehen, werden die Polizei und andere menschliche Behörden nicht helfen. Sie werden uns für gesetzlos und außer Kontrolle halten. Ihr erster Instinkt wird es sein, die Menschen vor uns zu schützen. Doch wir werden ihre Unterstützung brauchen."

Ich biss die Zähne so fest zusammen, dass mein Kiefer schmerzte, als ich die Worte zurückhielt. Gareth bezog immer die möglichen politischen Implikationen in seine Planung ein. Es war sein Job, das zu tun, doch es machte einige seiner Entscheidungen reaktiv anstatt proaktiv. Die Angriffe gerieten außer Kontrolle, und irgendwann würde jemand nicht rechtzeitig ins *The Isles* kommen und sterben. Was dann? Die Übernatürlichen hatten der Gilde der Übernatürlichen und dem FSR ihr Vertrauen geschenkt, weil bisher niemand durch die Angriffe gestorben war. Ich war davon überzeugt, dass es mit ihrer Geduld vorbei wäre, wenn es passierte, und die Übernatürlichen selbst Gerechtigkeit suchen und unschuldige Menschen dabei verletzt werden würden oder schlimmer.

„Willst du sagen, was du denkst?", fragte er sarkastisch. Ich vermutete, dass er spüren konnte, dass ich mich auf Victors Seite gestellt hatte. Es war definitiv nicht das, was ich wollte, doch ich wollte proaktiv sein.

Bevor ich etwas sagen konnte, klingelte sein Bürotelefon. Er nahm den Hörer ab und jemand sagte etwas, das von meiner Position ein paar Meter entfernt wie wütendes Grollen klang.

„Es hat einen weiteren Angriff auf der Coven Row gegeben", knurrte er und legte auf. Ich wollte das Gespräch über Victor nicht mit ihm führen: Ich konnte das Zugeständnis in seiner Grimasse sehen, als er aus dem Zimmer eilte. Ich tauchte in der Menge von Agenten unter, die aus dem Haupteingang strömten; ich musste außer Sichtweite von Gareth bleiben, weil ich nicht wollte, dass er mich bat, nicht zu gehen. Ich würde auf keinen Fall wegbleiben.

Coven Row war bei weitem nicht so menschenleer, wie ich es nach dem Angriff auf das Sonnenwend-Festival erwartet hatte. Übernatürliche besuchten immer noch Clubs, schienen aber nur ungern an offensichtlichen Orten wie Coven Row herumzuhängen, die auf Menschen ausgerichtet waren, die Zaubersprüche kauften, Herba Terrae tranken – Hexenkraut, etwas, das sie mit Übernatürlichen gemein hatten – und die angebotenen magischen Fluchten genossen.

Menschen konnten die Coven Row weiter ungefährdet besuchen, doch sie würden wahrscheinlich auf dieselben GESCHLOSSEN-Schilder stoßen, die wir jetzt auch sahen. Wer auch immer für die Angriffe verantwortlich war, wurde die Übernatürlichen vielleicht nicht los, doch sie hatten Angst verbreitet. Es war vielleicht nicht ihr ultimatives Ziel, doch es war ein Ergebnis. Es gab ein Heilmittel für das Virus, doch es war nur begrenzt verfügbar, zumal Savannah nicht da war, um zu helfen.

Ich sah mich um und fand einen Pfeil, der sein Ziel verfehlt hatte. Ich beugte mich darüber, untersuchte seine Position und versuchte herauszufinden, woher der Schuss gekommen war. Es gab keine Gebäude, die hoch genug waren, dass der Angreifer ungesehen geblieben wäre, was bedeutete, dass sie am Boden gewesen sein mussten, vielleicht in einem Auto – ein Drive-by-Shooting wie vor dem *Devour* – oder in einem Parkhaus. So oder so, eine der vielen Überwachungskameras hätte sie erwischt. Gareth war damit beschäftigt, die Gegend zu untersuchen, mit Ladenbesitzern zu sprechen und andere Zeugen zu befragen. Ich ging zum Parkhaus. Der Parkplatz in der Nähe der Geschäfte, von dem aus man das beste Schussfeld gehabt hätte, war leer. Es konnte Zufall sein, doch das war höchst unwahrscheinlich. Das musste die Stelle sein, die der Schütze benutzt hatte.

Conners vertraute Magie legte sich um mich und riss mich zurück. In dem Moment, als sie mich losließ, wirbelte ich herum, die Zwillinge in der Hand, und stieß sie in die Leere. Sein leises, amüsiertes Lachen kam aus den Tiefen der Garage. Im Laufschritt folgte ich dem Geräusch, doch die Gegend, aus der es gekommen war, war leer.

Er war da; ich wusste, dass er es war. „Wie lange willst du dieses Spiel spielen?", schrie ich in die Dunkelheit.

„Bis es mich nicht mehr unterhält, und dann töte ich dich", sagte er gedehnt. Eis lag in seinen Worten.

Die Sai immer noch in der Hand durchsuchte ich die Garage und fand ihn versteckt am anderen Ende, von wo aus er mich beobachtete. Etwas, von dem ich sicher war, dass er es die ganze Zeit getan hatte, die ich nach ihm gesucht hatte. Seine Lippen verzogen sich zu einem schiefen Grinsen, als er näherkam. Ich stand auf einem freien Parkplatz, und er blieb so stehen, dass ein Auto zwischen uns war.

„Lass Savannah gehen. Du hast kein Problem mit ihr. Mich willst du verletzen – nicht sie."

„Wohl wahr. Ich will sie nicht verletzen, aber ich werde es aus keinem anderen Grund tun, als um mich an dir zu rächen. Du hast mich zum Sterben zurückgelassen, nachdem ich dich gerettet habe." Seine Stimme wurde leiser, und seine letzten Worte hörten sich zittrig an. Ich war mir nicht sicher, ob es aus Trauer oder Wut oder einer Kombination aus beidem war.

„Du wolltest mich dort behalten."

„Und? Da gehörst du hin. An meine Seite. Das hier …" Sein Blick schweifte über die Garage und blieb dann draußen hängen. Während er abgelenkt war, überlegte ich, ihn anzugreifen. Als ob er meine Absicht geahnt hätte, schossen seine Augen zurück zu mir. Stirnrunzelnd fuhr er fort: „Das … das ist keine Welt für uns. Wir haben Besseres verdient, und du bist zu töricht und willfährig, um mehr zu wollen. Sie haben dich dazu gebracht, dich für das zu schämen, was du bist. Wir sind die mächtigsten Wesen, die es gibt – wir sollten uns nicht schämen. Wir sollten gefürchtet und verehrt werden." Kälte war in seine Stimme zurückgekehrt und hatte ihren Weg zu seinen Augen gefunden, als ob er mich persönlich für die Abwesenheit des Nirvana verantwortlich machte, das er nie erleben würde.

„Dieses Paradies, von dem du sprichst, wäre nur durch das Töten anderer erreichbar gewesen. Deshalb habe ich dich aufgehalten. Mach mich nicht zum Bösewicht in deiner kleinen Wahngeschichte." Ich entspannte schnell meine verkrampften Kiefermuskeln. Schuldgefühle meldeten sich und lasteten schwer auf mir. Ich hätte es nicht ertragen können, wenn er seine Wut auf mich an Savannah ausließe.

„In einem Krieg gibt es immer Opfer", sagte er leise und zu beiläufig für eine Diskussion über Massenmord.

„Es ist dein Krieg. Es muss keinen geben. Wenn du eine weitere Säuberung durchführst, wird ein neues Kapitel der Geschichte hinzugefügt, und wir sind wieder die Aggressoren. Unsere Kinder werden mit denselben Vorurteilen leben müssen wie wir jetzt. Die Leute werden sie genauso sehen, wie sie uns jetzt sehen – als Monster", fügte ich hinzu. Argumente funktionierten bei Conner nicht, und ich war mir nicht sicher, warum ich es weiter versuchte.

Schweigend musterte er mich. Seine Augen waren tief, durchdringend und finster, und es war schwer, sie zu lesen. Ich packte meine Sai und bereitete mich darauf vor, falls nötig, zu reagieren.

„Ich glaube, wenn du länger geblieben wärst, hätte ich dich überzeugt."

„Gib Savannah ihre Erinnerungen zurück und lass sie nach Hause gehen, und ich werde mit dir gehen. Dann können wir reden und sehen, ob wir zu einer Einigung kommen können", schlug ich vor. Mehr Zeit mit Conner zu verbringen, sein albernes Geschwätz über ein Paradies zu hören, in dem Vertu und Legacy lebten, mit einigen wenigen Verbündeten, die außerhalb unserer separaten Welt lebten, sich unter die Menschen mischten und dafür sorgten, dass sie sich nicht wieder erheben würden, war weniger verlockend, als mir die Augen mit meinen eigenen Sai auszustechen, doch um Savannah zu retten, würde ich es tun.

Als ich das Gewicht seines bohrenden Blicks spürte,

verspannte ich mich. Er schüttelte den Kopf. „Nein. Es gibt
für dich keinen Weg zurück. Du hast dich auf ihre Seite
geschlagen, damit musst du jetzt leben." Er verschwand.

„Conner!" Ich rief immer wieder seinen Namen. Mehrere
lange Minuten wartete ich darauf, dass er zurückkam, doch
ich wusste, dass er es nicht tun würde. Er hasste mich und
wollte mich so leiden lassen, wie er es für meinen angebli-
chen Verrat verdiente. Es stand ihm ins Gesicht geschrieben
und war schwer zu leugnen.

6

Ich brauchte Stunden, um einzuschlafen, weil ich nicht aufhören konnte, an mein Gespräch mit Conner zu denken. Dementsprechend hatte ich keine gute Laune, als Kalen mich um fünf Uhr morgens anrief, um mir mitzuteilen, dass er reden müsse und auf dem Weg zu meiner Wohnung sei.

Keine fünf Minuten, nachdem ich aufgelegt hatte, klopfte es an der Tür. Ich öffnete sie und rieb mir die Augen, um wachzuwerden. Gareth war so munter, als wäre er seit Stunden wach. Ich hasste Leute, die einfach aus dem Bett springen und loslegen konnten, und genau so war er. Er war in seine Hose gesprungen und hatte neben der Tür gewartet, während ich mich angezogen hatte.

Blu und Kalen waren legerer gekleidet, als ich es ihnen je zugetraut hätte. Sie trug ein einfaches Tanktop, eine Yogahose und eine Kapuzenjacke, und ihr Haar war zu einem Zopf zurückgebunden. Kalen trug das, was er als Freizeitkleidung betrachtete, eine Hose und ein T-Shirt mit V-Ausschnitt, das zu seinem schlanken, durchtrainierten Körper passte. Sie sahen beide ein wenig zerzaust aus – oder ihre Version davon – und ich nahm an, dass sie eine ganze

Nacht mit Recherchen verbracht hatten. Seine Augen leuchteten vor Aufregung, ein Gefühl, das Blu offensichtlich nicht teilte.

„Ich habe eine wirklich tolle Idee", sagte er begeistert.

Blu runzelte die Stirn. „Ich würde nicht sagen, dass es eine gute Idee ist. Sie hat großes Erfolgspotential, ist aber extrem gefährlich." Dann richtete sie ihre Aufmerksamkeit auf Kalen und warf ihm einen scharfen Blick zu. „Man kann also nicht sagen, dass es eine tolle Idee ist, wenn sie dabei sterben könnte."

Er warf ihr einen vernichtenden Blick zu, um sie zum Schweigen zu bringen, doch sie signalisierte deutlich, dass das nicht passieren würde. Als sie die Wohnung betraten, entspannte sich ihr finsterer Blick. Doch als er nach ihrer Hand griff, zog sie sich von ihm zurück. Sie war definitiv nicht an Bord bei dem, was er vorschlagen wollte.

Er beugte sich in ihre Richtung. „Der andere Zauber ist fehlgeschlagen. Wenn sie sie zurückbekommen, muss Livy dafür sorgen, dass das nicht nochmal passiert", flüsterte er.

Blus tiefbraune Augen waren auf mich gerichtet, und ich konnte die Sorge darin sehen. „Verzweiflung macht Leute zu Narren. Und Narren sterben schnell", warnte sie.

Das war etwas, das ich selbst oft sagte. Angst war eine weitere problematische Emotion, weil sie Menschen irrational machte. Ich hatte keine Angst, doch ich war definitiv verzweifelt. „Sie hat recht. Aber wenn es Savannah hilft, muss ich es versuchen. Ich bin der Grund, warum sie in diesem Schlamassel steckt."

Sie nickte, und Kalen nahm das als Aufforderung, fortzufahren. „Du weißt, dass Savannah eine *Ignesco* ist, dass sie wahllos die Magie eines jeden verstärken kann?", begann er.

Ich nickte.

„*Roboro* funktioniert genauso. Es ist ein magischer Booster. Ein Zauber, der jede Magie oder alle nachfolgenden Zauber verstärkt, die du ausführst, nachdem du ihn gewirkt hast. Ich glaube nicht, dass der Zauber, den du versucht hast, der falsche war, er war einfach nicht stark genug, um den von Conner rückgängig zu machen. Wenn er so mächtig ist, wie du sagst, musst du doppelt so stark sein wie er, um rückgängig zu machen, was er tut. Der *Roboro* kann dafür sorgen."

Ich wollte nicht zu optimistisch sein, denn ich konnte den gequälten Ausdruck auf Blus Gesicht sehen. Sie sah Kalen mit zusammengekniffenen Augen an und ließ ihren Blick an ihm auf und ab wandern. So unbehaglich, wie er dreinblickte, ging ich davon aus, dass er wusste, dass sie ihn musterte. "Mach weiter, und erzähl ihr von den Zutaten, die für den Zauber nötig sind", sagte sie mit gespielt sanfter Stimme.

"Du brauchst die Blüte einer *Culded*", sagte er mit deutlich leiserer Stimme als zuvor, als würde er ein Geheimnis verraten. Sein Ton hatte jede Begeisterung verloren. Stattdessen war er bedrückt, voller Sorge.

"Nur weiter. Sag ihr, wo sie die finden kann", drängte Blu wieder mit einem bitteren Schnauben.

Er atmete ein und hielt den Atem lange an, und gerade als er sprechen wollte, sagte Blu: "Auf der Insel Menta."

Kalen verzog das Gesicht und verdrehte dann die Augen. "Warum erzählst du es ihr nicht zu Ende, Darling?", sagte er in einem zuckersüßen Ton, der zu ihrem passte – seine passiv-aggressive Art, seine Verärgerung zu zeigen. Mit einer übertriebenen Geste verbeugte er sich und trat zurück, um ihr die Bühne zu überlassen.

Seine Dramatik entging ihr nicht, und sie durchbohrte ihn mit einem Blick, fuhr dann aber fort. "Die Insel Menta liegt in der Nähe der Jungferninseln, und ihre Bewohner halten sich so weit von uns entfernt, wie wir uns von ihnen entfernt halten wollen. Es ist eine gute Regel, mit der beide Seiten leben können. Eine Regel, die uns am Leben erhält." Ich nahm an, dass ihre Sorge um mich sie übervorsichtig und dramatisch gemacht hatte, bis Gareth scharf Luft holte.

Sie warf ihm ein wissendes Halblächeln zu, als wären sie durch ihre gemeinsame Sorge verbunden.

„Ich bin gut darin, mich selbst zu schützen", sagte ich ihr. Nicht, weil ich arrogant war, sondern weil sie die Bestätigung zu brauchen schien. Offensichtlich hatte Kalen die Gefahren einer Reise zu dieser Insel unterschlagen

Blu seufzte. „Ich weiß das. Und wir wollen Savannah genauso zurückhaben wie du." Es war nicht so, dass nur *ich* Savannah zurückwollte; die Stadt brauchte sie. Mit einer Kombination aus meinem Blut und dem von Savannah konnten sie diejenigen behandeln, die mit dem während der Sonnenwende-Angriffe übertragenen Virus infiziert waren. Ich nehme an, sie hatten einen Teil des Serums aufbewahrt, doch Magie konnte nicht auf dieselbe Weise dupliziert werden wie ein Medikament. Sobald sie aufgebraucht war, war sie aufgebraucht.

Sie begann, im Raum auf- und abzugehen, und zum ersten Mal schien Kalen ihre Sorge zu teilen. „Ich glaube, du hast wirklich die Arschlochkarte gezogen. Die Hälfte deines Lebens musstest du dich verstecken und so tun, als wärst du etwas, das du nicht bist. Leute haben versucht, dich wegen ihrer Vorurteile zu töten, und machen dich für etwas verantwortlich, womit du nichts zu tun hattest, und trotzdem hast du dich entschieden, uns tatsächlich zu helfen, als wir dich gebraucht haben. Doch jetzt, wo du es brauchst, kann dir niemand helfen. Das ist nicht fair", sagte sie.

Vor langer Zeit war mir klargeworden, dass das Leben einfach nicht fair war. Nachdem ich das akzeptiert hatte, war es etwas einfacher geworden, damit umzugehen. „Du hilfst mir jetzt. Du hast mir unzählige Male geholfen."

Nichts, was ich sagte, würde ihre Sorge lindern. Nach einigen Momenten des Nachdenkens verschwand ihr Stirnrunzeln. „Es ist auch nicht einfach, dorthin zu gelangen", erklärte sie.

„Wenn sie sich entscheidet zu gehen, bringe ich sie hin",

sagte Gareth. Sein Mangel an Enthusiasmus begann, auch mich zu beunruhigen, doch jetzt, wo die Karten über die Insel auf dem Tisch lagen, hatte Kalen wieder einen Ausdruck gedämpfter Begeisterung im Gesicht. Er vertraute auf den Zauber und meine Fähigkeit, die notwendigen Zutaten dafür zu beschaffen.

„Nun, wenn du die *Culded* beschaffen kannst, wird der Rest leicht."

„*Leicht*. Ich kann nicht in Savannahs Nähe, ohne dass sie schreit oder versucht, mich anzugreifen."

„Ich kann den Zauber wirken, wenn sie dich nicht in ihre Nähe lässt", bot Blu an. Dann wanderte ihr Blick in Kalens Richtung. „Ich denke, wir sollten mit dir gehen."

„Nein", antworteten sowohl Gareth als auch ich. Kalen sah erleichtert aus. Er war ein großartiger Arbeitgeber und ein wunderbarer Freund geworden, doch es war unwahrscheinlich, dass er in Richtung Gefahr rennen würde.

„Ich denke, es ist das Beste, wenn ihr beide hier bleibt." Es war nicht das, was Gareth sagte, das mich störte, sondern das, was er nicht gesagt hatte. Ich konnte den Zweifel in seinen Worten hören, als wollte er sagen, dass sie bleiben sollten, falls wir nicht zurückkamen.

Wie gefährlich war Menta?

Blu nickte, und Kalen blies den Atem aus, den er angehalten hatte, seit sie sich freiwillig gemeldet hatte. Sie versprachen, alles andere zu besorgen, was für den Zauber nötig war. Als sie gingen, hatten wir uns noch nicht auf einen Tag festgelegt, an dem wir gehen würden. Gareth schien nicht scharf darauf, sich festzulegen, was alle Arten von Alarmglocken für mich schrillen ließ.

Als sich die Tür hinter Blu und Kalen geschlossen hatte, drehte ich mich zu ihm um.

„Erzähl mir von der Insel Menta." Die Tatsache, dass ich noch nie davon gehört hatte, weckte meine Neugier. „Warum macht die Vorstellung, dorthin zu gehen, Blu so viel Angst?"

Sie kam mir nicht wie eine Frau vor, die leicht Angst bekam, und sie hatte definitiv Angst um mich.

Er wollte sich gerade setzen, stürmte dann aber plötzlich an mir vorbei in mein Schlafzimmer. Ich folgte ihm. Bevor sein Telefon aufhörte zu summen, nahm er es von der Kommode und antwortete. Die Tatsache, dass er sein Handy in einem Raum am anderen Ende der Wohnung vibrieren hörte, war eine weitere Demonstration seiner übernatürlichen Fähigkeiten. Es gab ein paar schnelle Wortwechsel, bei denen sein Beitrag darin bestand, dass er fragte: „Wo?", „Wann?", und „Wie viele Übernatürliche waren beteiligt?" Während des Gesprächs hatte er begonnen, seine Schuhe anzuziehen. Seine Wut und Frustration waren spürbar, zusammen mit dem Flackern seines Wandlerrings, der heller geworden war.

„Was ist los?", fragte ich, nachdem er aufgelegt hatte.

„Noch ein Angriff. Diesmal in Forest Township." Dort wohnten die meisten Wandler. „Sie haben den Schützen und warten darauf, dass ich komme, um mit ihm zu reden. Er scheint was zu wissen."

„Er redet?", fragte ich. Die meisten Leute, die sie gefangen hatten, wussten nichts. Die wenigen, die Informationen hatten, machten sehr deutlich, dass sie sie nicht preisgeben würden. Nur mit Hilfe von Feenmagie verrieten sie das bisschen, das sie wussten. Wer auch immer dahinter steckte, unternahm große Anstrengungen, seine Identität zu verbergen.

„Nein, aber er scheint etwas zurückzuhalten." Mir wurde klar, dass Gareth versuchte, dorthin zu gelangen, bevor sich die Polizei einmischte. Normalerweise waren die Grenzen zwischen der menschlichen und übernatürlichen Autorität klar definiert. Die Gilde der Übernatürlichen kümmerte sich um Verbrechen, die von Übernatürlichen begangen würden, und die Polizei kümmerte sich um die von Menschen. Die Regeln waren viel weniger klar, wenn an einem Verbrechen

Menschen und Übernatürliche beteiligt waren. Wenn ein Mensch ein Verbrechen gegen einen Übernatürlichen begangen hatte, gab es Organisationen, die versuchten, auf die Zuständigkeit der Polizei anstatt der Gilde der Übernatürlichen zu bestehen, weil sie davon ausgingen, dass der Täter von Nichtmenschen härter behandelt würde. Meistens wurden Menschen der Polizei übergeben. Als ich angeklagt worden war, eine Fee, einen Wandler und einen Magier ermordet zu haben, hatte niemand beantragt, mich vor ein menschliches Gericht zu stellen – doch ich stand da schon im Verdacht, nicht ganz menschlich zu sein, obwohl ich als einer lebte. Es hatte wahrscheinlich nicht geholfen, dass das Verbrechen als ungeheuerlich angesehen wurde.

„Glaubst du, sie werden wollen, dass er der Polizei übergeben wird?"

„Die Situation war angespannt. Das Vertrauen der Übernatürlichen ist nicht mehr das, was es mal war, jetzt, wo es jemanden gibt, der sie mit einem Virus töten kann. Und die Menschen sind misstrauischer, weil wir *Ereignisse* nicht mehr so gut vertuschen können wie früher. Wir brauchen einen Ersatz für Harrah." Er seufzte. Ich fragte mich, ob dieser hypothetische Ersatz so mächtig oder strategisch wie Harrah sein würde. Sie hatte etwas Unbarmherziges und Furchteinflößendes an sich, doch wenn ich jetzt die Konsequenzen ihres Fehlens sah, fragte ich mich, ob diese Eigenschaften notwendig waren, um ihren Job zu machen.

Nein, ich werde mich nicht schuldig fühlen. Doch das war leichter gesagt als getan. Harrah hatte es verdient, so zu sterben, wie sie gestorben war. Ob ich mich schuldig fühlte oder nicht, ich hatte die Rahmenbedingungen eindeutig verändert. Sie hatte einen unschätzbaren Dienst geleistet. Eine mächtige Fee zu sein, die das Gedächtnis eines Wesens auslöschen konnte, indem sie nur den Raum betrat, hatte sie zu einer Macht gemacht, gegen die sich die meisten nicht wehren konnten. Sie hatte das Image der übernatürlichen

Gemeinschaft geschützt – ohne Rücksicht auf Verluste. Wenn sie der Meinung war, dass jemand zum Problem wurde, wurde er oder sie ohne große Fragen eliminiert. Ich war ein Problem, und sie hatte versucht, mich loszuwerden.

„Wie viele Wandler wurden verletzt?", fragte ich, bevor er gehen konnte.

„Zehn." Ich versuchte, die Zahl der Opfer im Auge zu behalten. Irgendwann würde das Heilmittel ausgehen. Wir mussten Savannah finden und ihr Gedächtnis wiederherstellen oder zumindest einen anderen *Ignesco* aufspüren.

Ich hatte nicht wieder einschlafen können, nachdem Gareth gegangen war. Stattdessen verbrachte ich meine Zeit damit, im Internet nach Informationen über Menta zu suchen. Nach zwei Stunden ausgiebiger Suche verstand ich Blus Bedenken. Ich teilte sie, aber aus anderen Gründen. Es gab nirgendwo Informationen über die Insel. Nicht einmal ein vergrabener Artikel aus zweifelhafter Quelle. Nichts. Wie konnte ein solcher Ort existieren, ohne dass jemals jemand darüber schrieb? Blu, Kalen und Gareth wussten davon. Wurden die Geschichten darüber mündlich von Generation zu Generation weitergegeben? Für einen kurzen Moment fragte ich mich, ob es sie überhaupt gab. Es konnte eine Geschichte von einem mystischen Ort sein, die reine Fantasie war – doch hinter jeder fantastischen Geschichte steckte ein bisschen Wahrheit. Es war nicht auszuschließen, dass jemand einen „Harrah-Job" ausgeführt hatte, dass jemand strategisch alle Beweise für die Existenz der Insel vernichtet hatte, doch ich fand es schwer zu glauben, wenn man bedachte, wie aufwendig das gewesen wäre.

Bei meinen Recherchen fand ich Artikel über kleine Inseln, von denen kein Mensch je zurückgekehrt war, und Geschichten über verschwundene Boote, doch Menta wurde nicht darin erwähnt. Geschichten über das Bermuda-Dreieck kamen mir in den Sinn.

Da ich eine Pause brauchte, ging ich duschen. Dampf

waberte in meinem kleinen Badezimmer und verschaffte mir Klarheit, oder vielleicht entspannte mich die Hitze so weit, dass ich meinen Kopf freibekam. Ich setzte Prioritäten. Ich würde Savannah finden und dann ihren Geisteszustand beurteilen, bevor ich in Betracht zog, auf eine Insel zu reisen, über die niemand, selbst nicht unter Schutz der Internet-Anonymität, schreiben wollte. In der Zwischenzeit konnte Savannah bei Lucas bleiben – nein, halt. Es war nicht unrealistisch anzunehmen, dass Conner all ihre Erinnerungen entfernen und ihr noch mehr falsche in den Kopf setzen würde, um sie glauben zu lassen, dass wir alle ihre Feinde waren. Dass Lucas uns erlaubt hatte, den Zauber zu versuchen, wäre ein klares rationales Argument dafür. Auf keinen Fall würde Savannah damit einverstanden sein, mit Lucas abzuhängen.

Eins nach dem anderen. Ich konnte Savannah nicht finden, weil Conner meine Ortungszauber blockierte. Ich brauchte die *Culded*, um meine Magie zu stärken, die Schutzzauber zu durchbrechen und meine Freundin zu finden. *Mist, dann muss ich wohl doch erst nach Menta.*

Wo bist du, Conner?, dachte ich, als ich mein handtuchtrockenes dunkelbraunes Haar zu einem losen Knoten auf meinem Kopf zusammenband. Ich untersuchte den Ansatz auf Spuren von Kupferrot, meiner natürlichen Legacy-Farbe. Leuchtend kupferrotes Haar war ein verräterisches Zeichen, und ich hatte es mir zur Gewohnheit gemacht, es zu färben, auch wenn es jetzt nicht mehr so wichtig war. Bald würden wir der breiten Öffentlichkeit bekannt sein und nicht länger nur in furchteinflößenden Geschichten und Spekulationen existieren. Ich freute mich nicht darauf. Die Fragen. Die Angst. Eine neue Generation anti-übernatürlicher Gruppen, deren einziger Zweck darin bestand, uns das Leben zur Hölle zu machen. Es war schon schlimm genug, dass wir uns bisher mit den Trackern herumschlagen mussten.

Ich hatte mich gerade mit einem Teller Speck, drei

Donuts und einem Bagel mit einer großzügigen Portion Nutella darauf hingesetzt, als das Bild von Savannah, die missbilligend auf meinen Teller blickte, in meinem Kopf auftauchte. Sie schalt mich regelmäßig wegen meiner Speisenauswahl, meistens, während sie in einer ihrer fortgeschrittenen Yoga-Positionen saß oder stand. Ein böser Blick sah aus der „Herabschauenden Hund"-Pose nicht freundlicher und in der Kriegerpose entschieden feindselig aus.

Ein Klopfen an der Tür unterbrach mein Frühstück. In der Annahme, dass es Gareth war, öffnete ich und war überrascht von den lebhaften grünbraunen Augen und dem seltsam vertrauten kupferroten Haar des äußerst attraktiven Mannes, der dort stand. Seine Größe, die ich auf über zwei Meter schätzte, war überwältigender als seine extrem scharf geschnittenen Gesichtszüge. Eine lange Adlernase wurde durch einen messerscharfen Kiefer und kantige Wangenknochen ergänzt. Ein Stoppelbart warf Schatten auf sein Gesicht. Sogar seine Lippen, die zu einem Lächeln verzogen waren, wirkten dünn und kantig. Trotz seiner schlanken Statur wirkte er immer noch ein bisschen bedrohlich.

Nachdem wir dagestanden und uns auf eine Weise angestarrt hatten, die mit keinem anderen Begriff als seltsam beschrieben werden konnte, sagte ich schließlich: „Hallo."

„Hallo", antwortete er mit einer tiefen, rauen Stimme.

Oh bitte. „Das ist der Teil, wo du mir sagst, warum du vor meiner Tür stehst", sagte ich.

„Darf ich reinkommen?"

„Wahrscheinlich. Aber definitiv nicht, bevor du mir gesagt hast, wer du bist und warum du hier bist."

Er lächelte. Es war gezwungen und angespannt. „Ich bin Elijah und du bist Olivia, richtig?" Da er sich nicht die Mühe gemacht hatte, seine Haarfarbe zu ändern, nahm ich an, dass er keinen Alias benutzte.

Ich nickte und wartete geduldig darauf, dass er mehr sagte. Er tat es nicht.

„Das ist wie Zähne ziehen. Elijah, warum bist du hier?"

„Du hast mich gesucht, oder?" Sein faszinierter Blick folgte mir, als ich mich hin und her bewegte und den Grund erraten musste, warum ein Fremder vor meiner Tür stand. Er vergrub die Hände in den Taschen seiner Jeans und schwieg.

Ich atmete tief ein und hoffte, dass es meine Nerven beruhigen würde, die durch den Besucher angespannt waren. „Lass uns nochmal von vorn anfangen. Hallo, Fremder, der uneingeladen vor meiner Tür auftaucht, was führt dich um acht Uhr morgens zu mir nach Hause? Und zögere nicht, es mit so vielen Details wie möglich zu erklären, denn das könnte den Unterschied bedeuten, ob ich dir die Tür vor der Nase zuschlage, die Gilde der Übernatürlichen rufe oder Schlimmeres."

„Die Gilde der Übernatürlichen hat mich geschickt", erklärte er und streckte die Arme aus, um mich daran zu hindern, die Tür zu schließen. „Tina … Tina Merkle hat mich geschickt." Ich merkte schnell, dass er genauso vorsichtig war wie ich. Er hatte wahrscheinlich auch eine lange Geschichte der Flucht und des Gejagtwerdens hinter sich. Dass Tina die Leiterin der Gilde der Übernatürlichen in einer nahegelegenen Stadt war, reichte vor diesem Hintergrund wahrscheinlich nicht als Argument, mir zu vertrauen.

„Okay", sagte ich langsam und nutzte den Augenblick, um zu überlegen, was ich tun sollte. „Gib mir einen Moment. Ich muss telefonieren." Er senkte seinen Arm, und ich schloss die Tür und verriegelte sie. Ich war mir nicht sicher, warum ich mir überhaupt die Mühe machte. Wenn er ein Legacy war, würde eine verschlossene Tür ihn nicht aufhalten. Ich überlegte, einen Schutzzauber zu errichten, doch ich stieß auf das gleiche Problem: Er würde ebenfalls in der Lage sein, ihn zu brechen. Oder nicht? War ich stärker als er? Vielleicht wenn er ein Legacy war, aber definitiv nicht, wenn er ein Vertu wäre.

Nachdem ich Conner kennengelernt hatte, hatte ich die Grenzen meiner magischen Fähigkeiten erkannt. Es war nicht klug zu glauben, dass dieser Typ dieselben Fähigkeiten hatte wie ich. Schnell ging ich in mein Schlafzimmer, nahm mein Handy und rief Gareth an. Es klingelte mehrmals, bis er antwortete, und er klang gehetzt und abgelenkt, als er sprach. „Ja, Livy?"

„Weißt du was darüber, dass Tina einen Legacy zu mir geschickt hat?"

Er fluchte leise. „Hast du meine SMS nicht bekommen? Ich habe auch versucht anzurufen, aber ich war hier beschäftigt." Ich öffnete meine Nachrichten. Ich hatte eine verpasste SMS von ihm. Sie war knapp und forderte mich auf, ihn anzurufen, da er vielleicht einen Kontakt hatte, der unter Umständen helfen könnte.

„Woher kennt sie ihn?"

„Er wurde festgenommen, nachdem er einen Zusammenstoß mit ein paar Trackern hatte. Tina hat mich angerufen, weil sie vermutet hat, dass seine Situation deiner ähnlich ist, und da wir andere Legacy finden sollten, hat sie ihn hierhergeschickt."

„*Zusammenstoß?*"

„Ja, *Zusammenstoß*, wie der, den du vor ein paar Wochen hattest." Dieser Vorfall hatte dazu geführt, dass ich drei von denen getötet hatte, die mich aus dem Hinterhalt angegriffen hatten. Ich fragte mich, ob Elijahs Situation ähnlich geendet hatte. Ich zögerte zu fragen.

„Wo ist er?", fragte Gareth.

„Ich habe ihn vor der Tür gelassen, um dich anzurufen."

„Stimmt was nicht mit ihm? Ist er seltsam?"

„Nun, ich kann mir nicht vorstellen, dass er irgendwelche Auszeichnungen dafür bekommt, dass er besonders normal ist." Grinsend fügte ich hinzu: „Und du musst dir deiner Sache wirklich sicher sein, wenn du mir irgendwelche heißen Typen nach Hause schickst."

„Ich habe keine Ahnung, wie er aussieht. Aber sie schien ihm zu vertrauen, und ich vertraue ihr. Wenn er so viel Magie besitzt wie du, könnte er uns bei der Suche nach Savannah von Nutzen sein."

Er war mir mit dem Vorschlag zuvorgekommen. Doch wenn Elijah so zynisch war wie ich, wäre er dann bereit, mir zu helfen – einer vollkommen Fremden? Es gab mir Hoffnung, dass er allein auf Tinas Vorschlag hin zu mir gekommen war. „Ich muss mit ihm reden. Ich rufe dich später wieder an."

Gareth rief meinen Namen, bevor ich auflegen konnte. „Und ja, ich bin mir meiner so sicher."

„Und ausgesprochen bescheiden", murmelte ich in die Stille.

Schnell ging ich zurück zur Haustür und öffnete. „Bitte, komm rein."

Er warf mir einen abschätzenden Blick zu, zögerte und trat dann über die Schwelle.

„Wie ich höre, hattest du einen *Zusammenstoß* mit ein paar Trackern."

„Sie haben mich angegriffen, und ich habe sie getötet." Er beschönigte es nicht. Ich fragte mich, ob er es im Kampf oder durch Magie getan hatte. „Ich hatte geglaubt, dass sie kein Problem mehr darstellen", fügte er hinzu.

Woher wusste er, dass Conner an mehreren von ihnen Rache geübt hatte, nachdem er sie aus dem Gewahrsam der Gilde der Übernatürlichen geholt hatte?

Bevor ich fragen konnte, verschränkte Elijah die Arme vor der Brust, sah sich kurz um und wandte seine Aufmerksamkeit wieder mir zu. „Jeder weiß davon, aber man weiß nie, was die Wahrheit ist und was kreative Nachrichtengestaltung ist, um die übernatürliche Gemeinschaft zu schützen." Er fing an, durch das Wohnzimmer zu schlendern, und sah sich alles genau an, als ob er versuchte, anhand des Mobiliars ein Gefühl dafür zu bekommen, wer ich war.

„Gerüchten zufolge waren sie Teil einer Hassgruppe – und wurden getötet, als die Gilde der Übernatürlichen versucht hat, sie festzunehmen. Es hat sich für mich nie richtig angehört."

Nachdem er sich einige Augenblicke im Raum umgesehen hatte, kehrte er zu mir zurück und richtete all seine Neugier wieder auf mich. Wir standen mehrere Meter voneinander entfernt, und er schien mich genauso abzuschätzen wie ich ihn.

„Ist es das erste Mal, dass sie hinter dir her waren?", fragte ich.

„Nein. Alle anderen Male sind für die Tracker besser ausgegangen. Ich habe ihre Erinnerungen modifiziert und sie glauben lassen, sie hätten mich getötet. Ich dachte, das würde reichen."

Ich lächelte ihn verständnisvoll an, weil ich dasselbe getan hatte. „Du färbst deine Haare nicht, um dich zu tarnen?" Wer mit dieser Haarfarbe herumlief, machte sich natürlich zum Ziel.

Er fuhr mit den Fingern hindurch und änderte es in Dunkelbraun, was besser zu ihm passte, da das Rot seinen hellen Teint noch blasser machte. „Da ich hergekommen bin, um eine andere Legacy zu treffen, habe ich es geändert."

Bin ich die Einzige, die das nicht kann? „Wie machst du das?"

Ich wehrte seine Hand ab, als sie auf mich zukam, und trat aus seiner Reichweite zurück.

„Deine Haare", sagte er. „Sie sind braun."

„Ich weiß, ich habe es heute Morgen gesehen, als ich mich angezogen habe."

Schmunzelnd sagte er: „Ändere es."

„Ich weiß nicht, wie", gab ich leise zu. Zum ersten Mal schämte ich mich für mein begrenztes Wissen.

„Es ist ganz einfach." Als er erneut die Hand ausstreckte, berührte er eine Strähne, ein warmes Kribbeln zog über meinen Kopf, und als sein Lächeln breiter wurde, wusste ich, dass meine Haare wieder ihr natürliche Farbe hatten.

„Weißt du, wie man einen Schutzzauber wirkt?"

Ich nickte.

„Kannst du Gegenstände mit deiner Magie bewegen?"

Wieder nickte ich.

„Dann kannst du das auch." Er verzog das Gesicht. Ich nahm an, er überlegte, wie er mir zeigen konnte, wie man es machte. Er nahm meine Hand, und Magie strömte darüber. Prickelte, bewegte sich meinen Arm entlang, wand sich darum herum und entfaltete sich dann in eine Vielzahl von Richtungen. Es fühlte sich wie eine einzigartige Art offensiver Magie an, und mein Körper reagierte entsprechend, um mich zu schützen. Hitze und Energie durchströmten mich, anders als alles, was ich zuvor versucht hatte.

„Stell dir eine Farbe vor, während du mit den Fingern durch dein Haar fährst, und ändere sie."

Ich hätte an die Farbe denken sollen, die ich vorher hatte, nicht an Blau. Als ich in den Spiegel blickte, war ich schockiert, als ich sah, dass ich knallblaue Haare mit braunen Enden hatte. Ich fuhr mit meinen Fingern wieder hindurch und benutzte meine Magie. Mit der richtigen Anleitung schien es so einfach zu sein – ganz anders als zu improvisieren –, und ich kehrte zu Kupferrot zurück und drehte mich vom Spiegel zu Elijah um.

„Es passt zu dir."

Ich würde ihn nicht anlügen; er sah mit braunen Haaren besser aus.

„Kannst du teleportieren?", fragte ich.

Er nickte. Jetzt, wo er noch näher gekommen war, wurde mir die unbestreitbare Stärke seiner Magie bewusster. War er ein Legacy oder ein Vertu? Die Vorstellung, dass er Letzteres sein könnte, störte mich. Mir wurde klar, dass sie nicht alle gleich waren, doch es war ein Kampf, ihn nicht als einen Egomanen zu betrachten, dessen Ziel es war, die Säuberung noch einmal durchzuführen. Als Reaktion auf meinen Stimmungsumschwung versteifte er sich merklich und trat einen Schritt zurück.

Er sah sich in der Wohnung um und gab mir den Eindruck, dass er versuchte, dasselbe über mich herauszufinden. „Es ist schwieriger, als es aussieht. Nicht jeder kann es tun. Meine Mutter kann es, mein Vater nicht."

„Bist du ein Legacy?"

Er schüttelte den Kopf.

„Danke, dass du mir das gezeigt hast." Ich deutete auf mein Haar.

Er kam wieder näher. Er war vielleicht nicht seltsam – da war ich mir noch unschlüssig –, doch hatte Schwierigkeiten mit Grenzen und Distanzzonen. Trotz meiner Zweifel war etwas an ihm, das ich mochte. Vielleicht war es nur der Wunsch, sich mit jemandem, der wie ich war, anzufreunden.

Als ich ihm Frühstück anbot, war er höflich genug, einen Donut anzunehmen, rümpfte aber die Nase über den Speck und den Nutella-Bagel. Vielleicht wollte ich doch nicht mit diesem Typen befreundet sein. *Er hasst Speck und Nutella, offensichtlich stimmt was nicht mit ihm.*

Drei Donuts und eine Tasse Kaffee später hatte sich Elijah entspannt und lehnte sich auf dem Sofa zurück.

„Wie oft haben die Tracker dich gefunden?"

Er runzelte die Stirn und dachte über meine Frage nach. „Bei zweien bin ich mir sicher, und ich glaube, ein anderer ist mir eine Weile gefolgt, doch dann ist er verschwunden." Ich fragte mich, ob der Letzte zurückgerufen worden war, um bei der Festnahme von Conner zu helfen, und nie wieder zurückgekommen war.

„Ich ziehe oft um. Meine Eltern sind seit Jahren unbemerkt in derselben Stadt."

Es war lächerlich, auf so etwas neidisch zu sein, doch ich war es. Seine Eltern lebten. Die Stille zwischen uns war nicht unangenehm, aber auch nicht herzlich. Vorsicht, Pragmatismus und Skepsis schienen vorzuherrschen.

„Versuchst du wirklich, die Kampagne Legacy zu finden und der Welt vorzustellen zu leiten?" In seiner Frage lag ein Hauch von Interesse und Zynismus.

Leiten ließ es so wichtig und geplant erscheinen, als wäre es eine gut orchestrierte Kampagne, als wäre ich nicht in die Situation hineingestolpert. Anstatt darauf hinzuweisen, nickte ich. Es gab mehr angespanntes Schweigen als eigentliche Konversation, und ich war erleichtert, als Gareth anrief. Ich entschuldigte mich und ging in mein Zimmer, um Privatsphäre zu haben.

„Was denkst du?", fragte Gareth, sobald ich ans Telefon ging.

„Über den heißen Typen, den du zu mir nach Hause geschickt hast?"

„Ja, das hast du schon erwähnt. Abgesehen davon, dass er heiß ist, was hältst du von ihm?"

„Du weißt, dass er einen Tracker getötet hat. Ich vermute mehr."

„Und du hast mindestens drei getötet. Drei, von denen ich weiß, also was ist der Punkt?"

Wenn du es so sagst, klingt es ziemlich schlimm.

„Er ist vorsichtig, und ich kann es nachvollziehen. Seine Magie ist stark, wirklich stark. Er ist ein Vertu."

Wenn Gareth überrascht war, ließ er es sich nicht anmerken. „Tina hat gesagt, dass sich seine Magie stark anfühlt. Ich bin sicher, er hat eine Tätowierung, um sie zu verbergen, genau wie du. Glaubst du, er kann helfen, Savannah zu finden?"

„So weit sind wir noch nicht. Ich wollte mich nicht vorstellen, ihm einen Donut anbieten und ihn dann bitten, mir zu helfen, einen Egomanen mit dem Plan, die Weltherrschaft an sich zu reißen, aufzuspüren. Gib mir ein bisschen Zeit."

„Livy, die haben wir nicht." Es war nicht so, dass ich einfach nur meine Freundin zurück wollte. Wir würden sie brauchen, wenn die Angriffe weitergingen. „Je länger sie mit Conner zusammen ist, desto mehr befürchte ich, dass die Situation schlimmer werden wird, als wir uns vorstellen können."

Ich konnte Elijah keinen Vorwurf machen für die finsteren Blicke, die er mir zuwarf. Seine zusammengekniffenen Augen verrieten, für wie unverschämt er mich hielt. Ich kannte ihn seit drei Stunden und bat ihn, einen Zauber mit mir zu wirken, um Conner aufzuspüren. Doch nicht, bevor ich ihm alles erzählt hatte, was Conner getan hatte, seine Pläne und sein Streben nach Vergeltung. Und dass Conner von Gareth zerfleischt worden war und überlebt hatte.

„Hast du das Herz durchbohrt?" Er blickte über seine Schulter und fragte Gareth, der uns anstarrte und seine Aufmerksamkeit auf mein Haar richtete, das ich rot gelassen hatte. Ich fragte mich kurz, ob es ihn störte. Er hatte die Bemerkung gemacht, dass er mich gebeten hatte, meine natürliche Farbe zu behalten, und ich bei ihm abgelehnt hatte, bei Elijah jedoch nicht. War Gareth zu Eifersucht fähig? Er schien es nicht zu sein, obwohl Elijah viel von seiner Aufmerksamkeit beanspruchte.

„Ich weiß nicht, aber ich bin tief genug gegangen, dass ich es schon annehme."

„Das Herz zu durchbohren hätte ihn getötet", informierte er uns.

„Also sterben wir wie Vampire? Du musst das Herz mit einem Pfahl durchbohren oder uns den Kopf abschlagen?", fragte ich.

Ungläubig sagte Elijah: „Jeder stirbt, wenn er den Kopf abgeschlagen bekommt, Olivia." Er wandte sich wieder seiner Aufgabe zu und sprach die ersten paar Worte des Ortungszaubers. Ich konzentrierte mich und positionierte das Messer so, dass zuerst mein Blut kam und dann das von Elijah. Das war das zweite Mal, dass wir es versuchten. Selbst mit unserer vereinten Magie war unser erster Versuch nicht in der Lage gewesen, den Zauber zu durchbrechen, der Conners Aufenthaltsort verbarg. Es hatte ein kurzes Flackern gegeben, das aber verblasst war, bevor wir eine klare Richtung erkennen konnten.

Ich schnitt mir in die Hand und begann mit dem Ortungszauber. Elijah warf Lucas, der an der Wand lehnte, einen Blick zu. Mein neuer Kamerad behielt seine coole, entspannte Haltung bei, jedoch nicht, ohne den Vampir im Auge zu behalten, der wieder ganz in Schwarz gekleidet war und ausgesprochen feindselig aussah. Verschwunden war seine typische geschmeidige Art, ersetzt durch Anspannung und kaum gebändigte Wut. Obwohl wir wussten, dass es nicht gegen uns gerichtet war, war es dennoch unangenehm.

Das Messer glitt über Elijahs Handfläche, und Blut quoll hervor. Er wirkte einen Ortungszauber, ich tat es ihm nach, und wir wechselten uns ab und bekamen Blitze des Ortes. Sie flackerten und verblassten, doch den Zauber mehrmals nacheinander auszuführen half uns schließlich, einen Standort zu finden. Meine Hand schmerzte, weil ich sie so oft aufgeschlitzt hatte, und Elijah sah aus, als stünde die Idee, dass wir Freunde werden würden, nicht zur Debatte. Ich konnte es ihm nicht verübeln. Nach allem, was ich ihm erzählt hatte, war es vielleicht klug, Abstand zu halten.

7

Ich blinzelte in die helle Sonne, die durch die dicken Äste brannte, und konnte sie nicht auf die gleiche Weise genießen, weil ich wieder im Wald war und nicht zu meinen eigenen Bedingungen. Wälder hatten für mich ihren Reiz verloren. Ich wünschte, Conner wäre ein Verrückter mit einer Koffein- oder Zuckersucht, damit ich ihn in einem Café oder einer Konditorei jagen könnte. Zu diesem Zeitpunkt bevorzuge ich Parks oder Golfplätze. Alles, nur nicht wieder einen Wald. Doch er war ein Gewohnheitstier.

Dicke Bäume dominierten den Wald, und der erdige Eichengeruch lag schwer in der Luft, überdeckte aber nicht die Magie. Ich hätte es vorgezogen, wenn Elijah mitgekommen wäre, doch er hatte höflich abgelehnt. Ich machte ihm auch das nicht zum Vorwurf. Nach allem, was er über Conner wusste, war es eine kluge Entscheidung. Er hatte versprochen, ein paar Tage in der Stadt zu bleiben, doch ich hatte das Gefühl, dass in unserer Nähe zu sein nicht auf seiner To-do-Liste stand. Sein Leben war weniger chaotisch als meines, und er schien ziemlich glücklich darüber zu sein, wieder dorthin zurückzukehren. Er war beunruhigt darüber, dass die Legacy an die Öffentlichkeit gehen sollten. Selbst nach unserem Gespräch, in dem ich die Vorteile betont hatte, schien er zu zögern.

„Unsere Existenz öffentlich zu machen, bedeutet nicht automatisch Akzeptanz", hatte er während unserer Diskussion mehrmals gesagt. Trotz seiner Einwände hatten seine Augen hoffnungsvoll gewirkt. Ich wusste, dass er nicht bereit war, die Möglichkeiten zu optimistisch zu betrachten, denn er hatte recht, Öffentlichkeit bedeutete nicht automatisch allgemeine Akzeptanz oder mehr Sicherheit für uns.

Ich verdrängte die Gedanken an Elijah, ging weiter durch den dichten Wald und das hohe Gras. Plötzlich hörte ich ein rumpelndes Geräusch, und Gareth reagierte zuerst und ging in die Richtung, aus der es kam. Es war kein empfindliches Gehör nötig, um die Quelle zu finden. Eine seltsame, riesige Kreatur hatte sich um die schlafende Savannah gelegt; ihre drei Tierköpfe wippten, wachsam und bereit zuzuschlagen. Conners Haustier – eine groteske Kombination aus Katze, Wolf und Schlange – war mir schon einmal begegnet. Ich erinnerte mich an seine flüssigen Bewegungen und kraftvollen Angriffe. Der Kopf der Schlange war der Teil der Kreatur, den ich am meisten hasste. Er war zu beweglich, sodass man ihn immer im Auge behalten musste. Die Zunge der Schlange glitt heraus, als wir uns näherten. Das Tier blieb in Position, unbeeindruckt von meiner Anwesenheit, was die Situation bedrohlicher erscheinen ließ. Warum war es so ruhig?

Conners Magie streifte mich und obwohl ich ihn nicht sehen konnte, spürte ich seine Präsenz. Er würde sich das Vergnügen nicht entgehen lassen, mich mit seinem Haustier kämpfen zu sehen. Ich glaubte allerdings nicht, dass es ihm gefiel, dass ich einen Wandler und einen Vampir bei mir hatte.

„Savannah?", rief Lucas, seine Stimme stark und beruhigend. Bevor ich ihren Namen rufen konnte, hob Lucas seine Hand, um mich aufzuhalten.

Richtig, sie hasst mich. Der Schmerz, den der Gedanke verursachte, wollte einfach nicht verschwinden. Mir war klar, dass es unlogisch war, mich davon verletzen zu lassen, doch das machte es nicht weniger schmerzhaft.

Der Schlangenkopf streckte seinen Hals so weit vor, dass er nur noch wenige Zentimeter von meinem Gesicht entfernt war, und entblößte seine Reißzähne, bevor er zurückzuckte. Waren sie giftig? Was würde passieren, wenn die Schlange sie gegen Savannah einsetzen würde? Ich schloss meine Finger um meine Sai und ging weiter.

„Conner, du hast ein Problem mit mir, also lass es an mir aus, nicht an ihr!", schrie ich. Lucas warf mir einen scharfen Blick zu. Meine Geduld mit dem Vampir schwand.

Conners grausames Lachen wurde vom Wind getragen, schwebte in der Luft, hallte von den Bäumen wider und erzeugte ein bedrohliches Echo. Ich fuhr herum, ließ den Blick schweifen und versuchte einzugrenzen, wo er war. Obwohl Anflüge von Klarheit hinter seiner Grausamkeit hervorblitzten, schien er seinen Verstand kaum im Griff zu haben und wurde von Rache getrieben. Es war schwieriger, damit zu arbeiten, weil sein Verhalten nicht auf Logik beruhte, sondern auf Emotionen, mit denen man nur schwer argumentieren konnte.

Mit dem Schwert in der Hand bewegte Lucas sich so schnell, dass ich ihn nur verschwommen wahrnahm, auf die Kreatur zu und wurde von einer purpurnen, durchscheinenden Wand zurückgeworfen, die plötzlich aufgetaucht war. Er sprang wieder auf die Füße und griff erneut an. Farbwellen sprühten Funken, und mächtige Magie floss, doch die Mauer blieb.

„Ich muss sie da rausholen. Er will *mich*", sagte ich. „Er sperrt alle außer mich aus."

„Es ist eine Falle." Gareths Stimme grollte vor Wut.

„Natürlich ist es das." Ich atmete tief ein und ließ mich vom Geruch der Eichen beruhigen. Ich hatte sein Haustier zweimal besiegt, und beide Male war es nicht leicht gewesen. Ich fragte mich, ob es jetzt schwieriger werden würde, da Conner sich nicht scherte, ob ich lebte oder starb.

Langsam näherte ich mich der Wand. Sie blieb. „Zieh dich zurück." Als die Wand nicht verschwand, blickte ich über meine Schulter; Gareth und Lucas hatten sich nur Zentimeter zurückgezogen, nicht einmal einen ganzen Schritt.

„Gareth."

Widerstrebend nickte er Lucas zu, und sie zogen sich weiter zurück. Hin und wieder blickte ich über meine Schulter, um zu sehen, wie weit sie sich entfernt hatten. Es musste eine akzeptable Distanz gewesen sein, denn die Wand fiel, das Tier löste sich von Savannah, und die Schlange schoss mit offenem Maul auf mich, bereit, ihre Reißzähne in mich zu bohren. Ich ließ mich auf den Boden fallen und spürte, wie sie meinen Kopf streifte. Ich stieß einen Sai nach oben, durchbohrte den Körper, verfehlte aber die Kehle, auf die ich gezielt hatte. Blut strömte, als ich meinen zweiten Sai so positionierte, dass ich mein beabsichtigtes Ziel traf. Die Kreatur schlang ihren Körper um mich, riss mich hoch und schleuderte mich herum. Ich packte das Ende des Sais in ihrem Fleisch und nutzte die Kraft des Wurfs, um ihn herauszureißen, als ich zu Boden fiel. In dem Moment, als ich landete, rollte ich auf meine Füße und duckte mich tief, während ich darauf wartete, dass sie wieder angreifen würde. Das Maul der Schlange öffnete sich, und ich sprang, drehte den Griff des Sai und schlug mit genug Kraft gegen die Reißzähne, um sie abzubrechen. Die Schlange kreischte und wich zurück. Ich wirbelte den Sai herum, positionierte ihn mit der Klinge nach oben und wartete auf einen weiteren Angriff. Die Schlange wich jedoch zurück und gab ein zischendes Geräusch von sich.

Aus dem Maul des Wolfs ertönte ein Knurren, laut genug,

dass es Savannah hätte wecken sollen, doch sie rührte sich nicht. Conner musste sie mit einem Zauber ruhiggestellt haben. Der Wolf fletschte die Zähne und knurrte erneut. Er zog sich zurück, um mich mit seinen Krallen aufzuschlitzen. Abgelenkt verfehlte ich den Kopf der Schlange, die mich mit solcher Wucht traf, dass ich den Halt verlor. Das nutzte die Kreatur zu ihrem Vorteil und riss mit ihren Klauen über meinen Bauch. Schmerz schoss durch mich hindurch. Verdammt, ich erinnerte mich an dieses Gefühl von unserer ersten Begegnung, und ich hatte wirklich keine Lust, es nochmal zu fühlen. Ich hörte mehr Gebrüll, aber nicht von der Kreatur. Die riesige Gestalt eines Höhlenlöwen warf sich gegen die magische Wand und versuchte, sie zu durchbrechen.

Conner lachte, doch ich weigerte mich zu versuchen, die Quelle des Lauts zu identifizieren. „Ich will, dass er dich sterben sieht.“

„Ich bin deinen Freaks schonmal begegnet und habe es überlebt.“

„Weil ich sie angewiesen habe, dich am Leben zu lassen. Diesmal haben sie keine derartigen Befehle.“ Magie schlug in meinen Rücken; ich stolperte auf das Tier zu, konnte mich aber aus dem Weg rollen, bevor es mich beißen konnte. Wieder einmal gruben sich Krallen in mein Fleisch. Ich heulte vor Schmerz auf, und Tränen traten mir in die Augen. Conners spöttisches Lachen ließ mich die Zähne zusammenbeißen und schwören, dass ich nicht noch mehr Blut vergießen würde. Als die Klauen wieder auf mich zukamen, rammte ich einen der Sai in das Tier und dann den anderen. Ich riss den ersten heraus und schlug vier weitere Male zu. Ich war blutüberströmt, als die Monstrosität zurückstolperte. Ich rief Magie und schickte sie durch mein Sai. Ein schmerzerfülltes Heulen zerriss die Luft, und das Ding zog sich noch weiter zurück. Ich rief die Magie immer wieder, stärker, angetrieben von meinem Überlebenstrieb und meiner Wut. Ich ließ einen der Zwillinge fallen und zog Magie in mich, spürte, wie sie wuchs, führte sie zu einer massiven Kraft zusammen und schleuderte sie gegen die Wand. Die Barriere hielt länger stand, als ich erwartet hatte, doch schließlich gab sie nach. Eine verschwommene Bewegung, und Lucas hatte Savannah in seinen Armen und eilte von uns weg. Der Höhlenlöwe stürmte auf die Kreatur zu. Sie machten beide gewaltige Sprünge und prallten mitten in der Luft aufeinander. Gareths Löwe war stärker als die Kreatur, und sie fiel zurück. Er beantwortete schnell die Frage, ob die Kreatur mit einem fehlenden Kopf leben konnte. Sie bewegte sich trotz des abgetrennten Schlangenkopfes.

Die Kreatur war massiger als, aber der kopflose Hals der Schlange war ein Hindernis, als sie erneut angriff. Der Höhlenlöwe sprang aus dem Weg und schlug seine Krallen in die Flanke des Tiers. Es brüllte. Gareth unternahm einen weiteren Angriffsversuch, wurde jedoch mit Krallen konfrontiert, die sich in sein eigenes Fleisch gruben. Das Monster zog sich zurück und fletschte die Zähne der beiden verbleibenden Köpfe. In der Offensive beobachtete die Kreatur jede Bewegung von Gareth, folgte seiner Bewegung, als er sie umrundete, und suchte nach einer Gelegenheit zum Angriff. Zu abgelenkt von Gareth reagierte sie zu spät, als ich von hinten angriff. Ich sprang auf sie und bohrte meine Sai in ihren Rücken. Die Verschmelzung der beiden klagenden Schmerzenslaute – einer von einem Löwen, der andere von einem Wolf – hallte durch den Wald. Die Kreatur bockte wie ein Stier, der versuchte, mich abzuwerfen. Als sie ihren Körper hob, um das zu tun, zeigte sie Gareth ihre verwundbaren Hälse und die Brust. Er stürzte sich darauf und zerriss den Hals des Wolfs mit seinen Zähnen. Conners Haustier brach sofort zusammen. Ich zog die Sai heraus und stach weiter zu, bis sie sich nicht mehr bewegte.

Als sie unbestreitbar tot war, nahm ich die Zwillinge und sprang herunter, bevor ich meine Waffen an meiner Hose abwischte. Gareth blieb in Tiergestalt, während wir uns beide umsahen. Stille schlug uns entgegen, doch ich konnte Conners Magie spüren – sie sprudelte vor Wut.

„Conner, dein Haustier ist tot." Ich hielt meine Stimme ruhig und gleichmäßig. Ich hatte nicht die Absicht, ihn zu verspotten. „Das wird nicht gut für dich enden. Du hast ein Problem mit mir, dann leg dich mit mir an. Lass Savannah da raus. Komm ihr nicht nochmal zu nahe."

Meine Worte wurden mit mehr Schweigen beantwortet. Wellen von Magie bewegten die Luft und wirbelten um uns herum. Es war, als ob Conner versuchte, in einem magischen Code mit mir zu sprechen. Ich fuhr fort: „Ich weiß, dass du hier bist. Zeig' dich."

Ein mächtiger Magiestoß traf Gareth und mich und schleuderte uns mehrere Meter durch die Luft. Wir landeten hart auf dem Boden. Eine weitere Explosion traf Gareth und dann noch eine. Jeder schleuderte ihn weiter weg von mir. Ich begann, mich aufzurappeln, und fand mich in einer durchsichtigen Hülle eingeschlossen, während Conner über mir stand. Ich versuchte aufzustehen, doch mit einer Handbewegung gaben meine Beine unter mir nach, und ich landete wieder am Boden.

„Bleib unten." Seine Stimme war hart und grausam. Ein gewaltiger Kontrast zu der eloquenten und verführerischen Art, auf die er zuvor gesprochen hatte. Er war charismatisch und freundlich gewesen, doch damals hatte er versucht, mich in seine Welt zu locken, mich davon zu überzeugen, alles so zu sehen wie er und schließlich mit ihm zusammen zu sein, damit ich seine Kinder gebären konnte.

Ich mochte es nicht, auf meinen Knien zu ihm aufzusehen, besonders da er aussah, als wollte er mir den Kopf abreißen. Meine Augen weiteten sich, als er erschien. Er war unversehrt, als hätte er nie die Klauen eines Höhlenlöwen gespürt und wäre sterbend zurückgelassen worden.

Ich machte einen weiteren Versuch aufzustehen, und

wieder wurden meine Beine unter mir weggezogen. Ich schloss die Finger fester um meine Sai und bereitete mich auf den Angriff vor. „Ich werde nicht unten bleiben", zischte ich wütend.

„Du bleibst, wo du bist", sagte er mit so viel feuriger Wut, dass es mir Schauer den Rücken hinunter jagte.

Ich kniff die Augen zusammen und sah ihn trotzig an. Ich hob die Zwillinge und senkte meinen Blick auf seinen Schritt. „Bist du sicher, dass du mich hier unten haben willst, so nah an deinen Kronjuwelen? Du weißt, dass ich kein Problem damit habe, die hier zu verwenden."

Seltsamerweise brachte das ein Lächeln auf sein Gesicht. „Anya, es ist dein Humor, der mich hin- und hergerissen sein lässt zwischen dem Wunsch, deine Lippen zu schmecken" – seine Stimme senkte sich zu einem sinnlichen Schnurren – „und dir die Zunge herauszureißen."

„Habe ich ein Mitspracherecht? Weil ich mir eher die Zunge rausreißen lassen würde, als dich zu küssen", schoss ich zurück.

Sein kehliges Lachen füllte den engen Raum. Es endete abrupt, als er Gareth ansah, der gegen die Barriere schlug. Conner verdrehte die Augen. „Deine Katze nervt mich."

Mehr als nur Verärgerung lag in seiner Stimme; da war auch eine Spur von Hass. Conner hielt mich diesmal nicht auf, als ich aufstand. Wir standen uns gegenüber und warfen uns gegenseitig abschätzende Blicke zu. Conner spähte kurz über seine Schulter, während Gareth weiter versuchte, die Barriere zu durchbrechen.

„Ich habe vor, Gareth zu töten", sagte er sachlich. Sein emotionsloser, nüchterner Ton erschreckte mich mehr als alles andere. „Aber nicht, bevor ich ihm das Leben zur Hölle gemacht habe. Er wird den Tag verwünschen, an dem er mich herausgefordert hat."

„Den Tag verwünschen? Soll das ein Witz sein? Warum wickelst du dich nicht einfach in einen Umhang und wirfst ihn dramatisch um dich, während du in einer Rauchwolke verschwindest? Wenn du so sprichst, hörst du dich wie ein Cartoon-Superschurke an. *Den Tag verwünschen.* Ich bitte dich."

Meine Worte wurden unterbrochen, als ich von einem magischen Wirbelsturm mitgerissen und dann gegen die leuchtende Barriere geschleudert wurde. „Ich lasse mich nicht von dir verspotten."

Nein, aber du wirst von mir getötet werden. Meine Sai in den Händen stürzte ich mich auf ihn, doch wo er gerade noch gewesen war, war nichts. Ich wirbelte herum und sah ihn hinter mir stehen. Er war nicht mehr wütend; er sah gelangweilt aus. Ich wurde mit einem weiteren seiner herablassenden Blicke belohnt. Seine Stimme hatte jetzt ein kühles Timbre. „Du hast alles ruiniert", warf er mir vor. „Du bist eine Kämpferin, eine echte Kriegerin. Wir hätten etwas Großartiges haben können. Gemeinsam hätten wir Großes erreicht. Besser als alles, was sich irgendjemand hätte vorstellen können."

Oh nein, nicht noch ein Monolog. Warum immer diese Monologe?

„Du bist sowas von naiv. Du denkst, du wirst uns ohne Konsequenzen der Welt bekannt machen. Harrah wusste, was du bist. Und wie ist sie dir begegnet?" Er war so schnell bei mir, dass Magie involviert sein musste. Als er sich zu mir herunter beugte, konnte ich in den Halsausschnitt seines Hemdes blicken: Gareths Angriff war nicht spurlos an ihm vorbeigegangen. Ich sah Narben auf seiner Brust.

„Conner, nimm den Zauber von Savannah und verschwinde. Du hast verloren."

„Ich verliere nur, wenn du lebend hier rauskommst." Seine Stimme war von Zorn und Eis durchzogen. Die Wand zersplitterte, und er verschwand. Gareth war in Sekundenschnelle bei mir und musterte mich von Kopf bis Fuß, während er nach Verletzungen suchte.

Als er überzeugt war, dass ich unverletzt war, legte er seine Handfläche sanft an meine Wange, während er erleichtert aufatmete. Er küsste mich zärtlich auf die andere Wange und dann auf die Lippen. Mit Mühe zog ich mich zurück und war mir bewusst, dass sein Kuss eine Ablenkung war – eine, die wir uns nicht leisten konnten.

Gareth und ich sahen uns nach Lucas um, doch er war weg. Ich hatte nicht erwartet, dass er bleiben würde, und ich war nicht sehr zuversichtlich, dass er mich Savannah sehen lassen würde, doch ich wollte es versuchen.

8

„Hey, ich bin hier drin!", protestierte ich, als Gareth sich in die Dusche drängte. Ich hatte angenommen, er würde eine andere benutzen, als wir sein Haus betreten und er mich zu der Dusche in seinem Zimmer gebracht hatte, die mich an den Wasserfall erinnerte, den er in seinem Pool hatte.

„Ich brauche auch eine Dusche", sagte er, und ein schelmisches Lächeln umspielte seine Lippen.

Ich wischte mir das Wasser aus dem Gesicht. Duschen mit mehreren Brausen hatten ihre Vorteile, doch ich fühlte mich, als würde Regen aus allen Richtungen auf mich einprasseln.

„Oh, tut mir leid, ich dachte, die vier anderen Schlafzimmer hätten auch welche. Wirklich ungünstig, dass du ein Haus mit fünf Schlafzimmern aber nur einer Dusche hast. Muss unangenehm sein, wenn du Gäste hast", schoss ich zurück.

„Nein, aber die hier ist meine Lieblingsdusche", sagte er, kam noch näher und ließ das Wasser über sich fließen, um den Schmutz und das Blut von unserer Begegnung mit Conner abzuwaschen. Er schob mich aus dem Weg, goss

nach Sandelholz duftendes Duschgel auf einen Duschschwamm und schäumte es auf. Ich wandte meinen Blick ab,
als er mit dem Schwamm langsam über seine harten Brustmuskeln, seine Bauchmuskeln und seinen Rücken rieb. Ich
trat zurück, um ihm Platz zu machen, und lächelte.

„Sieh dir das an. Ich bekomme eine Dusche und eine
Show", neckte ich.

„Wenn du ein Problem mit dem hast, was du siehst, mach
die Augen zu." Er grinste und kam näher an mich heran. Ich
konnte die Wärme seines Körpers und den Dampf des
Wassers spüren, als er sich zu mir herunterbeugte und mich
küsste. Seine Zunge erkundete meinen Mund, während seine
Hände dasselbe mit meinem Körper taten. Die Ablenkung
reichte jedoch nicht. „Conner ist wahnsinnig", sagte ich.

Gareth nickte, und das Wasser schlug gegen uns, als seine
Finger über die Linien meines Körpers strichen. „Er war
schon immer verrückt, jetzt ist er vollkommen aus dem
Ruder gelaufen. Rache macht ihn noch impulsiver. Der
Wunsch nach Rache übertrumpft jede Logik."

„Er ist nicht impulsiv. Sein Verhalten heute war kalkuliert. Was er Savannah angetan hat, war ein gut durchdachter
Plan. Er mag emotional sein und nicht alle Tassen im
Schrank haben, aber sein Verhalten ist logisch." Ich atmete
die verschiedenen Düfte ein, die durch den Raum strömten,
und lehnte mich an Gareth. Er zog mich in seine Arme und
drückte mich an sich. Sein Kopf streifte mein Haar, und als
ich zu ihm aufsah, küsste er mich. „Wir werden Savannah
schon wieder hinbekommen."

Ob wir das konnten oder nicht, war nicht die eigentliche
Frage: Womit mussten wir uns befassen, bevor wir nach
Menta gehen konnten? Er legte seine Finger unter mein
Kinn und hob es an, damit ich ihm in die Augen sah. Er
schenkte mir ein beruhigendes Lächeln und sagte: „Vertrau'
mir, wir werden das hinbekommen." Dann senkte er seine
Lippen zärtlich und warm auf meine, bevor er den Kuss

unterbrach und sich zurückzog, genug, um mir wieder in die Augen zu sehen. Ich nickte.

Autoritäre Hände strichen über die Rundungen meines Körpers und kneteten meine Haut. Die anhaltende Wärme der Dusche wurde durch die Hitze seiner Lippen ersetzt. Ich entspannte mich in das sinnliche Vergnügen, als er meinen Körper mit seinem Mund und seiner Zunge erkundete und mir Schauer über den Rücken jagte. Er küsste wieder meine Lippen, leidenschaftlich und gierig, dann drückte er mich gegen die Wand und grub seine Finger in meine Schenkel, während er meine Beine um sich legte. Es entlockte mir ein lustvolles Stöhnen, als er langsam in mich eindrang. Das Gewicht seines Körpers hielt mich an der Wand fest, meine Beine um seine Taille geschlungen. Unsere Küsse wurden leidenschaftlicher, und das Bedürfnis nach mehr loderte in mir auf. Ich biss in seine Unterlippe und vergrub meine Finger in seinem Haar.

Lächelnd zog er sich aus mir zurück und neckte mich. Als ich mich ihm entgegen bewegte, spürte ich ihn wieder, hart und bereit, an mich gepresst, erfreut über meine Frustration. Er lachte leise.

„Gareth." Mein Atem strich über seine Lippen, als ich seinen Namen in einem flehenden Keuchen ausstieß, weil ich mehr brauchte. Ich wurde mit zarten, federleichten Küssen auf mein Kinn, meine Wange und meinen Hals verwöhnt, bevor er wieder in mich zurückkehrte. Wir bewegten uns in einem gleichmäßigen Rhythmus, bis auch das nicht mehr ausreichte, um das wachsende Verlangen zu stillen. Mein Rücken klatschte gegen die Fliesen der Dusche, als Gareths Stoßen intensiver wurde. Unsere Küsse waren so fiebrig und frenetisch wie unsere Bewegungen, als wir den Höhepunkt der Lust erreichten. Gareth fühlte sich wie eine Decke aus Wärme an, als er sich an mich schmiegte. Einige Minuten lang blieben wir eng umschlungen miteinander verbunden.

· · ·

Ich schlief länger, als ich erwartet hatte, und als ich aufwachte, war Gareth angezogen und saß mit seinem Laptop auf dem Sofa im Wohnzimmer.

„Hast du dein Nickerchen genossen?" Amüsement und Arroganz lagen in seinen Worten.

„Ich habe ein Nickerchen gemacht, weil ich müde war. Ich habe seit Tagen nicht geschlafen", knurrte ich. Seine unnahbare Arroganz zwang mich, aggressiver zu protestieren.

Das selbstgefällige Lächeln wollte nicht verschwinden. „Ja, *das* ist der Grund."

Dieser Typ.

Ich runzelte die Stirn, als sein Blick über mein ungekämmtes Haar, sein T-Shirt, das ich mir ausgeliehen hatte, weil meines irreparabel blutverschmiert war, und meine nackten Beine wanderte. Er sagte nicht, was er so amüsant fand, und wandte sich einfach wieder seinem Laptop zu.

Auf dem Weg ins Wohnzimmer ließen mich verführerische Gerüche aus der Küche innehalten. Ich war nicht nur müde, ich hatte auch Hunger. Ich musste mich entscheiden, wohin ich zuerst gehen wollte: in die Küche, um zu essen oder ins Wohnzimmer zu Gareth.

„Vielleicht solltest du zuerst essen", sagte er, als er mein Dilemma bemerkte. „Leslie hat Mittagessen gemacht. Es ist im Kühlschrank. Sie hat auch Brot für dich gebacken." Anscheinend glaubte sie, ich hätte einen Appetit wie ein schwer arbeitender Farmer, und ich war mir sicher, dass sie wegen Gareth dieser Meinung war. Als ich die Küche betrat und den Kühlschrank öffnete, fand ich zwei Sandwiches, einen großen Salat, den ich nicht essen wollte, und Nudelsalat. Auf der Theke warteten mehrere Tüten Chips, ein Sauerteigbrot und ein Tablett mit Käse und Oliven. Ich aß schnell eines der Sandwiches, nahm mir eine Tüte Chips, ein paar Scheiben Brot und einen kleinen Stapel Käse und setzte mich neben Gareth.

Er ließ seine Augen vom Bildschirm zu mir und dann zu meiner Handtasche wandern, die auf einem Sessel lag. „Dein Handy vibriert seit über zwei Stunden. Du hast eine Nachricht."

Ich nahm es schnell und hoffte, dass es eine Nachricht von Savannah war, was zwar unwahrscheinlich war, doch vielleicht war sie wenigstens von Lucas. Ich hatte drei Nachrichten von Elijah, in denen er mich fragte, ob ich meine Freundin gefunden hätte. Anstatt ihm zurückzuschreiben, rief ich an, in der Hoffnung, seine Pläne einschätzen zu können, wenn ich seine Stimme hörte. Ich wollte, dass er blieb, nicht nur wegen der Magie, die er mir beibringen konnte, sondern weil die Vorstellung, einen weiteren Legacy – oder besser einen Vertu – in der Nähe zu haben, irgendwie beruhigend war. Zu viele Jahre hatte ich mich von anderen ferngehalten, und jetzt, wo wir nicht nur der Gilde der Übernatürlichen bekannt sein würden, wollte ich das nicht allein machen.

Als das Handy klingelte, fragte ich mich, ob ich egoistisch war, so viel von einem Fremden zu erwarten.

Elijah antwortete beim ersten Klingeln. „Livy, geht's dir gut?"

„Ja."

„Ist deine Freundin in Sicherheit?"

Sie war von Conner weg, doch solange ihre Erinnerungen kompromittiert waren und er wusste, dass er sie als Schachfigur für seine Spielchen benutzen konnte, würde sie nicht sicher sein, es sei denn, er war tot. Ich zögerte zu lange, bevor ich antwortete. Elijah wiederholte seine Frage.

„Sie ist in Sicherheit."

„Aber immer noch unverändert?", fragte er.

„Ich weiß nicht. Sie ist bei einer Freundin und hat geschlafen, als wir sie befreit haben."

„Du hast sie nicht besucht?", fragte er fassungslos. Ich hatte Lucas auf dem Weg zu Gareth angerufen, und er hatte uns gesagt, dass sie noch schlief. Da er sie nicht wecken wollte, hatte er um ein paar Stunden gebeten, um zu sehen, wie ihr Zustand war. Seine Stimme war angespannt und voller Angst gewesen. Ich wusste, dass er mich nicht in der Nähe haben wollte, wenn sie aufwachte.

„Dann bezweifle ich, dass er irgendetwas anderes mit ihrer Erinnerung gemacht hat. Das ist gut, es muss weniger rückgängig gemacht werden."

„Du weißt nicht zufällig, wie man es rückgängig macht, oder?"

„Ich leider nicht. Kognitive Manipulation auf dieser Ebene ist schwierig und erfordert einen chirurgisch präzisen Eingriff. Es kann so viel schiefgehen, und das wird nicht gern gesehen." Da er das so ernst sagte, hatte er keine hohe Meinung von jemandem, der es versuchen würde. „Ich hoffe, du kannst ihr helfen. Alle Magie, die gewirkt werden kann, kann rückgängig gemacht werden. Sogar die Säuberung wurde aufgehalten."

Ja, doch das lag daran, dass die Initiatoren getötet wurden, deren Zauber aktiv war. Im Gegensatz zu dem, was die Märchen einen glauben machen wollten, wurde nicht alle Magie ungeschehen, sobald der, der den Zauber gewirkt hatte, tot war. Selbst wenn das der Fall wäre, war ich kein Narr zu glauben, dass es einfach sein würde, Conner zu töten. Wenn ein riesiger Löwe, der ihm die Brust zerfleischt, nicht ausgereicht hatte, was dann?

„Wonach suchst du?", fragte ich, nachdem ich das Gespräch beendet hatte, und richtete meine Aufmerksamkeit wieder auf Gareth.

„Je nachdem, wo die Insel liegt, müssen wir sowohl ein Flugzeug als auch ein Boot nehmen."

„Wie hast du die Koordinaten gefunden? Ich habe Stunden damit zugebracht, zu recherchieren. Ich dachte schon, es sei ein Gerücht."

„Die meisten Leute wissen davon; es wird einfach nicht an die große Glocke gehängt."

„Ich wusste nichts darüber."

Gareth grinste. „Meine Position hat Vorteile." Er fand mich wenig amüsiert, und sein Lächeln wankte einen Moment lang. „Betrachte es als Area 51 der übernatürlichen Welt. Die Leute wissen, dass es existiert, doch nicht allzu viele Menschen haben das Privileg, es zu besuchen. Dasselbe gilt für Menta. Wir wollen nicht, dass Leute die Insel besuchen, und sie wird streng bewacht."

„Warum?"

„Sie wurde vor Hunderten von Jahren von Übernatürlichen besiedelt. Viele der ursprünglichen Übernatürlichen haben sich entschieden, dort zu leben, als die menschlichen Bevölkerungszahlen anfingen, unsere zu übersteigen. Sie ziehen es vor, nicht in der Nähe von Menschen zu sein, und deshalb sind sie die reinste Form der Magie, weil ihr Genmaterial nie mit dem von Menschen vermischt wurde."

Es ähnelte dem, was Legacy und Vertu getan hatten. Wir hatten in unserer Welt gelebt. Da ich weder gelesen noch gelernt hatte, dass die Mentas an einem großen Krieg beteiligt gewesen waren, nahm ich an, dass sie mit ihrer Abgeschiedenheit zufrieden waren und nicht die Absicht hatten, die Welt zu beherrschen. Sie wollten nur fern von den Menschen und anderen Übernatürlichen leben, die von Menschen beschmutzt worden waren. Und jetzt wollten wir zu ihrer Insel fliegen, um eine Pflanze zu finden. *Toll.*

„Wie nah können wir mit einem kommerziellen Flug herankommen?", fragte ich und beugte mich vor, um auf seinen Bildschirm zu blicken.

„Wir werden keinen kommerziellen Flug nehmen, wir werden das Flugzeug meiner Familie benutzen. Sie werden uns bis dahin bringen können." Er zeigte auf einen Punkt auf der Karte. „Menta hat keinen Platz, um ein Flugzeug zu landen. Wir müssen ein Schiff und eine Mannschaft chartern."

Ich blieb bei der Tatsache hängen, dass seine Familie ein Flugzeug hatte. „Musst du überhaupt arbeiten?"

„Natürlich, was würde ich sonst mit meiner Zeit anfangen?", antwortete er gut gelaunt.

Sein Job war gefährlich. Warum sollte jemand wie er sich für einen Job entscheiden, bei dem er ständig sein Leben riskieren musste? War er eine Art Adrenalinjunkie? Er entspannte sich auf dem Sofa. „Was hast du auf dem Herzen?", fragte er leise.

„Nichts."

„Muss ich die Herzfrequenz-Atmungs-Sache wirklich nochmal erwähnen?"

„Hör auf, auf meine privaten Informationen zu hören. Das ist aufdringlich."

„Das Lesen deiner offen zugänglichen Vitaldaten ist aufdringlich?"

„Wenn es gegen mich verwendet werden kann, dann ist es das", schoss ich zurück. Ich wollte nicht über seine Familie sprechen oder ob er ein Adrenalinjunkie war. Er versuchte, Savannah zu helfen, und das war alles, was zählte. „Danke." Ich küsste ihn auf die Wange. Verwirrt runzelte er die Stirn.

„Wofür dankst du mir?", fragte er.

„Dafür." Ich zeigte auf den Computer und den kleinen Notizblock, den er neben sich hatte, mit Ideen, wie er auf die Insel kommen könnte.

„Livy, du musst mir nicht danken. Ich will das für dich tun. Ich will Savannah helfen." Mit einem verschmitzten Lächeln sagte er: „Ich vermisse sie irgendwie. Nach allem, was heute passiert ist, habe ich immer wieder damit gerechnet, dass sie anruft und mir sagt, wie enttäuscht sie über mich war, was ich falsch gemacht habe, und wenn sowas nochmal passiert, würde sie mir das Leben zur Hölle machen. Du weißt schon, die typische Savannah-Predigt."

Ich lachte. Ja, genau so etwas hätte sie getan. Ich erinnerte mich liebevoll an seine ersten Begegnungen mit Savannah, als sie bei der Gilde der Übernatürlichen aufgetaucht war, bereit, einen Ein-Frau-Protest zu starten, um mich aus *The Haven* zu holen, wo ich festgehalten wurde, nachdem ich des Mordes beschuldigt worden war. Savannah war couragiert und hartnäckig. Sie besaß viel Mut – zu viel für einen Menschen. Und sie besaß keine gesunde Dosis Angst. Ich wollte nicht, dass sie ein Feigling war, sondern nur eine funktionierende Kampf- oder Fluchtreaktion an den Tag legte.

„Soll ich Lucas nochmal anrufen?" Ich runzelte die Stirn angesichts der Vorstellung, dass Lucas als Vermittler zwischen Savannah und mir auftreten könnte, weil sie mich als ihren Feind betrachtete. Ob nun ein oder zehn Tage vergangen waren, ich bezweifelte, dass die verletzten Gefühle weniger werden würden.

Er holte sein Handy hervor, scrollte durch seine Kontakte und gab es mir dann.

„Genau der, den ich gerade anrufen wollte", sagte Lucas, und seine Stimme klang hart und angespannt. Ich war mir nicht sicher, ob Vampire tatsächlich müde werden konnten, doch in seiner Stimme lag so etwas wie Müdigkeit.

„Du wolltest mich anrufen?", fragte ich.

Er machte ein Geräusch. „Ich dachte, du wärst Gareth. Ich muss mit ihm sprechen."

„Über Savannah?"

„Ja", sagte er knapp. Es folgten mehrere Augenblicke des Schweigens, während ich auf eine Erklärung wartete, die nicht kam.

„Was ist mit ihr?", fragte ich. Ich wollte alles hören, was mit Savannah zu tun hatte. „Ist sie nicht aufgewacht?" Mir war gerade klar geworden, dass sie unter einem Zauber oder vielleicht unter Drogen stand; um sie herum war genug los gewesen, dass sie hätte aufwachen müssen. Dass sie in den

Schlaf gezaubert worden war, war nicht die schlechteste Idee. Zumindest mussten wir uns so keine Sorgen machen, dass sie wieder weglief.

„Ich muss mit Gareth sprechen", sagte Lucas mit der gleichen kühlen, zurückhaltenden Stimme. Mir wurde schnell klar, dass es nicht Müdigkeit in seiner Stimme war, sondern Wut. Aber wem galt sie?

„Los, sprich mit Livy, ich kann mithören", sagte Gareth von seinem Platz neben mir. Ich wusste, dass ich die Informationen nicht weitergeben musste, weil Lucas ihn auch gehört hatte. Daran würde ich mich zweifellos nie gewöhnen.

Lucas musste nicht atmen, also galt sein genervter Seufzer mir. „Savannah ist zu sich gekommen, und sagen wir einfach, sie war nicht sehr glücklich darüber, dass ich irgendetwas mit dir zu tun habe und damit, dass du versucht hast, sie zu verzaubern. Sie ist gegangen."

„Du hast sie gehen lassen!"

„Was hast du erwartet? Ich würde sie nicht gegen ihren Willen festhalten."

„Du hättest sie zwingen können", fauchte ich und spürte sofort, wie eine Welle von Dreck über mich hinwegspülte, als wäre ich durch Schlamm oder Schleim gewatet. Was ich vorschlug, war nicht nur moralisch falsch, es war illegal, obwohl ich nicht davon überzeugt war, dass Vampire damit aufgehört hatten. Sie gingen nur klüger vor. Doch in diesem Fall wollte ich, dass Savannah in Sicherheit war, und war bereit, extreme Maßnahmen zu ergreifen, um das zu erreichen.

„Weißt du, wohin sie gegangen ist?"

„Ja, zum Büro des Wandlerrats. Sie lassen mich sie nicht sehen, weil sie Schutz vor uns gefordert hat – vor *mir*." Die letzten Worte waren mit einer Mischung aus Trauer und der Wut eines Wesens durchzogen, das nicht oft mit Ablehnung konfrontiert wurde. Lucas' Stimme veränderte sich und wurde bestimmter. „Gareth, du musst eingreifen. Rede mit ihnen. Ich will Savannah wieder hier bei mir haben.”

Oh, das wird nicht funktionieren. Seid ihr zwei euch noch nie begegnet? Darf ich vorstellen: Gareth, Lucas. Lucas, Gareth.

Das fesselte Gareths Aufmerksamkeit. Abrupt hörte er auf, im Internet zu recherchieren, um einen Blick auf das Handy zu werfen. Er warf ihm den gleichen abschätzigen Blick zu, von dem ich sicher war, dass er ihn Lucas zugeworfen hätte, wenn er hier gewesen wäre. Gareth presste seine Lippen zu einer dünnen Linie aufeinander.

Ich schaltete das Handy stumm. „Sei nett. Du vermisst Savannah auch; glaubst du, er tut es nicht?” Das war so eine seltsame Situation. Savannah, mein nervtötender, gesund essender, Ordnungsfreak von einer Freundin, hatte es anscheinend geschafft, sich so fest in Lucas' Herz zu winden, dass er sich selbst vergessen hatte. Dem Blick nach zu urteilen, den Gareth dem Handy zuwarf, würde er gleich daran erinnert werden.

Ich wartete noch ein paar Augenblicke, um Gareth Zeit zu geben, sich einigermaßen zu beruhigen, nachdem Lucas es gewagt hatte, ihn herumzukommandieren.

Nicht in einer Million Jahren hätte ich gedacht, dass ich dem Commander der Gilde der Übernatürlichen und dem Meister der Stadt eine Auszeit auferlegen müsste. Als Lucas wieder sprach, war seine Stimme samtweich und ausgeglichen. „Gibt es eine Möglichkeit, sie dazu zu bringen, einem Gespräch mit mir wenigstens zuzustimmen? Ich bin zum Rat gegangen, und sie haben gesagt, sie habe um Zuflucht gebeten.”

Das hörte sich ernst an, und Gareth bestätigte es, als er scharf einatmete und finster dreinblickte.

„Sie werden niemandem erlauben, sie zu sehen, wenn sie um Zuflucht gebeten hat, und jedes unerlaubte Eindringen wird schlimme Folgen haben. Wandler nehmen ein Zufluchtsgesuch sehr ernst.”

„Vielleicht wusste sie nicht, wie ernst sie es nehmen. Vielleicht müssen sie das verstehen." Diesmal war Schmerz in seiner Stimme. Er lastete so schwer auf meiner Brust, dass mir das Atmen schwerfiel.

„Wenn wir die *Culded* haben, wie sollen wir den Zauber rückgängig machen, wenn wir nicht zu ihr können?"

Ich fragte mich, ob Gareth dasselbe dachte, denn er verzog das Gesicht und ließ sich mit hinter dem Kopf verschränkten Fingern gegen die Rückenlehne sinken, um sich zu konzentrieren. „Ich werde sehen, was ich tun kann", bot er nach einigen Momenten des Nachdenkens an. Er klang unsicher, und da ich es gehört hatte, wusste ich, dass Lucas es auch bemerkt haben musste.

„Gut. Tu das." Lucas' Ton war schroff, als er auflegte. Gareth nahm mir das Handy aus der Hand und wählte erneut seine Nummer.

Sobald er antwortete, sprach Gareth mit kühler, professioneller Stimme. „Ich weiß, dass du sie zurückwillst, aber du musst mich das erledigen lassen. Wenigstens habe ich die Möglichkeit, mit ihnen zu argumentieren. Wenn du gehst, wird es nicht gut enden." Es folgte eine lange Pause. „Ich meine, es würde für *dich* nicht gut enden. Eine Bitte um Zuflucht wird als sehr ernste Verantwortung betrachtet. Fordere sie nicht heraus. Ich bitte dich. Lass mich das erledigen."

Lucas schien sein verletztes Ego überwunden zu haben. „Also gut. Ich bitte dich nur, mich über alles auf dem Laufenden zu halten."

Gareth beendete das Gespräch, ließ sich aufs Sofa zurückfallen und stieß eine lange Reihe von Flüchen aus. Er wurde sogar kreativ damit und benutzte eine Menge Worte, die im Fernsehen herausgepiepst werden würden.

„Ich glaube nicht, dass sie wusste, wie ernst ihre Bitte war."

„Nein, sie wusste es. Das ist etwas, das sie einem Wandler

erklären, sobald er dem Rat beitritt. Alle bekommen eingedrillt, dass man nicht leichtfertig danach fragt. Sie hat Angst, und wir haben keine Ahnung, was Conner ihr in den Kopf gesetzt hat, also können wir nicht einmal feststellen, ob es ungerechtfertigt ist." Seine Lippen verzogen sich zu einem freudlosen Halbächeln. „Du hast gesehen, wie sie auf dich reagiert hat. Sie hat echte Angst vor dir."

„Kannst wenigstens du nach ihr sehen?" Ich konnte mir vorstellen, wie sie sich gefühlt haben musste, als sie mit Lucas, Gareth und mir um sie herum aufgewacht war, nachdem ich einen Zauber ausgeführt hatte, während sie geschlafen hatte. Ich verstand, warum sie Angst vor uns hatte. Ich verstand jedoch nicht, warum sie Leute, die praktisch Fremde waren, um Zuflucht gebeten hatte. Mir war nicht bewusst gewesen, wie sehr es mich belastete, bis ich spürte, wie eine Träne meine Wange hinunterlief.

Gareth beugte sich vor und legte seine Hand auf meine. „Wir sollten zumindest mit ihnen reden."

Ich konnte die Wandler schlecht in Gareths Kleidung treffen, also mussten wir bei meiner Wohnung vorbeifahren, damit ich mich umziehen konnte. Ich zog mich an und spannte dann meine Sai auf meinen Rücken.

Gareth warf mir einen missbilligenden Blick zu. „Glaubst du, dich da rauskämpfen zu müssen?" Unglauben und Belustigung lagen in seinen Worten.

„Wenn es sein muss", schoss ich mit viel mehr Selbstvertrauen zurück, als ich empfand. Vor allem, nachdem ich gesehen hatte, wie amüsiert er von seiner eigenen Bemerkung war.

Seine Mundwinkel verzogen sich zu einem wehmütigen Lächeln, und wieder glitt sein abschätzender Blick über mich. Er betrachtete meine legere Kleidung aus Jeans, einem pfirsichfarbenem Top, das ein Geschenk von Savannah im

Rahmen ihrer Bemühungen war, „die Frau unter dem Karohemd zu finden", und braunen flachen Schuhen. Ich war mir sicher, dass ich mit den Waffen auf dem Rücken seltsam aussah.

„Wo ist deine Tasche?"

Ich runzelte die Stirn. „Tasche?", fragte ich.

„Ja, Tasche. Wir hatten die Diskussion vor weniger als zwanzig Minuten, also kann ich mir nicht vorstellen, dass du es schon vergessen hast. Denk' daran, ich habe vorgeschlagen, dass du ein paar Klamotten bei mir lässt, damit wir solche Stopps nicht mehr machen müssen." Es gelang ihm nicht, seine Verärgerung zu verbergen. Das Packen einer Tasche war auf der Fahrt zu meiner Wohnung heftig diskutiert worden, und ich konnte nicht anders, als über seine Frustration mit mir zu lächeln. Gareth war es nicht gewohnt, debattieren zu müssen, und ich hatte aufgrund seiner Reaktion das starke Gefühl, dass ich vielleicht die erste Frau war, die jemals eine Einladung abgelehnt hatte, Kleidung in seinem Haus aufzubewahren.

Vielleicht war es für ihn keine große Sache – und für mich hätte es auch keine sein sollen –, doch ich hatte mich noch nicht vollständig in ein Leben entspannt, in dem ich nicht jederzeit bereit sein musste, zu fliehen und woanders hinzugehen, oder für eine Weile unterzutauchen. Gareth war töricht optimistisch, was das reibungslose Einfügen von Legacy und Vertu in die Gesellschaft anging. Es wäre leicht, eine so positive Einstellung zu haben, wenn man die Säuberung nicht erlebt oder jemanden verloren hätte.

„Das werde ich. Später."

„Verschiebe nicht auf morgen, was du heute kannst besorgen." Seine Aufmerksamkeit wanderte zum Flur.

Hat er gerade allen Ernstes diese erbärmliche Plattitüde benutzt?

Ich stand aufrechter, straffte meine Schultern und fixierte ihn mit einem strengen Blick. Eine Demonstration von

Entschlossenheit, die an jemanden verschwendet wurde, der der Commander der Gilde der Übernatürlichen war und sich regelmäßig mit mürrischen Übernatürlichen herumschlug. Ich war ein Neuling, der sich in der Profiliga versuchte.

Gareth lachte, als ich so heftig seufzte, dass meine Lippen vibrierten. Es war ein gerechtfertigter Vorschlag, und wenn ich nicht so stur gewesen wäre, wäre es wahrscheinlich nicht so ein Problem gewesen. Ich brauchte nicht lange, um eine Reisetasche mit Kleidung zu füllen, und ich warf auch eine Zahnbürste und einen Stapel Comicromane hinein. Als ich Letzteres packte, kommentierte Gareth hinter mir: „Glaubst du wirklich, dass du Zeit dafür haben wirst, wenn du in meinem Haus übernachtest? Ich glaube nicht." Es war nicht nötig, mich umzudrehen, um das Aufblühen seines selbstgefälligen, diabolischen Grinsens zu beobachten; ich konnte es in seiner Stimme hören.

Ich wandte ihm den Rücken zu und zuckte mit den Schultern. „Wir nehmen uns Zeit für die Dinge, die wir lieben. Manchmal will ich vielleicht mit Wolverine, Rogue, Kitty Pride und –" Ich drehte mich um und klimperte mit den Wimpern. „Remy Etienne LeBeau darf ich auch nicht vergessen."

„Gambit", schnaubte er. Er entblößte seine Zähne zu einem breiten Lächeln und leckte sich über die Lippen. „Ich bin interessanter als er, nicht wahr?"

„Deine Bescheidenheit ist so sexy. Ich muss mich wirklich zusammenreißen, um dir nicht auf der Stelle die Klamotten vom Leib zu reißen und dich zu bespringen", witzelte ich zurück.

Er kam zu mir, nahm meine Reisetasche und ging zur Tür hinaus. „Tun wir so, als wäre das ein Scherz." Sein tiefes, grollendes Lachen wehte den Flur entlang. „Ich kann dein Augenrollen hören", neckte er.

Gut so.

Zuflucht. Ich hatte nicht erwartet, dass Savannah in einem Bunker oder etwas so Extremem versteckt sein würde, doch als wir der Wache am Eingangstor unsere Namen geben und uns ausweisen mussten, bevor sie uns Einlass gewährten, wurde mir klar, dass es eher so etwas wie eine sichere Festung sein könnte. Mehrere Minuten lang standen wir unter den prüfenden Blicken des Wandlers am Tor. Er musterte Gareth nur kurz, doch ich fesselte viel von seiner Aufmerksamkeit. Der Wandlerring um seine Augen tanzte, als er mich betrachtete. Es war offensichtlich, dass er das, was er sah, nicht sonderlich beeindruckend fand. Ich fragte mich, ob er wusste, was ich war, ob er die Gerüchte gehört und jemanden erwartet hatte, der überlebensgroß war. Vielleicht war es ein mitleidiger Blick, weil er den Grund unseres Besuchs kannte und wusste, dass wir nicht zu ihr vorgelassen werden würden.

Die lange Auffahrt führte uns zu einem dreistöckigen Haus im französischen Provinzstil. Ein steiles, kegelförmiges Dach mit Turmspitze ließ das prächtige Haus eher wie eine Burg als wie ein Wohnhaus in der Vorstadt aussehen. Vielleicht passte die Bezeichnung Gutshaus besser, angesichts des Anwesens mit dichten Büschen, die eine grüne Barriere um das Gebäude herum bildeten. Die Holztüren sahen, obwohl kunstvoll verziert, sehr dick und wahrscheinlich schwer aus. Die doppelt verglasten Fenster im Erdgeschoss hatten keine Vorhänge, doch sie verzerrten die Sicht und machten es schwierig zu sehen, was sich im Gebäude befand, obwohl ich vermutete, dass die Leute, die drinnen waren, wahrscheinlich hinaussehen konnten. Dann klingelte Gareth an der Tür, und innerhalb von Sekunden öffnete ein dunkelhäutiger Mann. Sein Lächeln war herzlich und einladend, doch es erreichte nicht seine kalten, kastanienbraunen Augen.

„Gareth", sagte er und streckte zur Begrüßung die Hand aus. Gareth nahm und schüttelte sie, bevor der Mann beiseitetrat, damit wir ins Haus kommen konnten. Er besaß eine ruhige Kraft und so, wie er sich bewegte, auch eine geschmeidige Agilität, die er zu seinem Vorteil nutzte. Dazu war er vielleicht ein paar Zentimeter größer als Gareth.

„Michael", begrüßte ihn Gareth mit dem gleichen herzlichen Ton. Beide waren so falsch! Die Nettigkeit war nur eine Demonstration der Dominanz. Meiner ist größer als deiner, also kann ich cool und entspannt sein. *Wandler.*

Mit Gareth zu meiner Rechten und dem anderen Wandler vor mir fühlte ich mich winzig. Ich mochte das Gefühl nicht und ließ mich ein bisschen zurückfallen. Der Wandler warf mir einen feindseligen Blick zu, was mich froh machte, dass ich die Zwillinge im Auto gelassen hatte. Wenn ihn eine bloße Bewegung nervös machte, konnte das Mitbringen einer Waffe ins Haus gleichbedeutend mit einem Akt der Aggression sein.

„Ich vermute, bei eurem Besuch geht es um Savannah. Ich dachte mir, dass Lucas seine Kampfkatze schicken würde, sobald er abgelehnt wurde. Nichts für ungut." Michael bleckte die Zähne.

So funktioniert das nicht. Man sagt keine super beleidigenden Dinge, und alles ist in Ordnung, weil man „Nichts für ungut" hinzufügt, du Arsch. Nichts für ungut.

Michaels Aufmerksamkeit kehrte zu mir zurück, als er mir einen langen, abschätzenden Blick zuwarf. „Das ist sie?"

„Sie" hat einen Namen, Arschloch. Wieder nichts für ungut.

„Livy. Ich bin ihre beste Freundin und Mitbewohnerin", sagte ich und bemühte mich, die Verärgerung in meiner Stimme zu unterdrücken.

Er nickte langsam. Gareth hob eine Augenbraue, und sein Blick wanderte die Treppe nach rechts hinauf. Als ich seinem Blick folgte, sah ich einen Schopf blonder Haare, als Savannah außer Sichtweite tauchte – wahrscheinlich in eines der vielen Zimmer im oberen Stock. Ich fragte mich, ob es dort, wo sie untergebracht war, einen kleinen Bergfried gab.

„Sie wurde durch Magie beeinflusst und ihre Erinnerungen manipuliert. Sie hat aufgrund falscher Erinnerungen um Zuflucht gebeten", erklärte Gareth ihm.

Michael stieß einen missbilligenden Laut aus. „Ihr seid nicht alle dorthin gekommen, wo sie geglaubt hat, sicher schlafen zu können, und habt versucht, sie zu verzaubern?", fragte er mit kühlem, vorwurfsvollem Ton.

Die Stille schwoll zusammen mit der Feindseligkeit zwischen uns an. „Ich habe versucht, ihr zu helfen", erklärte ich.

„Indem du ihr ohnehin schon schwaches Vertrauen missbraucht hast. Tolle Idee."

Seine sarkastische Antwort raubte mir die Geduld. „Was haben Sie von uns erwartet? Wir hatten nicht viele Möglichkeiten." Meine Antwort war lodernd und half der Situation definitiv nicht. Ich atmete mehrmals beruhigend durch und zwang mich, mit weicherer Stimme fortzufahren. „Welche anderen Optionen hatten wir?"

Unter seinem abschätzenden Blick spürte ich die Flammen meiner Verärgerung wieder aufflammen. „Legacy", sagte er, als hätte das Wort einen widerlichen Beigeschmack. Er fuhr gedehnt und mit einem deutlichen Hauch von Neugier und Verachtung fort. „Stimmt es, dass du eine bist?"

Es gab eine Liste von Dingen, die ich lieber tun würde, als dieses Spiel zu spielen, doch ich musste liebenswürdig sein. Er war derjenige, der zwischen mir und Savannah stand, ohne seine Kooperation konnte ich ihr nicht helfen, wenn wir die *Culded* hatten.

„Ja."

Seine Lippen verzogen sich zu einem kleinen Lächeln, als sein Blick mich durchbohrte. „Deine Magie ist gegen uns wirksam – gegen Wandler."

Ich nickte.

Dieselbe morbide Faszination und Angst, die ich auf Gareths Gesichtszügen gesehen hatte, als ich zum ersten Mal Magie gegen ihn eingesetzt hatte, breitete sich auf Michaels Gesicht aus.

„Zeig es mir."

Er musste nicht zweimal fragen. Ich war mehr als bereit, sie ihm zu zeigen. Eine Woge von Magie kam aus meinem Innersten und bewegte sich auf meine Finger zu, bis lebhafte Farben entlang meiner Fingerspitzen tanzten. Ich sammelte die Magie zu einer Kugel und hielt sie fest. Er beäugte sie, während ich ihn beäugte. Neugier glitt über die scharfen Flächen seines Gesichts.

„Bist du bereit?", fragte ich.

Er nickte, und der Ball traf ihn. Nicht mit so viel Kraft, wie ich normalerweise anwendete, doch er keuchte hörbar, als sie gegen seine Brust krachte und ihn mehrere Meter zurückwarf. Er stand auf, richtete sich auf und straffte die Schultern. Ein paar Atemzüge später war er in der Lage, seine Lippen zu einem humorlosen Lächeln zu verziehen. „Beeindruckend", gab er in einem ausdruckslosen Ton zu. Trotzdem konnte ich einen Anflug von Abneigung und schlecht unterdrückter Wut hören.

Wandler besaßen aufgrund ihrer Immunität gegen die meiste Magie berechtigterweise eine gewisse Arroganz. Ihre Empfindlichkeit für Legacy-Magie war ein Grund dafür, dass es unter den Trackern so viele Wandler gab. Sie wollten die Welt von den einzigen Wesen befreien, die Magie gegen sie einsetzen konnten. Mehrere lange Augenblicke vergingen, bevor er seine Aufmerksamkeit auf Gareth richtete.

„Ich verstehe ihren Wunsch, ihrer Freundin zu helfen, aber Gareth, wäre eure Zeit nicht besser damit verbracht, herauszufinden, wer für den Angriff auf das Sonnenwend-Festival verantwortlich ist? Leute hätten sterben können."

Gareths Schwierigkeiten mit der Diplomatie waren spürbar. „Ich habe eine ganze Agentur zur Verfügung, und das

FSR unterstützt uns in dieser Angelegenheit. Aber Livy und Savannah sind der Grund, warum wir bei diesem Angriff keine Opfer hatten. Trotz allem, was du vielleicht denkst, sind Livys Motive nicht egoistisch. Wir haben keine Ahnung, welche Erinnerungen Savannah eingepflanzt wurden und ob sie bereit ist zu helfen, wenn wir sie in Zukunft brauchen. Wenn sie es nicht tut, werden bei einem weiteren Angriff Leute sterben."

Michael schüttelte nachdenklich den Kopf und schwieg eine Weile. „Ich werde ihr Vertrauen nicht verletzen und zulassen, dass du sie ohne ihre Erlaubnis verzauberst, doch ich werde tun, was ich kann, um sie zu überreden, dich zu sehen." Das war direkt an mich gerichtet. „Doch alles, was sie tut, muss aus eigenem Antrieb passieren. Du wirst nicht hierherkommen, während sie schläft, und sie verzaubern, egal wie sicher du bist, dass es funktionieren wird. So arbeiten wir nicht."

Gareth nickte. Er sah nicht besorgt oder unsicher aus. Er vertraute dem Mann, wodurch ich mich wohler fühlte.

Bevor wir gingen, sagte Michael: „Bitte lasst Lucas wissen, dass für ihn dieselben Regeln gelten. Ich werde in seinem Namen mit ihr sprechen, aber wenn sie sich entscheidet, ihn nicht sehen zu wollen, ist es so. Vielleicht solltet ihr ihm klarmachen, dass seine Macht und sein Einfluss nicht bis hierher reichen. Es wäre mir lieber, ihr sagt es ihm, als dass ich es ihm demonstrieren muss."

Nun, das ist die höflichste Drohung, die ich je gehört habe.

Ich wartete, bis wir im Auto saßen und vom Haus wegfuhren, bevor ich sagte: „Er ist ziemlich intensiv, nicht wahr?"

Michael war gefährlich – das war nicht zu leugnen –, aber Gareth war es auch. Ich erinnerte mich sehr gut daran, wie er mit seinem Cousin umgegangen war, der immer noch ein Tracker war und die Person, die er für einen Verräter innerhalb der Gilde der Übernatürlichen hielt. Er war nie ins

Detail gegangen, doch der dunkle Schleier, der über sein Gesicht huschte, wenn er darüber sprach, deutete darauf hin, dass er nicht glimpflich davongekommen war.

„Er ist tatsächlich einer der vernünftigsten Köpfe, die sie je hatten" – er schmunzelte – „seit meiner Amtszeit."

„Du lässt dir nie eine Gelegenheit entgegen, dich selbst zu beweihräuchern, oder?"

„Ich dachte, du würdest Ehrlichkeit schätzen, aber anscheinend tust du das nicht. Wie du meinst." Er zuckte mit den Schultern. „Michael kann überzeugend sein, wenn es nötig ist. Wir werden daran arbeiten, die Zutaten für den Zauber zu finden, und uns später darum kümmern, zu Savannah zu gelangen. Hoffentlich wird es keine Probleme geben. Aber wir werden zu ihr kommen."

9

Elijah saß bereits und trank seinen Latte Macchiato, als ich das Café betrat. Es war zwei Tage her, seit er sich dagegen entschieden hatte, mit uns zu kommen, um Savannah zu holen. Ich war dankbar für die Hilfe, die er angeboten hatte, um sie zu finden, und ich hatte das Gefühl, dass ich genug von ihm verlangt hatte und nicht mehr verlangen konnte. Ich nahm ihm gegenüber Platz, doch er blickte weiterhin zur Tür.

„Wartest du auf jemand anderen?"

„Deinen Wandlerfreund", sagte er, seine Aufmerksamkeit immer noch bei der Tür.

„Er kommt nicht; wolltest du, dass er kommt?"

Er zuckte mit den Schultern. „Ich dachte nur, er wäre neugierig."

„Wegen unseres Treffens?"

„Nein, meinetwegen", sagte er und lächelte, während er noch einen Schluck trank.

Ich war mir nicht sicher, wie ich das interpretieren sollte. War es ein Zeichen von Arroganz oder allgemeiner Neugier, was Gareths Absichten anging?

„Ich habe dein Interesse geweckt, als wir uns das erste Mal begegnet sind; ich dachte, das würde ihn stören.“

„Nein, ihn stört das nicht.“

Seine Brauen wanderten ein Stück in die Höhe, während er darauf wartete, dass ich fortfuhr.

„Der Job ist vergeben. Ich habe schon einen arroganten Vertu in meinem Leben, da ist kein Platz für einen anderen. Aber sobald er weg ist, werde ich dich über die freie Stelle informieren.“

Schmunzelnd trank er einen weiteren Schluck aus seiner Tasse. „Das ist keine Arroganz, das ist Selbsterhaltung. Ich dachte, dein Wandler würde sich Sorgen machen, wenn du jemandem deiner eigenen Art begegnest. Es gibt so wenige von uns, dass ich davon ausgehe, dass du irgendwann darüber nachdenken musstest, wie wir unsere Spezies erhalten sollen. Das muss zu deinen Überlegungen und Gründen für unser Coming-out gehören.“

Ich sah mir die Kaffeebar an.

„Möchtest du was trinken?“ Er stand auf, um zur Theke zu gehen und mir ein Getränk zu holen.

„Ja, aber wenn wir dieses Gespräch fortsetzen wollen, brauche ich etwas Stärkeres als Kaffee. Schade, dass das nicht eines der Cafés ist, die auch Wein servieren.“

„Ich habe dich verärgert. Warum?“, fragte er leise und kehrte zu seinem Platz zurück. Der Ernst in seiner Stimme machte deutlich, dass er besorgt war – besorgt um mich.

Seufzend lächelte ich – es war gezwungen und freudlos, doch das Beste, was ich im Moment zustande bringen konnte. „Ich denke nicht an unsere Spezies, unsere Zahl oder solche Dinge. Meine Bemühungen, an die Öffentlichkeit zu gehen, sind nichts anderes, als dass ich nicht länger geheim halten will, wer ich bin. Ich will nicht länger das Gesicht dieses schrecklichen Verbrechens gegen die Menschlichkeit sein. Mein einziges Ziel ist ein normales Leben. Tut mir leid, tiefer geht es nicht. Ich versuche nicht, eine Legacy und

Vertu Baby-Kampagne oder eine Dating-Seite zu starten, auf der wir uns zwecks Fortpflanzung treffen können. Meine Motive sind einfach. Ich will mich nicht verstecken oder gehasst werden", gestand ich genervt. Warum machten die Leute alles so viel komplizierter, als es sein musste?

Ein Lächeln begann, langsam seine Lippen zu umspielen. „Einfach ist gut." Er blickte wieder zur Bar. „Willst du hierbleiben oder irgendwohin, wo es Alkohol gibt?"

„Da es zehn Uhr morgens ist, sollten wir vielleicht beim Kaffee bleiben."

Ich setzte mich wieder auf meinen Platz, nachdem ich mein Getränk geholt hatte, und Elijah nutzte seine Zeit dafür, sich im Café umzusehen. Ihre Wandlerringe verrieten die beiden Wandler in der Ecke. Ein Hauch erdiger Magie, der im Raum hing, identifizierte Hexen in der äußersten rechten Ecke, und ein warmes Summen entlarvte die Magier zwei Tische weiter. Elijahs Blick wanderte über jeden Gast und blieb länger bei den Menschen hängen, die zwischen den Übernatürlichen verstreut saßen.

„Wir sind stärker als alle anderen hier", sagte er nachdenklich. Er ließ noch einmal den Blick über die anderen Gäste schweifen. Meine Augen folgten seinem Blick durch den Raum.

„Wahrscheinlich."

„Nicht ‚wahrscheinlich'." Er war selbst für mich, die ich neben ihm saß, kaum hörbar. „Wir sind jahrelang weggelaufen und haben uns vor ihnen versteckt. Wurden gejagt und verteufelt."

Nein, er konnte nicht so schlimm sein wie Conner. Bitte sei nicht wie Conner. Er wandte seinen Blick von den Gästen ab und richtete ihn auf mich. Seine Stimme war ruhig, aber angespannt: „Glaubst du, es war falsch von uns, separat von ihnen leben zu wollen?"

„Nein. Ich denke, es war falsch, zu versuchen, jeden zu töten, der nicht zu uns gehört", sagte ich und hielt meine

Stimme genauso ruhig wie er seine, damit sie meine Gefühle nicht verriet. Ich wollte, dass er das Gefühl hatte, sagen zu können, was er dachte. Das würde seine Rolle in meinem Leben bestimmen: Freund oder Feind.

Er lächelte. „Das war grausam und kurzsichtig", sagte er und lehnte sich in seinem Stuhl zurück.

Vielleicht ist zehn Uhr morgens doch nicht zu früh zum Trinken. „Kurzsichtig?"

Elijah nickte kaum merklich. „Wenn uns die Geschichte etwas gelehrt hat, dann, dass Zahlen zählen. Obwohl wir überlegene Magie hatten, waren wir nicht genug. Die Niederlage war unvermeidlich. Und Conner ist auch kurzsichtig und dumm."

Es war schwer, ruhig und gleichgültig zu bleiben. „Du kennst Conner?"

Lachend versuchte er, die Augen zu verdrehen. Ohne Erfolg. „Er ist einer der mächtigsten Anwender von Magie, die ich je gesehen habe. Seine Motivation ist beeindruckend. Und sein Drive und Wunsch nach einer fantastischen Welt, in der wir existieren können, getrennt von allen anderen, frei sein können, zu sein, wer wir sind, ohne Einschränkungen oder Urteile, lassen ihn wie einen Wahnsinnigen klingen. Diese Leute hier stören mich nicht. Ich bin gerne in ihrer Nähe. Ich kann mir keine Welt vorstellen, in der wir getrennt leben. Ich will das nicht, deshalb bin ich gekommen, um dich zu treffen."

„Mich?"

„Dich. Tina hat so viel von dir gesprochen, und deine Vision schien mehr zu sein als nur das dumme Gelaber eines Verrückten mit einem Überlegenheitskomplex. Es ist gut durchdacht."

Sicher, es ist extrem gut durchdacht. Ich war aus dem Bett gekrochen, und dieser Mist war mir in den Schoß gefallen, während ich gegen einen Superschurken gekämpft hatte, der zu langweiligen Monologen neigte. Doch ich sagte nichts, was Elijahs Eindruck von mir und meiner Situation ändern würde. Vielleicht würde ich das eines Tages als falsch betrachten, doch im Moment hatte ich kein Problem damit, dass er mich für eine Frau mit einer Vision hielt.

***

Der Kaffee mit Elijah hatte mir Mut gemacht. Wenn ich den Teil ignorierte, in dem er mich dazu gebracht hatte, darüber nachzudenken, schon am Vormittag mit dem Trinken anzufangen, oder unsere kurze Diskussion über den Erhalt unserer Art, etwas, wovon ich mir sicher war, dass niemand es jemals bei seiner zweiten Begegnung besprechen sollte, gab er mir das Gefühl, dass unser Coming-out nicht so schlimm sein würde. Und wenn, dann hatte ich jemanden, der so war wie ich. Ich wusste, dass ich Kalen und Savannah hatte – die alte Savannah, die mich unterstützen und hinter mir stehen würde –, doch es war gut, jemanden zu haben, der auch betroffen war, wenn irgendwas danebenging.

Bevor ich zur Arbeit ging, wo ich erwartet hatte, Kalens Version von „Oh, dann arbeitest du also immer noch hier?" zu hören, machte ich bei der Gilde der Übernatürlichen halt, um mit Gareth zu sprechen, da das Café, in dem ich Elijah getroffen hatte, nur ein paar Blocks entfernt war. Ich war mir nicht sicher, ob ich dieses Café für mich oder für Gareth ausgewählt hatte. Ich wollte nach meinem Treffen mit Elijah mit ihm sprechen.

Als ich in Gareths Büro ankam, erinnerte er mich an ein eingesperrtes Tier. Er ging mit langen Schritten auf und ab. Wandler konnten Emotionen spüren, Veränderungen im Verhalten anderer, und physiologische Zeichen verwenden, um den Zustand einer Person zu bestimmen. Ich brauchte nichts davon, um festzustellen, wie er sich fühlte. Er war so angespannt, dass er ein Bündel aus purer Frustration und

Wut war, was mich dazu zwang, ruhiger zu sein, als ich mich eigentlich fühlte, um die Stimmung zu neutralisieren.

„Es wird lächerlich. Erst HF, jetzt diese neue Gruppe. Ich würde Humans First jederzeit diesen neuen Typen vorziehen. HF war nur leere Rhetorik. Sie wollten nur die Säuberung", brummte er und warf einen Blick auf den Monitor auf seinem Schreibtisch. Ich nahm an, dass es einen weiteren Angriff gegeben hatte.

„Nur?", fragte ich skeptisch.

Er hörte auf, auf- und abzugehen und warf mir einen eisigen Blick zu, der besser den Angreifern vorbehalten geblieben wäre.

„Ja, nur. Eine Säuberung durchzuführen ist keine leichte Aufgabe. Es erfordert starke Magie, deine Magie. Irgendein dahergelaufener Typ von der Straße kann das nicht, und es muss eine gut orchestrierte Aktion sein. Bestenfalls könnten sie die dafür notwendigen Gegenstände zusammenstehlen, wie den Nekrospeer. Schlimmstenfalls konspirieren sie mit jemandem, wie Conner es getan hat, aber selbst er hat mehr Magie gebraucht als seine eigene, um das zu tun. Diese neuen Arschlöcher versuchen, uns einen nach dem anderen zu erwischen." Den letzten Teil presste er durch zusammengebissene Zähne heraus. „Wie lange wird es dauern, bis sie in unsere Häuser, Restaurants, Bars und Clubs kommen?" Bisher hatten alle Angriffe im Freien stattgefunden, doch es war nur eine Frage der Zeit, bis die Angreifer mutiger wurden. Er schüttelte den Kopf. „Wer auch immer dahintersteckt, ist gut. Die Schützen wissen nie etwas über denjenigen, der sie mit Waffen und Munition ausgestattet hat. Wer auch immer es ist nennt nicht einmal einen Namen und verwendet nie denselben Kontaktmann."

„Wer würde jemandem so blind folgen, besonders auf die Gefahr hin, erwischt zu werden?", fragte ich mich laut.

„Menschen, denen es nicht gefällt, dass wir unter ihnen leben", sagte Victor, als er durch die angelehnte Tür eintrat.

„Sie ändern sich nie. Ich bin mir sicher, dass es dieselben Leute sind, die zu Humans First gehört haben. Die Art und Weise, wie die Gruppe aufgelöst wurde, hat wahrscheinlich ihre Rekrutierung erleichtert." Er warf mir einen vorwurfsvollen Blick zu, als wäre ich dafür verantwortlich.

Vielleicht steckte Conner dahinter. Oder jemand, der ihm nahegestanden hatte. Es konnte sehr gut sein, dass Conners Tiraden dazu geführt hatten, doch seine Besessenheit von mir war nicht meine Schuld. Die Funktionsweise des Verstandes eines Soziopathen konnte er mir nicht zum Vorwurf machen.

Mit einem schiefen Lächeln fuhr Victor fort: „Ich mache Ihnen keine Vorwürfe, Miss Michaels."

Großartig – noch jemand, der meine Vitalwerte liest wie ein offenes Buch. Ich hatte gespürt, dass sich mein Puls ziemlich beschleunigt hatte bei der Andeutung, dass ich etwas mit der zunehmenden Gewalt gegen Übernatürliche zu tun hatte.

Victor stand seine Frustration nicht gut zu Gesicht. Steife Schultern ließen ihn in seinem dunkelblauen Anzug starr und kompromisslos wirken. Goldbraune Augen funkelten im fluoreszierenden Licht. Sein geschmeidiger Gang verriet, dass er ein Wandler war, doch ich hatte immer noch nicht herausgefunden, welcher Art er angehörte. Nichts an seinem breiten Körperbau ließ darauf schließen. Er war nur ein paar Zentimeter kleiner als Gareth, hatte aber eine ähnlich souveräne Präsenz. Es sah so aus, als würde jeder von ihnen um seinen Platz in dem großen Raum kämpfen.

Der Feenmann hinter ihm beschloss, sich nicht an dem Machtkampf zu beteiligen, und blieb draußen. Hinter seinen auffälligen azurblauen Augen war eine stille Kraft, und sein schlanker Körper ließ mich an Kalen denken. Er sah nicht so aus, als gehörte er in einen Job, in dem Konformität nötig war. Während Gareth dunkle Hosen und ein weißes Hemd und Victor einen dunklen Anzug trug, hatte sich der Feenmann für eine jägergrüne Weste, braune Hose und ein weißes Hemd entschieden. In der Westentasche steckte ein buntes, gewebtes Einstecktuch. Als er ein schiefes Lächeln auf sein Gesicht zauberte, wurde mir klar, dass ich ihn angestarrt hatte. Er schien es als Interesse an ihm aufzufassen. Seine Gesichtszüge fanden einen soliden Platz zwischen gutaussehend und schön. Es war zweifelhaft, dass ich die erste Person war, die ihn angestarrt hatte. Sein Blick schoss in Gareths Richtung und zurück zu mir, und seine Brauen hoben sich leicht fragend. Eine lautlose Frage nach meinem Status bei Gareth. Jeder, der einige Zeit in der Gilde der Übernatürlichen verbracht hatte, hatte eine Ahnung, dass zwischen Gareth und mir etwas lief. Diskretion war nicht etwas, das sie auch nur vorzutäuschen versuchten, wenn es um Klatsch ging. Ich war das Gesprächsthema des Gebäudes und hörte die gedämpften Stimmen jedes Mal, wenn ich an einer Gruppe vorbeiging.

Gareths Kopf war zur Seite geneigt. „Beantworten Sie seine Frage, *Miss Michaels*", drängte er mit unverhohlener Belustigung in seinen Worten. Er verschränkte die Arme vor der Brust und wartete, während er den fragenden Gesichtsausdruck des Feenmannes betrachtete.

„Welche Frage?" *Ja, ich werde die Naive spielen.*

„Er will wissen, ob die Gerüchte wahr sind. Sind Sie Single?"

Ich will das wirklich nicht vor Publikum machen. Es half nicht, dass selbst Victor, der sich oft so benahm, als ob er den Stock, den er im Hinterteil hatte, nicht rausnehmen konnte, ein gewisses Maß an Amüsement in der Situation fand.

Gareth hätte versuchen sollen, unsere Beziehung geheim zu halten. Es musste eine Regel für diese Art von Unangemessenheit geben. *Du sollst nicht mit der Person ausgehen, die eine Legacy ist, was zwischenzeitlich allen bekannt ist und jetzt der Gilde der Übernatürlichen hilft, oder sowas in der Art.* Das spöttische Lächeln, das Gareths Lippen umspielte, weckte den Wunsch in mir, es aus seinem Gesicht zu wischen.

„Ich mag Ihr Einstecktuch, deshalb habe ich Sie angestarrt, aber *Sie* sind es sicher gewohnt, dass Frauen Sie aus anderen Gründen anstarren. Tut mir leid, ich bin nicht diese Frau, ich finde ihr Einstecktuch einfach zum Niederknien.“

Ha, Problem gelöst. Der Feenmann sah nicht enttäuscht aus, obwohl er so tat, als wäre er es. Gareths Lächeln machte schnell einem finsteren Blick Platz. Zurück zum Geschäft. „Lassen Sie mich raten, Sie haben nichts herausgefunden.“

„Nicht mehr als zuvor. Sie haben sich mit ihrem Kontakt getroffen. Es wurden keine Namen ausgetauscht, und selbst nachdem ich sie gezwungen habe, die Wahrheit zu sagen, waren ihre Beschreibungen ziemlich uninspiriert. Keine herausstechenden Merkmale, immer dasselbe. Manchmal ist die Farbe der Haare anders. Ich frage mich, ob es immer dieselbe Person ist? Wir haben einen Namen, aber es ist ein Allerweltsname, von dem ich bezweifle, dass er hilfreich sein wird.“

„Wie lautet der Name?“, fragte Gareth.

„Jonathan.“

Normalerweise hätte ich gesagt, es sei Zufall, dass die Person denselben Namen hatte wie der Magier, der im Magischen Rat gewesen war und alle verraten hatte, um sich mit Conner und Humans First zusammenzuschließen und eine neue Säuberung durchzuführen. Es konnte sehr gut Zufall sein, dass der Name wieder im Zusammenhang mit Bemühungen auftauchte, Übernatürliche zu töten. Die Strategie, ein Virus zu verwenden, unterschied sich allerdings von der Säuberung und war nicht so effizient. Das Endergebnis wäre jedoch dasselbe: Die Übernatürlichen wären tot, mit Ausnahme der Legacy und Vertu, die dagegen immun waren.

„Sind Sie sicher, dass Jonathan tot ist? Haben Sie eine Leiche gesehen?“, fragte Viktor. Das mochte sich vor der Situation mit Conner wie eine lächerliche Frage angehört haben. Jetzt war alles möglich.

„Er ist definitiv tot", antwortete Gareth.

„Könnte es jemand sein, der Rache für ihn sucht?", fragte der gutaussehende Feenmann, sein rechtes Bein über sein linkes gelegt, als er sich lässig gegen den Türrahmen lehnte, als hätte er die Lust am Stehen verloren. Er war kein typischer Agent der Gilde. Die meisten von ihnen standen stramm, wenn sie es mit Gareth zu tun hatten.

Gareth dachte lange über die Frage nach. „Wir sollten uns das ansehen. Er hat Hinterbliebene. Eine Schwester und eine Freundin. Vielleicht hatten sie ähnliche Ansichten." Stirnrunzelnd über die Vermutung warf ich einen Blick in seine Richtung. Die Leute hatten aufgrund meiner Abstammung angenommen, dass ich bestimmte Charakterzüge und Einstellungen hatte. Die Vorstellung, dass jemand anderes auf dieselbe Weise vorverurteilt wurde, beunruhigte mich.

„Es ist eine Ermittlung, jedem möglichen Hinweis muss nachgegangen werden", erklärte Gareth.

Ich kannte den Grund; das machte es trotzdem nicht besser.

10

Das dunkle neogotische Äußere des Hauses von Calista, Jonathans Schwester, trug nichts zu ihrer Entlastung bei. Die grauen Ziegel hatten Risse, die aussahen, als wären sie absichtlich hinzugefügt worden. Gargoyle-Statuen thronten auf Säulen am Fuß der Treppe, die zum Haus hinaufführte. Ein schwarzer, schmiedeeiserner Zaum wand sich um das Grundstück. Schwere, reich verzierte Tore öffneten sich bei unserer Ankunft und schlossen sich sofort, nachdem wir eingetreten waren. Sie konnten bewegungsaktiviert sein, doch ich kam nicht umhin, mich zu fragen, wer kein Problem damit hatte, dass irgendjemand von der Straße das Anwesen betrat.

Als ich mich umsah, entdeckte ich keine Kameras. „Da sind keine", sagte Gareth zu mir, als wir die Treppe hinaufgingen.

„Was, kannst du neuerdings auch Gedanken lesen?", murmelte ich leicht irritiert.

„Nein, nur deine. Du bist sehr skeptisch."

„Diese Skepsis hat mich so lange am Leben erhalten", sagte ich streitlustig. Frustration, Angst und Misstrauen dem Unbekannten gegenüber machten sich bemerkbar und führten dazu, dass ich Gareth gegenüber zickig war. Ich hatte das Gefühl, dass er dasselbe Problem hatte, denn er war barsch zu mir, Victor und Mason – dem attraktiven Feenmann, der sich vorgestellt hatte, als er gemerkt hatte, dass ich mitkommen würde. Eine Legacy zu sein hatte Vorteile, und ich würde mich sicher nicht daran hindern lassen, eine Magierin zu besuchen, die sich vielleicht für den Tod ihres Bruders rächen wollte. Wenn die Gilde der Übernatürlichen glaubte, dass sie viel Magie brauchen würden, machte es ihnen nichts aus, die Regeln für das Mitbringen von Zivilisten zu ignorieren. Meistens störte es mich nicht, doch ich hatte keine Ahnung, womit wir es hier zu tun hatten. Magier stammten direkt von den Legacy ab, wenn auch mit etwas weniger magischen Fähigkeiten. Sie waren dennoch eine Kraft, mit der man rechnen musste, denn Magier besaßen die Form von Magie, die unserer am nächsten kam.

Victor klopfte kräftig an die Tür. Nichts. Er klopfte ein zweites Mal, und sie öffnete sich von selbst.

„Gehen wir rein?", fragte Mason.

„Mr. Reynolds, ich dachte mir, dass ich Sie bald sehen würde", sagte eine honigsüße, helle Stimme aus dem Nichts. Der einladende Ton passte nicht zu den strengen Gesichtszügen der Frau, die sich schließlich zeigte. Walnussbraunes Haar war auf ihrem Kopf aufgetürmt, und kleine Ringellöckchen hüpften um ihr Gesicht. Ihre breiten, geschwungenen Lippen verzogen sich zu einem Lächeln und zeigten tiefe Grübchen in einem schmalen Gesicht. Bernsteinfarbene Augen glühten vor Abscheu und funkelten unter den Deckenleuchten.

Das neogotische Thema setzte sich auch im Haus fort, mit Wasserspeiern auf Sockeln in jeder Ecke des Raums. Zeremonielle Tonmasken säumten die bordeauxroten Wände. Bronze und braune Möbel verdunkelten den Raum noch mehr. War das schon immer so gewesen, oder hatte sie als Reaktion auf den Tod ihres Bruders umdekoriert? Irgendetwas an ihr fühlte sich falsch an. Vielleicht war es die bunte Perlenkette, die in der Mitte ihres langen, schwarzen, durchscheinenden Kleides baumelte. Ohne die dunkle Farbe hätte das Kleid eine engelsgleiche Anmutung gehabt. Der fließende Stoff bewegte sich in einem gleichmäßigen Schwung, als sie auf uns zukam.

Trauer hüllte sie ein wie ein Duft. Wenn ich es bemerkte, musste es auch den anderen klar sein.

„Calista", hauchte Gareth leise ihren Namen. „Wie geht's dir?"

„Was denkst du, wie es mir geht?", fragte sie und kniff die Augen zusammen.

„Weißt du, warum ich hier bin?", fragte Gareth.

„Ich vermute, du glaubst, ich teile die Machtbesessenheit meines Bruders." Sie bewegte sich weiter durch den Raum und betrachtete jeden ihrer gruseligen Wasserspeier. „Wir mögen unterschiedliche Ansichten gehabt haben, doch das ändert nichts an meiner Liebe zu ihm." Trauer zitterte in ihrer Stimme.

Meine Meinung änderte sich schnell: Sie war traurig, doch sie war auch irgendwie unheimlich und verdammt gruselig.

Victor beobachtete sie aufmerksam, als sie durch ihr Zimmer streifte und noch mehr wie die Bilder aussah, die ich von der weinenden Frau gesehen hatte, die den Fluss entlangging, so tief in ihren Kummer versunken, dass sie wie eine Wiedergängerin aussah.

„Es hat Angriffe auf Übernatürliche gegeben. Schlimme Angriffe", sagte sie sachlich. „Wir werden sterben." Krasse Entschlossenheit ließ ihre Worte wie eine Prophezeiung klingen. Nein, es war nicht prophetisch, es war ein Wunsch. Das machte sie noch gefährlicher: Es war ihr egal, ob sie lebte oder starb, was bedeutete, dass es ihr wahrscheinlich egal war, was aus anderen wurde.

„Wissen Sie irgendwas darüber?", fragte Mason. Calistas

Aufmerksamkeit wanderte von seinem Gesicht zu seiner Hand, wo Magie von seinen Fingern sprühte, als würde er darauf warten, dass sie eine falsche Bewegung machte. Sie warf ihm einen desinteressierten Blick zu und ging weiter. Es blieb nicht unbemerkt, dass sie die Distanz zwischen ihr und uns verringerte.

„Ja, es ist eine ziemlich starke Droge. Menschen sind einfallsreich und widerstandsfähig, wenn sie das Gefühl haben, angegriffen zu werden. Sie wissen, dass ihnen die Säuberung egal gewesen wäre, wenn ihr nicht ein kleiner Prozentsatz von Menschen zum Opfer gefallen wäre, die genug übernatürliches Genmaterial in sich hatten, um betroffen zu sein. Sie hätten sich nicht daran gestört, uns sterben zu lassen – nur, dass sie nicht wussten, welcher ihrer Vorfahren eine Liaison mit welcher Kreatur gehabt haben könnte, die sie mit der übernatürlichen Welt verbunden haben könnte. Deshalb haben sie sich eingemischt. Was sie jetzt tun, ist besser, klüger. Es ist auf uns beschränkt." Sie wischte ihre Hand mit einer schwungvollen Bewegung über ihr Kleid und erzeugte sieben kleine Pfeile, die durch Magie in der Luft schwebten und auf Victor, Gareth und Mason gerichtet waren.

„Sie wissen, dass ich das nicht zulassen werde", sagte ich und hauchte meiner Stimme Stahl ein, um sie davon abzubringen.

„Natürlich nicht, Anya. Sie werden es nicht zulassen, weshalb *Sie* aufgehalten werden müssen."

In dem Moment, als ich Conners Anwesenheit spürte, wirbelte ich herum und schleuderte ihm Magie entgegen, doch er verschwand, bevor sie ihn traf. Eine feste Hülle aus Magie wickelte sich um meine Hüfte und riss mich zurück gegen ihn. Als ich den Absatz meines Stiefels in die Spitze seines Schuhs rammte, stöhnte er und packte mich fester, grub seine Finger mit einer solchen Kraft in meinen Bauch, dass es sich anfühlte, als hätte er Krallen. Doch die hatte er nicht. Hinter seiner schmerzhaften Berührung steckte nichts als Rachedurst und Hass. Ich krallte an seinen Händen und riss an seiner Haut, doch er war unerbittlich.

Da ich wusste, dass er mich mitnehmen wollte, gab ich den Versuch auf, ihn aufzuhalten, und schleuderte eine Welle der Magie von mir weg. Sie prallte gegen Calista und brachte sie aus dem Gleichgewicht. Die Pfeile flogen, doch ich war weg, bevor ich sehen konnte, ob sie ihre beabsichtigten Ziele getroffen hatten. In dem Moment, als meine Füße auf festem Boden standen, stieß mich Conner von sich weg.

Reflexartig griff ich nach den Sai, die ich normalerweise am Rücken trug. Als ich ins Leere griff, erinnerte ich mich, dass ich sie in Gareths Auto gelassen hatte. Conner hielt Abstand; Wut entstellte sein Gesicht mit einem verzerrten, gnadenlosen Lächeln.

„Du gibst nicht auf, oder?", fragte ich und teilte meine Aufmerksamkeit zwischen ihm und meiner Umgebung. Wir waren nirgendwo, wo er mich vorher hingebracht hatte. Als er sich bemüht hatte, mich zu umwerben, hatte er mich an wunderschöne Orte mit duftender Luft, magisch verbesserten schönen Bäumen, üppigem Gras, exotischen Pflanzen und dem Versprechen eines Lebens voller Schönheit und Vergnügen gebracht. Die Flitterwochen waren vorbei. Dieser Ort war feucht und muffig. Der überwältigende Geruch von irgendetwas Verrottendem lag in der Luft. Die Bäume um uns herum waren tot; dunkle Blätter weinten von ihren Zweigen und warteten auf einen Windstoß, der stark genug war, um sie wegzublasen. Braunes Gras bedeckte den Boden, und Wolken hingen vor der Sonne. Es war trostlos, einsam und beunruhigend. Hatte er vor, mich hierzulassen? Was war sein Ziel?

Er hielt Abstand und beobachtete mich mit akutem Interesse, ein widersprüchliches Lächeln, das sowohl grausam als auch bezaubernd war, umspielte seine Lippen. Er hob eine Augenbraue und sagte: „Fragst du dich, was mit der Katze passiert ist? Hat dein Eingreifen geholfen, oder kämpft er jetzt ums Überleben?" Selbstzufriedenheit tanzte über sein Gesicht. „Hier bist du, die Hälfte seiner Überlebenschance, falls der Pfeil ihn nicht verfehlt hat. Was für ein Dilemma, in dem du dich befindest."

Er ging mit gemächlichen, anmutigen Schritten und genoss jeden Moment. Ich teilte meine Aufmerksamkeit immer noch zwischen ihm und meiner Umgebung und versuchte, die Grenze des Zaubers zu finden, während ich auf alles um mich herum lauschte. Ich achtete genau darauf und horchte auf Schritte und Rascheln, um sicherzugehen, dass keine seiner Kreaturen in der Nähe war. Nichts. Es waren nur wir zwei.

„Was willst du?", fragte ich giftig. Ich musste vorsichtig sein. Magie gegen Magie wusste ich, dass ich ihn nicht besiegen könnte. Er war stärker und erfahrener und trug dieses Wissen selbstgefällig. Er kam langsam auf mich zu.

„Du hast den Weg geebnet, dass mehr Legacy an die Öffentlichkeit gehen können. Du denkst, das wird zu deinem Vorteil sein – das wird es nicht." Grausame Entschlossenheit breitete sich auf seinem Gesicht aus, angefacht von meiner Wut. „Das Seltsame an Magie und Wissenschaft: Es ist eigenartig, wie sie interagieren. Wer hätte gedacht, dass ein Virus, an dem die Menschen seit Jahren arbeiten, mit dem Blut eines Legacy und einer Ignesco geheilt werden könnte? Savannah, wie eifrig sie ist zu helfen. Ich habe es gespürt, als ich in ihrem Kopf war. Sie ist eine süße Frau; ich verstehe, warum du sie magst. Sie ist ziemlich enthusiastisch, nicht wahr?"

Die Erwähnung von Savannahs Namen und die höhnische Erinnerung an das, was er ihr angetan hatte, entfachte Wut in mir, die nicht leicht zu kontrollieren war. Magie schoss wie aus einer Kanone aus mir heraus, und er wurde mehrere Meter zurückgeworfen. Die Ränder seines Schutzzaubers schwankten, und ich sah, wo diese Welt endete.

Bevor er aufstehen konnte, traf ich ihn mit einer weiteren magischen Salve. Ich ging in die Offensive, was ihn zwang, seine Energie auf mich zu konzentrieren und nicht auf die Aufrechterhaltung des Zaubers. Funken von Magie wirbelten um meine Hände, elektrisierten, prickelten an meinen Fingerspitzen; sie schoss aus mir heraus und hüllte ihn in einen Kokon aus leuchtenden Farben. Ich konzentrierte mich, hielt die Fessel um ihn, bewegte mich weiter von ihm weg auf die Wand des Zaubers zu und wartete darauf, dass sie wankte und fiel. Ich hielt meine Magie auf ihn gerichtet und weigerte mich, etwas davon abzulenken, um den Zauber zu durchbrechen.

„Du kommst hier raus, und was dann, Anya? Versuchst du, rückgängig zu machen, was ich Savannah angetan habe? Es ist höchst unwahrscheinlich, dass du das kannst. Für sie bist du eine Mörderin. Ihr Hass rührt von ihren Erinnerungen an deine Brutalität und Grausamkeit her. Visionen von dir, wie du rücksichtslos und unnötig die Menschen tötest, die ich geliebt habe, während du mich dazu zwingst zuzusehen. Und jetzt hat sie Schutz vor dir gesucht. Die Wandler lassen dich nicht in ihre Nähe. Sie hat Angst, und dein Versuch, das rückgängig zu machen, was ich getan habe, ist gescheitert. Sie hat mehr Angst vor den Dingen, die du getan hast, als vor allen Erinnerungen, die ich ihr geben könnte. Sie vertraut dir nicht, und Lucas oder Gareth auch nicht. Glaubst du, sie wird jetzt so bereitwillig helfen? Bei all den Angriffen bin ich sicher, dass nicht mehr viel von dem Gegenmittel übrig ist.”

Mein Ziehen an den magischen Fäden um ihn herum ließ ihn aufschreien. „Ich werde alles rückgängig machen, was du ihr angetan hast.” In meiner Behauptung lag mehr Vertrauen auf mein Können, als ich besaß. Je enger ich meine Magie um ihn schlang, desto selbstbewusster wurde ich.

„Oh Anya, du kämpfst so entschlossen, aber wofür? Die Menschen haben sich gegen dich gewandt. Wir haben vielleicht nicht die Säuberung bekommen, doch sie haben eine Säuberung gestartet. Sie fangen mit den offensichtlichen Übernatürlichen an und gehen dann den Menschen nach, die magische DNA haben. Die Einzigen, die übrig bleiben, werden wir sein – so wie es sein sollte."

„Wer steckt dahinter? Du weißt es, nicht wahr?"

Ich zuckte beim Klang seines unheilvollen, leisen Lachens zusammen. Er war immer fehlgeleitet gewesen, doch jetzt wirkte er übermäßig grausam, kalkuliert und herzlos. Oder vielleicht war er schon immer so gewesen, und die Person, als die er sich zuvor verkauft hatte, hatte nur den Eindruck vermittelt, mit ihm vernünftig reden zu können.

„Nachdem ich mich von dem Angriff deiner Katze erholt hatte, habe ich es mir zur Aufgabe gemacht, herauszufinden, wer es ist. Das Seltsame an Menschen und Radikalen ist, dass sie mit denen zusammenarbeiten, die sie verachten, wenn es ihren Zielen förderlich ist. Ich musste nur dafür sorgen, dass sie nicht wieder scheitern würden. Ich vermute, dass beim nächsten Angriff keine mutige kleine Blondine und ihre Legacy-Freundin da sein werden, um die übernatürliche Welt zu retten. Du wirst sie nie wieder dazu bringen, dir zu helfen. Die arme Frau wird von Alpträumen und Erinnerungen an all die grausamen Taten der Legacy geplagt, deine ganz besonders. Sie wird sich keinem nähern, und so, wie ich sie das letzte Mal zurückgelassen habe, hat sie Angst vor allen Übernatürlichen außer Wandlern. Wenn Gareth am Leben ist, wie wird er diejenigen, bei denen sie Zuflucht gesucht hat, dazu bringen, mitzuspielen? Sie zwingen? Der Wandlerrat ist eine Kraft, mit der man rechnen muss. Soll er die Anwender von Magie der Gilde der Übernatürlichen einsetzen, um sie dazu zu bringen, ihren Schwur zu brechen, sie zu beschützen? Natürlich wirkt ihre Magie nicht auf sie, das tut nur unsere." Conners Augen tanzten vor Zufriedenheit.

Ich ließ die Fäden fallen und schleuderte ihm eine magische Kugel in die Brust. Er stieß einen scharfen, kurzen Atemzug aus. Sein Husten wurde zu einem dunklen, gackernden Lachen.

Er rollte sich zusammen und schützte seine Brust vor meiner Magie. Nach einigen Augenblicken sprach er, seine Augen leuchteten immer noch vor Wut und Bosheit und der Leere eines Mannes, der nichts zu verlieren hatte. „Wäre es so schlimm, mit mir zusammen zu sein? Schlimm genug, um zu rechtfertigen, was du jetzt hast? Rechtfertigt es, mich zum Feind zu haben?"

„Du hast mich auch als Feind. Wenn die Vergangenheit ein Indikator dafür ist, was kommen wird, dann weißt du, wie sich die Situation entwickeln wird. Ich habe dir schon einmal in den Arsch getreten, und ich habe kein Problem damit, es noch einmal zu tun."

Graue Augen verfinsterten sich vor Wut, als er auf die Füße kam und Magie verschoss, auf die ich nicht vorbereitet gewesen war. Hart getroffen stolperte ich mehrere Schritte zurück und fiel auf meinen Allerwertesten. Er stand über mir, bevor ich aufstehen konnte. Sein Fuß landete hart auf meinem Knöchel, und ich heulte vor Schmerz auf. Ich rollte aus dem Weg, bevor er es noch einmal tun konnte. Wenn mich seine Magie aus dieser Nähe traf, war der Schmerz entsetzlich. Ein Regenbogen aus Farben blitzte vor mir auf. Ich blinzelte mehrmals, und als meine Sicht klar wurde, sprang ich auf. Oder zumindest versuchte ich es. Doch ich wurde am Boden festgehalten, Conner über mir. Er *war* magisch. Die Magie strahlte von ihm ab wie die Hitze der Sonne, intensiv und ungezügelt.

„Lass mich los", knurrte ich und kämpfte gegen den Halt an.

„Dir ist bewusst, dass ich dich am Ende haben werde, falls du nicht tot bist. Aber du wirst mich wollen. Was denkst du, wird passieren, wenn alle Übernatürlichen weg sind und die Einzigen, die noch übrig sind, Legacy und Vertu sind? Auch sie werden sich über ihr Schicksal wundern, und diejenigen, die überleben, werden nach einem Weg zur Erhaltung ihrer Art suchen. Ich werde die Antwort sein." Er beugte sich noch näher, seine Lippen nur Zentimeter von meinen entfernt, und ich schwor mir, ihn zu beißen, falls er mich berührte. Meine Gedanken mussten sich auf meinem Gesicht abgezeichnet haben, denn er wich ein kleines Stück zurück.

„Du wirst nicht lange durchhalten", knurrte er, bevor er verschwand. Ich konnte mich wieder bewegen, stand auf und ging zum Rand des weitläufigen Areals. Ich wusste, dass er in der Nähe war und mich in der Umwelt, die er geschaffen hatte, beobachtete. Dunkler als das, was auf der anderen Seite war oder was es gewesen war, als ich gegangen war. Ich hatte keine Ahnung, wie lange ich schon in seiner kleinen Welt war. Schnell ging ich zum Rand des schwankenden Schutzzaubers und stieß meinen Finger hinein. Pink, Blau und Blaugrün strahlten davon aus. Es schien so harmlos, doch ich war mir sicher, dass es alles andere als das war. Ich konzentrierte mich und rief eine Menge Magie herbei, weil ich Angst hatte, so viel Magie einzusetzen, dass ich zu müde wäre, um mich gegen Conner zu verteidigen, falls er wieder auftauchen sollte. Ich wog die Vor- und Nachteile ab. Ich musste da raus und mich vergewissern, dass es Gareth gutging, und wenn nicht, musste ich Michael irgendwie davon überzeugen, Savannah ins Krankenhaus zu bringen.

Ich drückte, und die Wand schwankte, dehnte sich bis an ihre Grenze aus und prallte dann mit einem Ruck zurück. Ich rief mehr Magie, stärker, virulenter. Es war, als würde man Dynamit verwenden, wenn ein Vorschlaghammer ausreichen würde, und ich hatte das Gefühl, als würde etwas in mir explodieren. Mein Körper summte und erwärmte sich, und ich schrie vor Schmerz auf, als die Magie aus mir herausbrach. Die magische Wand fiel mit solch einer Wucht, dass sie auf mich zurückprallte. Ich schlug ein paar Meter entfernt gegen einen Baum.

„Viel Glück", flüsterte Conners fröhliche Stimme in der Luft, als ich losrannte. Ich sah mich um und hatte keine Ahnung, wo ich war. Ich hasste es, wenn er das tat. Mein Handy hatte den Sturz überlebt, und ich zog es aus meiner Gesäßtasche und wählte Gareths Nummer. *Warte, gib ihm ein paar Minuten.* Aus fünf Minuten wurden zehn. Nachdem mehrere Anrufe auf seinem Handy direkt zu seiner Voicemail weitergeleitet wurden, gab ich auf und akzeptierte, dass der Pfeil ihn nicht verfehlt hatte. Mein nächster Impuls war, Savannah anzurufen. Ich seufzte und rief stattdessen Kalen an. Er brauchte dreißig Minuten, um den Standort zu finden, den mein Handy als meinen Aufenthaltsort anzeigte.

Blu war bei ihm. Sie war immer bei ihm. Ein zufälliges Treffen, und jetzt waren sie wie Kletten. „Ich bin so froh, dass es dir gut geht", sagte sie, als sie die Tür des Wagens öffnete.

Ich schenkte ihr ein angespanntes Lächeln und glitt auf den Rücksitz des Firmen-SUV, der nicht wie ein Fahrzeug aussah, mit dem jemand den größten Teil des von uns gefundenen Mülls transportieren würde. Es war funktional, doch alles andere als zweckmäßig – Kalen betrachtete einen voll ausgestatteten Luxus-SUV als „Arbeitsfahrzeug".

„Habt ihr was von Gareth gehört?", fragte ich hoffnungsvoll. Gareth und Blu waren Freunde, und er hatte mich ihr vorgestellt.

Ihre dicken, krausen Locken hatte sie mit einem hübschen Seidentuch aus ihrem Gesicht gebunden, sodass ich sie ungehindert ansehen konnte. Ich konnte sehen, wie sich ihr Kiefer anspannte und sie die Augen schloss. „Er, Mason und Victor sind im *The Isles*, zusammen mit neun anderen Leuten, die auf der Straße in Forest Park angegriffen wurden", sagte sie leise. Blus Stimme, die normalerweise sanft und unbeschwert war, war jetzt hart und angespannt. Es dauerte einige Augenblicke, bis sich ihr angespannter finsterer Blick löste.

„Chaos und Zwietracht", sagte Kalen leise und konzentrierte sich auf die Straße.

„Zwietracht?"

„Die Leute haben Angst. Gerüchte über Legacy machen die Runde. Es ist die Rede davon, dass die Gilde nicht in der Lage ist, die Übernatürlichen zu kontrollieren, und mit Harrahs–" Blu verstummte. Die Anspannung wuchs. Die Schwere der Schuld überwältigte mich. Ich war schuld an einigen der Dinge, die passiert waren. Ich hätte Harrah am Leben lassen sollen; sie hätte mit diesem Chaos umgehen können. Manchmal musste man einen Pakt mit dem Teufel schließen. Das war auch das, was Conner tat, und so trat er mir gehörig in den Hintern.

„Kannst du mich zu ihm bringen?", fragte ich.

Kalen machte ein missbilligendes Geräusch. „Ich denke, dein erster Halt sollte der Wandlerrat sein, um zu versuchen, Michael davon zu überzeugen, Savannah ins Krankenhaus zu bringen. Sie haben nicht genug Serum, um alle zu behandeln, und die Wandler sind … nun, Wandler. Sie haben ihre Schutzmauer errichtet und niemand kann zu ihnen durchdringen."

„Und du denkst, ich kann es? Ich habe nicht das beste Verhandlungsgeschick" – ich sah mich um – „und ich habe nicht meine ‚lasst uns vertragen'-Werkzeuge."

„Ich glaube nicht, dass deine Sai dir so viel helfen werden wie deine Magie."

Kalen blickte drein wie ein Verräter, und ich hatte das Gefühl, dass derjenige, den er verraten hatte, er selbst war. Es warf einen dunklen Schatten auf sein Gesicht. Er schlug vor, dass ich Savannah nötigenfalls mit Gewalt mitnehmen sollte. Mein Blick begegnete seinem im Rückspiegel.

Blitze meiner Interaktionen mit Savannah gingen mir durch den Kopf, und ich versuchte, mich an alte Erinnerungen zu klammern, denn die Situation würde eine Wendung nehmen – eine schlechte – wenn ich Gewalt anwenden müsste, um sie zu holen. Obwohl ich gegen den einen oder anderen Wandler-Tracker gekämpft und gewonnen hatte, war ich mir nicht so sicher, wie ich gegen eine ganze Gruppe von ihnen abschneiden würde.

„Ich hätte gern meine Sai", sagte ich leise. Sie waren wahrscheinlich im Gebäude der Gilde der Übernatürlichen. Oder zumindest hoffte ich, dass sie dort waren.

Meine Sai auf den Rücken geschnallt, durchlief ich mit den anderen die gleiche Sicherheitskontrolle, die Gareth und ich am Tor des Gutshauses schon einmal erlebt hatten. Michael und seine Begrüßungstruppe, eine Gruppe von zehn Wandlern, trafen mich draußen. Ich warf dem kleinen Rudel einen kurzen Blick zu und stellte fest, dass ich mit einem Bären, ein paar Katzen und definitiv einigen Wölfen zu tun hatte. Großartig. In dem Moment, als ich aus dem Auto stieg, war ein Teil des Rätselratens für mich gelöst. Einige hatten sich in der kurzen Zeit, die es dauerte, sich ihnen zu nähern, gewandelt. Es gab einen Leoparden, einen Geparden, zwei Wölfe und einen Dachs. Ich hatte nicht erwartet, dass sich der große, schlanke Rothaarige in etwas verwandeln würde, das im Wesentlichen ein stämmiges Wiesel mit Wutproblemen war.

Angesichts ihrer wenig subtilen Zurschaustellung von Aggression begannen Kalen und Blu, aus dem Auto auszusteigen. „Bleibt, ich komme schon klar!", rief ich ihnen über die Schulter zu.

Arroganz huschte über Michaels Gesichtszüge, und er zog die Brauen hoch. „Wirklich." Sein Blick wanderte sofort zu dem Rudel neben sich.

„Ich bin nicht gekommen, um zu kämpfen", sagte ich leise. *Diplomatie, Livy, du schaffst das. Wenn du es mit einem soziopathischen Größenwahnsinnigen kannst, kannst du es mit ein paar gutmeinenden Arschlöchern auch.* Doch sie waren besonders stolze Arschlöcher, als wäre das eine Auszeichnung oder sowas. Ich fühlte mich wie in einem Nachtclub mit den unterschiedlich schimmernden Wandlerringen vor mir.

„Ob ihr es glaubt oder nicht, ich will Savannah helfen. Wenn sie aus diesem Zauber aufwacht und erfährt, dass ihretwegen Leute gestorben sind, wird sie sich das nie verzeihen. Sie ist nicht bei Verstand. Ich respektiere das Versprechen, dass ihr sie beschützen werdet, und ich will euch nicht dazu bringen, es zu brechen, aber ihr müsst sie zur Vernunft bringen. Erklärt ihr, dass Leute sterben werden. Wenn nichts anderes hilft, das wird ihre Meinung ändern."

Michael trat vor die Versammlung von Arschlöchern und hatte eine Aura von Arroganz und unerschütterlichem Selbstvertrauen, die mich genauso nervte wie damals, als ich Gareth zum ersten Mal begegnet war.

„Ihre Angst vor Ihnen ist seltsam, Miss Michaels. Ich kann nicht verstehen, wie eine Frau, die einmal mit Ihnen zusammengelebt hat, eine so extreme Angst vor Ihnen haben und Sie hassen kann. Ich habe so etwas noch nie gesehen. Und ich betrachte mich selbst als jemanden, der mit einer Leidenschaft wie kein anderer hassen kann."

Brüstet er sich tatsächlich damit, ein Meister im Hassen zu sein? Wer gibt mit sowas an?

„Es ist magisch, und ich versuche, einen Weg zu finden, das rückgängig zu machen, aber ich flehe Sie an, sie ins *The Isles* zu bringen, damit sie Blut spendet." Ich holte tief Luft und schluckte dabei auch eine Menge von meinem Stolz herunter. „Michael, ich habe das Gefühl, wenn jemand sie dazu überreden kann, dann Sie."

Zu Kreuze kriechen schmeckte nicht wie Hühnchen – eher wie Schlamm, der mit Abwässern sautiert worden war. Ich war kein Narr; drohen, ihnen in den Arsch zu treten, würde nichts bringen. Außerdem bezweifelte ich, dass ich das könnte. Das wütende, fette Wiesel mit dem buschigen Schwanz sah aus, als würde es ihn nach einem Kampf jucken. Alles, was Michael tun musste, war, das Signal zu geben, und das Nagetier würde mir wahrscheinlich in den Knöchel beißen. Ich musste Worte benutzen, um sie davon zu überzeugen, den guten Willen zu finden zu helfen.

11

Das *The Isles* war genauso, wie ich es erwartet hatte, als ich es betrat. Panik, Sorge und kaum unterdrückte Wut stand in die Gesichter des Personals geschrieben. Dr. Patterson, der Arzt, den wir nach dem Angriff auf dem Sonnenwend-Festival kennengelernt hatten und dessen Namen ich hatte herausfinden müssen, weil es unhöflich erschien, ihn als Dr. Herablassend zu bezeichnen, wartete am Eingang. Ich hatte keine Gelegenheit gehabt, mich umzuziehen oder mich sauberzumachen, und Spiegel bewusst gemieden. Ich konnte die Blutergüsse an meinem Arm spüren, und ein hastiges Streichen einer Hand durch mein Haar war alles, was ich brauchte, um zu wissen, dass ich eine wandelnde Vogelscheuche war. Vorzeigbar auszusehen war in diesem Moment jedoch meine geringste Sorge. Es gab so viele wichtigere Dinge als meine Erscheinung. Nach Menta zu gehen, die *Culded*-Pflanze zu finden, Michaels Ego genug zu streicheln, um ihn davon zu überzeugen, mich Savannah verzaubern zu lassen, mich um Conner kümmern und die Leute finden, die für das Virus verantwortlich waren. Letzteres würde wahrscheinlich die Gilde der Übernatürlichen und das FSR übernehmen, doch ich wollte denjenigen sehen, der dahintersteckte. Das war eine totale Lüge. Ich wollte sehen, wie sie aussahen, *nachdem* ich ihr Gesicht gegen den Boden geschmettert hatte. Es stand also nirgendwo auf der Liste, präsentabel auszusehen, um Leute zu retten.

Dr. Patterson winkte mir abwesend zu, während er die Eingangstür im Auge behielt und wahrscheinlich auf Savannah wartete. Ich vermutete, er erinnerte sich daran, dass wir Freunde waren, und dachte, wir würden zusammen ankommen. Frustration lag schwer auf seinen Zügen. Es musste schwierig sein, ein wehrloser Magier zu sein. Mit seiner Magie und seiner Medizin hatte er wahrscheinlich immer Antworten, und jetzt beschränkten sich seine Optionen darauf, von der Hilfe zweier zufälliger Frauen abhängig zu sein. Eine aus einer Gruppe, die gehasst und für ausgestorben gehalten wurde, und die andere eine seltsame Menschenfrau mit einer extrem begrenzten magischen Fähigkeit. Einer Fähigkeit, von der ich mir sicher war, dass er sie hatte nachschlagen müssen, dem Blick nach zu urteilen, den er Savannah zugeworfen hatte, während sie ihm erzählt hatte, was sie war, als wir uns bemüht hatten, die Opfer der Anschläge beim Sonnenwend-Festival zu heilen. Als ein vorwurfsvoller Ausdruck über seine Gesichtszüge huschte, fragte ich mich, ob er an seine letzte Begegnung mit der temperamentvollen Blondine dachte, die kurz davor gewesen war, ihren „Ich habe es Ihnen doch gesagt"-Tanz aufzuführen, sich aber um seinetwillen zu einem gewissen Maß an Respekt gezwungen hatte.

„Sie kommt nach", sagte ich munter, dankbar, dass er kein Wandler war. Unglücklicherweise war die Frau neben ihm einer, und sie warf mir einen tadelnden Blick zu. Ich würde es nicht zurücknehmen. Hoffnung war alles, was ich hatte, und alles hing von einem Fremden ab: Michael.

„Dann folgen Sie mir. So kann ich zumindest schonmal Ihre Opfergabe bekommen."

Ich zog die Brauen hoch. *Wer spricht denn so? Es ist voll-*

kommen okay zu sagen: „Lassen Sie mich Ihr Blut abnehmen", Dr. Hochtrabend.

Hochtrabend oder nicht, er war offensichtlich dankbar für meine „Opfergabe" und verbrachte beim Blutabnehmen die meiste Zeit damit, mir zu danken. Etwas, das er wahrscheinlich nicht oft tat. Ich war ein Sonderfall. Die Idee, ihm zu sagen, dass Elijah in der Stadt war und helfen könnte, kam mir in den Sinn, doch ohne Savannah konnte auch er nicht wirklich etwas tun. *Ignesco.* Es war nur eine Frage der Zeit, bis sie auf der Liste der „heißen neuen Übernatürlichen" standen. Ein magischer Booster – ein Talent, das ich bestenfalls als lächerlich ansah – schien einfach so harmlos. Sie konnte keine Magie wirken, sie nicht von anderen ausleihen oder irgendetwas sonst tun, als denen mit Magie zu helfen. Inwieweit war das überhaupt erwähnenswert? Doch es war so, und ihre Fähigkeit hatte viele Leben gerettet. Mein Herz zog sich zusammen. Es würde eine Zeit kommen müssen, in der der Gedanke an Savannah und ihr Fehlen in meinem Leben nicht mehr so schwer auf meinem Herzen lag. Das war gefährlich – ich hatte immer geglaubt, dass ich notfalls weggehen könnte. Verschwinden und ohne zweimal darüber nachzudenken von vorne anfangen, und vielleicht wäre das vor ein paar Jahren auch möglich gewesen. Jetzt war ich mir nicht mehr sicher.

Ich dachte darüber nach und über die Liste der Dinge, die ich tun musste – mich versichern, dass Gareth in Ordnung war, ein Heilmittel für Savannah finden, herausfinden, wer für die Angriffe verantwortlich war, andere Legacy und Vertu aufspüren –, während ich durch das Krankenhaus navigierte, um das Zimmer zu finden, in dem Gareth war. Meine Gefühle gingen in so starken Wellen von mir aus, dass Gareth die Stirn runzelte, als ich sein Zimmer betrat.

Dem finsteren Blick nach zu urteilen, hielt seine Wut ihn am Laufen. „Wer hat dich denn geärgert?", fragte er und bemühte sich um ein halbes Lächeln. Er versagte. Es erreichte seine Augen nicht.

„Nur die Situation."

„Ist Conner –"

„Er ist immer noch sehr lebendig. Das will ich unbedingt ändern."

Für jemanden, der bald sterben könnte, war Gareth ausgesprochen ruhig. Vielleicht hatte er mehr Vertrauen in Michael als ich. Er beobachtete mich von seinem Platz am Fenster aus. „Michael ist sehr überzeugend, wie es jeder sein muss, der dem Wandlerrat vorsteht."

„Trotz allem, was Conner Savannah angetan hat, hat er ihr nicht die Hartnäckigkeit genommen", bemerkte ich leise. Ich hatte lange genug mit Savannah zusammengelebt, um zu wissen, dass sie widerspenstiger sein konnte als jeder Wandler. Sturheit und Angst waren eine ungünstige Kombination. Diesen Gedanken behielt ich jedoch für mich und zwang mich, so entspannt zu wirken, wie Gareth es war. Seine Stimmung beruhigte mich jedoch nicht. Es irritierte mich nur, dass er sterben könnte, und alles, was er tat, war, zum Fenster zu blicken, als wartete er darauf, dass eine Pizza geliefert wurde. Ich wollte gerade darauf hinweisen.

„Sich Sorgen zu machen oder sich aufzuregen ist kontraproduktiv. Es wird dich nur noch nervöser machen." Er musste erkannt haben, was ich dachte, oder es zumindest in meinem Gesicht gelesen haben.

„Ich hasse es, das Gefühl zu haben, dass mir die Hände gebunden sind und ich mich auf jemanden verlassen muss, den ich nicht kenne, und von dem ich mir nicht sicher bin, ob ich ihm vertrauen kann." Ich seufzte und versuchte, meine Emotionen so weit zu unterdrücken, dass meine Stimme neutral klang.

Er kam auf mich zu und presste seine Lippen fest auf meine. Dann löste er sich von mir und leckte sich über die Lippen. „Brauchst du Ablenkung?"

„Das kann doch nicht dein Ernst sein!"

„Wenn du nein sagst, dann meine ich es natürlich nicht ernst." Er grinste.

Als ich mich daran erinnerte, wie schnell sich der Zustand seines Neffen verschlechtert hatte, als er mit dem Virus infiziert worden war, wusste ich, dass es Gareth viel Mühe kosten musste, vor mir zu stehen und Stärke zu zeigen, die er wahrscheinlich nicht hatte, um mich zu beruhigen. Oder vielleicht sich selbst.

Ich küsste ihn sanft auf die Wange und umarmte ihn dann. Er schlang seine Arme um mich, und wir bleiben einige Augenblicke so stehen.

„Warum setzt du dich nicht hin?", schlug ich vor und versuchte, ihm zu signalisieren, dass es okay war, krank zu sein, besorgt zu sein, sich überfordert zu fühlen. Er musste mich nicht beschützen.

„Im Stehen fühle ich mich besser", sagte er leise, als er sich zur Wand zurückzog und sich dagegen lehnte. Die Farbe verließ sein Gesicht, und er sah bleich aus. Seine Atmung hatte sich merklich verändert, wurde schneller und flacher. Seine Aufmerksamkeit wanderte immer wieder zu seiner Hand; ich nahm an, dass sich irgendetwas ungewöhnlich anfühlte.

Michael, bitte sei so gut, wie Gareth glaubt.

„Was ist mit Calista passiert?", fragte ich in der Hoffnung, dass das Gespräch eine gute Ablenkung sein würde.

„Sie hat versucht, uns dort festzuhalten." Seine Stimme war kalt, aber schwach. „Es ist nicht gut ausgegangen für sie. Auf unserem Weg hierher haben wir das Hauptquartier angerufen. Sie wurde festgenommen." Er verzog das Gesicht, seine Stimme wurde sanfter, als er fortfuhr: „Es ist leicht zu vergessen, dass es um Familie geht." Stirnrunzelnd drehte er sich um, um wieder aus dem Fenster zu blicken. „Sie ist nicht grausam, sie trauert nur."

„Dann sollte sie wie der Rest von uns damit umgehen und

verdammte Tränen vergießen, anstatt sich mit Leuten wie Conner und den anderen, die daran beteiligt sind, zu verbünden." Als ich den Silberstreif am Horizont fand, fragte ich: „Haben sie sie verhört? Hat sie eine Ahnung, wer dahintersteckt?"

Er schüttelte den Kopf. „Nein. Wer auch immer es ist, ist ziemlich schlau. Sie hat das Virus von Conner bekommen. Er weiß, wer dahintersteckt – ich würde ihn gerne verhören." So wütend, wie er sich anhörte, wollte er genau wie ich mehr tun, als ihn nur zu verhören. Er wollte Rache. Doch selbst Conner durfte den Drahtzieher vielleicht nicht treffen. Er könnte sich als genauso nutzlos erweisen wie die anderen.

Ich hörte auf, Gareth Fragen zu stellen; es würde ihn nicht von dem ablenken, was in seinem Körper passierte. Innerhalb von Minuten seit meiner Ankunft war Schweiß auf seine Stirn getreten. Er setzte sich auf den Besuchersessel neben dem Fenster, schloss die Augen und versank wieder darin.

„Mir geht's gut, Livy", sagte er, als ich neben ihn in die Hocke ging, meinen Kopf an seine Schulter legte und die Tränen zurückblinzelte. „Ich bin nur müde."

„Ich weiß", flüsterte ich. Das war alles, was ich sagen konnte, ohne dass meine Stimme anfing zu zittern. Meine Frustration und Wut reichten nicht aus, um das überwältigende Gefühl der Hoffnungslosigkeit loszuwerden.

„Sie sind hier", sagte Gareth schwach. Und keine Minute zu früh. Seine Hände waren kalt und klamm unter meinen.

Ich eilte aus dem Zimmer und sah einen Strom von Wandlern, die einen Kreis um eine zierliche blonde Gestalt bildeten – Savannah. Ich trat ein wenig zurück, damit sie mich nicht sah und erschrak, als ihre theatralische Entourage sie den Flur hinunterführte.

„Wandler sind so melodramatisch", sagte ich grinsend. „Anwesende *eingeschlossen*", neckte ich. „Wer schlägt vor, jemanden im Krankenhaus ‚abzulenken'? Du solltest dich schämen."

Es kostete ihn viel Mühe, doch er schoss zurück: „Du hast dir Sorgen gemacht und eine Ablenkung gebraucht. Und die habe ich dir angeboten. Ich bin dein *Handler*."

Ich verdrehte die Augen angesichts der Rollenverteilung, die er definiert hatte, als ich zugestimmt hatte, bei der Suche nach den lebenden Legacy zu helfen, unter der Bedingung, dass ich mit ihm zusammenarbeiten konnte. Offiziell war er mein *Handler*, doch ich hasste den Titel, was bedeutete, dass er ihm ein bisschen zu sehr gefiel. „Sind wir wieder bei dem Thema? Ich habe gesagt, ich würde mit dir zusammenarbeiten, um die anderen Legacy zu finden. Du *handelst* mich nicht."

„Das ist offensichtlich."

Ich ignorierte die Anspielung und atmete erleichtert auf. Er würde wieder auf die Beine kommen.

12

Gareth erholte sich schnell, genau wie die anderen, und dafür war ich dankbar. Er und ich hatten eine hitzige Debatte darüber, ob wir nach Menta gehen oder bleiben und versuchen sollten, herauszufinden, wer hinter den Angriffen steckt. Wir hatten beschlossen, die Suche nach den Angreifern dem FSR und der Gilde der Übernatürlichen zu überlassen, während wir Savannah halfen. Wenn die Angriffe weitergingen, würde wir Savannah brauchen – bei Verstand.

Zwei Tage später waren wir am Flughafen. Gareth weigerte sich, seine Taschen dem Mann zu übergeben, der uns entgegenkam, als wir auf dem Rollfeld in der Nähe des Flugzeugs parkten. Ich fühlte mich ein bisschen schuldig, weil ich wahrscheinlich zu viele klugscheißerische Bemerkungen darüber gemacht hatte, dass er ein Flugzeug besaß. Jedes Mal hatte er mich korrigiert und darauf hingewiesen, dass es das Flugzeug seiner Familie sei, als würde das etwas ändern. Es war ungefähr so, als würde man sagen: „Ich besitze keine Insel, meine Familie besitzt eine Insel."

„Ich date Batman", witzelte ich und nahm auf dem großen Ledersitz neben ihm Platz.

„Nein, bist du nicht. Batman ist Milliardär und leitet tagsüber Wayne Enterprises; er hat einen Butler, und die Leute benutzen eine Fledermaus auf einem Scheinwerfer, um ihn zu rufen", sagte er schroff.

„Wie du willst. Deine Mutter hat ein Unternehmen, von dem ich keine Minute bezweifle, dass du es irgendwann leiten wirst. Anstelle eines Alfred hast du eine Leslie. Sehr fortschrittlich von dir, aber dein Auto ist eine Art Gareth-Mobil."

Seufzend lehnte er sich in seinem Sitz zurück und schwieg. Ich konzentrierte mich auf die Innenausstattung des Flugzeugs, und sobald wir in der Luft waren, wurde ich mit der überwältigenden Realität dessen konfrontiert, was Gareth getan hatte.

Ich löste meinen Sicherheitsgurt, beugte mich vor und küsste ihn auf die Wange. Es war mehr als nur eine Entschuldigung, es war eine Anerkennung dafür, dass er das so schnell in die Wege geleitet hatte. „Danke. Und ich meine es so."

Er schenkte mir ein schiefes Lächeln und sagte: „Du musst mir dafür nicht danken, Livy. Ich wollte das für dich tun." Er legte seine Hand an meine Wange und seine Lippen waren nur Zentimeter von meinen entfernt. „Aber wenn du mir danken willst …" Ich hatte keine Ahnung, was er verlangen würde. „Keine Batman-Vergleiche mehr oder Ironman oder Captain Beatty oder was auch immer."

„Ich kann dir definitiv versichern, dass ich dich niemals Captain Beatty nennen werde, weil es im Marvel- oder DC-Universum keine Charaktere mit diesem Namen gibt. Tatsächlich bin ich mir ziemlich sicher, dass es in keinem Superhelden-Franchise jemanden mit diesem Namen gibt." Bevor ich anfangen konnte, diejenigen aufzuzählen, die es gab, presste er seine Lippen auf meine. Seine Zunge war sanft und schmeichelnd. Als ich meine Finger durch Gareths Haar strich, zog er mich über die Armlehne auf seinen

Schoß. Seine Hände glitten unter mein Shirt und streichelten meinen Rücken, dann begannen sie, bis zum Rand meines BHs zu wandern. Sie wären weiter gewandert, wenn sich nicht jemand hinter mir geräuspert hätte. Verlegen drehte ich mich um, um zu meinem Platz zurückzukehren, doch Gareth schlang seinen Arm um mich und hielt mich fest.

„Sie muss sich bitte umdrehen. Ich muss das Sicherheitsbriefing geben. Es wird nicht lange dauern", sagte der Flugbegleiter mit ruhiger Stimme. Ich drehte mich auf Gareths Schoß um und fand den Mann ohne jegliche Überraschung oder Abscheu unserer kleinen Szene gegenüber vor. Ich nahm an, dass er schon Schlimmeres gesehen hatte und Leute gewohnt war, die entschlossen waren in den Mile-High-Club aufgenommen zu werden.

Gareths warme Lippen berührten mein Ohr. „Keine Sorge, er hat schon viel Schlimmeres gesehen", bestätigte er.

„Du musst nicht angeben", schoss ich zurück und warf ihm einen Blick zu.

„Ich rede nicht von mir. Ich rede von meinen Eltern." Er schnitt eine Grimasse und schauderte. „Sie können die Finger nicht voneinander lassen."

Kichernd konzentrierte ich mich auf den Flugbegleiter, der die Anweisungen durchging und wartete, bis ich zu meinem Platz gegangen war, mich angeschnallt und bestätigt hatte, dass ich alles verstanden hatte. Gareth und ich lehnten dankend das Essen ab, das angeboten wurde, entschieden uns aber für Drinks. Ich entschied mich für Cognac, und würde wahrscheinlich den ganzen Flug über an diesem einen Glas trinken. Gareth konnte mehrere davon vertragen, ohne betrunken zu werden, einer der Vorteile ein Wandler zu sein, doch der Flug dauerte neun Stunden, und die Bootsfahrt zur Insel zwei weitere Stunden. Ich wollte auf keinen Fall in irgendeiner Form beeinträchtigt sein. Blus besorgtes Gesicht, das in meinem Kopf auftauchte, machte mich entschlossener denn je, bei unserer Ankunft mein Bestes zu geben.

Sobald wir in der Luft waren, hatte mich der Drink so weit entspannt, dass ich Gareths Angebot annahm, im Schlafzimmer des Flugzeugs ein Nickerchen zu machen. In der Mitte des Raumes stand ein großzügiges Doppelbett, auf der linken Seite war eine Dusche, und zwei große, bequem aussehende Ledersessel standen vor einem Flachbildfernseher, der an der Wand montiert war.

Gareths Lippen verzogen sich zu einem diabolischen Grinsen, als er mir in den Raum folgte. „Es muss dich innerlich zerreißen, dass du nichts Bissiges sagen kannst. Arme Livy muss all ihre kleinen Kommentare für sich behalten." Er küsste mich wieder. Seine Lippen wanderten zu meinem Hals, bis er zum V-Ausschnitt meines T-Shirts kam und sich gerade lange genug zurückzog, um es mir ausziehen zu können. Seine Berührung war zärtlich und fließend, als seine Hände über mich glitten. Geschickte Finger wanderten auf meinen Rücken, um meinen BH zu öffnen. Er ließ ihn neben meinem T-Shirt zu Boden fallen. Meine Hose gesellte sich schnell dazu. Dann hob er mich hoch und ich schlang meine Beine um seine Taille. So legte er mich auf das Bett und richtete sich auf, um sein Hemd auszuziehen. Definierte Muskeln entlang seines Bauchs und seiner Brust tanzten mit jeder Bewegung. Ich hasste seine Arroganz, doch sie war nicht unbegründet. Ich atmete seinen erdigen Duft ein, als er sich auf mir niederließ. Er küsste mich erneut, schmiegte sich zwischen meine Beine und ließ sich nicht viel Zeit, bis er in mir war. Diesmal war der Sex nicht wie sonst wild und hitzig, sondern entwickelte sich zu stetigen, sanften, sinnlichen Bewegung. Seine Küsse waren so träge wie unsere gemeinsamen Bewegungen. Seine Finger erkundeten mit neuem Interesse meinen Körper, als würde er ihn zum ersten Mal sehen. Unser Höhepunkt kam nach Stunden gemächlichen Liebesspiels. Es war anders, eine Abwechslung, die ich genoss.

Gareth zog mich an sich, bis mein Rücken an seine Brust

geschmiegt war und ich mich an ihn kuschelte, als wären wir
eins. Er hielt mich fester und küsste mich auf meine Schulter.
„Ich bin sicher, du wirst gut schlafen." Ein leichtes, schnur-
rendes Kichern erfüllte den Raum.

Da war sie wieder, diese Arroganz. „Ich frage mich, ob
deine Eltern das letzte Mal, als sie in diesem Flugzeug waren,
das Bett zum Schlafen benutzt haben", sagte ich lächelnd,
und sein Körper spannte sich für einen Moment merklich an,
bevor er sich entspannte.

„Danke für dieses Bild." Ich konnte den bösen Blick in
seiner Stimme hören.

„Gern geschehen", sagte ich und küsste ihn aufs Kinn.

Meine Lippen blieben fest zusammengepresst, als wir an
Bord des „Bootes" gingen, das Gareth gechartert hatte. Ich
hatte ein Kajütboot erwartet, kein mittelgroßes Schiff mit
Besatzung. Ja, eine echte Besatzung. Gareth erklärte, es sei
ein Trawler, der besser mit unerwarteten Bedingungen
umgehen könne.

Bevor ich etwas sagen konnte, warf er einen Blick in
meine Richtung, eine Erinnerung an mein Versprechen, ihn
nicht mit Batman oder irgendeinem anderen reichen Superhelden zu vergleichen. Mit großer Anstrengung hielt ich
dieses Versprechen, als wir ablegten und in Richtung Insel
losfuhren. An Deck bewunderte ich den weiten, azurblauen
Himmel und atmete die klare Luft ein. Das Wetter war
perfekt und die Bewegung des Trawlers waren kaum wahr-
nehmbar.

„Das wird nicht mehr so sein, wenn wir uns Menta
nähern", sagte einer der sehnigen Seemänner. Sein Gesicht
war streng, sein braunes Haar kurz geschnitten. Ein
schwarzes T-Shirt spannte über seinem soliden, trainierten
Körper. Die Ränder der Ärmel verdeckten die obere Hälfte
seiner Sleevetätowierung. Eindeutig ein Mann, der sich

wehren konnte, doch seine Augen waren voller Sorge. Seine Sorge schien die Quelle seiner ernsten Stimmung zu sein.

„Waren Sie schonmal dort?", fragte ich.

Er nickte. „Dreimal –" Er hielt abrupt inne und biss sich auf die Zunge.

„Fahren Sie fort", bat Gareth leise.

„Jedes Mal ist nur die Crew zurückgekommen."

Gareth trat näher an mich heran, als ich scharf Luft holte. Wenn ich sterbe, brauche ich die Blüte sowieso nicht. Doch das war nicht die Wahrheit. Sie war nötig, weil Savannah nicht in einem Zustand unnatürlicher Angst vor Übernatürlichen leben konnte, zumal sie in geringem Maße selbst eine war. Wie lange würde sie den Schutz des Wandlerrats in Anspruch nehmen?

Je näher wir der Insel kamen, desto dichter wurde die Atmosphäre. Gareth spürte es auch, doch unsere menschlichen Gefährten nicht. Magie vibrierte in der Luft, flackerte über meine Haut und brannte in meiner Nase. Stark. Als das Boot weiter auf eine Landmasse zufuhr, wurden die Wellen turbulenter und schaukelten es so stark, dass es mich aus dem Gleichgewicht brachte und mich gegen Gareth stolpern ließ. Er hielt mich fest, studierte mich. Ich wusste, dass er es tat, weil er mich prüfend ansah und dann die Stirn runzelte. „Wir können umkehren und versuchen, einen anderen Weg zu finden."

Ich schüttelte den Kopf. „Ich bezweifle, dass es einen gibt." Elijah hatte mir vielleicht ein paar Zaubersprüche gezeigt, darunter das Ändern meiner Haarfarbe, doch er war genauso verloren wie alle anderen, wenn es darum ging, einen Weg zu finden, Conners Gedankenmanipulation rückgängig zu machen. Ich zog mich von Gareth zurück, was, wie ich wusste, meine Reaktion nicht vor ihm verbergen würde. Wahrscheinlich konnte er meinen Wunsch nach Rache hören und fühlen – er war greifbar.

„Ich kann alleine gehen, wenn du willst", schlug ich vor

und spähte hinaus auf die kaum Insel, die trotz des Sonnenscheins bedrohlich dunkel wirkte.

Er warf mir einen Blick zu, als hätte ich ihn gebeten, sich den Arm abzuschneiden und ihn mir zum Geburtstag zu schenken. „Das könnte ich nicht erlauben. Wir gehen zusammen und wir kommen zusammen zurück. Wir befreien Savannah von der Manipulation und finden dann diesen Hurensohn, der für die Angriffe auf die Übernatürlichen verantwortlich ist."

„Und falls wir aus irgendeinem Grund diese Insel nicht verlassen können, haben Blu und Kalen versprochen, uns zu holen."

Gareth lachte. „Das ist ein Backup, auf das ich mich lieber nicht verlassen will."

Es war falsch, über sie zu lachen; Ihre Absichten waren aufrichtig und ich war sicher, dass sie sich alle Mühe geben würden, doch ich vermutete, dass sie in der Theorie und in nicht lebensbedrohlichen Jobs besser waren.

„Sie werden einen Tag damit verschwenden, die besten Outfits und passenden Schuhe für die Rettung auszusuchen." Er lachte weiter, ein tiefer Klang, der vom Wind getragen wurde und meine Stimmung hob. Meine Unbeschwertheit hielt nicht lange an. Augenblicke später schaukelte das Boot so stark, dass Gareth und ich auf die andere Seite des Decks geschleudert wurden. Der Kapitän begann, Befehle zu geben, und ein stämmiger, tätowierter Mann führte uns nach unten in eine Kabine.

Nach etwa einer halben Stunde beruhigten sich die Wellen, doch die Luft war so stark von Magie durchdrungen, dass ich wusste, dass die Wellen nicht natürlichen Ursprungs gewesen waren. Sie waren eine Warnung gewesen. Eine, die wir ignorieren wollten. Wir erreichten das Ufer, und zum zweiten Mal stand ich dem weißhaarigen Kapitän gegenüber. Er blinzelte an mir vorbei zum Horizont. Wie geplant kamen wir gerade zum Höchststand der Sonne an. Wärme streichelte die Haut in meinem Nacken, die frei lag, weil ich meine Haare zu einem hohen Pferdeschwanz gebunden hatte. Eine blaugrüne langärmlige Bluse verhinderte, dass meine Arme exponiert waren, doch ich hatte für alle Fälle Sonnencreme benutzt. Es würde mich tierisch ärgern, meinen Besuch hier zu überleben, nur um dem Wetter zum Opfer zu fallen. Cargohosen würden mich nicht so kühl halten wie Shorts, doch sie hatten reichlich Taschen, in denen ich Messer, Kabelbinder und zwei Zaubersprüche aufbewahrte, die Blu für mich vorbereitet hatte. Einer war ein *sopor*-Zauber, der jeden in einem Umkreis von sieben Metern um den mintgrünen Staub in einen Dornröschenschlaf schicken würde. Ich war überzeugt, dass es nichts weiter als eine starke Dosis Hexenkraut war. Zu oft hatte ich Kunden in ihren Geschäften gesehen, die nach dem Genuss am Tisch eingeschlafen waren. Sie versicherte mir, dass es viel stärker sei. Der zweite war ein *carcer*-Zauber, ähnlich den Schutzbarrieren, die ich errichten konnte. Doch anders als die würde er jemanden oder etwas davon abhalten, weiter auf mich zuzukommen, wenn wir es nicht gerade mit einem Wandler zu tun hatten.

Der Kapitän begleitete uns von Bord. „Viel Glück, doch vergessen Sie nicht, dass wir vereinbarungsgemäß nur bis eine Stunde vor Sonnenuntergang bleiben werden. Dann müssen wir zurückfahren. Ich wünschte, ich könnte Ihnen mehr anbieten, doch so sind die Regeln." Wieder blickte er auf die Insel und seufzte. „Ich habe keine Ahnung, warum irgendjemand hierher kommen will, aber ich bin sicher, Sie haben Ihre Gründe."

„Die haben wir", nickte Gareth.

„Denken Sie daran, die spielen nicht nach denselben Regeln wie wir. Soweit ich weiß, haben sie keine, deshalb leben sie hier. Sie mögen die alten Sitten, ohne Einschränkungen. Trauen Sie Ihren Augen nicht; Sie könnten Zauber verwenden. Seien Sie vorsichtig mit Wandlern: Sie sind viel aggressiver als alles, was Ihnen bisher begegnet ist. Und vielleicht laufen Sie sogar einem über den Weg, den Sie noch nie zuvor gesehen haben."

„Ich habe gegen einen dreiköpfigen Alptraum gekämpft. Es gibt nicht allzu viele Dinge, die mich noch schockieren würden", antwortete ich und schenkte ihm ein beruhigendes Lächeln. Doch ich hatte Erfahrung damit, von etwas noch Monströserem angegriffen zu werden, gerade wenn ich glaubte, dass es nicht schlimmer kommen konnte. Ich bedauerte meine Bemerkung und wünschte, ich könnte sie zurücknehmen. Ich wollte das Schicksal nicht herausfordern.

„Vampire werden nicht die gleiche Höflichkeit an den Tag legen wie in den Staaten. Sie können ungestraft Zwänge ausüben, und das Töten ihrer *Spender* ist hier nicht verpönt."

Ich nickte. „Ich verstehe, sie leben in ihrem natürlichen Zustand ohne gesellschaftliche Zwänge."

Ich ging Gareth voraus, als wir von Bord gingen, und versuchte, meinen Mut nicht zu verlieren. Mein Körper sandte wahrscheinlich zahllose Paniksignale aus, und ich wollte nicht, dass Gareth vorschlug, die Mission abzubrechen, denn ich war mir nicht sicher, ob ich das Angebot nicht annehmen würde.

Er trug ein langärmliges Hemd und eine Khakihose. Anstatt zweier Sai hatte er einen Säbel auf dem Rücken und genug Messer und Dolche umgeschnallt, um es mit einer kleinen Armee aufzunehmen.

Weißer Sand, klares blaues Wasser und blühende Bäume, die sich im Wind wiegten, ließen die Insel weniger bedrohlich erscheinen als auf dem offenen Meer.

Ich stapfte durch den Sand, betrachtete die Gegend und trank dann einen Schluck Wasser aus meiner Flasche. „Scheint gar nicht so schlimm zu sein. Abgesehen von der Sonne." Je länger wir gingen, desto greller schien sie zu scheinen. Ich setzte meine Sonnenbrille auf. Gareths gesteigertes Sehvermögen musste es schwer machen, das Licht zu ertragen.

„Ich nehme an, das hast du nicht gehört?", flüsterte er.

Ich schüttelte meinen Kopf, hatte Angst zu sprechen.

„*Schritte*", formte er lautlos mit den Lippen. Er berührte meinen Arm und gab mir ein Signal, stehenzubleiben. Ich hörte nichts. Er schnupperte und runzelte die Stirn. Das Warten machte mich noch ängstlicher. Mehrere Minuten vergingen, bevor er mich endlich weiter winkte. Im Gänsemarsch folgten wir einem Pfad zwischen Palmen hindurch, der uns zu etwas Unerwartetem führte: einer Stadt. Es war eine Stadt – Reihen von bunten Restaurants, Gebäuden und Wohnhäusern.

„Vielleicht waren die Leute, die hierhergekommen sind, nicht verletzt oder tot, sondern habe sich entschieden, zu bleiben", schlug ich vor und ließ den Blick über die Stadt schweifen. Waren die Geschichten Übertreibungen, um andere fernzuhalten, um die Reinheit ihrer Insel zu bewahren, ohne dass Außenstehende ungewollte Regeln mitbrachten? Magie pulsierte durch die Luft, und ich fragte mich, ob das ein Illusionszauber wie der von Conner war. Wer hatte die Fähigkeit dazu? Eine Fee könnte etwas so täuschend Schönes beschwören.

Wir standen am Rand des Abgangs und versuchten zu entscheiden, ob wir weitergehen sollten oder nicht. Es gab viel Magie. So viel, dass ich es keiner bestimmten übernatürlichen Art zuordnen konnte.

Wir bewegten uns langsam aus dem Schutz der Palmen heraus und näherten uns der Stadt. Eine Bewegung blitzte auf, und ein Körper rauschte an uns vorbei. Er bewegte sich mit einer Geschwindigkeit, die es schwierig machte, ihn zu erkennen.

„Was zur Hölle war das?", fragte Gareth.

Ich schüttelte den Kopf und blieb stehen, zog meine Sai und bereitete mich darauf vor, mich zu verteidigen. Vampire bewegten sich nicht so schnell. Wandler bewegten sich schnell, aber nicht so schnell wie ein Vampir. Wieder schoss die Gestalt vorbei. Gareth stöhnte, und ich fand schnell heraus, warum, als Krallen in meinen Arm schnitten. Die Kratzer waren nicht tief, sie sollten nicht ernsthaft verletzen – es war eher eine Warnung. Die Klauen waren scharf genug, dass sie in der Lage waren wirklichen Schaden anzurichten, wenn ihr Besitzer das wollte. Mit dem Rücken zu Gareth errichtete ich eine durchsichtige Mauer um uns herum. Sie wurde sofort zertrümmert. Eine weitere abrupte Bewegung aus einer anderen Richtung. Magie verdichtete sich in der Luft und ich wurde erneut getroffen. Tiefer, diesmal in den anderen Arm.

Ich griff nach den Zutaten für den *carcer*-Zauber und wartete darauf, dass das Ding wieder an uns vorbei schwirrte. Es dauerte nicht lange. Eine weitere blitzartige Bewegung, Krallen schlitzten über meine Haut und Blut quoll aus der Schnittwunde. Bevor es sich wegbewegen konnte, wirkte ich den Zauber. Es schoss davon und krachte in die durchsichtige Mauer um es herum. Es gab viel, was ich noch über Magie lernen musste, und mit Hilfe von Blu und Elijah wollte ich alles lernen. Das Wesen prallte innerhalb des Zaubers herum, als würde man einer gefangenen Fliege in einem Glas zusehen. Schließlich war es erschöpft und lehnte sich an die magische Gefängnismauer, und ich konnte erkennen, dass es kein „es", sondern ein „er" war. Mit präzisen Bewegungen bewegten sich seine Klauen über sein Gesicht und strichen die zottelige Masse von aschblondem Haar weg, die über seine blassbraunen Augen gefallen war, die einen so tiefgelben Unterton hatten, dass sie seinen Augen die Farben von Narzissen hatten. Sein Wandlerring glühte.

Ich hatte erwartet, Wut oder zumindest eine drohende Miene zu sehen, doch stattdessen warf er uns ein verschmitztes Grinsen zu.

Ich näherte mich der Barriere und betrachtete den Angreifer. „Wie alt bist du, zwölf?" Er war keine zwölf, doch ich lag nicht viele Jahre daneben. Da ich mit meiner Einschätzung großzügig war, würde ich ihn auf Anfang zwanzig schätzen.

Er entfaltete sich aus seiner geduckten Position am Boden, stand auf und streckte sich, wodurch seine große, schlaksige Gestalt sichtbar wurde.

„Ich bin zwanzig", knurrte er mit einem ungewöhnlichen Stolz auf die Anzahl der Jahre, die er schon existierte. In einem Hauch einer Bewegung war er durch das magische Gefängnis gesprungen, bis sie unsichtbare Wand das Einzige war, was zwischen uns war.

Er strich mit seinen Klauen über die Barriere; lebendige Farben sprühten, doch sie hielt. Dann schlug er mit der Faust gegen die Gefängnismauer. Als sie nicht schwankte, zischte er: „Lass mich raus. Ich habe nur mit euch gespielt."

Ich drehte meinen Arm und zeigte ihm die Kratzer, die er mir zugefügt hatte. „Das ist ‚Spielen' für dich?" Während er seine Klauen demonstrativ zurückzog, heilte ich die Kratzer vor ihm.

Ein höhnisches Schnauben kam aus seiner schmalen Nase. Seine zarten, kantigen Gesichtszüge verhärteten sich und er sah mich mit zusammengekniffenen Augen an. Magie fegte durch die Luft.

„Warst du das?", fragte ich misstrauisch.

„Warum fragst du?"

Weil Wandler nicht zaubern können. Zumindest in unserer Welt nicht, doch hier könnte es anders sein. Ein Wandler mit magischen Fähigkeiten ließ mich an all die möglichen Szenarien denken, die aus Kreuzungen übernatürlicher Wesen resultieren könnten. Wandler waren immun gegen alle Formen von Magie mit Ausnahme meiner und der der Vertu. Würde ein Wandler/Legacy-Nachkomme einen Wandler mit magischen Fähigkeiten hervorbringen?

Die Magie kam nicht von ihm. Gareth sah sich um und suchte nach der Quelle. Er schloss für ein paar Sekunden die Augen, um sich auf die Geräusche zu konzentrieren. Außer den Wellen des Meeres in der Ferne und dem geschäftigen Treiben, das aus der Stadt herüber wehte, konnte ich nichts entdecken.

„Ich lasse dich gehen, wenn du mir sagst, wo ich eine *Culded* finden kann", bot ich an und legte genug Stahl in meine Stimme, um ihn wissen zu lassen, dass ich nicht verhandeln würde.

Er grinste, wich mit der Anmut eines Wandlers zurück und setzte sich. „Natürlich." Sein Lächeln wurde breiter und entblößte Reißzähne, die denen von Vampiren schrecklich ähnlich waren. „Wenn die Sonne untergeht, bringe ich dich, wohin du willst."

Ich hatte keine Ahnung, was zum Teufel nachts auf dieser kleinen Insel von Übernatürlichen vor sich ging, doch ich hatte nicht vor, es herauszufinden. Er lehnte sich an die Wand seines magischen Gefängnisses, als hätte er alle Zeit der Welt.

„Angel, hast du dich schon wieder in Schwierigkeiten gebracht?", fragte eine honigsüße Stimme ein paar Meter entfernt. Gareth wirkte von der Anwesenheit der neuen Besucherin ebenso geschockt wie ich. Sein Schock wich schließlich einem finsteren Blick. Es war offensichtlich, dass er es nicht mochte, an einem Ort zu sein, an dem er sich wie ein Mensch fühlte – seine Sinne gaben ihm hier nicht die Oberhand.

Mein schelmischer Gefangener lächelte, als der Neuankömmling mit der sanften Stimme auf ihn zukam.

Angel? Ich hoffte wirklich, dass das ein Kosename war und nicht sein richtiger Name. Wie auch immer, es schien eine unpassende Bezeichnung zu sein, denn er hatte so gar nichts Engelhaftes an sich.

Sie neigte den Kopf und musterte ihn. „Es wäre zu eurem

Vorteil, ihn gehen zu lassen." Mit demselben bezaubernden Ton wie zuvor hatte sie es mühelos geschafft, einen Hauch von Warnung zu übermitteln.

„Er hat uns angegriffen", informierte Gareth sie und machte sich nicht die Mühe, den bedrohlichen Unterton in seiner Stimme zu unterdrücken.

Sie warf einen Blick über ihre Schulter, um Gareth anzusehen und lächelte, bevor sie ihren Vorschlag wiederholte, „Angel" gehen zu lassen.

Ich brauchte nur ein paar Sekunden, um darüber nachzudenken. Es war zu früh, um sich Feinde zu machen. Sobald die Mauern um ihn herum fielen, eilte Angel davon und hinterließ ein liebenswertes Lächeln auf dem Gesicht der Frau. Sie sah zu jung aus, um seine Mutter zu sein, doch mit ihren zarten und kantigen Gesichtszügen hatten sie durchaus Ähnlichkeit mit ihm.

Sie schenkte uns ihre volle Aufmerksamkeit und kam näher. Zu nah. Unangenehm nah. Gareth zog viel Aufmerksamkeit der dunkelhaarigen Frau auf sich. Anscheinend war Kleidung auf der Insel optional, oder vielleicht war die Regel, dass nur die ganz privaten Zonen versteckt sein mussten. Ihre waren kaum hinter einem beigefarbenen Top verborgen, das aus einer hauchzarten Schnur um ihren Hals und einer noch dünneren bestand, die etwas vor ihren Brüsten hielt, das sehr gut ein Taschentuch hätte sein können. Es schaffte es kaum, den Zweck effizient zu erfüllen . Es ließ viel ihrer warm goldbraunen Haut unverdeckt. Ähnliche Stoffquadrate, die ihre untere Hälfte bedeckten, waren mit Perlen verbunden, reichten jedoch nicht ganz um ihre Taille und ließ auf beiden Seiten zwei breite Schlitze. Sie erlaubten ihr, sich frei zu bewegen und gewährte jedem, den es interessierte, einen großzügigen Blick auf ihren Körper.

„Ihr wirkt verloren, darf ich euch helfen?"

Ich war mir nicht sicher, was es mit ihr auf sich hatte,

doch ich mahnte mich zur Vorsicht und ging schnell in höchste Alarmbereitschaft.

Da sie nicht schnell genug eine Antwort bekam, lächelte sie und entblößte ihre Reißzähne. Als sie ihre Frage wiederholte, tanzten ihre Augen über mich und dann zu Gareth, der seinen Blick respektvoll abwandte. Lächelnd über seine Bemühungen ging sie auf ihn zu.

„Kann ich euch helfen?" Ihre samtene Stimme machte deutlich, dass sie nicht helfen wollte, sondern sich an unseren Hälsen bedienen wollte. Mit fließenden, schnellen Bewegungen schob sie sich zwischen uns. Ihre Magie glitt um mich herum, warm und tröstend, und sie zog mich mental an sich. Nur ein sanfter Schubs in die Komplizenschaft, der mich aus meiner Alarmbereitschaft holte. Ich fühlte es, konnte aber nichts dagegen tun. Meine Schilde fielen und ich wurde mit einem weiteren Lächeln, das ihre Reißzähne zeigte, belohnt. Ich wusste, dass ich mich vor ihr schützen sollte, doch Verlangen hielt mich davon ab.

Ich bewegte mich auf ihre ausgestreckte Hand zu. Ihr Mund öffnete sich. Ich ignorierte Gareths Ruf und konzentrierte mich auf sie. Schokoladenaugen waren ein Fluss, in dem ich schwamm, und bald trieb ich dahin, die sanften Wellen trugen mich fort – zu ihr. Gareth zog mich zu sich und riss mich aus ihrem Bann. Er stellte sich zwischen uns, eine breite Barriere, die ich unbedingt brauchte. Ich verstand, warum es für Vampire illegal war, Menschen zu zwingen. Ich fühlte mich schmutzig, mein Wille war mir genommen worden. Sie neigte ihren Kopf und bewegte sich hin und her und versuchte, wieder Blickkontakt mit mir herzustellen. Ich schloss meine Augen und atmete tief ein, inhalierte den Hauch von Früchten und Beeren und eine überwältigende Menge an Magie, die durch die Luft wehte.

„Du willst mich nicht ansehen?", fragte sie leise. „Habe ich dich irgendwie beleidigt?"

„Überhaupt nicht. Ich neige nur dazu, nervös zu werden,

wenn Leute mir meinen Willen nehmen. In dieser Hinsicht bin ich seltsam."

Ein Lächeln umspielte ihre Lippen. „Es scheint dich nicht gestört zu haben" – ihr scharfer Blick landete auf Gareth – „ihn schon." Sie war nicht sehr glücklich über seine Einmischung und tat es mit ihrem eisigen Blick kund.

Ihre Verärgerung schien Gareth eine absurde Befriedigung zu verschaffen.

„Ich bin Gareth", sagte er mit einem höflichen Lächeln. Er hielt seine Position zwischen dem Vampir und mir und reichte ihr seine Hand zur Vorstellung. Ihre Lippen zu einer strengen Linie zusammengepresst, nahm sie sie widerwillig. „Wandler", schnurrte sie, ihr Blick glitt langsam über ihn. „Du wirst sehen, dass die Wandler hier ihre verschiedenen Formen bevorzugen."

Verschiedene Formen? Mir war nicht bekannt, dass es mehr Formen gab als Tier und nicht-Tier. Es war keine Stunde vergangen und konnte es nicht erwarten, Dr. Moreaus Insel zu verlassen, wo Wandler mehr als eine Gestalt annehmen konnten. War es eine genetische Störung oder tatsächlich Evolution? Die nutzlose Restmagie, die von der Magie herrührte, mit der sie mich genötigt hatte, prallte von ihm ab wie Regen von einem Regenschirm.

Genervt ließ sie ihren Blick von uns auf die weite Stadt schweifen.

„Ich bin Vanessa", sagte sie schließlich. „Ich nehme an, ihr seid nicht zum Vergnügen hier. Wie können wir euch dienen?"

Gareth presste seine Lippen aufeinander, als er die Absicht hinter ihren Worten auf die gleiche Weise wie ich untersuchte. Irgendetwas an der Formulierung verunsicherte mich und machte mich misstrauisch. Die aggressive Art und Weise, wie ihre Magie gegen meine mentalen Schilde stieß, half nicht. Als sie meinen Widerstand spürte, lächelte sie.

„Du bist nicht hierhergekommen, um uns zu besuchen oder zu spielen. Warum bist du hier?"

„Wir brauchen eine *Culded*. Kannst du uns sagen, wo wir eine finden können?"

„Ich würde dir gerne behilflich sein." Sie ging an Gareth vorbei und auf mich zu. „Bitte erlaube mir, dir zu Diensten zu sein."

Ich starrte auf ihre ausgestreckte Hand, als wäre sie eine angriffsbereite Viper. „Warum habe ich das Gefühl, es mit einem Troll an einer Brücke zu tun zu haben?"

Ihr leichtes, luftiges Lachen schwebte durch die unmittelbare Umgebung, und wenn der unheilvolle Unterton nicht gewesen wären, wäre es ein wunderschöner, melodiöser Klang gewesen.

„Troll an einer Brücke." Sie lachte wieder. „Ich mag dich."

„Zu dem Schluss bin ich nach deiner magischen Verführung und deinem Versuch, mich zu deiner nächsten Mahlzeit zu machen, gekommen. Es ist alles Spaß und Spiel, bis jemand sein Blut verliert, nicht wahr?"

Es schien ihr mehr Mühe zu machen, die Sanftmut zu bewahren, die sie zuvor an den Tag gelegt hatte.

„Warum formulierst du das so? Erlaube mir, dir zu Diensten zu sein – was soll das?", fragte ich.

„Es ist höflich", antwortete sie knapp. Wieder warf sie mir ein Lächeln, das von so viel Gift durchzogen war, dass ich das Gefühl hatte, ein Gegengift zu brauchen.

„Hier bezahlt man für Dienstleistungen. Und für eine Vampir/Magier-Hybride wären die Kosten hoch und würden definitiv eingetrieben, das kannst du mir glauben", sagte eine Baritonstimme an, die eine ähnliche Melodie wie Vanessa hatte. Da ich erwartete, einen weiteren Vampir zu sehen, war ich überrascht, als uns ein Mischwesen aus Mensch und Pferd zu uns gesellte. Ich nahm an, dass er ein Wandler in Halbform war, doch er hätte auch ein Zentaur sein können.

Ich hatte keine Ahnung, was uns auf dieser Insel erwarten würde.

Es war beruhigend, dass ich fast von einem magischen Hybriden verführt worden wäre und nicht *nur* von einem Vampir. Es machte es nicht leichter, damit umzugehen, doch zumindest fühlte ich mich nicht wie ein magischer Versager. Wenn sie eine Hochmagierin war, hatte ich es mit einer würdigen Gegnerin zu tun. Ich fragte mich, ob es zu Hause in den Staaten solche Hybriden auch gab. Wenn ja, war ich mir sicher, dass sie ihre Familiengeschichte sorgfältig hüteten, aus Angst, dass noch restriktivere Gesetze und Vorschriften für sie in Kraft treten könnten.

Ich verlagerte meine Aufmerksamkeit von Vanessa auf den Wandler.

Wenn er ein Wandler war, schien es ihn nicht zu stören, in einem halb gewandelten Zustand zu sein: Er schien es zu genießen, dass ich ihn anstarrte. Ich konnte nicht anders. Seine obere Hälfte war ein mittelgroßer, durchtrainierter menschlicher Mann mit aschblondem Haar, das lang genug war, dass er es hinter seine Ohren stecken konnte. Seinen weichen Zügen fehlte für mich die Definition, um ihn für schön zu halten, doch er war nicht unattraktiv und sah definitiv nicht wie ein Pferd aus. Wandler in menschlicher Form zeigten normalerweise einige der Eigenschaften ihres Tiers. Das seidige, sandfarbene Fell seiner unteren Hälfte schimmerte, im Licht, und war mehrere Nuancen heller als seine Haut. Er war ein Achal-Tekkiner-Pferd. Die Belustigung des Pferdewandlers über mein Interesse schlich sich in seine Worte. „Brauchst du Hilfe?", fragte er. „Keine Zahlung erforderlich."

Während Vanessa es genossen zu haben schien, mit uns zu spielen, bis sie durch meine Fragen zunehmend genervt gewesen war, wirkte Mr. Pferdwandler gehetzt, als könne er uns nicht schnell genug helfen um uns wieder von der Insel zu bekommen.

„Vanessa, ich helfe ihnen. Geh und genieß' deinen Tag."

Sie schmollte auf eine Weise, die nur bezaubernd war, wenn ein Kind es tat. Scheinbar fand Mr. Pferdwandler es ansprechend. „Ich habe doch nicht etwa deinen Tag ruiniert, Vanessa?"

„Du hast so viel Spaß daran, mir den Tag zu verderben. Wir haben so wenige Besucher, lass mir meinen Spaß." Sie bewegte sich fließend auf ihn zu, bis sie nahe beieinander standen, als wollten sie sich küssen. Einige Augenblicke später waren sie es. Ihre Lippen berührten sich kurz bevor Vanessa davonglitt.

„Warum seid ihr hier?", fragte er streng, sobald Vanessa gegangen war. Sein herzliches Lächeln war verschwunden und er warf Gareth einen Blick zu, dann kniff er die Augen zusammen, während er mich interessiert musterte. „Du bist keine Hexe oder Magierin, oder?"

Ich schüttelte den Kopf.

„Was bist du?" Er schnupperte, seine Nase blähte sich kurz. Ich revidierte schnell meine vorherige Einschätzung: Er war im Moment sehr pferdeartig. „Uralte Magie", flüsterte er. Seine Augen weiteten sich ungläubig. „Legacy?"

Es dauerte ein paar Augenblicke, bis ich antwortete; als Wandler würde er wissen, wenn ich log. Ich nickte.

Gareth stand aufrechter und erwiderte den harten Blick, den der Pferdewandler auf mich gerichtet hatte. Sogar die Bewohner einer Insel, die nicht viel mit der Außenwelt zu tun hatte, schienen über unsere Rolle bei der Säuberung Bescheid zu wissen. Es war wahrscheinlich, dass einige von ihnen davon getötet worden waren, bevor sie aufgehalten worden war.

„Wir müssen eine *Culded* finden", informierte Gareth ihn und brach das Schweigen.

„Wofür braucht ihr sie?"

„Ein Zauberspruch?", sagte ich und handelte mir einen

weiteren kühlen Blick ein, als ob er erwartete, dass ich etwas Schändliches damit vorhatte.

Die Wahrheit wäre vielleicht die beste Option gewesen, doch ich hatte das Gefühl, ihm zu sagen, dass ich einen Zauber eines Vertu rückgängig machen musste, würde seine Meinung über mich und meinesgleichen nicht verbessern. Also entschied ich mich für eine Variante der Wahrheit. „Meine Freundin wurde verzaubert. Ich bin nicht geübt genug, den Zauber aufzuheben, und ich muss sie davon befreien."

Er nickte langsam und bewegte sich von uns weg. Gareth und ich sahen uns an, bevor wir dem Mann folgten. Als wir ihn eingeholt hatten, sagte er: „Ich schlage vor, dass ihr von niemandem auf dieser Insel Dienstleistungen annehmt. Ich finde diese Bauernfängerei geschmacklos, aber ich bin nicht in der Position, ihr ein Ende zu setzen." Er ging weiter und sprach, als ob er uns auf einen Sightseeing-Ausflug über die Insel und die gepflasterten Straßen hinunter mitnahm, wo wir die gleichen Blicke ernteten, die jeder offensichtlich Fremde in einem fremden Land erntete. Die Leute kannten und begrüßten Dorian, unseren Führer, der sich wohl entschieden hatte, dass er sich nicht vorstellen musste.

Während er durch Straßenzüge mit Wohnhäusern und Geschäften navigierte, ging er schneller, was dazu führte, dass Gareth und ich hinter ihm her eilen mussten, während die sengende Sonne auf uns niederbrannte. Die Gebäude schrumpften und verschmolzen dann zu sandigen Ebenen. Dorian hob seine Hand über seine Augen, um sie vor der Sonne zu schützen, und zeigte auf eine andere, kleinere Insel. Er wurde langsamer, als er zum Ufer trottete.

„Der Garten, in dem die Blume zu finden ist, ist dort." Ich sah mich nach einem Boot um, begriff dann aber, dass ich schwimmen musste. Ich machte mir Sorgen, dass ich die Blüte nicht trocken halten könnte, und fragte mich, ob sie nass von Nutzen sein würde. Dorian spürte meine Bedenken und sagte: „Alles, was du von dieser Insel mitbringst, wird seinen Zweck erfüllen. Die Magie ist stark und rein. Wasser wird ihr nicht schaden."

Er begann davonzutraben, als wir uns langsam dem Wasser näherten. Seine Stimme war herzlich und fröhlich, zu freundlich für seine Worte: „Wenn die Sonne untergeht, während ihr auf der Insel seid, werdet ihr dort bleiben und schließlich sterben. Eure Körper werden Teil der wunderschönen Umgebung sein, aus der sich diese Insel erhebt."

„Ist das nicht etwas, was du uns früher hättest sagen sollen?"

„Hätte es euch aufgehalten? Ich habe deine Verzweiflung gespürt. Ob ich es euch zu Anfang oder jetzt gesagt hätte, ihr wärt hierher gekommen."

„Gibt es einen Führer, der uns zeigen kann, wo die *Culded* ist?"

„Ihr werdet keinen brauchen, sie ist leicht zu finden." Ohne ein weiteres Wort trabte er davon und nahm seine Pferdegestalt an. Sein schönes, metallisch glänzendes Fell verschwand schnell aus meinem Blickfeld.

13

*D*as Wasser war klar azurblau, was es schwer machte zu glauben, dass es etwas anderes als Wasser sein könnte. Welcher Zauber oder Fluch könnte so etwas verursacht haben? Bunte Fische schwammen da und schossen mit peitschenden Flossen durch das Wasser. Wir würden nicht zu Wasser werden, wir würden Meeresbewohner werden. Wie viele von ihnen waren Menschen? Ich trat näher, um die Fische zu betrachten.

„Du kannst hier bleiben", bot ich Gareth an. „Ich gehe und –"

„Beende diesen Satz nicht einmal. Wir gehen zusammen und wir kommen zusammen zurück." Er ging weiter auf das Wasser zu, bis er untergetauchte, bevor er auf die kleinere Insel zu schwamm. Ich überlegte, ob ich die Sai in der Scheide auf meinem Rücken zurücklassen sollte oder nicht, und entschied, dass ich sie bei mir haben wollte. Messer waren okay, aber meine Sai waren meine bevorzugten Waffen und gaben mir auf seltsame Weise ein Gefühl der Sicherheit, wie eine Kuscheldecke – oder Kuschelklingen.

Das kühle Wasser war erfrischend und das Plätschern

waren beruhigend. So sehr, dass es sich anfühlte, als würde es mich in den Schlaf wiegen. Ich schwamm schneller, erschüttert von der Erinnerung an den Mors, den Attentäter, der geschickt worden war, um mich zu töten, nachdem seine hypnotischen Melodien mich geschwächt hatten. Ich hoffte, dass das Wasser hier nicht dasselbe tat. Ich ignorierte das Plätschern und stemmte mich gegen die sanften Wellen, bis ich es an Land geschafft hatte. Gareth wartete am Ufer des Wassers auf mich, sein Gesichtsausdruck war nicht zu entziffern. Er musste genauso irritiert sein wie ich, dass wir nicht nass waren. Wir waren so trocken wie vor dem Schwimmen.

„Sollen wir jetzt anfangen auszuflippen?", fragte ich mit einem leisen Lachen. Es war gezwungen, ein Versuch, meine Nervosität zu überspielen. Die dunkle, trostlose Insel war ganz anders als die Insel, die wir verlassen hatten, was es schwieriger machte, festzustellen, ob die Sonne unterging. Es sah so aus, als wäre es schon passiert. Die einzigen Gegenbeweise kamen vom Blick auf die andere Insel und Gareths Uhr.

Steif sah ich mich um. Sand und Bäume waren alles, was es auf der Insel zu geben schien. Der wohlriechende Duft von Blumen lag jedoch in der Luft und überdeckte leicht den Geruch von Magie, den die ich meine Armen empor kriechen spürte.

„Die Magie hier ist stärker", wies ich auf das Offensichtliche hin, eine weitere nervöse Reaktion. Ich mochte diesen Ort nicht. Es war zu schön und zu ruhig. Conner hatte mich skeptisch gegenüber schönen und ruhigen Orten gemacht. Sie konnten ein falsches Sicherheitsgefühl vermitteln und jemanden dazu verleiten, unvorsichtig zu werden.

Gareth und ich gingen an Bäumen vorbei, ein paar Palmen und andere, die mich an Trauerweiden erinnerten, mit langen, hängenden Ästen, die sich seltsam mit der sanften Brise wiegten. Zu animiert, als könnten sie möglicherweise lebendig werden. Ich hatte das Gefühl, an diesen Ort mit allem rechnen zu müssen.

„Pass auf die Bäume auf", warnte ich und hatte den Blick erwartet, den Gareth mir zuwarf. Es hörte sich lächerlich an.

Er runzelte die Stirn. „Natürlich", feixte er. „Sie sehen gefährlich aus." Er zeigte auf einen großen mit schlaffen Ästen, der anscheinend ums Überleben kämpfte. „Besonders der hier. Ich wette, das ist der Gefährlichste von allen."

„Okay, wenn du eine Ohrfeige von einem Baum bekommst, beschwer' dich nicht darüber, dass ich kein Mitgefühl für dich habe. Und auch nicht, wenn ich dir dann sage: ‚Ich hab's dir ja gesagt.'"

„Etwas anderes würde ich von dir auch nicht erwarten. Seit ich dich kennengelernt habe, habe ich das nicht ein einziges Mal *nicht* erwartet." Er streckte seinen Arm aus, um mich aufzuhalten. „Hörst du das?"

Ich schüttelte den Kopf. Er zog das Messer heraus, das in einer Scheide an sein Bein geschnallt war, und ich folgte seinem Beispiel und zückte die Zwillinge. Wir gingen langsam weiter in Richtung Zentrum der Insel, bis wir zu einem beleuchteten Bereich kamen, der von Weiden umgeben war, wie wir sie zuvor gesehen hatten, doch statt der erfrischenden süßen Düfte verströmte der Bereich den kraftvollen und ein wenig seltsamen Duft von Zimt und Nelken. Die langen, schlaffen Äste der Weiden hingen in den großen Garten. Es gab nur eine Blumenart, und Blus Beschreibung nach musste es die sein, die wir brauchten. Harmlos aussehend, mit zarten, blassgelben Blütenblättern, die mich an Blüten des Drachenfruchtbaums erinnerten – abgesehen von den Spuren von Rot in der Mitte.

Ich steckte meine Sai in ihre Scheiden und holte die Tüten hervor, die ich in meinen Hosentaschen verstaut hatte. Bevor ich mich weiter bewegen konnte, zerriss ein peitschendes Geräusch die Luft. Die rankenartigen Äste eines der Bäume schlangen sich um Gareths Hüfte und schleuderten ihn mehrere Meter zurück. Ein weiterer Ast wickelte sich um meinen Hals. Ich packte ihn, dann riss ich das Messer heraus, das ich an meiner Hüfte trug, und schlug darauf ein, bis er mich losließ. Ich sprang aus dem Weg, als ein weiterer Ast auf mich zuraste. Ich stürzte zu Boden und landete auf einem harten Klumpen. Leise fluchend sah ich, wie das, was ich getroffen hatte, erwachte. Nachdem ich Dorians zentaurenähnliche Gestalt und Conners Kreaturen gesehen hatte, war ich auf alles vorbereitet.

Mit seinen Bewegungen wühlte es die Erde auf. Ich hätte die Kreatur leicht übersehen können, da ihre Haut zu der dunklen Erde passte, aus der sie kam. Es war eine weitere Kuriosität dieser Inseln: Wie Dorian war sie halb Mensch und halb Tier. Ihre Reptiliengestalt endete an der Taille. Fast sechs Meter ihres Körpers waren sichtbar, und es gab immer noch Teile, die nicht ausgegraben waren. Ihre obere Hälfte war ziemlich menschlich. Terrakottarote Ringellocken fielen über ihre Brust und waren das Einzige, was die Vorderseite ihres Körpers bedeckte. Ihr sanftes, einladendes Lächeln war so harmlos, dass es alle meine Alarmglocken schrillen ließ. Sie besaß eine Anziehungskraft, die mich an die von Vanessa erinnerte, und ich wich zurück, sofort misstrauisch. Ihre Aufmerksamkeit wanderte über mich hinweg und blieb an Gareth hängen.

„Hallo", begrüßte sie ihn mit einer hellen, wohlklingenden Stimme, die zu ihrem Aussehen passte. Trotz der scharfen Linien ihres Kiefers und ihrer Wangen wirkte ihr Gesicht sanft. Zu sanft.

Vorsichtig erwiderte Gareth den Gruß. Wieder erregte er viel ihrer Aufmerksamkeit.

„Warum stehst du so weit weg?", fragte sie.

Ich weiß nicht. Vielleicht, weil du halb nackte Frau, halb super- lange Schlange bist.

Sie richtete sich auf, nutzte ihren Reptilienkörper, um ihr

zusätzliche Höhe zu verleihen, und überragte uns um gut einen Meter.

„Ich freue mich immer über Besucher, komm näher", drängte sie. Gareth und ich hielten Abstand. Mit einer schnellen Bewegung senkte sie sich, und eine Welle, die sich durch die Erde fortsetzte, gab uns eine Vorstellung von der Länge ihres Körpers. Sie kontrollierte, wieviel sie uns sehen ließ, was meine Überzeugung stützte, dass sie gefährlich war.

Ihre braunen Augen verfinsterten sich und ein dunkler Schleier breitete sich über ihr Gesicht aus und schärfte ihre Züge wie Messer. „Jetzt!" Ihre zuvor sanfte Stimme durchschnitt nun die Luft, und Magie zog an uns – an mir. Gareth blieb stehen. Meine Sai in den Händen stemmte ich mich dagegen und zielte mit einer meiner Klingen auf sie und konterte mit ähnlicher magischer Kraft. Sie keuchte angesichts meiner Antwort und zischte. Ihre Zunge, die vorher menschlich gewesen war, war jetzt lang und am Ende gespalten wie die einer Schlange.

Sie fand ihre Fassung wieder, und ihre Stimmung besserte sich, als sie sich in einer langsamen, rhythmischen Bewegung von einer Seite zur anderen bewegte. Ich sah ihr ein paar Augenblicke lang zu, doch auf ein Stichwort von Gareth lenkte ich meine Aufmerksamkeit hinter sie. Sie hatte etwas Bezauberndes und Betörendes an sich, was es schwierig machte, sie auch nur für ein paar Sekunden zu ignorieren. Sie schlängelte sich hin und her und bewegte ihren Körper, bis sie nur noch wenige Zentimeter von meinem Gesicht entfernt war.

„Du bist gekommen, um mich zu besuchen", sagte sie mit leiser, sinnlicher Stimme, scheinbar desinteressiert an Gareth, jetzt, da ihr klar war, dass ihre Magie keine Wirkung auf ihn hatte.

„Wir sind in den Garten gekommen, um eine *Culded* zu holen."

Sie gab ein wimmerndes Geräusch von sich, als ob sie

durch meine Behauptung persönlich verletzt worden wäre, und sagte: „Niemand kommt mich jemals besuchen. Sie kommen alle nur, um von meinem Land zu nehmen. Du kannst dir nicht vorstellen, wie verletzend das ist." Wieder streckte sie ihre Hände aus, diesmal wies sie auf eine Stelle in ihrer Nähe. „Bitte setz dich eine Weile zu mir und sei mein Gast. Ich freue mich sehr über Besucher."

Ich unterdrückte meine Befürchtungen, ging mit Gareth dicht neben mir auf die Stelle zu und nahm Platz, wobei ich meine Sai festhielt.

„Oh, leg die weg, du dummes Ding." Ihre Augen flackerten in Richtung eines kleinen Waldes, dunkler als der Rest der Insel, wo eine Baumgruppe die Körper unzähliger leuchtender Augen verbarg. „Wenn ich die Absicht hätte, dir wehzutun, hätte ich sicherlich die Mittel dazu." Eine Schnauze lugte aus der Dunkelheit hervor und dann ein Maul voller dolchscharfer Reißzähne. „Es wird dir nichts passieren, solange du hier bei mir bist."

Ihrer Formulierung entging mir nicht. Ich war sicher, solange ich bei ihr war. Ich konnte mir nur vorstellen, was mit uns passieren würde, wenn wir nicht mehr in ihrer Nähe wären.

„Wärst du so freundlich, mir zu sagen, wofür die *Culded* verwendet werden soll?", fragte die Frau.

Ich wollte nicht so freundlich sein, doch ich war mir sicher, dass wir, wenn wir ihrer Bitte nachkamen, sicherstellen würden, dass wir die Insel ohne weitere Zwischenfälle verlassen könnten. Dann wanderte ihr Blick zu Gareth – ein sehnsüchtiger Blick.

Du bist eine halbe Schlange, Frau. Was genau willst du von ihm?

„Bist du nur hier, um ihr bei ihrer Mission zu helfen?", fragte sie, jetzt nur noch wenige Zentimeter von Gareth entfernt. Er ging diplomatischer damit um, als ich es getan hätte.

Er wandte seinen Blick mir zu und lächelte. „Ja, wohin sie geht, gehe ich auch. Ich würde gerne glauben, dass sie dasselbe für mich tun würde."

„Also, wenn ich sie überzeugen kann, zu bleiben, wirst du es auch tun?", fragte sie.

Nur zu. Du wärst wahrscheinlich genauso erfolgreich, wenn du versuchen würdest, mich davon zu überzeugen, Schokolade aufzugeben, – und das wird niemals passieren. Aber bitte, Schlange. Versuchen kannst du es ja.

„Vielleicht kann ich dich überzeugen." Auf eine Bewegung ihrer Finger hin tauchte ein reizendes kleines Haus nur ein paar Meter entfernt auf, und Bäume mit tropischen Früchten sprossen aus dem Boden. Der Duft von Wasser, Obst und frischer Erde war ausgesprochen einladend. Eine weniger skeptische Person hätte es vielleicht verführt. Ich jedoch betrachtete es mit purem Zynismus. Warum war sie allein auf der Insel? War sie von der anderen verbannt worden? Gab es einen Grund, warum die Leute sie dort nicht haben wollten? War sie der Grund, warum Leute, die auf die Insel kamen, nie zurückkehrten?

„Es ist wunderschön und ich würde gerne bleiben, aber ich habe eine Freundin, die die *Culded* braucht, um gesund zu werden. Sie braucht meine Hilfe."

Von meiner Zurückweisung wirklich verletzt, runzelte sie die Stirn und nickte langsam. „Wenn das nicht wäre, würdest du bleiben?", fragte sie wehmütig.

Sicher. Warum nicht? Hier zu lügen würde niemandem schaden. Ich nickte und sah mich auf der dunkler werdenden Insel um. „Natürlich ist es schön hier."

Gareth sprang plötzlich auf und zeigte mir seine Uhr. Was sich wie Minuten angefühlt hatte, als ich mit ihr gesprochen hatte, waren fast zwei Stunden gewesen. *Wie zum Teufel hat sie das gemacht?*

„Wir müssen gehen. Darf ich?", fragte er höflich und deutete auf die Blumen. Sie trat aus dem Weg und beobachtete ihn, während er mehrere Blüten von ihren Stielen zupfte und eine andere Pflanze mitsamt Wurzel ausgrub.

Dann verstaute er die *Culded* in einer Tasche, entfernte sich vom Garten und vergrößerte den Abstand zwischen unserer Gastgeberin und uns.

„Ich hoffe, ihr überdenkt es nochmal. Bleibt noch ein bisschen, vielleicht bis zum Morgen? Eine Nacht hier und vielleicht überlegt ihr es euch wirklich." Ihre sanfte, flehende Stimme war schwer zu ignorieren, doch wir hatten nicht vor zu bleiben und nichts, was sie tun könnte, würde das ändern.

„Tut mir leid. Wir müssen gehen. Wir können nicht hier sein, wenn die Sonne untergeht", erklärte Gareth.

Sie verdrehte spöttisch die Augen und winkte ab. „Erzählen sie immer noch diese Geschichten? Euch passiert nichts, wenn ihr länger bleibt. Haben sie euch auch gesagt, dass ihr Teil des Wassers werdet? Sie machen sich einen Spaß daraus, Besuchern ihre dummen Geschichten zu erzählen." Ich hörte ihr zu, beobachtete dabei aber Gareths Gesicht. Seine Augen verengten sich ein wenig und seine Ohren hoben sich ganz leicht, um die Veränderungen in ihrem Sprechmuster, ihrer Herzfrequenz und ihrer Atmung zu hören. Es gab eine subtile Veränderung in seiner Haltung. Sie log.

„Das dachte ich mir, aber unser Boot wartet. Wir müssen los." Ich folgte Gareth und wich zurück.

Als wir außer Hörweite waren, lehnte er sich an mich. „Sei vorsichtig. Sie lügt wie gedruckt." Er sah sich um, zog sein Messer, schloss die Augen und lauschte einen Moment lang. Dann steckte er die Tüte mit den Blumen in eine andere stabilere, die er mitgebracht hatte, und wir machten uns auf den Weg zum Wasser. Die Schlange glitt um uns herum und bewegte sich rhythmisch zu einer Musik, die sonst niemand hörte.

„Wie heißt eure Freundin? Ich kann jemanden schicken, der ihr hilft, und ihr zwei könnt länger bleiben", schlug sie vor, ihre Stimme war eine beruhigender, melancholische Melodie.

Ich bemühte mich immer noch, höflich zu sein und lächelte sie an. „Das ist sehr nett von dir, aber ich würde es gerne selbst tun."

„Bitte, lass mich ihr helfen. Mein Geschenk an dich. Alles, was du tun musst, ist zu bleiben, wie du es gesagt hast. Du hast gesagt, dass die Sicherheit deiner Freundin alles ist, was dir Sorgen bereitet. Das kann ich dir im Austausch für das geben, was du angeboten hast."

„Nein, ich muss das selbst machen, aber trotzdem danke."

Ich fühlte mich schlecht, als sie wimmerte und von der Zurückweisung wirklich verletzt und enttäuscht aussah. Ihre Stimmung wurde mürrisch, als ihre Augen mit von unvergossenen Tränen glitzerten. Sicherlich war sie schon einmal abgewiesen worden, doch sie tat so, als wäre es das erste Mal. Mit gesenktem Kopf glitt sie davon, ihre hängenden Schultern ein Spiegel ihrer Stimmung.

Gareth sah genauso verwirrt und überrascht von ihrer Reaktion aus wie ich. *„Lass uns verdammt noch mal von hier verschwinden"*, formte er lautlos mit den Lippen

Ich war ganz seiner Meinung. Wir machten uns schnell auf den Weg zum Wasser.

Ein paar Meter vom Ufer entfernt rumpelte der Boden. Ein Schwanz schlug hoch, kroch um mich herum und zog mich in die Tiefe. Sand spritzte in mein Gesicht, als ich mich nach oben krallte. Der Schwanz zerrte erneut und ich wurde tiefer in den Sandtunnel gezogen.

Gareth riss in die entgegengesetzte Richtung und zog mich zu sich heran. Sie hatte sich um meinen Unterkörper geschlängelt und hatte eine bessere Position. Er beugte sich vor, um mich festzuhalten und zu verhindern, dass sie mich wegzog. Mit der anderen Hand schaufelte er Sand weg, bis er die Zwillinge greifen konnte. Er riss einen der Sai aus der Scheide und entfernte sich von mir. Wenige Augenblicke später heulte die Schlangenfrau auf und ihr Griff löste sich. Gareth kehrte zurück und zog mich hoch. Ich riss den Sai aus dem Sand und der Schlangenfrau und rannte so schnell ich konnte auf das Wasser zu. Schmerzensschreie hallten über die ganze Insel; wir konnten sie immer noch hören, während wir schwammen. Dorian traf uns auf der anderen Seite mit finsterer Miene.

„Was hast du ihr angetan?", spie er wütend. Er runzelte die Stirn, und obwohl er wieder in halb menschlicher Gestalt war, hob er seine Nase wie ein Pferd. Er scharrte auf dem Boden, wirbelte Sand auf, seine Aggression war offensichtlich.

Ich zückte meine Sai und richtete sie auf ihn. „Sie hat uns grundlos angegriffen."

„Sie hat euch gebeten zu bleiben?", fragte er leise.

Ich nickte.

„Und ihr habt abgelehnt." Mit jedem Wort wurde er wütender. Ich vermutete, er wusste, dass sie uns bitten würde, war aber nicht darauf vorbereitet gewesen, dass wir ablehnen würden. Ich fragte mich, ob es die erste Einladung war oder die erste, die abgelehnt worden war. Kummer breitete sich auf seinem Gesicht aus, als er hinüber zur Insel blickte, von der gequälte Laute vom Wind herübergetragen wurden. Es war schwer, sich keine Schuldgefühle zu haben, wenn man die Ursache solch trauriger Laute war. Schnell erinnerte ich mich jedoch an all die Dinge, die auf dieser Insel unglaublich falsch waren. Es half, dass immer noch Sand zwischen meinen Zähnen knirschte, eine Erinnerung daran, dass sie mein Nein nicht akzeptiert hatte.

„Verschwindet von meiner Insel. Ihr seid hier nicht länger willkommen. Solltet ihr doch zurückkehren, werdet ihr sie nicht wieder verlassen." Er hatte seine Bitte kaum ausgesprochen, als wir auf das Boot zuliefen, das sich jetzt, da die Sonne untergegangen war, langsam vom Ufer entfernte. Ohne zu zögern sprangen wir ins Wasser und schwammen darauf zu. Immer höhere Wellen machten es schwieriger, den Kurs in Richtung unseres Transportmittels zu halten. Eine große Welle brach über uns; Gareth ging unter und blieb mehrere Sekunden unter Wasser. Gerade, als ich ihn erreichte, tauchte er wieder auf. Wassertretend reckte ich meinen Kopf, um zurückzublicken. Zu Dorian hatten sich zwei weitere Personen gesellt – ein Mann und eine Frau – und ich hätte wetten können, dass sie für die die Wellen verantwortlich waren – eine Reaktion auf die traurigen Laute der Schlangenfrau. Meine Arme wurden müde von dem Versuch, gegen die turbulente Strömung anzuschwimmen. Eines der Besatzungsmitglieder warf uns einen Rettungsring zu, der helfen würde, wenn wir ihn erreichen könnten.

So geschwächt, dass ich all meine Kraft brauchte, um mich über Wasser zu halten, ließ ich mich treiben, dann trat ich Wasser und versuchte, zum Boot zu gelangen. Die stürmischen Wellen hörten auf, als ich das Heulen der Schlangenfrau nicht mehr hörte. Unsicher, ob es von Dauer war oder nur eine Atempause, schwamm ich so schnell ich konnte zum Rettungsring. Die Crew half uns an Deck, wo wir uns fallen ließen, um zu Atem zu kommen. Gareth lag mit dem Gesicht nach oben neben mir.

„Das war ein höllischer Rauswurf", keuchte er.

„Reagieren alle Frauen, die sich für dich interessieren, so, wenn du sie ablehnst? Dann können wir nicht mehr daten."

Er bellte vor Lachen und hustete dann Wasser. „Normalerweise nicht, aber sie schien sich genauso für dich zu interessieren. Ich denke, wir sind ein ziemlich interessantes Paar."

Ein paar Augenblicke später rappelten wir uns auf. Das Wehklagen setzte wieder ein – ein herzzerreißendes, untröstliches Heulen. Traurigkeit zerrte an meinem Herzen, zusammen mit Schuldgefühlen. Turbulente Winde erwachten und rauer Seegang brachte das Boot vom Kurs ab. Windstöße aus allen Richtungen und hohe Wellen, die das große Boot fast umwarfen, dauerten an, bis wir fast eine Stunde von der Insel entfernt waren.

„Sieht aus, als hättet ihr beide jemanden sehr wütend gemacht", bemerkte der Kapitän, als er in die Kabine kam, wo wir zwischenzeitlich in sauberen, trockenen Kleidern saßen. Ich zitterte immer noch vor dem eiskalten Wasser, und schmiegte mich an Gareth, um mich von ihm wärmen zu lassen. Er legte seinen Arm um mich und hüllte mich in Hitze. Gareth war immer heiß; Ich nahm an, dass es so ein Wandlerding war, obwohl er mir versichert hatte, dass er „einfach heiß" sei. Er konnte sich Zweideutigkeiten und Anspielungen einfach nicht verkneifen.

„Ich habe keine Ahnung, was passiert ist", gab ich zu.

Die Augen des Kapitäns zeigten einen reichen Erfahrungsschatz, und er schien immer noch von der Situation geschockt zu sein. „War es eine Todesfee?", fragte er mit kindlicher Hoffnung.

„Gibt es Todesfeen?", fragte ich und wünschte mir sofort, ich könnte die Frage zurücknehmen. Ich begann Gareths Überzeugung zu akzeptieren, dass nichts ein Märchen ist und die meisten Wesen, die wir für ausgestorben hielten, es nicht waren.

„Ich fahre zur See; Ich höre dauernd von Sirenen und Todesfeen. Die singenden Frauen, die Sirenen, die den Kapitän und die Besatzung rufen und zu Kollisionen und unerklärtem Verschwinden führen."

„Nein, es war nur eine fehlgeleitete Schlange. Oder besser, halb Frau, halb Schlange", sagte ich. Ich konnte immer noch nicht anders, als mich zu fragen, ob sie ihr Angebot häufig aussprach, und wenn nicht, was an uns hatte sie dazu gebracht, es ausgerechnet uns zu machen.

„Blond oder brünett?", erkundigte sich der Kapitän ernst.

„Brünett", antworteten wir gleichzeitig. Ich schlüpfte unter Gareths Arm hervor, unter den ich mich gekuschelt hatte.

„Hmmm. Offenbar seid ihr die Ersten, die eine Begegnung mit der Übernatürlichen überleben, die sie *die Naga* nennen." Der Mann versuchte zu lächeln, doch es gelang ihm nicht. „Dann habt ihr mehr Glück als ich dachte. Und wenn auch nur ein Fünkchen der Erzählungen wahr ist, wärt ihr dazu verdammt gewesen, die Ewigkeit mit ihr zu verbringen. Natürlich ist keine Geschichte komplett, ohne dass jemand behauptet, dass sie eine Art Göttin ist." Mit geneigtem Kopf warf er uns einen abschätzenden, ungläubigen Blick zu. Vielleicht versuchte er herauszufinden, was an uns beiden so reizvoll war, dass es ein solches Angebot der Naga rechtfertigen würde.

Ich vermutete, dass jemand ihr willkürlich diesen Namen gegeben hatte, vielleicht der oder diejenige, die die Geschichte zuerst erzählt hatte. Sie war keine Gottheit, hatte aber außergewöhnliche magische Fähigkeiten. Nachdem ich alle Möglichkeiten in Betracht gezogen hatte, kam ich zu dem Schluss, dass sie entweder eine Magierin-Wandlerin- oder eine Hexe-Wandlerin-Hybride war, was ihre Magie und ihre Wandlungsfähigkeit erklären würde. Oder vielleicht hatte sie Feen in ihrer Genealogie, da sie auch eine Magie zu besitzen schien, die mich sehr an die einer Fee erinnerte.

„Wir müssen Sie zu Ihrem Flugzeug zurückbringen", sagte der Kapitän mit neu entdeckter Dringlichkeit, als er sich zum Gehen umdrehte. Hinter seinem ausdruckslosen Gesicht war etwas, das er uns nicht mitzuteilen entschieden hatte.

„Glaubst du, hinter der Naga steckt mehr?", fragte ich Gareth.

Er zuckte mit den Schultern, runzelte die Stirn und griff nach seinem Handy. Er suchte und las dann die Informationen, die er über die Naga fand. Die Beschreibungen entsprachen nicht dem, was wir erlebt hatten. Die Tiefen ihrer magischen Fähigkeiten wurden nicht wirklich diskutiert. Eine Google-Suche beschrieb die Naga als nichts anderes als eine schöne, gastfreundliche Göttin. Um zu unterstreichen, wie begrenzt jede Internetsuche war, rief er Legacy auf und es gab keine Erwähnung von Vertu. „Was einen Mann wie Conner so gefährlich macht, ist, dass die Welt nicht weiß, dass er existiert."

„Die Tracker wissen es."

„Nein, sie wissen von den Legacy. Vertu sind wie gedopte Legacy. Die Geschichte hat die Fakten nicht richtig dokumentiert – ich vermute, dass es die Vertu waren, die die Säuberung angestiftet haben. Dass die Legacy daran teilgenommen haben, macht sie nicht besser und vielleicht ist es nur Semantik. Aber mir scheint, man sollte diese Unterscheidung machen." Er zog mich wieder an sich und seine willkommene Wärme hüllte mich ein.

Wir waren in ruhigen Gewässern und ich hatte die *Culded*; nichts anderes schien in diesem Moment wichtig zu sein – nicht einmal, von Menta verbannt worden zu sein.

14

*D*er Rest unserer Heimreise verlief ereignislos. Wir kehrten zu Gareths Haus zurück, duschten und schliefen mehrere Stunden, wobei wir die Vorfälle auf der Insel ignorierten. Wir aßen früh zu Abend oder spät zu Mittag, das hatten wir noch nicht entschieden, und danach saß ich neben ihm auf dem Sofa. Ich stellte das Weinglas, aus dem ich getrunken hatte, auf den Sofatisch, zog meine Beine hoch und legte mich neben ihn. Er tat, was er die letzten paar Minuten getan hatte: die *Culded* anzustarren.

Er zuckte mit den Schultern. „Die ist so mächtig, dass sie Conners Zauber rückgängig machen kann?" Nach einigen weiteren Augenblicken des Schweigens lehnte er seinen Rücken gegen die Armlehne des Sofas und zog mich an sich. „Ich mag Magie nicht. Zu nebulös."

Ich drehte mich um, um ihn anzusehen. Lächelnd stimmte ich zu: „Da bin ich deiner Meinung. Wirst du Michael morgen anrufen?"

Er nickte, Anspannung huschte über seine Züge. Ich konnte es ihm nicht wirklich verdenken. Er musste Michael dazu überreden, uns zu erlauben, Savannah zu verzaubern, und selbst, wenn Michael sich für besonders überzeugend hielt – Savannah war immer noch Savannah. Wenn sie etwas nicht tun wollte, würde sie es nicht tun. Sie wollte das Leben der Übernatürlichen retten, und das war der einzige Grund, warum sie ins Krankenhaus gekommen war.

„Wir müssen herausfinden, wer hinter den Angriffen auf die Übernatürlichen steckt", sagte Gareth, nachdem er auf sein Handy geblickt hatte. Ich nahm an, dass es einen neuen Angriff gegeben haben musste.

„Hat jemand mit Gordon Lands gesprochen?" Der ehemalige Bürgermeister hatte Humans First übernommen, nachdem sein Freund Daniel, der Gründer von HF, getötet worden war.

„Er wurde wiederholt verhört und hat sogar zugestimmt, es in Anwesenheit einer Fee zu tun. Er ist es nicht. Er ist darüber entsetzt. Seine Überzeugungen, was Übernatürliche angeht, haben sich nicht geändert; Er will, dass wir von den Menschen getrennt leben, doch er will nicht, dass es auf diese Weise erreicht wird – nicht durch Gewalt."

Ich war zu zynisch geworden. „Glaubst du, dass ein Übernatürlicher dahinter stecken könnte? Der Verantwortliche muss ein gewisses Wissen über Magie haben, und das könnte möglicherweise zu einem Krieg zwischen Menschen und Übernatürlichen führen."

„Ich denke, es ist Conner. Wir haben unterschätzt –"

„Nicht ich! Ich nicht!", protestierte ich. „Ich habe gesagt, dass er ein verdammter Superschurke ist." Jetzt war er vollkommen durchgeknallt und war so weit in die Enge getrieben, dass er nur noch Chaos und Zerstörung verbreiten wollte – oh, und mich dafür bezahlen lassen, dass ich seine Pläne ruiniert hatte.

„Dann müssen wir ihn festnehmen. Glaubst du, du schaffst das?"

„Nein", antwortete ich ehrlich. Es gab eine Reihe von Gründen, doch der dringendste war, dass ich Conner tot sehen wollte. Es war ein so tiefes Bedürfnis, dass es in meinen Knochen schmerzte. Obwohl ich wusste, dass ich mit angemessener Mühe meine Wünsche für das Allgemeinwohl zurückstellen konnte, war ich überzeugt, dass er lieber sterben würde, als festgenommen zu werden. Sein Leben würde damit enden, dass er wusste, dass er Chaos und möglicherweise den Beginn eines Krieges hinterließ. „Ich bin sicher, Elijah kann helfen."

„Der heiße Typ, den ich zu dir nach Hause geschickt habe?", neckte Gareth und küsste mich auf die Stirn.

„Ja. Was hast du dir dabei gedacht?"

„Ich bin selbstbewusst genug, mich nicht von seinem Aussehen stören zu lassen."

Er musste mir nicht sagen, dass er kein Problem mit Selbstvertrauen hatte. Es war Demut, die er nicht zu kennen schien.

Als Gareth und ich am nächsten Tag an der Tür des Hauses standen, in dem die Wandler Savannah gefangen hielten, war ich zu dem Schluss gekommen, dass Demut und geringes Selbstwertgefühl etwas waren, das Wandler nicht kannten. Oder vielleicht musste jemand in einer Machtposition übertriebenes Selbstvertrauen ausstrahlen, um Gehorsam und Vertrauen in denjenigen zu wecken, die er führte. Es war das, was ich glauben wollte, anstatt zu denken, dass Michael ein arrogantes Arschloch war. Ein Hauch von Überlegenheit und Hochmut umspielte seine Lippen, huschte über sein Gesicht und bahnte sich den Weg zu seinen Augen. Der Wandlerring hatte mehr als nur ein sanftes Leuchten; er schimmerte.

„Ich habe dir gesagt, dass ich bei Bedarf ziemlich überzeugend sein kann", erklärte er und trat zur Seite, um uns hereinzulassen. Ich hatte immer noch den Ausdruck des Schocks und des Unglaubens im Gesicht, den ich aufgesetzt hatte, als ich erfahren hatte, dass er Savannah überredet hatte, mich hereinzulassen – und das weniger als eine Stunde nach Gareths Anruf.

„Danke, *Hoheit*. Wenn ich je wieder an Eurer Überzeugungskraft zweifeln sollte, lasse ich mich gern nach draußen führen und fünfzig Peitschenhiebe mit einer weichgekochten Nudel über mich ergehen", murmelte ich. Ich wusste, mir würde nicht gefallen, was ich sah, als ich meine Augen hob. Es gefiel mir nicht. Die scharfen, amüsierten Blicke einer Gruppe von Wandlern waren auf mich gerichtet, und das übellaunige Wiesel– ich korrigiere, der schlecht gelaunte Dachs – sah aus, als wollte er mich dazu *zwingen*, mich zu entschuldigen. Ich wünschte, ich hätte eine Zeitung, um ihn damit auf seine aufgeblähte Nase zu schlagen. Michael hatte jedoch Wort gehalten, und ich sollte wirklich nicht sarkastisch sein.

„Tut mir leid. Ich habe einen schrecklichen Sinn für Humor."

Michaels tiefes Lachen zerstreute die Spannung. „Ich finde dich amüsant." Herablassung triefte aus seinen Worten. Wir fühlten uns in unserer gegenseitigen Abneigung recht behaglich.

Savannah zögerte am oberen Ende der Treppe, bevor sie langsam herunter kam, und behielt mich die ganze Zeit über im Auge. Auf dem Treppenabsatz angekommen, lehnte sie sich an die Brüstung und erlaubte den Wandlern, eine Barriere zwischen uns zu bilden. Ihre Augen leuchteten immer noch vor Angst und Verachtung, während sie auf mich gerichtet blieben. Es machte es schwierig, Blickkontakt zu halten.

„Ich habe mit dir zusammengewohnt?", fragte sie.

Ich nickte.

„Wenn wir zusammen gelebt hätten, hättest du all die Dinge, an die ich mich erinnere, nicht tun können. Mit so jemandem würde ich nicht zusammenleben, oder? Du hast nicht einen von Conners Freunden vor seinen Augen getötet, oder? Oder ihn angegriffen, nachdem er dir das Leben gerettet hat? Und sein Haustier?", flüsterte sie. „Du hast sein Haustier nicht getötet, oder?" Sie blickte zu Boden. Ich konnte den Kampf lebhaft auf ihrem Gesicht sehen, ihren Kampf, alle Bilder in ihrem Kopf unter einen Hut zu bringen; Ihr Bauchgefühl sagte ihr wahrscheinlich, dass es nicht wahr sein konnte.

Sie hob den Kopf. „Du hast nichts davon getan, oder?", fragte sie voller Hoffnung. Ihre Augen waren weit und erwartungsvoll. Es fiel mir schwer, die vielen Emotionen und Dilemmas, die mir durch den Kopf gingen, miteinander zu vereinbaren. Ich würde sie nicht anlügen, doch Conner hatte die Geschichten offensichtlich ausgesprochen farbenfroh ausgeschmückt, und ich konnte mir vorstellen, für was für ein Monster sie mich hielt. Ich konnte es sehen. Ich trat auf sie zu, und die Wandler bildeten eine Wand aus Körpern und hinderten mich daran, näher zu kommen. Ich konzentrierte mich auf sie und suchte in ihren Augen.

„Ja und nein. Die Geschichten sind durch Magie verzerrt. Sie sind Conners ausgeschmückte Versionen. Würdest du mich das rückgängig machen lassen? Ich verspreche, nachdem ich den Zauber ausgeführt habe, werde ich gehen, wenn du willst, dass ich das tue."

Sie nickte, ging aber nicht an den Wandlern vorbei. Als ich näher an Savannah herantrat, schlossen sie ihren Kreis um sie und nahmen sie eine Beschützerhaltung ein. Es war lästig, aber ich fand Trost in der Tatsache, dass die Wandler aus Pflichtgefühl das Bedürfnis verspürten, Savannahs Bitte um Zuflucht nachzukommen, selbst wenn sie vor mir schützen sollten.

„Ich möchte, dass sie den Zauber versucht", sagte sie sanft. Sobald sie die Bitte ausgesprochen hatte, gingen sie aus dem Weg. Sie näherte sich mir mit Vorsicht, die Augen auf mich gerichtet, als ob sie versuchte, einen Sinn in alldem zu finden. Es war, als hätte sie ein tausendteiliges Puzzle vor ihr, und sie fügte die Teile zusammen, um das wahre Bild zu sehen.

Michael führte uns in einen anderen Raum, der größer war, doch mit vier Wandlern und Gareth darin, war der Platz immer noch begrenzt. Ich wusste, dass sie nicht gehen würden. Für den Zauber brauchte ich keinen Platz, nur Savannahs und mein Blut. Sie zögerte, bevor sie mir ihre Hand entgegenstreckte.

„Was passiert, nachdem du mein Blutopfer hast?"

„Wir opfern beide Blut, hier hinein" – ich hielt ihr die Schale mit den Kräutern und der Blume entgegen – „und dann führe ich den Zauber aus."

Sie nickte. Ich fing an, die Anrufung zu singen, und sie ergriff meine Hand. Sie lächelte sanft. „Nur um sicherzustellen, dass wir genug Magie haben, damit es funktioniert." Mit einem erneuten Blick auf die Schale fügte sie hinzu: „Der Vorteil, eine *Ignesco* zu sein." Ich schnitt mir zuerst in die Hand und dann in ihre und empfand mehr Unbehagen bei ihrem Schmerz als bei meinem.

Ich war stark genug, es zu tun, doch es störte mich nicht, dass sie sich einmischte. Es fühlte sich vertraut und freundlich an. Ich begann mit dem Zauber, rezitierte langsam die Worte. Plötzlich fing Savannah an, eigene Worte zu rezitieren und griff nach meiner verletzten Hand. Ein dunkler Schatten legte sich über ihre Augen, als ihre Worte lauter wurden. Ein starker Ausbruch von Magie hüllte mich ein und ich holte tief Luft, bevor der Rest von mir gerissen wurde. Ich fühlte mich, als hätte mir jemand gegen die Brust geschlagen. Ein perlmuttartig schimmernder Schein hüllte sie ein, als sie meine Hand fester ergriff, um mich daran zu hindern, sie aus ihrem Griff zu lösen. Savannah konnte zaubern.

Ich stand vor einer unangenehmen Entscheidung – ich musste mich gegen Savannah verteidigen. Ich nahm an, dass die Magie von mir geliehen war und schnell erschöpft sein würde, doch ich musste sie aufhalten. Ich befreite mich aus ihrem Griff und stieß mächtige Magie in sie. Sie wurde zurückgestoßen – hart – und prallte gegen einen der Wandler. Bevor sie sich vollständig erholen und wieder auf die Beine kommen konnte, schlug ich sie erneut mit so viel Kraft, dass sie gegen einen anderen Wandler prallte und ihn mit sich zu Boden riss. Ich drückte sie und den Wandler zu Boden und kämpfte gegen die Wut an, verraten worden zu sein, indem ich mich daran erinnerte, dass sie nicht von sich aus handelte. Das war Conner. Alles Conner. Wenn ich ihn wiedersah, würde ich ihm keine Gnade zeigen.

Ich behielt meine Magie und meine Augen auf die beiden am Boden gerichtet, griff nach der Schale und ging auf sie zu. „Savannah", sagte ich leise. „Du willst mich nicht verletzen. Die Erinnerungen, die du hast, das Gefühl des Hasses, das sind nicht deine. Sie sind nicht echt. Du darfst mich nicht bekämpfen, wenn du dein Leben zurückhaben willst. Denn ich werde weiter alles tun, um dich wieder zu der zu machen, die du warst. Ich kann dich nicht so sein lassen."

„Oder wird dein Zauber die echten Erinnerungen verzerren", sagte Conner, als er hinter ihr auftauchte. Ich fluchte leise. Ich hasste es, dass er das tun konnte. Starke Magie schwebte durch die Luft, als er sie aus meinem Griff löste und den Wandler am Boden hielt, bis er genug Abstand hatte. Er errichtete eine durchsichtige Mauer und schützte sich und Savannah vor den Wandlern, die auf sie zukamen.

„Sie durchschaut deine Lügen. Sie kennt die Wahrheit. Nimm ihr das nicht", zischte er giftig. Erstaunt darüber, wie er mit solcher Leichtigkeit und Überzeugung lügen konnte, starrte ich ihn an.

Ich wollte nicht, dass er mit ihr ging, also näherte ich mich langsam der magischen Barriere. Das verstörende Bild, sie eng an seine Brust gedrückt zu sehen, während sie Trost und Sicherheit in ihm fand, machte mich noch verzweifelter.

Ich ignorierte ihn und konzentrierte mich beim Sprechen

auf Savannah. „Savannah, Conner ist hier nicht der Gute. Was auch immer du von mir denkst, es ist weit von der Wahrheit entfernt. Ich gebe dir mein Wort. Denk' bitte logisch darüber nach. Könnte jemand mit mir befreundet sein oder sogar mit mir leben, wenn ich so wäre, wie du denkst? Du kennst Gareth – das würde er niemals tun. Welche Erinnerungen hast du an Lukas? Erinnere dich. Er würde dich niemals verletzen oder und nie erlauben, dass jemand, der dir Schaden wollte, auch nur in deine Nähe kommt. Savannah."

Verwirrte, glasige Augen starrten mich an und ich konnte sehen, dass sie ihre Gedanken erforschte. Mein Herz schmerzte darüber, wie schwer es sein musste, durch Erinnerungen zu navigieren und sich zu fragen, welche echt und welche falsch waren. Sie blieb an Conner geschmiegt stehen. Sie vertraute ihm. Das war schwer zu fassen, nachdem sie noch vor wenigen Tagen ihre Missionstasche gepackt hätte, bereit, mir überall hin zu folgen, um mir zu helfen, ihm in den Arsch zu treten.

„Du hast eine Missionstasche. Ich mache mich immer darüber lustig, doch du nimmst sie jedes Mal mit, wenn du denkst, dass wir ein Abenteuer erleben werden. Du hattest sie dabei, als ich dich das erste Mal zu Blu gebracht habe und sie herausgefunden hat, was du bist. Kannst du dich erinnern?", fragte ich hoffnungsvoll und blinzelte Tränen zurück, die mir in die Augen stiegen, als sie mich weiter mit weit aufgerissenen Augen anstarrte.

„Erinnerst du dich an Kalen?", fragte ich. Wieder suchte sie nach den Erinnerungen – da war etwas. Ein Licht. Ihr Blick war nicht mehr nur leer. „Ich habe dir beigebracht, wie man kämpft. Weißt du noch?" Ich zog meine Sai heraus – meine „klebrigen Dinger", wie sie sie mehr als einmal genannt hatte. Ich schlug behutsam Erinnerungen vor, von denen ich annahm, dass sie nicht verzerrt waren. Ich hoffte, sie waren lebhaft genug, um sie dazu zu bringen, diejenigen zu hinterfragen, die nicht ins Bild passten. Sie musste nur daran zu zweifeln. Das würde mich zumindest in eine bessere Position bringen. Ich lächelte. „Du hast vor der Gilde der Übernatürlichen protestiert – du allein –, als ich wegen eines Verbrechens verhaftet worden bin, das ich nicht begangen habe. Du hast Gareth angeschrien. Erinnerst du dich?"

Wider Licht. Sie lächelte. Ich kam immer näher und hoffte, dass Conner meinen Worten mehr Aufmerksamkeit schenkte als meinen Bewegungen. Sie blinzelte mehrmals. „Gareth hat gesagt, er würde mich verhaften", sagte sie leise.

„Er droht, alles und jeden zu verhaften. Das ist sein Ding. Ich arbeite dran", sagte ich schmunzelnd.

Als sie ihren Blick auf Gareth richtete, blieb das Lächeln, das ihre Lippen umspielte. Gut so. Ich redete weiter. Conner war von seinem Erfolg überzeugt, Arroganz seine größte Schwäche. Ich zerschmetterte seine Mauer mit so viel Wucht, dass er und Savannah zurückgeschleudert wurden. Innerhalb eines Wimpernschlags hatte Michael Conner am Hals gegen die Wand gepresst.

Gareth hatte Savannah neben sich, und mit einer schwungvollen Bewegung waren die anderen vor ihm und schirmten Savannah gegen Conner ab. Er konnte seine Vertu-Magie gegen sie einsetzen, doch da Conner wahrscheinlich mehr daran interessiert war, zu atmen, als Magie zu wirken, war ich zuversichtlich, dass ich mir keine Sorgen machen musste.

Ihr Zögern war verschwunden, und Savannah reichte mir bereitwillig wieder ihre Hand, sodass ich erneut in unsere beiden Handflächen schneiden konnte. Ich führte den Zauber schnell aus und sah zu, wie er in einem dichten lavendelvioletten und purpurnen Nebel zum Leben erwachte, der in Savannahs Richtung fegte und sie dann einhüllte. Als ich einen Schritt zurücktrat, war ich beeindruckt von der regen Bewegung, als er sich um wickelte, ineinander griff und sich wieder löste, als ob er jede Erinnerung greifen und die magisch veränderten reinigen würde. Savannah war erstarrt, als die Magie sie umgab. Nichts würde mich ablenken, nicht einmal der Tumult rechts von mir, wo Michael und Conner waren. Ich würde mich später um ihn kümmern. Savannah war meine Priorität, und ich hielt eine magische Kugel in meiner Hand, bereit für Conner, falls er versuchen sollte, den Zauber zu stören.

Michaels Fluchen warnten mich, dass Conner sich befreit hatte. Ich hielt meine Magie bereit, um mich mit Conner zu befassen. Wenn er entkommen war, war es nur eine Frage der Zeit, bis er wieder auftauchen würde. Nervös wartete ich auf sein Erscheinen, während der Zauber weiter auf Savannah wirkte. Gareth fing sie auf, als sie zu Boden sank.

„Hat es funktioniert?", fragte Michael besorgt, als er mit wütender Miene auf sie zu ging. Savannah war in einem tiefen Schlaf. Oder zumindest hoffte ich, dass sie schlief.

„Savannah." Gareth flüsterte ihren Namen. Sie reagierte nicht und atmete tief, was seltsam beruhigend war. Es war ein unruhiger Schlaf, denn ihre Augen bewegten sich hektisch unter ihren Augenlidern.

Vier Stunden später hätte es eine Szene aus *Schneewittchen* sein können, nur dass anstatt von sieben Zwergen fünf massige Wandler um sie herum standen. Und wir hatten es nicht mit den Possen einer alten Hexe zu tun, sondern mit denen eines magischen Psychopathen. Und an dem blonden Vampirprinzen, der die letzten drei Stunden seit seiner Ankunft damit verbracht hatte, mich böse anzustarren, war zumindest im Moment nichts Charmantes.

Savannahs Situation war nicht wie die von Schneewittchen, doch die mentale Akrobatik, nötig war, um zu versuchen, die Ähnlichkeiten zu sehen, waren eine gute Ablenkung. Sie rührte sich und Prinz Reißzahn drückte sich von der Wand hoch, um besser sehen zu können. Augenblicke später setzte sie sich erschrocken auf und sah sich im

Raum um. Ich nahm es als gutes Zeichen, dass sie nicht überrascht aussah. Ihr Blick landete schließlich auf mir. Die
Schwere, die die ganze Zeit auf meinen Schultern gelastet
hatte, verschwand mit dem unbeschwerten, vertrauten
Lächeln, das sie mir schenkte.

„Hi." Sie strahlte.

Meine Stimme war heiser. „Hi", murmelte ich.

„Danke, Livy." Sie sprang vom Bett und umarmte mich.
Ich blinzelte die Tränen zurück und weigerte mich, in einem
Raum voller Fremder zusammenzubrechen. Lucas trat an
meine Seite, und sie wandte sich ihm zu, umarmte ihn,
behielt aber eine Hand auf meinem Arm.

15

Am Tag, nachdem ich Savannah von dem Zauber befreit hatte, war es ein willkommener Anblick, ihren mit rosa Yogahosen bedeckten Po in die Luft gereckt zu sehen, als sie die „herabschauender Hunde"-Pose einnahm. Als ich näher kam, sprang sie auf, ihr Gesicht strahlend, die Augen so emotional wie zuvor und ohne den künstlichen Hass, den Conner ihr eingepflanzt hatte.

„Guten Morgen", sagte sie fröhlich. Sie nahm ein Handtuch und wischte sich den Schweiß vom Gesicht.

„Morgen." Ich passte mich ihrem Ton an, obwohl ich ihre Begeisterung für den Morgen nicht ansatzweise aufbringen konnte. Nicht vor zwei Tassen Kaffee und einem Zucker-High von meinem morgendlichen Gebäck. Ich kochte Kaffee, nahm zwei Donuts und fing an, einen zu essen. Ich hatte sie so sehr vermisst, dass ich sogar ihren strafenden Blick angesichts meiner Frühstücksauswahl genoss.

„Was machen wir als Nächstes? Wie finden wir Conner? Ich will diesen Hurensohn in die Finger bekommen." Der Frost und Stahl in ihrer Stimme ließ mich meine Augen weit aufreißen.

„Du wirst nichts tun. Ich habe vor, ihn zu finden und" –

ich atmete tief durch und beruhigte mich so weit, dass ich eine akzeptablere Antwort geben konnte als meine Standardantwort *ihn töten* – „ihn vor Gericht zu stellen. Die Gilde der Übernatürlichen muss sich um ihn kümmern."

„Ja, weil sie sich so gut um ihn gekümmert haben, als sie ihn das erste Mal hatten." Sie hatte recht. Letztes Mal war er ausgebrochen. „Wie viele Legacy und Vertu gibt es?", fragte sie und rückte ihren Stuhl vor mich.

„Ich weiß nicht. Wir wollten nach mehr suchen, doch wir wurden abgelenkt. Ich habe vor Kurzem Elijah kennengelernt. Er ist ein Vertu und hat mir geholfen, dich zu finden." Ich erzählte ihr von seinen Fähigkeiten und dass er in der Stadt geblieben war, um mir zu helfen.

„Wann hast du das letzte Mal mit ihm gesprochen?", fragte sie mit angespannter Stimme.

„Vor ein paar Tagen."

„Ruf ihn an", schlug sie besorgt vor. „Conner ist verzweifelt. Als er mich entführt hat, war er nicht derselbe wie zuvor. Vorher ist er zumindest ein charismatisches Monster gewesen. Jetzt ist er nur noch ein Monster. Mit Gefühlen, die so tollwütig und rachsüchtig waren, dass ich sie spüren konnte. All der Hass und die Gier zu erobern haben sich gegen dich gerichtet."

Das erinnerte mich an dieselbe Wut, die Savannah am Tag zuvor gegen mich empfunden hatte. „Du kannst zaubern", sagte ich.

Sie schüttelte den Kopf. „Conner schien sich sehr dafür zu interessieren, was ich bin. Er hat mir gezeigt, wie man Magie anderer nutzen kann. Aber ich muss so verbunden sein, wie wir es waren. Ich denke, es funktioniert nur, wenn die Person, die die Magie besitzt, eine Menge davon hat."

Es war etwas, das wir erforschen mussten, und ich fügte es meiner ständig wachsenden To-do-Liste hinzu. Ich war mir sicher, Blu würde mir gerne dabei helfen, das zu untersuchen. Bevor ich mich für Savannahs neu entdeckte Fähigkeiten begeistern konnte, musste ich mir Gedanken darüber machen, was sie für andere bedeuteten. Niemand außer Conner, der sie gestern dabei gesehen hatte, konnte sie gebrauchen. Ich musste dafür sorgen, dass es so unbekannt blieb wie die *Ignesco* an sich.

Savannah ließ sich mir gegenüber nieder und warf meinem Frühstück einen weiteren vernichtenden Blick zu. „Ich denke, er arbeitet mit denen zusammen, die dieses Virus verbreiten. Ich bin mir nicht sicher, ob er von Anfang an dabei war, aber er arbeitet jetzt definitiv mit ihnen.“

Ich ließ mich in meinen Stuhl zurücksinken und seufzte. Das war noch eine Frage. Wer hatte die Fähigkeit, einen solchen strategischen Plan in die Wege zu leiten und genug Menschen davon zu überzeugen, ihm blindlings zu folgen und einen lautlosen Krieg gegen Übernatürliche zu führen?

Bevor ich meine schlimmste Befürchtung äußern konnte, tat Savannah es. „Ich habe Angst, dass mich jemand umbringen wird. Ich bezweifle nicht, dass sie anfangen werden, auch jeden Vertu und alle Legacy zu töten, die sie finden. Schließlich sind wir der Grund dafür, dass ihre Pläne bisher nicht erfolgreich sind.“

Ich nahm mein Handy und rief Elijah an. Er nahm sofort ab. „Livy, stimmt was nicht?“

„Ich wollte mich nur bei dir melden. Ähm …“ Ich wusste, ich würde paranoid und überfürsorglich klingen, aber ich musste es tun. „Du solltest vorsichtig sein.“

„Ich bin immer vorsichtig.“ In seiner Antwort lag ein Hauch von Arroganz, die mich an Conner erinnerte. Vielleicht war unerschütterliches Selbstvertrauen den Vertu angeboren. „Willst du mehr üben? Du warst so nah dran, zu lernen, wie man mit Zielgenauigkeit teleportiert.“

Zu lernen, meine Haarfarbe zu ändern, war ein netter Salontrick, hatte aber keinen wirklichen Wert. Ich musste lernen, mit Genauigkeit und ohne Tipps oder Hilfe von Elijah zu teleportieren. Es war eine sehr praktische Fähigkeit und eine weitere Waffe, die ich gegen Conner einsetzen konnte, da er es schaffte, jederzeit aufzutauchen. „Kannst du heute herkommen, wenn ich gegen fünf von der Arbeit komme?"

„Ja, natürlich." Er legte auf, ohne sich zu verabschieden. Das war eine seltsame Eigenart von ihm. Man konnte keine langen Telefonate mit ihm führen, und wenn man vergessen hatte, ihm etwas zu sagen, konnte es leicht passieren, dass er aufgelegt hatte, bevor man es hinzufügen konnte.

Es war schwer, zum normalen Alltagsgeschäft zurückzukehren, wenn ich von einer Gruppe von Menschen wusste, die entschlossen waren, Übernatürliche zu töten, und von Conner, der darauf aus war, mich für meine Einmischung zur Rechenschaft zu ziehen. Doch ich musste arbeiten, und die vielen Tage, die ich freigenommen hatte, zehrten an meinen Ersparnissen.

„Gehst du heute zur Arbeit?", fragte ich Savannah.

Seltsamerweise war sie zur Arbeit gegangen, während sie unter dem Schutz der Wandler gestanden hatte, und hatte eine Menge zu erklären gehabt, was deren Anwesenheit in ihrem Gebäude und außerhalb anging. Sie arbeitete in einer ungezwungenen Umgebung, doch dass aufgepumpte Wandler wie Kletten an ihr klebten, war niemandem entgangen.

„Ich denke, du solltest weiter unter dem Schutz der Wandler bleiben."

„Machst du Witze? Sie sind ein bisschen … nein, sie sind zu extrem."

„Glaub' mir, ich weiß das. Erinnerst du dich an die Entourage, mit der du aufgetaucht bist, als du ins Krankenhaus gekommen bist?", neckte ich. „Ich hätte eine chartstürmende Diva oder einen Schauspieler erwartet, und alles, was ich gesehen habe, warst du. Ich war so enttäuscht."

„Wahnsinnig witzig." Sie beugte sich über den Tisch und versetzte mir spielerisch einen Klaps auf den Arm. „Vielleicht bleibe ich bei Lucas." Sie klang nicht sehr überzeugt von ihrem eigenen Vorschlag und ihrem Gesicht fehlte die Begeisterung, die ich normalerweise sah, wenn sie von ihm sprach. Sie sah … schuldig aus. „Ich glaube nicht, dass er mir verzeihen wird. Ich habe ihn schrecklich behandelt."

Es klopfte an der Tür, bevor ich Trost spenden konnte. Mir war nicht entgangen, wie verletzt Lucas ausgesehen hatte, als Savannah ihn nicht an sich herangelassen hatte, doch er würde ihr vergeben. Er war mehr verletzt davon als wütend auf sie. Ich fragte mich, wie mein Mitbewohner den Meister der Stadt innerhalb weniger Wochen in seinen Bann gezogen hatte. *Und wenn man vom Teufel spricht …* Er stand vor der Tür, als ich sie öffnete. Er trug einen dunkelblauen Anzug, und der oberste Knopf seines figurnah geschnittenen hellblauen Hemdes war offen. Für Lucas war das so leger wie für andere ein ausgewaschenes T-Shirt und zerrissene Jeans.

„Lucas, du hättest dich wenigstens ordentlich anziehen können, bevor du hergekommen bist. Mann, hab ein biss-chen Respekt", sagte ich grinsend, was mich zur einzigen Person machte, die lächelte. Hinter ihm standen seine übli-chen Wachen. Ich nannte sie Anzugträger 1 und Anzugträger 2, aber Nichtlächler 1 und 2 wären genauso passend gewe-sen. Genau wie das von Lucas waren ihre Gesichter emotionslos.

Als Lucas mich schließlich antwortete, war sein Ton kühl, eine Erinnerung daran, dass ich es mit einem sehr alten, sehr tödlichen Vampir zu tun hatte. „Livy, es wäre nett von dir gewesen, mich über Savannahs Zustand auf dem Laufenden zu halten."

Es ist nett von dir , mich nicht so zu behandeln, als würde ich für dich arbeiten. Der scharfe Blick, den er mir zuwarf, ließ mich jedoch schweigen. Ich erinnerte mich daran, dass er sich Sorgen um Savannah machte und dass es gut war, ihn hier zu haben, damit er ein Auge auf sie hatte, obwohl ein Teil von mir unbedingt Grenzen ziehen wollte. Lucas brauchte Grenzen. Grenzen, die er wahrscheinlich sowieso ignorieren würde.

„Savannah." Er sagte ihren Namen im sanften Rhythmus eines Liedes und näherte sich ihr vorsichtig.

Als er anfing, mit seiner Nase über ihren Hals zu streichen, wurde ich daran erinnert, warum ich oft ging, wenn die beiden zusammen waren.

„Halt. Ich muss duschen", informierte sie ihn und zog sich zurück. Lucas war dicht hinter ihr, als sie zu ihrem Zimmer ging.

„Hey, Loverboy", rief ich ihm nach, bevor er den Flur entlang verschwinden konnte. Dann deutete ich mit dem Finger in Richtung Tür. „Was hast du vor mit deinen Paketen an der Tür?" Schnell schloss ich meinen Mund, als mir dämmerte, dass ich den Meister der Stadt gerade „Boy" genannt hatte. Ich schmunzelte. Lucas drehte sich um und durchbohrte mich mit einem weiteren scharfen Blick. Ich straffte meine Schultern und stand aufrechter. „Meister Loverboy?" korrigierte ich mit einem Grinsen.

„Livy, lass uns nicht vergessen, dass ich immer noch ziemlich verärgert mit dir bin. Mach es nicht schlimmer."

„Vergiss nicht, ich bin auch verärgert mit dir", fauchte ich ihn direkt an und fletschte auf dieselbe Weise meine Zähne. Ich war es nicht, doch ich war mir nicht zu schade, abzulenken und Wut vorzuschützen, um meine Ruhe zu haben. „Und du weißt warum!" Ich stürmte davon und musste mir einen guten Grund einfallen lassen, falls er jemals fragen wollte.

Als ich zurück in mein Zimmer ging, konnte ich hören, wie er die Anzugträger anwies, draußen im Auto zu warten. Ich fragte mich, wen sie in einem früheren Leben angepisst hatten, um sich den Job als Lucas' Wachen zu verdienen, oder was für eine obszöne Summe sie dafür bezahlt bekamen. Letzteres musste es sein.

Blus Gesicht hellte sich auf, als ich durch die Bürotür trat. Mit viel Mühe zwang ich meines dazu, dasselbe zu tun. Barbie aus dem Mittleren Westen stand von meinem Schreibtischstuhl auf und bewegte sich mit Leichtigkeit in lächerlich hohen Stiefeln, die sie weit über mir aufragen ließen. Sie trug einen Schal, der ihr Haar aus ihrem Gesicht hielt und den Blick auf Creolen freigab. Ich fühlte mich schlecht, weil ich neidisch war, dass sie mich ersetzt zu haben schien. Ich war mir jedoch nicht sicher, wie, denn weder sie noch Kalen waren der Typ dafür, durch enge Dachböden, schmutzige Scheunen und unordentliche Keller zu kriechen, um unsere Waren zu bergen. Sie war wahrscheinlich begeistert davon, Kalen zu jeder Auktion zu begleiten, an der er teilnehmen wollte. Ich war gerne bereit, diese Aufgabe abzugeben und sie diejenige sein lassen, die sich auftakeln musste, um daran teilzunehmen, doch trotz all meiner Beschwerden liebte ich den anderen Teil des Jobs.

„Ich wusste, dass du es schaffen würdest. Ich wusste es einfach", begrüßte Kalen mich. Dasselbe hatte er gesagt, als ich ihn angerufen hatte, nachdem Gareth und ich von Menta nach Hause zurückgekehrt waren. Es zu wiederholen war sein passiv-aggressives „Ich hab's dir ja gesagt", das an Blu gerichtet war. Ihre Brauen hoben sich und sie warf ihm einen Blick zu; Röte Farbe breitete sich langsam über seine Wangen aus.

„Wie war's?", fragte Blu und setzte sich auf den Schreibtisch.

Ich verbrachte fast zwanzig Minuten damit, ihnen die Reise zu beschreiben und alle ihre Fragen zu beantworten. Als ich fertig war, warf Blu mir denselben mitfühlenden und schockierten Blick zu wie Kalen, wenn er mich kämpfen sah. Seine Theorie war, dass hinter jedem guten Kämpfer eine tragische Geschichte steckt. In meinem Fall war dem so

„Und Savannah geht's auch gut?", fragte er.

Ich nickte. „Für den Moment. Sie kann jetzt zaubern." Ich fuhr fort zu erklären, was während meines Zaubers passiert war.

Blu runzelte die Stirn. „Sie kann nicht wirklich zaubern. Sobald du dich von ihr gelöst hast, war die Quelle ihrer Magie weg." Sie schien dadurch erleichtert zu sein, und ich war es auch. Es war beruhigend, dass Savannah eher Mensch als Übernatürliche war. Sie könnte als Mensch durchgehen. Ein naiver und zu sehnsüchtiger Teil von mir wollte glauben, je weniger magische Neigung sie zeigte, desto wahrscheinlicher wäre es, dass sie überlebte, wenn es jemals wieder zu einer Säuberung kommen sollte. Es gab nichts, was meine Theorie stützte, doch mich davon überzeugen zu lassen, sei es auch nur für ein paar Minuten, war beruhigend.

„Ich muss Conner finden", erklärte ich. Ich wollte ihn tot sehen, doch realistisch betrachtet brauchten wir ihn, um die Leute hinter dem Virus und den Angriffen zu finden. „Ich kann einfach nicht glauben, dass das irgendein dahergelaufener Otto Normalbürger ist. Es muss jemand sein, der gut vernetzt ist, charismatisch und eine Verbindung zu den Übernatürlichen hat. Sie wussten von Jonathans Tod und haben es benutzt, um an seine Schwester ranzukommen. Menschen verfolgen den Wechsel in der übernatürlichen Führung normalerweise nicht so genau, zumal er innerhalb weniger Tage ersetzt wurde. Für die meisten ist ein Magier ein Magier." Ich stand von meinem Schreibtisch auf und ging im Raum auf und ab. „Conner hat Jonathans Schwester drei Pfeile mit dem Virus gegeben, und sie hat Gareth, Victor und den Feenmann, mit dem wir dort waren, infiziert."

„Hat er sie ihr gegeben?", wollte Blu wissen. „Alles, was du weißt, ist, dass sie sie in ihrem Besitz hatte. Wäre es zu weit hergeholt zu denken, dass Jonathans Schwester ein ähnliches Interesse haben könnte, einen Bürgerkrieg zwischen Menschen und Übernatürlichen anzuzetteln? Einen Virus zu erschaffen, der nur mit dem Blut eines Legacy und einer *Ignesco* behandelt werden kann? Ich bin bereit zu wetten, dass diese Kombination dem Blut eines Vertu sehr nahe kommt."

Blus Spekulationen brachten mich auf der Fahrt zur Gilde der Übernatürlichen dazu, mich zu fragen, ob wir die *Ignesco*/Legacy-Kombination verwenden konnten, um Conner zu finden. Er könnte es blockieren, wenn ich versuchte, ihn bei einer Suche mit meinem Blut zu finden, doch könnte er es bei einer Kombination von Savannahs und meinem Blut tun? Mit den neuen Informationen bewaffnet, wollte ich es versuchen, doch ich musste sicherstellen, dass ich, wenn ich ihn finden konnte, genug Verstärkung hatte, um ihn festzunehmen. Auf der Fahrt zur Gilde der Übernatürlichen dachte ich über die Vor- und Nachteile nach. Backup bedeutete, dass es Zeugen geben würde. Zeugen dessen, was sicherlich ein Verbrechen werden würde. Conner effektiv und dauerhaft zu fassen bedeutete, ihn zu töten. Ich hatte nicht die Absicht, mit Conner in Kontakt zu kommen und ihn lebend davonkommen zu lassen.

Ich winkte Beth zu, als ich an ihr vorbeieilte, und bekam einen kurzen Blick auf ihr gerötetes Gesicht und ihren vorsichtigen Blick. Gareth, Victor und eine Gruppe schwer bewaffneter Polizisten und FSR-Agenten trafen mich im Flur von Gareths Büro. Ich war schnell umzingelt, mit mindestens sieben auf mich gerichteten Pistolen.

„Nehmen Sie sie runter", befahl Gareth.

„Die Waffen bleiben, wo sie sind", polterte Victor mit Autorität und forderte jeden heraus, ihm nicht zu gehorchen. Aus meinem peripheren Sichtfeld sah ich zwei Agenten, die Kalen und Blu abführten; Sie sahen genauso verwirrt aus wie ich.

„Was ist los?" Ich hielt meine Hände bewusst gut sichtbar.

Ich war schnell mit meiner Magie, doch ich war nicht schneller als eine Kugel.

Gareths Stimme war ruhiger, als er aussah, das Leuchten seines Wandlerrings hell, sein Blick raubtierhaft, und es schien, als wäre er nur wenige Sekunden davon entfernt, in seine Löwengestalt zu explodieren. „Sie glauben, dass du für die Angriffe verantwortlich bist", knurrte er fassungslos.

„Ich bin diejenige, die euch alle gerettet hat. Ich habe mit euch daran gearbeitet, sie aufzuhalten. Die Leute leben meinetwegen. Was sollte ich davon haben?"

„Heute Morgen gab es einen weiteren Angriff. Dein Blut wurde am Tatort und in einem der zurückgelassenen Pfeile gefunden. Ein Sai, deine bevorzugte Waffe, wurde mit deinen Fingerabdrücken darauf gefunden."

„Meine Waffen sind im Auto", sagte ich, bezweifelte aber, dass sie es waren. Hatte Conner sie gestohlen oder vertauscht? Es gab nichts, was ich ihm nicht zutraute. Als ich in seiner Gegenwart bewusstlos war, hatte er mir Blut und Fingerabdrücke abgenommen? Wollte er, dass ich gesucht und so gehasst wurde, dass ich ihn um Hilfe bitten musste?

Ich fühlte mich in die Enge getrieben, ängstlich und bereit, mich zu schützen. Abwehrmagie prickelte in meiner Hand, Splitter wickelten sich um meine Finger. „Ich will, dass es nochmal untersucht wird", verlangte ich.

„Sie haben es auf meine Bitte viermal getestet", erklärte Gareth gereizt. „Jemand will es dir in die Schuhe schieben. Ich weiß nicht wie. Ich habe meine Leute die Tester überwachen lassen. Es ergibt keinen Sinn."

„Was meinen Sie damit, es ergibt keinen Sinn?", blaffte einen der FSR-Agenten, ein Magier. „Sie hat Harrah getötet, und sie ist eine Legacy mit viel Macht. Sie haben sich kompromittieren lassen, aber Sie werden das dieser Einrichtung nicht antun. Die Gerüchte sind wahr: Sie hat Harrah getötet, weil Harrah herausgefunden hat, was sie vorhatte. Harrah ist die Sache schlecht angegangen, indem sie einen

Mors hinzugezogen hat, aber sie hat sich um die Situation gekümmert. Diese Frau ist gefährlich und Sie sind zu sehr damit beschäftigt, mit ihr ins Bett zu springen, um es zu sehen. Sie hat die ganze Zeit mit Ihnen gespielt. Ihre angebliche Hilfe? Sie scheint immer zur richtigen Zeit am richtigen Ort zu sein. Wenn sie und Conner tatsächlich Feinde waren, warum hat er sie dann nicht getötet?"

Er hatte recht. Das sah nicht gut aus.

Der Magier funkelte mich an, während er mir Anschuldigungen ins Gesicht warf. Zu antworten, dass Conner mich als seine Zuchtstute und Gefährtin wollte, schien keine gute Idee zu sein. Der Agent hatte mich für schuldig befunden, und egal, was ich sagte, ich würde seine Meinung nicht ändern. Ich schob das Gefühl, von Victor betrogen worden zu sein, beiseite und versuchte, vernünftig mit ihm zu reden. „Sie sind ein Wandler, hören auf meine Vitalwerte, und sagen Sie mir, ob ich lüge."

„Olivia Michaels oder Anya Kismet, ich glaube, dass nicht einmal ich geschickt genug bin, um zu sagen, ob Sie lügen oder nicht. Sie scheinen darin ziemlich geübt zu sein", sagte Victor düster. Mein angeblicher Verrat an der übernatürlichen Welt forderte eindeutig seinen Tribut.

„Ich lasse mich von den Feen befragen."

Der Magier, der mich zuvor beschuldigt hatte, schnaubte. „Wir wissen, was Sie sind und dass unsere Magie wirkungslos wäre. Wir haben keine Möglichkeit, die Wahrheit aus Ihnen herauszubekommen."

Mein Blick fiel auf seinen Schritt, genau dorthin, wo ich ihm einen kräftigen Tritt versetzen wollte. Ich war es so leid, mich ihnen zu beweisen, und meine Wut begann mich zu überwältigen. „Da Sie wissen, was ich bin, wissen Sie, dass es nicht allzu viele Orte gibt, an denen Sie mich festhalten können. Ich gehe jetzt. Und wenn Sie das nächste Mal angegriffen werden, rufen Sie mich nicht an. Wenn Sie kein Gegenmittel mehr haben, lassen Sie das Virus einfach seinen Lauf nehmen und lassen Sie mich verdammt nochmal in Ruhe. Vielleicht merkt ihr dann, wenn ein paar von euch Arschlöchern gestorben sind, dass ich die ganze Zeit auf eurer Seite war …" Ich schluckte den Rest meiner Worte herunter, als ich hörte, wie eine Waffe gespannt wurde.

Konnte eine Kugel mein Schutzfeld durchdringen? Ich wusste, dass Magie es nicht konnte, und so, wie mich alle ansahen, wusste ich, dass sie bereit waren, es herauszufinden. Aufgeben war nicht leicht. Victor trat einen Schritt auf mich zu; seine Augen waren weicher geworden und sein finsterer Blick entspannte sich. „Stimmen Sie einfach zu, ein paar Tage in Gewahrsam zu bleiben, während wir das klären."

„Das wird absolut nichts beweisen. Wer auch immer es mir anhängen will – und wir wissen, wer es ist – wird einfach mit weiteren Angriffen aufhören, solange ich in Haft bin, was die Implikation unterstützen wird, dass ich dahinter stecke." Harrah hatte mir gesagt, ich sei leichtsinnig mit meinem Blut umgegangen, doch es hatte so viele Angriffe gegeben; sicherlich hatte ich nicht so viel hinterlassen, dass jemand es verwenden konnte. Ich konzentrierte mich auf Victors Augen und versuchte zu sehen, ob er unter demselben manipulativen Bann stand wie Savannah.

„Wenn Sie sie nach allem, was sie getan hat, um uns zu helfen, in Gewahrsam nehmen, bin ich raus. Finden Sie den Verantwortlichen oder nicht. Ich werde nicht mehr helfen", knurrte Gareth.

„Sie haben ihr geholfen. Glauben Sie wirklich, dass wir Ihre Hilfe wollen?", keifte der Magier, der sich scheinbar dringend nach einem ordentlichen Tritt in den Arsch sehnte. So wie Gareth ihn ansah, schien es, als wäre er näher dran, einen zu bekommen, als er dachte.

„Sie werden nichts mehr sagen", schnaubte Gareth und richtete seine Aufmerksamkeit für einen Moment auf den Magier, bevor er sie auf mich richtete. Er runzelte die Stirn und kam zu mir, vor die Waffen. „Was willst du tun?", fragte er mich leise.

„Ich weiß nicht", flüsterte ich. Die Magier und Feen hatten es vielleicht nicht gehört, doch ich war mir sicher, dass die Wandler es gehört hatten. Es war eines der wenigen Male, in denen ich das Gefühl hatte, völlig planlos zu sein. Ich wollte gerade aufgeben, als ich einen schrillen weiblichen Befehl hörte: „Lassen Sie Ihre Finger von mir!"

Gareth verzog das Gesicht und seufzte schwer, als er Savannahs Stimme über die Menge hinweg erkannte, als sie durch den Flur schallte. Ihre Absätze klapperten zielstrebig auf dem Boden.

„Entschuldigung?" Ihre Stimme war näher – viel näher. Sie hatte sich an den Agenten vorbei manövriert. Meine Augen weiteten sich, als ich beobachtete, wie sie sich zwischen ihnen hindurch schob, als ob sie keine Schusswaffen in der Hand hielten.

Sie war immer etwas lebhafter als die meisten Menschen und besaß eine Kühnheit, die die meisten zu sehr schockierte, um darauf zu reagieren. Sie ging stolz erhobenen Hauptes auf Victor zu, der einen halben Kopf größer als sie war. Doch er überragte sie nur körperlich. Eine feurige und wütende Savannah war ein unkontrollierbares Lauffeuer; es war schwierig, es in den Griff zu bekommen oder herauszufinden, wo man anfangen sollte.

„Savannah", sagte Victor streng.

„Oh nein, *nicht* Savannah. Nicht für Sie. Für Sie bin ich Miss Nolan, und in weniger als einer Stunde werden Sie es mit meinem Vater, Jacob Nolan, von der Rechtsanwaltskanzlei Nolan zu tun haben. Sie werden einen guten Grund brauchen, um sie zu verhaften."

„Erstens, haben Sie nichts damit zu tun", begann Victor mit rauer Stimme, seine schwindende Geduld offensichtlich. Wenn er ein scharfsinnigerer Wandler gewesen wäre, hätte er schnell gemerkt, dass das das Gegenteil von dem war, was er zu Savannah sagen sollte. Er hätte ihr genauso gut sagen können, sie solle sich hinsetzen und die Klappe halten. Und sie sah aus, als hätte er es getan. Ihr Gesicht hatte die Farbe einer reifen Erdbeere angenommen. Ihre Gefühle verliehen ihr ebenso viel Macht wie Magie einem Übernatürlichen. Sie war ein aufbrausender Feuersturm, lodernd und nicht zu ignorieren.

Ich befürchtete, sie war nur Sekunden davon entfernt, die Situation so weit zu eskalieren, dass es kein Zurück mehr gab. Die meisten Leute im Raum starrten sie an, als ob sie dasselbe dachten. „Nein, hier ist *mein* Erstens. Als Sie seltsame Kreaturen hatten, die in Ihrer Stadt Amok gelaufen sind, wer zum Teufel hat sie aufgehalten? Sie waren es nicht. Als die Maxwells auf freiem Fuß waren und Chaos angerichtet haben, wer zum Teufel hat sie festgenommen? Oder was war mit der Zeit, als zwei Höhlenlöwen sich mitten auf der Straße gegenseitig zerfleischen wollten und aufgehalten werden mussten? Können Sie sich erinnern, wer mit der seltsamen, tödlichen Kreatur fertiggeworden ist, die durch die Stadt gezogen ist und alles und jeden auf ihrem Weg zerstört hat? Es ist mir egal, welche Beweise Sie haben – sie sind falsch. Also. Kümmern. Sie. Sich. Darum. Wir gehen jetzt. Sie haben keinen Grund, sie zu verhaften, und Sie werden es auch nicht tun", erklärte sie hitzig.

„Miss Nolan", sagte eine unbekannte Stimme. Ein menschlicher Polizist, der sich durch die Menge geschoben hatte, begann ihr ihre Rechte vorzulesen.

Verdammt. Verdammt. „Bitte nicht", sagte ich zu Victor, und meine Gedanken rasten, während ich versuchte, die Situation zu verstehen. Ich hatte keinen Plan.

„Bleiben Sie für ein paar Tage in unserer Obhut. Lassen Sie mich aus der Situation schlau werden", bat Victor. Sein Ton hatte seine Schärfe verloren und er wirkte zerrissen. Sein innerer Aufruhr reichte nicht, mein Gefühl, verraten worden zu sein, zu lindern.

„Dann lassen Sie Savannah nicht verhaften", sagte ich.

Dass sie in Handschellen weggeführt wurde, brachte sie nicht zum Schweigen. „Wagen Sie es nicht –"

„Savannah, lass gut sein. Ich bin okay. Du kannst mir nicht helfen, wenn du im Gefängnis sitzt." Ich wandte mich Viktor zu. „Ich bleibe, aber Savannah wird nicht verhaftet."

Victor nickte einmal in Richtung des Polizisten, der ihr Handschellen angelegt hatte. Er nahm sie ab. Mit gleichmäßiger und ruhiger Stimme setzte Victor das Gespräch fort, das er zuvor mit Savannah begonnen hatte. „Sie sind sich sehr bewusst, dass die Regeln der Menschenwelt auch für uns gelten. Livy ist ein Problem der öffentlichen Sicherheit und muss in Gewahrsam genommen werden."

„Oder getötet werden", mischte sich der großmäulige Magier an. Es war das Letzte, was er sagte, bevor Gareth ihm einen so harten Stoß versetzte, dass er mehrere Meter weiter gegen eine Wand geschleudert wurde.

„Habe ich nicht gesagt, dass Sie fertig sind mit Reden?"

Ein Zornesblitz schoss über Victors Gesicht. Ich war mir ziemlich sicher, dass Gareths Angestelltenverhältnis auf wackeligen Füssen stand.

„Ich komme mit. Lassen Sie Savannah einfach gehen." Dann wandte ich mich Gareth zu. „Alles wird in Ordnung kommen. Bitte finde heraus, wer dahintersteckt."

„Es wird nur für ein paar Tage sein", sagte Victor. Er kam näher an mich heran, seine Stimme ein kaum hörbares Flüstern. „Ich glaube nicht, dass Sie es sind, aber ich kann Sie nicht frei herumlaufen lassen. Wir brauchen nur ein paar Tage, um das zu klären."

16

Wenn Victor mich für unschuldig hielt, dann war er nicht sehr gut darin, es zu demonstrieren. Barathrum war der Ort, an dem sie die gefährlichsten Übernatürlichen festhielten, und ich wurde jetzt dort zusammen mit Leuten wie den Maxwells, den Chaosmagiern, festgehalten. Es war wie eine Verurteilung zu ewiger Einzelhaft. Jeder Abschnitt war eine separate Einheit, die mit viel Magie gesichert wurde. Sicher für die meisten – Conner hatte anscheinend kein Problem damit auszubrechen oder andere zu befreien. Nach acht Stunden dort war ich überzeugt, dass die Maxwells vielleicht gar nicht so böse angefangen hatten, wie sie jetzt wirkten, sondern in den Wahnsinn getrieben worden waren. Es war zu still und der Puls starker Magie, der die Luft durchzog, irritierte mich, besonders da ich schwere Iridiummanschetten trug, die meine Magie einschränkten. Sie spielten keine Spielchen hier.

Victor stand ganz oben auf meiner Liste und es gab nicht allzu viel, was er tun konnte, um da wieder runterzukommen. Wenn ich gewusst hätte, dass sie mich hier festhalten wollten, hätte ich nicht mitgespielt. Die Stille gab mir nur mehr Zeit, über die Situation nachzudenken. Ich ging einen langen Flur mit runengeschmückten pfirsichfarbenen Wänden entlang. Die Farbe ließ es weniger wie ein Gefängnis erscheinen, doch der begrenzte Raum war definitiv eine Erinnerung daran. Rechts war ein kleiner Speisesaal, links ein größerer Raum, ein Mehrzweckraum. Es gab einen Fernseher, Trainingsgeräte und ein dürftiges Bücherregal mit ein paar Büchern darauf. Die Wandfarbe war ein fröhliches Blau. Ich nahm an, dass sie die Illusion vermitteln sollte, draußen zu sein. Doch das tat sie nicht.

Ich ging alles durch, was passiert war. Jemand hatte mein Blut verwendet, um das Virus herzustellen. Anders als Harrah geglaubt hatte, konnte ich nicht an jedem Schauplatz eines Kampfes viel von meinem Blut hinterlassen haben. Doch ich war nicht vorsichtig gewesen – nicht so vorsichtig, wie ich es hätte sein sollen. Vertraute Magie streifte meinen Rücken, und ich wirbelte herum und nahm eine Verteidigungsposition ein, nur mit meinen Iridumfesseln als Waffen. Conner stand am anderen Ende des Flurs.

Er verdrehte die Augen und schnaubte verärgert. „Manchmal glaube ich, du bist eher eine Wilde als eine Frau. Aber ich bin immer noch von der Idee angezogen, die Wilde zu zähmen."

„Jedes Mal, wenn wir uns begegnet sind, hast du mich angegriffen oder versucht, mich zu deiner Gefährtin zu machen, damit ich nichts weiter als eine Brutmaschine für deine sogenannten Wunderkinder bin. Ich denke, wir wissen, wer hier der wahre Wilde ist."

Er lachte, ein stürmisches, schallendes Lachen, das ihn definitiv mit jedem erdenklichen Superschurken auf eine Stufe stellte. „Hier halten sie dich also fest, nachdem du so viel getan hast, um dich bei ihnen einzuschmeicheln." Er wedelte mit der Hand herum. „Du bist in der Hölle eingesperrt."

„Ich habe mich bereit erklärt, hierher zu kommen."

„Natürlich. Wie eine brave kleine Legacy tust du, was sie deiner Meinung nach wollen. Jemandem mit deinem magischen Niveau sollte niemals gesagt werden, was er zu tun oder zu lassen hat. Niemals. Ich wünschte, ich könnte dich dazu bringen, das zu sehen. Ich bin nicht über Vergebung erhaben; Da du hier bist, stelle ich mir vor, dass du deinen Irrtum siehst. Es gibt mehr von uns. Ich schätze, auf deine fehlgeleitete Art hast du sie ermutigt." Er lächelte, eine Hand lässig in seiner Tasche, während er einen sicheren Abstand zwischen uns hielt. War er höflich oder wusste er, dass ich ihn schlagen würde, wenn er nahe genug kam?

Nach mehreren Minuten des Schweigens kam er näher, ließ aber immer noch mehrere Schritte zwischen uns. „Savannah ist wieder ganz die Alte", sagte er. „Dein Einfallsreichtum ist das, was ich an dir am verlockendsten finde." Er wandte sich von mir ab und blickte den Flur hinunter, dann in die beiden Räume. Ich konnte sein Stirnrunzeln im Profil sehen; er hatte es immer noch, als er sich in meine Richtung drehte. „Savannah ist eine Frau von großer Schönheit und Raffinesse. Schade, dass sie ein Mensch ist."

Ich wollte ihn korrigieren, entschied mich aber dagegen.

Er fuhr fort: „Was, wenn ich dir sagen würde, dass sie mitkommen könnte, wenn du zustimmst, mich zu begleiten? Sie hat sich als würdig erwiesen. Würdest du es dir noch einmal überlegen?"

„Egal wie man deinen Mist verpackt, es ist immer noch ein großer Haufen Kompost. Ich werde niemals zustimmen, an einem Genozid teilzunehmen, weil du ein verzerrtes, und ich möchte hinzufügen, möglicherweise klinisch verrücktes Wahnbild von dir selbst hast."

Sein typischer Hochmut huschte beiläufig über sein Gesicht. Schweigend betrachtete er mich. „Du weißt, dass du von den anderen abgelehnt wirst. Dafür werde ich sorgen. Dein Blut wurde im Virus gefunden. Das nächste Mal wird es nicht deins sein, sondern das eines anderen. Einen nach dem anderen werde ich sie rauszwingen. Andere werden der Gilde der Übernatürlichen nicht den Kopf verdrehen, also werden sie nicht deine Vorteile haben. Sie werden sich gegen andere Übernatürliche wenden. Sie werden auf meiner Seite stehen, weil sie die Notwendigkeit einer Trennung sehen."

„Du übersiehst den Grund, warum die Säuberung zuvor fehlgeschlagen ist. Das lag an den Menschen. Diese Bedingungen haben sich nicht geändert. Glaubst du, dass es weniger Menschen gibt, die eine Verbindung zu Übernatürlichen haben? Du wirst wieder scheitern. Ich glaube, dass du eine Bombe oder einen Kugelhagel nicht überleben wirst."

Er musterte mich und sagte: „Du scheinst zu glauben, dass du alle Antworten hast. Ein Problem der Jugend. Ich kann dir versichern, dass ich auch Vorkehrungen getroffen habe. Es wäre gut, wenn du dich mir anschließen würdest, aber wenn du deine unerschütterliche Treue zu anderen bewahren willst, dann ist dein Tod wohlverdient."

„Du weißt, wer hinter dem Virus steckt, oder?"

Er lächelte. „Natürlich. Ich." Das war eine Lüge. Nur er würde es für eine gute Idee halten, sich zu etwas derart Rücksichtslosem zu bekennen. Es gab andere. Er mochte an der Idee beteiligt gewesen sein, hatte vielleicht einen großen Anteil daran, doch es war mehr als Magie am Werk. Andere waren beteiligt. Ironischerweise entschied er sich das eine Mal, dass ich wollte, dass er einen Monolog über seine teuflischen Pläne hielt, dagegen. Mit einer blitzschnellen Bewegung war er nur Zentimeter von mir entfernt. Als er nach die Hand hob, um mein Gesicht zu berühren, wehrte ich sie ab.

Er sprach leise: „Du weißt, dass du überlebst, weil ich will, dass es so ist."

Er ist mehr als ein Paradebeispiel eines Verrückten. Er würde jeden psychotischen Egomanen mit diesem Verhalten in den Schatten stellen.

„Wirklich. Denn du scheinst bereit zu sein, mich von

deinen Kreaturen töten zu lassen, und versuchst auch ziemlich angestrengt, es selbst zu tun."

„Ich habe nicht ein einziges Mal an deiner Fähigkeit, sie zu besiegen, gezweifelt", sagte er und warf mir ein schiefes Lächeln zu. „Deshalb stört es mich, dass du so viel Druck brauchst."

„Bist du auf Drogen? Auf wie viele Arten muss ich dir noch sagen, dass ich kein Interesse habe? Ich will deine Welt der Einsamkeit nicht, umgeben nur von Leuten, die sich einbilden, Götter zu sein. Jeder, der dir zustimmt und bereit ist, dir zu helfen, leidet unter demselben Größenwahn. Was denkst du, wird passieren, wenn sie es satthaben, dass du den Anführer spielst? Wenn sie das Gefühl haben, sie könnten es besser machen? Sie werden sich dich vorknöpfen. Wie oft musst du noch scheitern?"

„Bin ich gescheitert?", fragte er mit amüsiert hochgezogener Augenbraue.

Ich zuckte mit den Schultern. „Nun, als du mit zerfleischter Brust am Boden gelegen bist, würde ich als entscheidenden Misserfolg bezeichnen, doch anders als du bin ich bei Verstand."

„Du stellst meinen Verstand in Frage, ich stelle deine Tugend und deine Intelligenz in Frage. Wir sind verbunden und du hast dich für andere entschieden. Du bist hier, weil –" Er drehte sich rechtzeitig um, um den Ausbruch von Magie zu bemerken, der in seine Richtung schoss. Der Magier hatte einen weiteren bereit, den er in dem Moment abfeuerte, als Conner den ersten fing. Conner stieß eine magische Welle auf ihn zu, die so stark war, dass die Wände zitterten und schwankten. Conner starrte mich mit erstaunter Wut an, als er sich in meine Richtung umdrehte. „Dieser Verrat wird nicht ungestraft bleiben."

Verrat? Ich hatte keine Ahnung, was vor sich ging. Als Verteidigungsmagie durch die Luft schoss, erwiderte Conner den Angriff. Ich zerrte an meinen Handschellen und suchte nach einer Schwachstelle im Metall. Es gab keine. Ein orangefarbener Blitz traf mich in die Brust, warf mich zurück und nahm mir die Luft. Seine Kraft durchströmte mich, als ich flach am Boden lag. Ich hatte Conners Magie gespürt, und diese war ähnlich. Ich blinzelte Tränen des Schmerzes zurück. Als ich mich auf die Ellbogen stützte, um einen Blick auf den Angreifer zu erhaschen, sah ich, wie sich Elijahs Augen weiteten und sein Mund offen stand, als er merkte, dass er sein Ziel verfehlt hatte. Bevor er es korrigieren konnte, erwiderte Conner seinen Angriff. Starke, zornige Magie verzehrte den Raum und gab mir das Gefühl, schrecklich hilflos zu sein, weil ich keinen Zugriff auf meine hatte.

„Livy, gib mir deine Hände", flüsterte Gareth, der plötzlich neben mir stand. Hinter ihm waren Victor und jemand, den ich nicht kannte, eine große Frau mit kurzen, dunklen Haaren. Rotbraune Sommersprossen bestäubten ihre Nase und ihre Wangen. Ihr ovales Gesicht und die sanften kastanienbraunen Augen ließen sie warm wirken, trotz des kleinen Stirnrunzelns. Oder vielleicht war es ihre Magie. Sie kroch über mich und führte mich an einen Ort falscher Ruhe, bevor mir ganz bewusst wurde, was sie tat. Als ich begriff, dass die unbekannte Frau Harrahs Nachfolgerin war, wich ich zurück.

„Alysa, das ist Livy", erklärte Victor, als Gareth die Handschellen entfernte.

„Ich habe dir ja gesagt, dass er auftauchen würde", sagte Alysa.

Gareths Gesichtszüge waren so angespannt, dass ich mir nicht vorstellen konnte, dass er sich schnell entspannen würde. „Ob du es gewusst hast oder nicht, du hast sie als Köder missbraucht. Wir haben es beide verdient, eingeweiht zu werden."

Die Schärfe in Victors Stimme passte zu Gareths: „Niemand außer mir und Alysa wussten davon. Es war nötig."

Ich konnte nicht sagen, ob die aufblitzenden Farben vor

mir von dem magischen Kampf herrührten, der ein paar Meter entfernt stattfand, oder von meiner Wut. Sie waren beide gewalttätig und stürmisch. Erst, als ich Conner nach Luft schnappen hörte und dann einen Schlag, wandte ich meine Aufmerksamkeit von Victor und der Fee ab. Conner lag regungslos am Boden. Magie erfüllte die Luft, aber auch der starke Geruch von Metall. Iridium. Mehrere seltsam geformte Pfeile steckten in seinem Körper. Es dauerte nicht lange, bis seine Beine und Arme gefesselt waren.

17

Gareth trug noch immer seine Wut in sich, als Victor und Alysa sein Büro betraten, wohin man mich gebracht hatte. Ich behielt die Fee vorsichtig im Auge und hatte meine Schilde für den Fall bereit, dass sie beschloss, mit meinem Verstand zu spielen. Mir war klar, dass sie nicht Harrah war und vielleicht nicht annähernd so teuflisch wie ihre Vorgängerin, doch sie hatte immer noch ihren PR-Job und den Auftrag, das harmlose Image der Übernatürlichen aufrechtzuerhalten. Wenn eine ihrer ersten Handlungen darin bestand, mich als Köder zu benutzen, um Conner zu fangen, ohne Gareth und mich zu informieren, sollte ich ihr wahrscheinlich nicht vertrauen.

„Ich entschuldige mich für jedwede Täuschung, die wir anwenden mussten. Ihr Blut wurde tatsächlich nach einem Angriff gefunden. Aber aufgrund dessen, dass Conner am Tatort war, als Sie vergiftet wurden, habe ich vermutet, dass er darin verwickelt war. Wir mussten alles Notwendige tun, um ihn festzunehmen", begann Alysa langsam, mit sanfter Stimme und einer Ruhe, die um Verständnis dafür bat, dass sie mich benutzt hatte. Zu ihren Gunsten wirkten aufrichtige Augen und ein freundliches Gesicht. Sie war gefährlich.

Jeder, der ihre Position innehatte, musste ein meisterhafter Lügner sein. Als Fee hatte sie von Natur aus eine Fähigkeit: andere zu manipulieren. Sie konnte ihr Aussehen verändern und den Verstand anderer beeinflussen. Das Gesicht, das sie ausgewählt hatte, funktionierte. Sie sah unschuldig aus, doch das änderte nichts an ihrem Missbrauch.

„Wenn Sie es mir gesagt hätten, hätte ich Ihnen geholfen. Es war nicht nötig, mich im Dunkeln zu lassen."

„Miss Michaels ... oder bevorzugen Sie Kismet?", fragte sie, und die Andeutung, die sie in ihre Worte legte, deutete darauf hin, dass ich in zwei verschiedenen Welten gelebt hatte. Ich war eine Legacy, etwas, das mir anscheinend niemand verzeihen wollte. Als hätte ich eine Wahl gehabt.

„Ich bevorzuge Michaels."

Sie nickte. „Miss Michaels, ich lerne immer noch das Ausmaß Ihrer Fähigkeiten kennen, und nach meinem Verständnis übersteigen Conners Fähigkeiten Ihre. Wenn dem so ist, hätte er den Plan durchschaut und wäre nicht geblieben."

„Wir können keine Gedanken lesen"

„Vielleicht können Sie es nicht und vielleicht kann er es auch nicht, aber wir wollten es nicht riskieren. Er steckt dahinter. Wir mussten ihn festnehmen. Wenn uns die Geschichte etwas gelehrt hat, sind Sie alle zu außergewöhnlicher Magie fähig. Als Fee kann ich eine Lüge spüren, und ich kann den Verstand berühren und Informationen finden. Ich kann mir vorstellen, dass Sie gewisse kognitive Fähigkeiten besitzen. Schließlich sind Sie quasi die Vorfahren aller Magie. Habe ich recht?"

Es fiel mir schwer, ihr ihre unschuldige Nummer abzukaufen, doch ich hatte dringendere Dinge zu erledigen. Ich konnte die Zahl der Leute, die bereit waren, sich mit einem Soziopathen zu verbünden, der Völkermord begehen wollte, nicht fassen. Humans First war schlimm gewesen, und ich vermisste ihre nervtötende Rhetorik nicht, doch verglichen mit dem, womit wir es jetzt zu tun hatten, waren sie harmlos gewesen.

„Das Virus wurde nachweislich mit mir in Verbindung gebracht?", fragte ich.

Victor, Alysa und Gareth nickten. „Elijah auch, weshalb er bereit war, uns zu helfen. Er war auch nicht glücklich darüber, dass Conner es ihm in die Schuhe schieben wollte", fügte Gareth hinzu. „Das ist, was es so beunruhigend macht. Ich hatte die Bruderschaft –"

„Tracker", korrigierte ich Gareth.

Er nickte und fuhr fort: „Die Tracker verdächtigt. Aber seit dem … Vorfall sind es jetzt so wenige." Der Vorfall war, dass Conner und seine Akolythen alle Tracker getötet hatten, die sie hatten finden können. Ich fragte mich, ob derjenige, der versucht hatte, Elijah zu töten, einer der wenigen Übriggebliebenen war. Jemand, der so radikalisiert war, dass er trotz des Todes eines Großteils der Organisation, der er angehörte, weiter agierte.

War Elijahs Hilfe für die Gilde der Übernatürlichen ein Zeichen des falschen Optimismus, etwas, das ich vor Wochen gehabt hatte? Mein Optimismus war zu schnell verblasst, da ich anfing zu glauben, dass Menschen und Übernatürliche nicht in perfekter Harmonie leben würden.

Mason klopfte an die Tür und spähte herein. „Er redet nicht. Selbst mit den Fesseln kriege ich nichts aus ihm heraus", gab er zu.

Victors Blick wanderte in Alysas Richtung. „Willst du es versuchen?"

Sie lächelte. „Sehr gern."

18

Ich nahm mir vor, dass ich, wann immer Alysa irgendwo auftauchte, ganz schnell verschwinden würde. Sie brauchte weniger als eine Stunde, um die Informationen von Conner zu bekommen. *Eine Stunde.* Es fiel mir schwer zu entscheiden, was beängstigender war: Conner, der ihr bereitwillig die Informationen gab, was wahrscheinlich bedeutete, dass es sich um eine Falle handelte, oder Alysa, die magisch stark genug war, um sie von ihm zu bekommen.

Conner hatte einen Ort genannt, an dem das Virus hergestellt wurde und wo die Waffen gelagert wurden. Ich war zuversichtlich, dass wir dort die nächsten Möchtegern-Attentäter und seine Anhänger finden würden.

Mein Unbehagen, was Alysa anging, veranlasste Gareth und mich, mit seinem Auto dorthin zu fahren. Das Lager war genau das, was ich erwartet hatte: Ein großer Raum, gefüllt mit Munition, Zielscheiben, Zielfernrohren und Stapeln von Tarnkleidung. Eine Einsatzzentrale. Eine leere Einsatzzentrale. Mit Waffen in der Hand ging eine große Gruppe von Agenten der Gilde der Übernatürlichen und des Federal Supernatural Reinforcement durch das Gebäude. Es war leer. Wandler standen in der Mitte des Raumes und lauschten auf

Geräusche, die den Aufenthaltsort von irgendjemandem im Gebäude verraten könnten.

„Sie sind immer noch hier", flüsterte Gareth. Mit einsatzbereiten Sai lauschte ich auf alles, was er hörte.

„Bist du dir sicher?", fragte ich, bevor plötzlich Camouflage vor mir auftauchte. Ich warf mich auf die Knie, und der Schuss, den der Angreifer abgefeuert hatte, verfehlte mich nur knapp. Glas zersplitterte durch den Aufprall der Kugel. Sie feuerten keine Pfeile mit dem Virus ab, sondern echte Kugeln. Ein Magier hinter dem Schützen schleuderte Magie auf ihn und schleuderte ihn nach vorn. Ich verlagerte mein Gewicht, um ihm aus dem Weg zu hechten, als er mit dem Gesicht voran zu Boden ging. Mit einer fließenden Bewegung wurden ihm Handschellen angelegt und seine Beine mit Kabelbindern gefesselt, dann wurde er weggezerrt.

Wir folgten den Wandlern, die die anderen am Geruch verfolgten, und gingen hinaus. Baumgruppen rund um das Gebäude erschwerten die Navigation auf dem Gelände, und als ein Schuss an mir vorbeizischte, wurde mir schnell klar, dass das beabsichtigt war. Gareth fluchte und ging zu Boden. Blut breitete sich auf seinem Hemd aus, wo die Kugel es durchbohrt hatte. Ich blickte in die Schussrichtung und sah, dass der Schütze auf mich zielte. Magie war nicht schneller als eine Kugel, doch sie traf ihn rechtzeitig, damit er sein Ziel verfehlte. Die Kugel streifte mein Bein und brennender Schmerz durchzuckte mich. Doch das verdammt viel besser, als wenn die Kugel mich durchbohrt hätte.

Eine tiefe, drohende Stimme befahl dem Angreifer, seine Waffe fallen zu lassen. Ein weiterer Schuss wurde abgefeuert und zischte an mir vorbei, gefolgt von einer Reihe weiterer. Ein anderer Mann in Camouflage fiel mit leeren Augen zu Boden. Ich wandte mich von dem grausamen Anblick ab, als einer der mit dem Virus verseuchten Pfeile auf Gareth zuflog. Ich erwischte ihn, schlug ihn mit dem Griff meines Sai aus der Luft. Ein weiterer Pfeil zischte in unsere Richtung und ich schlug auch ihn aus der Luft. Bei jeder Bewegung schossen pulsierende Schmerzen durch mich. Ich beschloss, keine Zeit mehr darauf zu verschwenden, Pfeile aus der Luft zu schlagen. Ich feuerte eine magische Kugel durch meine Sai und traf den Schützen hart genug, um ihm den Atem zu nehmen. Er schnappte nach Luft und stolperte zurück. Bevor er sich wieder fangen konnte, hatten drei Agenten Waffen auf ihn gerichtet. Er warf jeder Mündung, die auf ihn gerichtet war, einen harten, prüfenden Blick zu, bevor er sich ergab. Er ließ seine Waffe fallen, ging auf die Knie und wurde mit Handschellen gefesselt.

Schüsse wurden abgefeuert, Körper fielen, das Rascheln von Schritten im Gras, und aggressive Geräusche wurden zu einem kollektiven Lärm, den ich ignorieren musste, um die Situation einzuschätzen. Gareth war zurückgerutscht und lehnte an einem Baum. Bevor ich ihm helfen konnte, wanderte sein Blick an mir vorbei und er kniff die Augen zusammen. Ich folgte seinem Blick und sah, wie Gordon Lands aus dem Gebäude rannte und eine Tasche auf die Beifahrerseite eines Autos warf. Mit den Sai in meinen Händen rannte ich auf ihn zu. Er saß am Steuer und wollte gerade losfahren, doch ich rammte einen der Zwillinge in seinen Hinterreifen und riss ihn wieder heraus. Das Auto raste los, brach aber zur Seite aus, als Luft aus dem Reifen strömte. Gordon gab weiter Gas, bis er auf der Felge fuhr. Als er das Ende der Straße erreicht hatte, wartete eine von Agenten errichtete Straßensperre auf ihn.

Gordon war das gerade Gegenteil von Conner, als er festgenommen wurde. Er begann keinen übertriebenen Monolog über seine kranken, schändlichen Pläne, die Augen vor Wut und Bosheit leuchtend. Gordons Augen waren sanft und harmlos. Das kleine, angenehme Lächeln auf seinen Lippen, als er gefesselt wurde, kam mir nicht wie das einer Person vor, die einen solchen Angriff planen oder sich mit Leuten wie Conner verbünden würde. Als sie ihn wegbrachten, starrte ich auf den zivilen Wagen und konnte ein beunruhigendes Gefühl nicht loswerden. Etwas stimmte nicht mit ihm.

Dieser Gedanke blieb auch in meinem Hinterkopf, als ich zurückging, um Gareth zu helfen. Er verzog das Gesicht und hatte seine Hand auf die Schusswunde gepresst. Als ich sah, dass es mehr als eine simple Fleischwunde war, verdrängte ich den Gedanken an Gordon widerwillig.

„Wirst ins *The Isles* gehen und dich untersuchen lassen?", fragte ich.

„Oh, es ist nichts." Er riss ein Messer aus seinem Schulterholster. Ich riss die Augen auf, als er es in seine Schulter stach. Ich schrie. Nicht irgendein Schrei – ein Gruselfilm-Schrei, der Schrei einer Person, die mit einer Kettensäge verfolgt wurde.

„Livy", stöhnte Gareth, grub das Messer noch weiter in seine Schulter und ließ mich erneut aufschreien. „Ich bin derjenige mit der Kugel und dem Messer in meiner Schulter", sagte er, als er nach der Kugel grub.

„Und ich bin diejenige, die sich das ansehen muss. Hör auf damit. Was ist los mit dir?" Endlich hatte ich die Geistesgegenwart, meine Augen zu schließen, und nach einigen Augenblicken hörte ich ihn wieder stöhnen.

„Du kannst deine Augen wieder aufmachen." Ich tat es nicht sofort, doch als ich es tat, lag neben meinem Knie ein blutiges Geschoss am Boden. Galle stieg mir in die Kehle. Ich war oft genug verletzt gewesen, dass es mich nicht allzu sehr störte, meine eigenen Wunden zu sehen, doch zuzusehen, wie jemand sich eine Kugel aus dem Leib operierte, brachte die Erinnerung an ein Level, das ich nie wieder erreichen wollte.

„Es ist nicht meine erste Schusswunde. Ich bin ein Wandler. Das heilt schnell."

„Ich nicht. Ich werde für immer davon traumatisiert sein. Herzlichen Dank."

„Du lebst mit einer Frau zusammen, die einen Vampir datet. Sicher hast du gesehen, wie er von ihr getrunken hat. Wie kann das hier schlimmer sein?"

„Erstens fahre ich ihnen immer in die Parade. Kein Blutsaugen in meiner Wohnung. Wenn er auch nur ein hungrig aussehendes Funkeln in seinen Augen hat, bin ich da wie *bam, pow, block* und sitze zwischen ihnen. Ich verteidige wie ein NFL-Allstar." Meine Fähigkeiten hatten sich im Laufe der Wochen deutlich verbessert, weshalb Savannah die meiste Zeit bei Lucas verbrachte. Wenn ich es nicht sehen musste, konnte ich so tun, als wäre es nicht passiert. „Was dich angeht – warne mich nächstes Mal vor, bevor du dich entscheidest, eine Kugel selbst herauszuoperieren. Okay?"

Er verdrehte die Augen. „Livy, vor zehn Minuten habe ich darüber nachgedacht, eine Kugel aus meiner Schulter zu entfernen, die mich gestört hat. Zufrieden?", sagte er mit einem verschmitzten Grinsen.

„Niemand findet dich lustig."

„Ich *bin* ziemlich lustig", widersprach er und lehnte sich mit dem Rücken gegen den Baum. Er schloss die Augen, und ich beobachtete, wie seine Haut begann, zusammenzuwachsen, der Beginn des Heilungsprozesses. „Was ist das für ein Blick?", fragte er, rückte näher an mich heran und betrachtete meine vor Konzentration gerunzelte Stirn.

„Irgendwas stimmt nicht – ich meine dieses ganze Szenario. Ihr habt Gordon befragt und wart euch sicher, dass er nicht dahintersteckt. Er ist kein Extremist wie die anderen. Er war rational und hauptsächlich von Trauer getrieben. Warum sollte er ausgerechnet mit Conner zusammenarbeiten, der seinen Freund ermordet hat?"

„Vielleicht wusste er nicht, dass Conner hinter dem Tod seines Freundes steckt."

„Möglich. Aber die hundertachtzig-Grad-Wende in seiner Persönlichkeit ist beunruhigend. Er sieht anders aus. Seine Augen waren leer, es fehlte etwas, wie –"

„Wie bei Savannah", sagte er.

„Wir haben noch ein paar *Culded*. Ich denke, wir sollten den Zauber auf ihn anwenden."

Leere Augen starrten mich von der anderen Seite eines venezianischen Spiegels an. Gareth trat näher, um Gordon zu betrachten. „Ich glaube, du hast recht, Livy. Irgendetwas ist anders an ihm." Gareth sah auf die Uhr. „Wenn du es tun willst, sollte es jetzt sein, bevor Alysa hier auftaucht oder die Polizei herausfindet, dass er hier ist. Ich versichere dir , sie werden ihn nicht lange bleiben lassen, und ich bezweifle, dass sie ihn überhaupt strafrechtlich verfolgen und stattdessen behaupten werden, dass sie nicht genug haben, um ihn auch nur festzuhalten.

„Wirst du darauf drängen, dass er vor ein übernatürliches Gericht gestellt wird?", fragte ich.

„Natürlich, aber das ist und kein einziges Mal gelungen. Diese letzten paar Wochen werden eine Menge kreative Berichterstattung erfordern."

„Darum bin ich hier." Alysas Stimme schien jetzt zu süß und leicht – sie verwandte viel Mühe darauf, harmlos zu wirken. Die Magie, die von ihr ausging, war eine Warnung für mich. Ich spannte mich an und wich ein Stück zurück, als sie sich neben mich stellte und Gordon durch die Scheibe beobachtete.

„Ich bin enttäuscht, dass er Ihren Leuten entkommen konnte. Die Feen sind nicht so gut, wie man mir glauben machen wollte. Vielleicht ist es an der Zeit, besser zu rekrutieren", schlug sie vor.

„Sie sind gut. Tatsächlich das Beste, was die Stadt zu bieten hat", antwortete Gareth. Seine Stimme war so professionell kühl wie ihre.

„*Ich* bin das Beste, was die Stadt zu bieten hat", erwiderte sie.

„Und dabei auch noch so bescheiden", murmelte ich.

Ihre Maske aus süßlichem Lächeln, charmanten Sommersprossen und sanften Augen fiel nur für den Bruchteil einer Sekunde, als sie mir einen scharfen Blick zuwarf. „Sie haben mich eingestellt, weil sie wussten, dass ich den Job erledigen kann. Ich bin Harrahs Nachfolgerin, weil ich tun kann, was sie konnte, vielleicht sogar besser. Und ich habe nicht die Absicht, dasselbe Schicksal zu erleiden wie sie." Die Kälte in ihrer Stimme ließ mich schaudern. *Wenn sie den Job ausschreiben, ist es Teil der Jobbeschreibung, dass der Kandidat eine Ausgeburt des Teufels sein muss, oder ist das nur eine bevorzugte Eigenschaft?*

„Ich will nicht, dass er hier weggeht", sagte Alysa. Sie schlüpfte ziemlich leicht in die Rolle der herzlosen Harpyie. *Gibt es eine Akademie, wo sie Leute wie sie ausbilden?*

„Was schlagen Sie vor, was wir mit ihm tun?", fragte Gareth.

„Er ist gefährlich. Ich schlage vor, Sie behandeln ihn wie die extreme Gefahr für Übernatürliche, die er ist."

Ich näherte mich dem Fenster und sah Gordon an, der immer noch die starken Gesichtszüge, das freundliche Gesicht und die entspannte Persönlichkeit besaß, die seine Karriere angetrieben hatten. Sie ließen die meisten Menschen glauben, er wäre perfekt für jede politische Position, die er anstrebte, und seine humanitären Bemühungen hatten ihn zu einer Legende in der Stadt und zu einem weltweit bekannten Namen gemacht. Ich konnte nicht glauben, dass er hinter dem Virus steckte. Er war vernünftig, kein Radikaler mit krassen Ideen. Er war erst nach dem Tod seines Freundes dazu getrieben worden, Humans First zu übernehmen.

Wie Savannah wirkte er wie eine leere Hülle seiner selbst.

Ich blickte über meine Schulter zu Gareth und sagte: „Wir müssen den Zauber ausführen – jetzt."

Alysa zog die Augenbrauen hoch. „Zauber?"

Mit großem Widerwillen erklärte ich ihr, was wir vermuteten und unsere Pläne, den Zauber zu verwenden, um zu sehen, ob ich rückgängig machen konnte, was Conner ihm angetan hatte.

„Und wenn Sie recht haben?", fragte Alysa.

„Entlastet ihn das und Sie haben denjenigen, der für das Virus verantwortlich ist: Conner. Es mochte am Anfang jemand anderen gegeben haben, doch ich bin bereit, alles zu wetten, dass er in dem Moment, in dem er sich mit Conner verbündet hat, sein Schicksal besiegelt hat. Sie werden vielleicht eine Leiche finden, aber das war's."

Alysa sah mich an, als wollte sie Conners Rücksichtslosigkeit in Frage stellen. Wenn ja, war sie nicht so gut, wie sie dachte, und zu naiv, um mit jemandem wie Conner fertigzuwerden.

„Conner interessiert sich für niemanden außer Legacy und Vertu und hat kein Problem damit, alle anderen Übernatürlichen zu töten. Es ist zu seinem Vorteil, das zu tun – genau die Leute zu töten, die in der Lage waren, Legacy-Schutzzauber zu brechen. Ohne Magie hätten die Menschen gegen die Legacy verloren. Conner will Macht und er will Segregation. Je weniger Übernatürliche es gibt, desto eher fügen sich die Menschen. Bei einem drohendem Krieg würden die Menschen der Segregation eher zustimmen. Es würde ihm einen Vorteil verschaffen, die Legacy und Vertu, die noch existieren, auf seine Seite zu bringen. Wir würden unsere getrennten Leben leben und uns fortpflanzen, unsere Population würde wachsen. Was denken Sie, passiert mit der nächsten Säuberung oder sogar dem nächsten Krieg?", fragte ich.

„Conner ist mir ein Dorn im Auge", gab sie zu.

Mit einem freudlosen Lachen sagte ich: „Sie haben es erst

seit ein paar Tagen mit ihm zu tun. Warten Sie, bis Sie so lange mit ihm zu tun haben, wie ich."

Gordon warf mir einen zweifelnden Blick zu, als ich meine Theorie erklärte.

Ein leichtes Lächeln umspielte seine Lippen und bahnte sich seinen Weg zu seinen Augen. „Sie glauben, ich stehe unter der Verlockung der Magie und alles, was ich getan habe, habe ich deswegen getan." Humor lag in seinen Worten. Vielleicht hielt er meine Theorie für vollkommen lächerlich, aber ich hatte das Gefühl, dass das der Protest eines Mannes war, der sein Leben unter Kontrolle hatte und nicht glauben wollte, dass seine Handlungen nicht seinem eigenen Antrieb entsprungen waren. Er würde sich eher für den Typ Mensch halten, der etwas Schreckliches tun würde, als zu glauben, dem Willen eines anderen unterworfen zu sein, selbst wenn derjenige Magie benutzt hatte.

„Wenn keine Magie im Spiel ist, hat der Zauber keine Wirkung", sagte ich und zerrieb die *Culded* in einer kleinen Metallschüssel zu Staub, wie ich es zuvor bei Savannah getan hatte. Gordons Aufmerksamkeit wanderte zwischen mir und den Leuten hin und her, die die Möbel aus dem Weg räumten. Während sie damit beschäftigt waren, sah er aus, als wollte er seine Meinung über die Teilnahme ändern.

Als ich sah, dass das Zögern einen dunklen Schatten auf seine Augen warf, gab ich ihm keine Gelegenheit, nein zu sagen. Ich flüsterte die Beschwörung, blies ihm den Staub ins Gesicht, und er atmete ein. Innerhalb weniger Minuten lag er sediert auf dem Boden, und seine Augen zuckten heftig hinter seinen Lidern. Die Stunden vergingen, und als er aufwachte, sah ich die Veränderung in seinen Augen.

Als das Lächeln von seinem Gesicht verschwand, wurde mir klar, dass er sich wahrscheinlich an alles erinnerte, was er unter Conners Einfluss getan hatte. Ich konnte nicht umhin, mich zu fragen, ob diese Erinnerungen klar und deutlich oder verschwommen und bruchstückhaft waren. Darauf antwortete Gordon schnell.

„Ich hätte mich nicht mit ihm treffen sollen", flüsterte er. Dann begann er, seine vielen Treffen mit Conner zu beschreiben und wie er geholfen hatte, Leute zu rekrutieren. Conner war bei jedem Rekruten dabei gewesen und hatte Magie benutzt, um die Situation zu manipulieren. Er hatte Taktiken angewandt, die ich früher benutzt hatte – das Einpflanzen falscher Erinnerungen und kognitive Manipulation. Beides war illegal – nun ja, offiziell in der Welt der Menschen; die Gilde der Übernatürlichen schien anderen Regeln zu folgen. Doch im Umgang mit Trackern war es gerechtfertigt. Ich war mir sicher, dass Conners kranker Verstand kognitive Manipulationen und das Einpflanzen falscher Erinnerungen ebenfalls für gerechtfertigt hielt.

Niemand erhob Einwände, als der Bürgermeister, jegliches Protokoll ignorierend, anrief, um Gordons Freilassung zu fordern. Es war nicht unerwartet. Was überraschend war, war Victors Reaktion zwanzig Minuten nachdem Gordon gegangen war. Ich hatte mich in eine Ecke des Büros zurückgezogen und hatte gehofft, Alysa, Victor oder Gareth würden mich nicht bemerken oder mich bitten zu gehen.

Victor strich mit der Hand über die Bartstoppeln in seinem Gesicht, wahrscheinlich das Ergebnis der langen Stunden im Büro, in denen er sich mit Conner beschäftigt hatte. „Er ist ein Problem, das nicht gelöst werden kann, und wenn Sie für einen Moment glauben, dass er wie jeder andere behandelt werden kann, sind Sie dumm. Er muss wie jede volatile Gefahr behandelt und vernichtet werden."

Es kostete mich große Mühe, meine Begeisterung nicht zu zeigen. So gerne ich glauben wollte, dass ich mich gut in der Ecke versteckt hatte, ein Teil von mir wusste, dass sie mich nicht vergessen hatten. Victors Blick traf mich. „Wir müssen sorgfältiger sein, was die Legacy angeht. Wir können nicht zulassen, dass das so weitergeht. So, wie sich die Dinge entwickeln, wird das nur den Weg für einen weiteren Conner ebnen. Sobald er weg ist, will ich nicht, dass noch jemand wie er auftaucht." Er wandte seine Aufmerksamkeit von mir ab und drehte sich zu Alysa um. „Bitte erledige das so schnell wie möglich."

Mit seiner letzten Anweisung verließ er das Büro.

„Und du wirst dich –", begann Alysa, die die Antwort an seinem entschlossenen Gesichtsausdruck ablesen konnte.

„Um Conner kümmern. Ja, das werde ich", sagte er, ohne sich umzudrehen.

19

„Das ist, wovon ich immer spreche." Kalen strahlte und sah mich kurz an. Ich war geschniegelt, gebügelt, gestylt und frisiert, bis ich fast nicht mehr wiederzuerkennen war. Sein Gütesiegel bestätigte, dass ich aussah wie Barbie, harmlos, süß, Legacy-Edition. Es juckte mich, meine Haare zu einem Pferdeschwanz zusammenzubinden, anstatt die federnden Locken meine Schultern streifen zu lassen. Ich warf einen kurzen Blick in den Spiegel und sah, was die Visagistin und die Stylistin aus mir gemacht hatten. Ein dunkler Business-Anzug wäre vielleicht zu viel gewesen, also hatten sie sich stattdessen für einen beigen Rock und eine cremefarbene Bluse entschieden. Ich sah nicht wie ein mächtiger Magier aus, sondern wie etwas Akzeptables und Nahbares. Es ärgerte mich. Ich hatte der Pressekonferenz und meinem Auftritt im Fernsehen zugestimmt, doch als die entzückende Person herumgeführt zu werden, die „zufällig" mächtige, Magie besaß, die die Säuberung anstoßen konnte, nagte an meiner schrumpfenden Toleranz.

Savannah spürte mein Unbehagen und setzte sich neben mich. „Die Leute sind dumm. Tu das einfach und wenn es vorbei ist, kannst du wieder dieses schreckliche karierte

Hemd und die Jeans wieder anziehen. Aber jetzt genieß' erst-mal, wenn Kalen einen hysterischen Anfall bekommt." Sie zog einen Schlapphut aus ihrer Handtasche und grinste.

„Hysterischer Anfall? Er wird wahrscheinlich ohnmächtig umkippen bei meinem Angriff auf die Mode." Ich lachte laut genug, dass es Kalens Aufmerksamkeit erregte. Ich hielt den Hut hoch und tat so, als würde ich ihn gleich aufsetzen, als er sein Gesicht so verzog, als würde er gleich Zeuge eines schrecklichen Unfalls werden, den er nicht verhindern konnte. *„Nur ein Scherz",* formte ich lautlos mit den Lippen und gab Savannah den Hut zurück.

„Er ist so durchschaubar", kicherte Savannah. „Du scheinst einen besseren Tag zu haben als Elijah."

Er tat mir so leid. Es war nicht so, dass er in Stoffhosen und einem Hemd fehl am Platz aussah – sie standen ihm gut. Seine Kleidung war adrett und professionell, doch der fins-tere Blick war es nicht. Es hatte sich nicht entspannt, seit Gareth ihn gebeten hatte, die Pressekonferenz mit mir zu machen. Victor, Gareth und Alysa glaubten, er und ich würden einen guten Eindruck machen. Was Elijah anging, hatte ich ihnen zugestimmt; seine stille Kraft machte ihn zugänglich und attraktiv. Doch seine Macht schien gerade nicht so still zu sein. Sie tobte in ihm und er sah aus wie jemand, der eine Apokalypse auslösen könnte.

Ich fragte mich, ob es an der Situation lag, oder ob er, genau wie ich annahm, dass diese Pressekonferenz schon Tage zuvor arrangiert worden war. Es fiel mir schwer zu glauben, dass Alysa das alles so schnell in die Wege leiten konnte, dass es weniger als acht Stunden dauerte, es auf die Beine zu stellen, nachdem Victor sie darum gebeten hatte. Sie hatte das schneller inszeniert, als Victor Conner loswerden konnte. Es ging um mehr, als nur nach Barathrum zu spazieren und ihn zu vernichten. Der Magische Rat wollte ihn verhören. Ich konnte nicht verstehen, warum. Was konnten sie von ihm wollen, das es rechtfertigen würde, ihn am Leben zu lassen?

Ich ging auf Elijah zu, hob meine Finger vor meine Lippen und bewegte sie auf meine Augenwinkel zu, eine Geste, um ihn zum Lächeln aufzufordern. Nach einigen Sekunden Starre und Überlegung brachte er mit großer Anstrengung eines auf sein Gesicht: eine seltsame Mischung aus Grimasse, finsterem Blick und Grinsen. „Dein Lächeln lässt dich wie den Joker aussehen, den finsteren Goth-Typen, nicht den, bei dem man nicht weiß, ob er wirklich der Böse ist."

Ich war immun gegen das Augenrollen. Er und Savannah verstanden sich großartig und verdrehten immer gemeinsam die Augen, wenn ich eine Bemerkung zu einem Comic machte.

„Dieses Affentheater ist lächerlich", schnaubte er und zupfte an den Ärmeln seines Hemdes.

„Nun, ihr zwei seid die besten Affen in dieser Show", sagte Savannah und versetzte ihm einen spielerischen Stoß. Er lächelte – ein echtes Lächeln – und ich war dankbar, dass Lucas nicht da war. Er war kein Fan von Elijah, allein wegen seiner kumpelhaften Art mit Savannah. Lucas schüchterte die meisten Leute ein, Elijah jedoch nicht.

„Ich dachte, sie würden tweeten oder sowas", brummte Elijah.

„Das kannst du nicht im Ernst geglaubt haben." Ich lachte.

„Vielleicht nicht ganz so formlos, aber ich hätte nicht gedacht, dass sie so ein großes Theater daraus machen würden."

Da stimmte ich ihm zu. Es schien, als hätte Alysa einfach rausgehen und für die Kameras lächeln können; ein bisschen mit den Wimpern klimpern; sie mit dieser freundlichen, melancholischen Stimme treffen, die Ruhe verbreitete; ihnen ein Update über den Zustand der übernatürlichen Welt und der Allianz geben und endete mit: „Übrigens … Sie erinnern sich an die Leute, die für die Säuberung verantwortlich waren und die wir für ausgestorben gehalten haben? Also das sind sie nicht, sie haben die ganze Zeit unter Ihnen gelebt. Alles klar. Schönen Tag noch." Dann hätte sie ohne Fragen zu beantworten gehen, sie auf eine Website verweisen können. Doch das hier bedeutete, dass die Presse Antworten fordern würde, und keine Frage, die Gareth, Savannah, Kalen, Blu oder Alysa uns gestellt hatten, könnte uns auch nur ansatzweise angemessen vorbereitet haben.

Als Savannah die Person anstarrte, die sich hinter mir näherte, wusste ich, dass es Victor sein musste. Ich war immer noch wütend auf ihn, weil er mich in Barathrum festgehalten hatte, doch Savannahs gerötetes Gesicht, ihre stahlgrauen Augen, die ihn mit ungezügelter Wut durchbohrten, und ihr Knurren, das jeden Wandler stolz gemacht hätte, zeigten deutlich, dass sie vorhatte, ihren Groll mit ins Grab zu nehmen.

„Sei nett", flüsterte ich ihr zu.

Schließlich breitete sich ein Lächeln auf ihrem Gesicht aus und es war offensichtlich, dass sie sich viel Mühe gab.

„Agent Victor Matthews", sagte sie in einem scharfen, kühlen Ton.

Wie jeder Wandler, der vor einer Herausforderung steht, spiegelte er ihre Begrüßung mit einem kühlen Unterton von Autorität. „Savannah Nolan, es ist wie immer schön, Sie zu sehen." Er ignorierte sie, sobald er sie begrüßt hatte. „Sind Sie nervös?", fragte er mich.

„Nein", log ich.

Meine Lüge entlockte ihm ein schiefes Lächeln und das gleiche Hochziehen der Augenbrauen, wie Gareth es tat, eine subtile Erinnerung daran, dass Wandler erkennen konnten, wenn jemand nicht ehrlich war.

„Ein bisschen", ergänzte ich mit einem Stirnrunzeln. Elijahs Tweet-Idee sah plötzlich viel angenehmer aus.

In den ersten zehn Minuten lief alles reibungsloser, als

ich dachte. Die typischen Fragen: „Wie viele sind es?", „Wissen Sie, wie man den Zauber wirkt, der die Säuberung verursacht hat?", „Wie können wir euch vertrauen?"

Dann gab es Fragen an Alysa über die übernatürliche Gemeinschaft und was getan werden würde, um zu verhindern, dass die Säuberung wiederholt wurde. Sie versicherte ihnen, dass die Legacy zugestimmt hatten, Iridiummanschetten zu tragen, die ihre Magie erheblich einschränken würde. Ich suchte in der Menschenmenge nach jemandem mit einem Wandlerring, um zu sehen, ob er ihr die Lüge abkaufte. Es beunruhigte Gareth, dass er die Lügen von Alysa nicht lesen konnte. Ihre körperlichen Zeichen blieben unverändert – sogar dann, wenn wir *wussten*, dass sie nicht die Wahrheit sagte. Wie jetzt. Ich hatte der Manschette zugestimmt; Elijah hatte sich geweigert. Conners Worte hallten in meinem Kopf wider: dass ich eine „brave kleine Legacy" war. War ich das? Oder war ich nur pragmatisch und verstand den Kompromiss, dass wir dadurch akzeptiert wurden? Eine kleine Demonstration des guten Willens war nicht so schwer und es wäre sogar noch leichter, da das dünne Band, von dem sie verlangten, dass wir es trugen, keinerlei Einfluss auf unsere Magie haben würde.

Die Fragen wurden immer weniger, bis nur noch wenige Hände übrig waren. Der größte Teil der Neugier war in den ersten fünfzehn Minuten gestillt worden. Wir kamen zum Schluss, als eine Hand nach oben schoss; Alysa zögerte, bevor sie ihre Aufmerksamkeit auf ihn richtete. Als er aufstand, verstand ich ihre Sorge – eine kühle Feindseligkeit erfüllte den Raum. Unverkennbar menschlich, zeigte er seine Verachtung für uns, uns alle, offen auf seinem Gesicht. Er richtete seinen Blick auf mich und begann: „Wollen Sie, dass wir glauben, dass Sie keinerlei Gefahr für uns darstellen?"

„Sie wären sowieso nicht in Gefahr. Sie sind ein Mensch", sagte ich mit neutraler Stimme und hoffte, dass die

Grimasse, die ich auf meinem Gesicht zu unterdrücken versuchte, meine Worte nicht Lügen strafte.

Er zuckte mit den Schultern. „Auf den ersten Blick. Die, die gestorben sind, haben auch si ausgesehen. Wir wandeln nicht, ändern unser Aussehen nicht mit einem Achselzucken oder erschaffen Magie mit einer Handbewegung, doch seit der Allianz hat es eine erhebliche Menge an *Vermischung* gegeben." Sein Ekel hing nach seinen letzten Worten in der Luft. Ich bezweifelte, dass er auch nur eine Spur Übernatürliches in sich hatte, sondern nahm an, dass er die Frage nur stellte, um einen Konflikt anzustacheln, und so hörte ich zu und zwang alle Emotionen aus meinem Gesicht, als er fortfuhr. Elijah fiel es schwerer. Er brauchte einen Moment, um sein Stirnrunzeln zu entspannen.

Der Reporter fuhr fort: „Ich bin sicher, dass die meisten Leute die Zunahme außergewöhnlicher Ereignisse in den letzten Wochen ignorieren wollen. Seltsame Kreaturen, die durch die Straßen streifen. Gefährliche Übernatürliche, die eigentlich in der stärksten Einrichtung, die wir haben, eingesperrt sein sollten, doch sie sind entkommen und haben Chaos verbreitet. Magische Kämpfe, die die Stadt fast zerstört hätten. Wenn die anderen Anwender von Magie außer Kontrolle geraten, können wir uns wenigstens darauf verlassen, dass die Wandler das Problem lösen, da sie gegen die meisten Formen von Magie immun sind. Aber nicht gegen Ihre. Wer wird uns beschützen, wenn Sie entscheiden, sich gegen uns zu wenden?"

Ich verzog das Gesicht und beobachtete, wie sich alle Augen auf ihn richteten. Er warf einen Blick auf seine Notizen. „Bei mehr als einer Gelegenheit wurden Sie dabei gesehen, wie Sie gegen einen anderen Übernatürlichen gekämpft haben. Mir wurde gesagt, dass er ein Legacy ist, der versucht hat, die Säuberung durchzuführen." Wieder blickte er auf seine Notizen, doch ich war überzeugt, dass er seine Argumente auswendig gelernt hatte und über alles, was er zu sagen hatte, gut Bescheid wusste. „Und was war Ihre Strafe dafür, dass Sie drei Leute auf offener Straße getötet haben? Es scheint, als ob jemand, der so etwas getan hat, in *The Haven* sein sollte, nicht das Aushängeschild für magische Akzeptanz."

Ich schluckte die Galle herunter, die zentimeterweise meine Kehle empor gekrochen war, und erinnerte mich daran, wie ich von drei Trackern angegriffen worden war und Passanten mitangesehen hatten, wie ich mich selbst verteidigt hatte. Aus der Ferne konnte es leicht so ausgesehen haben, als hätte ich drei Leute kaltblütig getötet, doch tatsächlich hatten sie einen Hinterhalt organisiert, um mich auf einer kaum befahrenen Straße anzugreifen.

Alysa schob sich neben mich und bahnte sich ihren Weg zum Mikrofon. „Ich kann Ihre Bedenken nachvollziehen. Zuerst werde ich das dringendste Problem ansprechen. Olivia ist keine kaltblütige Killerin. Sie hat sich gegen einen Angriff einer Organisation, die sich Bruderschaft des Ordens nennt, verteidigt. Ich bin mir sicher, dass Ihnen der Name bekannt ist, da Sie mit Ihnen gearbeitet haben." Sie durchbohrte ihn mit einem harten, wissenden Blick und fuhr fort: „Sie hatten geplant, sie zu ermorden, und sie hat sich verteidigt. Sie wurde für unschuldig befunden, weil es Notwehr war. Was zum nächsten Problem führt. Wenn Übernatürliche gezwungen werden, sich zu verstecken, genießen sie nicht unseren Schutz – es bleibt ihnen überlassen, sich zu verteidigen. Leute sterben, wenn so etwas passiert. Die Bruderschaft wurde mit mehreren Morden und Überfällen in Verbindung gebracht. Das Legacy müssen sich nicht länger verstecken, daher besteht keine Notwendigkeit für Leute wie die Bruderschaft des Ordens."

„Was ist mit den seltsamen Ereignissen der letzten Wochen?"

Während sie ihre angenehme Fassade beibehielt, verzogen sich ihre Lippen zu einem freundlichen Lächeln. „Wir hatten einen abtrünnigen Legacy, genau wie wir abtrünnige Menschen hatten – diejenigen, die für die Gewalt bei der Sonnenwend-Parade verantwortlich waren. Es wird immer Leute geben, die solche Dinge tun, weil sie Uneinigkeit wollen. Zwietracht gibt ihnen Macht. Sie wollen wissen, warum es einen *Abtrünnigen* wie Conner gab und warum er erfolgreich gewesen wäre, wenn Olivia nicht gewesen wäre? Weil er, wie andere, es satthatten, sich zu verstecken. Bitte denken Sie daran, dass die Säuberung aufgehalten wurde und dass die Legacy aufgrund der gemein-samen Anstrengung von Übernatürlichen und Menschen besiegt wurden. Ich glaube nicht, dass wir ohne beides so erfolg-reich gewesen wären. Vergessen Sie das nicht." Sie blickte auf den Namen auf seinem Presseausweis, und ich war mir sicher, dass ich sehen konnte, wie sie ihn auf ihre schwarze Liste setzte.

Als er seine Schultern sinken ließ, vermutete ich, dass er es auch wusste. Mit der neuen rötlichen Farbe auf seinem Gesicht, weil sie seine Mitgliedschaft in einer abtrünnigen Organisation bloßgestellt hatte, die sich zur Selbstjustiz berufen sah, wirkte er, als wollte er von ihrer Liste und aus dem Raum verschwinden.

„Conner wurde schließlich festgenommen, und wir haben zusätzliche Maßnahmen ergriffen und sind zuver-sichtlich, dass er nicht entkommen wird."

Ich wünschte, ich wäre genauso überzeugt davon wie sie. Als ich zugesehen hatte, wie sie ihn wegbrachten, hatte ich bemerkt, dass er nicht besorgt zu sein schien. Obwohl er mit genug Iridium gefesselt war, um ihn magisch hilflos zu machen, hatte ich das Gefühl, dass er etwas in der Hinter-hand hatte. Ein Mann, der dem Tod so oft entgangen war wie er, würde wahrscheinlich nicht lautlos gehen. Es störte mich immer noch, dass er keinen Fluchtversuch unter-nommen hatte. Kurz in einen Zustand der Paranoia versetzt, hatte ich jeden gefragt, der gegen ihn gekämpft hatte, einschließlich Elijah. Schuldgefühle packten mich, als mir klar wurde, dass ich mich nur sicher fühlen konnte, dass Conner keine Bedrohung darstellte, wenn ich ihn tot sah. Wirklich tot. Bestätigt mit Brief und Siegel.

Alysa beendete die Pressekonferenz und Gareth, Victor und Agenten der Gilde der Übernatürlichen eskortierten uns an den Kameras und den begeisterten Journalisten vorbei, die plötzlich doch weitere Fragen hatten. Im Auto fragte ich mich, wie Gareth das gemacht hatte. Was ich im Kleinen erlebt hatte, war ihm als einem der gefragtesten Männer der Stadt offenbar bestens vertraut.

„Was ist?", fragte er.

„Ich mag die Aufmerksamkeit nicht", gab ich zu.

„Die wird bald nachlassen."

„Wie gehst du damit um, der begehrteste Junggeselle der Stadt zu sein? Der Mann, über den alle Frauen schwärmen und bloggen?", neckte ich.

„Es ist ein Kampf, aber ich mache ihnen keinen Vorwurf daraus. Und zumindest bekomme ich nicht das Maß an Hass, das du erlebst. Schließlich hast du all das." Er gestikulierte mit seiner freien Hand über seinen Körper.

„Ja. Ich bin die glücklichste Frau aller Zeiten!", sagte ich mit spöttischer Begeisterung. „Gareth Reynolds, den bescheidensten und demütigsten Mann, die meisten Nächte bei mir zu haben. Den unglaublich schönen Wandler, der Adonis im Vergleich verblassen lässt und herumläuft, als wäre er nur ein Mensch, wo er doch ein Gott ist. Ein verdammter Gott, sage ich. Wie kann ich deiner glorreichen Gegenwart angemessen Tribut zollen?"

Ein schelmisches Grinsen schlich sich über sein Gesicht und ließ seine Augen funkeln, und er leckte sich die Lippen, dann zog er die Brauen hoch. „Ich bin sicher, du findest einen Weg."

„Hast du das gerade wirklich schmutzig gemacht?", fragte ich und rollte mit den Augen.

„Da du diejenige bist, der mich loben wollte, denke ich, dass du es schmutzig gemacht hast."

Ich wollte ihm nur das Grinsen aus dem Gesicht wischen. Ich richtete meine Aufmerksamkeit nach draußen und fragte: „Hast du Conner gesehen, seit er nach Barathrum gebracht wurde?"

„Ja, einmal. Er hat darum gebeten, mich zu sehen."

„Und du bist gegangen? Warum?"

Er zuckte mit den Schultern. „Ich war neugierig."

Ich drehte mich vom Fenster zu ihm um, um ihm meine ungeteilte Aufmerksamkeit zu schenken. Ich wartete darauf, dass er fortfuhr. „Was wollte er?", drängte ich.

Stirnrunzelnd winkte er ab. „Nur ein Haufen Drohungen. Wie nennst du ihn so gern? „Superschurke". Ja, wie ein Superschurke. Er redete immer noch darüber, dass er sich rächen wird. Es waren nur zehn Minuten Gezeter von einem verzweifelten Verrückten."

Es war nicht das, was er gesagt hatte, sondern das, was er nicht ausgesprochen hatte. „Drohungen gegen mich, nicht wahr?"

„Er wird nicht rauskommen."

„Er hätte auch beim letzten Mal nicht rauskommen sollen."

20

Denk nicht darüber nach, tadelte ich mich, als ich Kalen zu dem kleinen Backsteinhaus folgte, einem neuen Projekt. Es half nicht.

Als er mein Unbehagen sah, wurde er langsamer und sagte: „Es gibt einen Grund, warum sie ihn am Leben lassen. Alysa muss etwas über ihn wissen, das sie niemandem sagt. Das ist der Grund, warum Conner noch lebt."

„Nichts, was er weiß, ist es wert, ihn am Leben zu lassen. Sie haben das Virus; es war in Gordons Auto. Conner hat nichts sonst zu bieten. Sie müssen ihn loswerden."

Schockiert darüber, wie unbekümmert ich über Conners Leben sprach, blieb Kalen stehen und warf mir einen Blick zu.

Ich senkte meine Stimme und versuchte, ihr die Kälte zu nehmen. „Er ist jedes Mal entkommen, wenn sie ihn hatten, und ich bin diejenige, die er will."

Die Tatsache, dass Conner nicht noch einmal um ein Gespräch mit Gareth gebeten hatte, störte mich. Er hatte sich entschlossen, aber wozu? Ich musste es wissen. War Conner endgültig gebrochen? Waren sie dumm genug, die Möglichkeit in Betracht zu ziehen, ihn hierzubehalten – um ihn in

Zukunft zu benutzen? Der Gedanke machte mich krank. Die politischen Manöver machten mich sprachlos. Conner sollte nicht Gegenstand politischer Verhandlungen sein. Er war stark und einer der cleversten Übernatürlichen, die es je gegeben hat. Vielleicht war das ein Vorteil, den sie wollten, doch sie sollten wissen, dass die Kosten für den Nutzen zu hoch waren.

„Aber er war auch allen so viele Schritte voraus. Was, wenn er eine andere Gruppe von Akolythen hat, die nur darauf warten, seinen Tod zu rächen? Ich weiß, dass du hasst, dass er noch am Leben ist, aber wenn sie können, müssen sie alles herausfinden, was er geplant hat. Wenn er diesmal entkommt, findest du ihn und tust, was nötig ist", sagte Kalen. Wenn ich mich nicht irrte, hörte sich das so an, als wollte er, dass Conner entkam – ein kleiner Teil von mir wollte das auch. Ich wollte meine Gerechtigkeit. Es machte mich nicht zu einem guten Menschen, doch ich hatte eine ganze Reihe von Verletzungen und viel zu viele Angriffe überlebt, um Mitgefühl für Conner zu haben.

In der vergangenen Woche waren Legacy und Vertu in Gilde-Büros im ganzen Land gekommen, um sich zu melden. Es waren nicht annähernd so viele, wie ich gedacht hatte; Gareth sagte, dass es bisher insgesamt fünfzig waren. Sie machten Conners Arbeit. Er musste sie nicht finden. Die Gilde der Übernatürlichen tat es für ihn.

Meine Gedanken rasten, als ich versuchte, mir einen Plan auszudenken, um nach Barathrum zu kommen. Alles kam mir in den Sinn, vom Naheliegendsten, wie um einen Besuch bei ihm zu bitten, bis hin zu einer Tat, die so schlimm war, dass ich dorthin gebracht werden würde. Es waren keine guten Pläne, sondern die Grübeleien meines überaktiven, panischen Verstandes, der sich voll und ganz bewusst war, dass ich es vielleicht nicht überleben würde, wenn er noch einmal ausbrechen würde.

Ich schüttelte die Gedanken ab und versuchte, in meine

typische Routine zu gelangen, während ich neben Kalen an der Schwelle des Hauses stand und darauf wartete, dass unser Klient die Tür öffnete.

Ein drahtiger alter Mann begrüßte uns mit einem breiten Lächeln. Vornübergebeugt stützte er sich stark auf einen Stock.

„Wir hätten reinkommen und Ihnen den Weg zur Tür ersparen können, Mr. James", sagte Kalen zu ihm und eilte an die Seite des Mannes, um ihn zu stützen, als er aussah, als würde er gleich das Gleichgewicht verlieren.

„Unsinn. Ich bin viel rüstiger, als ich aussehe." Doch er wirkte alles andere als rüstig. Sogar die Magie, die von ihm ausging, war schwach. Hexe wahrscheinlich, vielleicht sogar ein Magier niedriger Stufe. „Sie verdienen eine angemessene Begrüßung. Sie sind Berühmtheiten hier" – er lächelte in meine Richtung – „ich habe Sie im Internet gesehen, auf Facebook. Wirklich überall."

Ich ignorierte den Stich, den ich jedes Mal spürte, wenn ich erkannt wurde, und schenkte ihm ein schwaches Lächeln. Meine neue Bekanntheit war ein bisschen überwältigend. Entweder stieß ich auf Faszination oder Abneigung und manchmal auf eine seltsame Kombination aus beidem. Mr. James war überaus fasziniert.

„Legacy", sagte er, trat auf mich zu und inspizierte mich, als ob er sehen wollte, was mich anders machte. Es war eine Geduldsprobe, als er sich ein wenig vorbeugte und an mir schnupperte. Kalens runzelte amüsiert die Stirn.

„Ihre Magie ist stark", bestätigte er. Wieder spürte ich das Gewicht seines abschätzenden Blicks.

„Wir haben Dokumente, die wir ausfüllen müssen", informierte ihn Kalen, sein Ton bestimmt und laut genug, um die Aufmerksamkeit des Mannes wieder auf den Grund unseres Besuchs zu lenken. Mr. James' Blick wanderte jedoch immer wieder in meine Richtung.

„Ja, ja. Natürlich. Ich will nichts von dem Kram. Das

meiste davon habe ich im Laufe der Jahre angesammelt, und die Gegenstände, die als illegal eingestuft wurden, habe ich schon der Gilde der Übernatürlichen übergeben." Er warf uns ein Grinsen zu; seine Zähne waren vom übermäßigen Kaffeegenuss verfärbt – das war zumindest der Eindruck, den ich gewann, als ich einen Hauch aus dem Haus roch. Es roch wie in einer Kaffeerösterei, und aus der Küche hörte ich eine Kaffeemaschine zischen.

Der Mann war seltsam, ohne jeglichen Respekt für meine persönliche Distanzzone. Doch zumindest war er ehrlich. Er las die Unterlagen und ging sie genauer durch als jeder andere Kunde, den wir in der Vergangenheit gehabt hatten. Wenn der angebliche Kunde raffiniert war und uns benutzte, um alten Kram auszuräumen, nur um dann die Rückgabe aller Dinge von Wert zu verlangen, las derjenige die Verträge normalerweise im Detail durch und stellte Fragen, die ihn leicht verrieten. „Was ist, wenn ich nichts von einem Gegenstand wusste, kann ich ihn dann behalten?", „Bekomme ich einen Prozentsatz davon, wenn ich seinen Wert nicht kannte?", „Ist der Vertrag rechtlich bindend?" Die letzte Frage ließ mich immer mit den Augen rollen. *Nein, er ist nicht rechtlich bindend. Wir lassen Sie nur unterschreiben, um einen Blick auf Ihre Schreibkunst zu werfen.*

Die Fragen von Mr. James waren gründlich und gut durchdacht. Er erkundigte sich, wie die Gegenstände verwendet werden würden, wie der Prozess ablief und wo sie verkauft werden würden, falls wir wieder etwas finden sollten, das er zurückwollte. Waren unsere Kunden Menschen oder ausschließlich Übernatürliche? Kalen ging während der Fragen immer sachlich vor und ließ den Kunden wissen, dass er Waren zurückkaufen konnte, doch tatsächlich hatte er nie jemanden zahlen lassen. Ein wehmütiger Dackelblick eines Kunden brachte Kalen in der Regel dazu, die Ware zurückzugeben, ohne auch nur die Kosten zu berücksichtigen. So sehr Kalen auch immer betonte, dass es sein Geschäft war, es war ein *Hobby*, das ein bisschen Geld einbrachte. Nicht annähernd genug, um seinen Lebensstil zu finanzieren, und nicht einmal einen Bruchteil seiner Designerklamotten. Es war gut, dass er einen Treuhandfonds hatte, der diese Dinge abdeckte. Das war auch der Grund, dass ich ihn jedes Mal schelten musste, wenn er einen teuren Gegenstand verschenkte. Meistens musste ich darauf hinweisen, dass ich keinen Treuhandfonds hatte, auf den ich zurückgreifen konnte. Es störte mich jedes Mal. Ich begnügte mich damit, seinen wahnhaften Glauben zu unterstützen, er sei ein normaler Mann. Als würde ein „normaler" Mann Tom Ford tragen, um jemandes Dachboden zu durchwühlen. Okay, er tat es nicht wirklich, da er diesen Teil der Arbeit meistens an mich „delegierte".

Mr. James lud uns ein, ihm zu folgen, und führte uns durch sein Haus. Bunte Wände ließen das Haus zusammen mit dem Sonnenlicht, das durch die großen, vorhanglosen Panoramafenster hereinfiel, lebendig werden. Zusammen mit dem starken Kaffeeduft lag Magie in der Luft und wurde stärker, je näher wir unserem Ziel kamen. Mächtige magische Objekte waren in der Nähe. Als ich Mr. James beobachtete, während er uns in den Keller führte, kam ich nicht umhin, mich zu fragen, ob er stärker war, als er mich glauben machen wollte. Junge mächtige Magier wurden irgendwann zu alten mächtigen Magiern.

Keller störten mich nicht, doch der von Mr. James aus irgendeinem Grund schon. Die Magie war zu stark; sie prickelte auf meiner Haut und die Haare an meinen Armen richteten sich auf.

Sogar Kalen bemerkte es. „Sie haben hier unten viele magische Objekte. Sind Sie sicher, dass Sie sich davon trennen wollen?"

„Magische Objekte sind nur so gut wie derjenige, der sie benutzt", sagte er und winkte mit der Hand. „Ich habe vor langer Zeit aufgehört, Magie zu benutzen. Es war zu viel

Mühe. Die verdammten Legacy haben mir klargemacht, dass Magie vielleicht nicht eingesetzt werden sollte." Mit einem entschuldigenden Lächeln fuhr er fort: „Nicht alle sind schlecht. Ich weiß, aber manchmal ist es wirklich schwer herauszufinden, wer es nicht ist. Wissen Sie, von dem Moment an, als Sie hereingekommen sind, habe ich mich gefragt, wie Sie wirklich aussehen – Fee. Ihr seid alle so verdammt hübsch, doch ich frage mich, ob das nur die Magie ist. Sehen Sie aus wie kleine Teufelsbraten, wenn Sie sie fallen lassen? Jedes Mal, wenn ich es mit einem zu tun habe, denke ich, dass mein Verstand manipuliert wurde oder so. Wahrscheinlich nicht, aber es macht Spaß, darüber nachzudenken."

Ein weiteres schwaches Lächeln umspielte seine Lippen. Er stieß die Tür auf. Eine ganze Schrankwand, gefüllt mit Steinen, Stäben, Kugeln und verschiedenen magischen Gegenständen säumten die gesamte rechte Wand. Auf der linken Seite standen zwei Regale mit Büchern.

Ich zögerte am Eingang, als er eintrat, und beobachtete, wie er zu einem der Schränke ging. Er öffnete ihn und fing an, Gegenstände herauszunehmen, daran zu riechen und dann die Stirn zu runzeln. *Warum muss er alles beschnuppern?*

Kalen betrachtete die ordentlich aufbewahrten magischen Objekte. Einige von ihnen waren in beleuchteten Vitrinen, die Licht in den dunklen Raum warfen.

„Sie haben magische Gegenstände gesammelt", sagte ich und trat näher an ihn heran, um zu sehen, ob ich sie identifizieren konnte. Es gab mehrere Beschwörungssteine, Herdsteine, mit denen Hexen Ahnenmagie beschworen; dann fiel mein Blick auf eine Klinge, die wie ein Nekrospeer aussah. Bevor ich sie greifen konnte, nahm Mr. James sie in die Hand.

„Das hier war ein Geschenk", sagte er, als er sie betrachtete.

Ohne Vorwarnung rammte er ihn mir in den Bauch. Ich

stolperte zurück, packte ihn und versuchte, ihn herauszuziehen, doch er blieb kleben. Eine magische Welle schleuderte Kalen und mich zurück und drückte uns gegen eine Wand. Hitze kochte in mir. Die Klinge fühlte sich an, als würde sie die Verletzung kauterisieren. Mein Versuch, Magie herbeizurufen, scheiterte. Ich fühlte mich leer. Mr. James' Lippen bewegten sich langsam, als er eine Anrufung ausführte. Gold und Bernstein blitzten auf den wenigen Zentimetern freiliegender Klinge, die nicht in mir steckte. Müdigkeit übermannte mich und ich rutschte an der Wand herunter, spürte den Verlust von Magie, so, wie sich hohe Dosen von Iridium anfühlten. Mit Iridium konnte ich immer noch meine Magie spüren, wie aufgestaute Energie, die verbraucht werden musste. Doch was auch immer es war, saugte die Magie aus mir heraus. Zitternd versuchte ich, alles an Magie zu sammeln, was ich hatte, um mich zu befreien. Nichts geschah.

„Hör auf, dich zu wehren; du machst es dir selbst nur schwerer. Ich denke, es sollte bald vorbei sein." Mr. James sah sich erwartungsvoll um, während mein Magen brannte wie Feuer. Ein Wirbelsturm fegte in den Raum, Magie flirrte in der Luft.

Conner erschien vor mir.

„Du kannst es nicht ertragen, mich anzusehen, Darling."

Ich schauderte, dass er so zärtliche Worte benutzte, um mich anzusprechen, obwohl alles, was ich hatte, Flüche und Hass für ihn waren.

„Ich kann dich unmöglich so sehr anwidern", sagte er kopfschüttelnd und betrachtete mich.

„Noch mehr, als du dir vorstellen kannst", knurrte ich wütend. Ich unternahm einen weiteren vergeblichen Versuch, mich zu befreien. Er lachte, was meine glühende Wut noch verstärkte. Sie hätten ihn töten sollen.

„Keine Magie mehr. Das war Ihr Versprechen, nicht wahr?", sagte Mr. James zu Conner. Ich zuckte zusammen.

Wieder war jemand auf Conners Versprechen einer wunderschönen, magielosen Utopie hereingefallen.

„Ich habe Ihnen mein Wort gegeben. Ich werde jeglicher Magie ein Ende setzen", versprach Conner. Die Aufrichtigkeit in seiner Stimme machte klar, was andere davon überzeugte, ihm zu folgen, ihre Seelen zu opfern und jegliche Moral aufzugeben, um seinen Befehlen Folge zu leisten.

„So kann ich das allerdings nicht ", sagte Conner zu Mr. James, während er mit den Fingern wedelte und sein Handgelenk mit der Iridiummanschette zeigte. „Glauben Sie, Sie haben einen Schlüssel, der zu diesen passt?"

„Natürlich." Der alte Mann holte einen Schlüsselbund aus einer Schublade und machte sich an die Arbeit, um verschiedene am Schloss der Manschetten auszuprobieren. Da er keinen funktionierenden Schlüssel finden konnte, machte er sich daran, das Schloss mit Werkzeugen zu knacken.

Großartig. Er ist ein fehlgeleiteter Mann mit vielen Talenten.

Er löste die Manschetten von Conners Handgelenken. Danach wandte der Vertu seine ungeteilte Aufmerksamkeit mir zu. Als er eine Beschwörung flüsterte, strahlte Farbe hell von der Klinge aus. Ich kniff meine Augen zu, um die blendende Flut von Farben und grellem Licht zu lindern. Ein magischer Zug riss den Dolch aus meinem Bauch. Schmerz durchzuckte mich, als ich zu Boden fiel. Conner hielt den Nekrospeer, den er aus meinem Bauch gezogen hatte.

„Danke, Sweetheart", gurrte er und fand eine perverse Freude daran, dass ich bei angesichts seiner Kosenamen schauderte.

Ich wollte, dass sich mein Körper erholte, konzentrierte mich weiterhin auf den Dolch in seiner Hand und plante meine Bewegungen so, dass ich ihn entwaffnen konnte.

„Du willst mir das direkt ins Herz rammen, nicht wahr, meine kleine Kriegerin?" Seine langsamen Bewegungen waren zielstrebig und dramatisch. „Ich bin besser als du."

Voller Wut stürzte ich mich auf ihn und stieß gegen eine

magische Barriere, die er zwischen uns beiden errichtet hatte. Der Schild hielt, obwohl ich dagegen hämmerte, und es fühlte sich an, als würde ich gegen eine Wand schlagen.

Ich rief alle Magie, die ich hatte.

Conner beobachtete amüsiert, wie ich versuchte, die Barriere zu durchbrechen. „Du wirst für einige Zeit keinen Zugang zu mächtiger Magie haben. Du hast keine Ahnung, was nötig ist, um aus Barathrum auszubrechen. Ich hatte den Vorteil, dass andere mir dabei geholfen haben. Mr. James musste die Klinge benutzen, um dir all die Magie zu nehmen, um mich zu befreien. Du wusstest nicht, dass das möglich ist, oder?", höhnte er. „Ich hätte dir so viel beibringen können, doch du hast die Chance vertan. Im Moment bist du schwach, wehrlos. Jemand, der dir weniger geneigt ist als ich, würde das ausnutzen." Er betrachtete das Messer in seiner Hand und untersuchte mein Blut, das daran klebte.

„Danke, Liebes, dass du mich rausgeholt hast. Dieser Ort war schrecklich. Aber das weißt du schon, oder?"

Selten erlaubte ich mir, mich besiegt, unterworfen zu fühlen, doch jetzt tat ich es. Conner war besser als ich, jedes Mal einen Schritt voraus. Ich starrte Mr. James finster an; die Hoffnung auf seinem Gesicht war verschwunden. Ich wollte ihn treten, während er am Boden lag, und ihm sagen, dass er einem skrupellosen Monster sein Vertrauen geschenkt hatte.

„Sie müssen Ihr Versprechen halten. Sie haben *gesagt*, dass Sie Ihr Versprechen halten würden. Keine Magie mehr." Ich schauderte angesichts dessen, worum der Mann gebeten hatte – eine andere Version der Säuberung. Während Conner der Welt aus seinen eigenen egoistischen Gründen die Magie nehmen wollte, wollte Mr. James es tun, um die Welt von dem zu befreien, was er für böse hielt.

„Ich habe Ihnen dieses Versprechen gegeben und ich werde es halten", sagte Conner. Seine Stimme war so ernst, dass ich in diesem Moment verstehen konnte, warum seine Akolythen ihm folgten. Er war so charismatisch, charmant und selbstbewusst, dass es schien, als könnte er das Unmögliche erreichen und gottähnliche Fähigkeiten besitzen, die ihn unbesiegbar und fähig erscheinen ließen, Wunder zu wirken.

„Niemand wird verletzt werden? Sie haben es versprochen", sagte Mr. James, doch Sorge ließ seine Stimme schwanken.

Wirklich, ein Messer in meinem Bauch ist gleichbedeuten mit ‚niemand wird verletzt'?

„Ich werde alles tun, was wir besprochen haben", bestätigte Conner und tätschelte dem Mann die Schulter. Ich wollte Mr. James hassen – er verdiente es –, doch er war niemand mit bösen Absichten. Selbsthass war etwas ganz anderes. Während die meisten die Schönheit und Mystik der Magie sehen konnten, sah er ihre Grausamkeit, das Dunkle und Böse. Meine Hand war blutverschmiert, als ich Conner anstarrte und nach einem Funken Magie suchte, die ich gegen ihn einsetzen konnte. Magisch erschöpft, entspannte ich mich, schloss für einen Moment die Augen und hoffte, dass wenige Minuten Ruhe meine Magie wiederherstellen würden.

„Sie haben gesagt, das würde sie nicht umbringen. Sie sieht aus, als würde sie sterben." Sorge lag in den Worten des älteren Mannes.

Conner zeigte nicht die gleiche Sorge; seine Stimme hatte eine kühle Schärfe. Sie schwebte voller Überzeugung durch den Raum. „Ich versichere Ihnen, es braucht mehr als eine Bauchwunde, um sie aufzuhalten. Sie ist zäher als Sie jemals glauben werden." Bewunderung und Faszination mischten sich unter seine letzten Worte. Ich blickte auf und sah, dass er mich mit einer seltsamen Kombination aus Wehmut und Wut ansah. Und Grausamkeit. Das konnte ich nicht ignorieren. Es war der Blick eines Größenwahnsinnigen, der abgewiesen worden war, und er rang damit, sich nicht auf ein Gefühl einzulassen, während er anscheinend von so vielen überwältigt wurde.

Er ließ seine Mauer fallen und kam näher an mich heran. Mit zusammengekniffenen Augen sagte er es noch einmal. „Ja, es braucht mehr als eine Messerwunde, um Anya zu töten." In seinen Worten lag kein Todesversprechen. Hass wirkt genauso gut wie Adrenalin und in einer Explosion des Gefühls stürzte ich mich auf ihn, nur um ins Leere zu greifen, als er verschwand. Ich zahlte teuer dafür, als der Schmerz durch meinen Körper schoss. Ich würde nur ein paar Minuten brauchen, dann könnte ich mich selbst heilen. Oder zumindest hoffte ich, dass ich es tun könnte.

Mr. James drückte seine warme Hand auf meine Schulter und sagte besorgt: „Ich werde einen Krankenwagen rufen." Ich wollte nicht, dass er freundlich und fehlgeleitet war; ich wollte, dass er sich grausam und gefühllos verhielt. Damit könnte ich arbeiten. Ich würde mich nicht schlecht fühlen, einen alten Mann töten zu wollen. Doch ein freundlicher, sanfter Mann, der so fehlgeleitet war, dass Conner ihn überzeugen und ausnutzen konnte, tat mir leid. Es war schwierig, mit der Ironie umzugehen, jemanden zu bemitleiden, der mir gerade einen Dolch in den Bauch gerammt hatte.

„Rufen Sie keinen Krankenwagen. Rufen Sie die Gilde der Übernatürlichen an und fragen Sie nach Gareth. Sagen Sie ihm, dass ich verletzt wurde durch einen –" Ich wartete darauf, dass er die Lücke ausfüllte, damit ich zumindest wusste, was gegen mich verwendet hatte und ob der Verlust der Magie dauerhaft sein würde.

„Ein Quardon-Dolch", sagte er leise. „Er leitet Magie um."

„Leitet sie um?", keuchte ich und wurde durch den Blutverlust immer schwächer. Ich blickte zu Kalen hinüber, der sich gerade stöhnend aufgerappelt hatte. Er war mit solcher Wucht gegen die Wand geschleudert worden, dass er bewusstlos gewesen war. Er rieb sich den Kopf und starrtet den älteren Mann böse an, als er zu mir ging.

„Bist du okay?", fragte er. Jeder Schritt schien schmerzhaft und erzwungen, und ich fragte mich, ob er sich bei unserem Aufprall an den Beinen verletzt hatte.

„Ich weiß nicht. Ich kann nicht zaubern", gab ich mit vor Schmerz wacher Stimme zu.

„Ihre Magie wird zurückkehren", versicherte mir Mr. James. „Sie sollten ins Krankenhaus gehen."

„Ich will ins *The Isles*", sagte ich fest. Im Krankenhaus würden sie mich nähen, aber im *The Isles* würde sich ein begabter Magier oder eine begabte Hexe um mich kümmern, die die Wunde mit Magie versiegeln und mich ohne Narben heilen konnte.

„Ich denke, Sie sollten in die Notaufnahme", drängte der ältere Mann.

„Ich habe Savannah gerade eine SMS geschrieben. Sie wird Gareth holen", sagte Kalen. Wut lag in seiner Stimme. Ein Hauch von Magie flackerte an seiner Hand. Feen-Magie war am stärksten im kognitiven Gebrauch und für optische Manipulationen; die Abwehrmagie, die er besaß, war so unbedeutend, dass sie nutzlos war.

Die Magie zu sehen, die über Kalens Finger tanzte, sah beeindruckender aus als der Schaden, den sie anrichten konnten. Mr. James stand aufrechter. Vielleicht war es aus Trotz oder ein Eingeständnis seiner Schuld. Ich hatte keine Ahnung, was es war, oder ob er eine Kombination aus beidem empfand.

„Kalen, nicht", sagte ich leise.

„Sie sollten sich dich nicht so sehr auf Magie verlassen. Sie wird bald weg sein", warnte Mr. James.

„Oh nein, Sie haben einen Deal mit dem Teufel geschlossen. Conner hat nicht die Absicht, die Magie einfach aus der Welt zu schaffen. Er wird auch die Leute vernichten, die sie besitzen", sagte ich zu ihm, als ich einen vergeblichen Versuch unternahm, auf die Beine zu kommen. Nach mehreren Versuchen schaffte ich es aber schwankend. Meine

Hand war blutüberströmt; Es war nur eine Frage der Zeit, bis ich zu viel verloren haben würde, um bei Bewusstsein zu bleiben. Das Krachen einer aufgebrochenen Tür hallte durchs Haus, gefolgt von lauten Schritten. Der ältere Mann hielt sich an der Wand, doch selbst ich zuckte ein wenig zusammen vor einem sehr angepissten Gareth, der seine Aufmerksamkeit auf meine blutige Hand und die Wunde richtete, die nicht heilen wollte.

Mein schwacher Einwand, als er mich hochhob, wurde ignoriert. „Ich kann laufen."

„Ich bin sicher, dass du bei der Menge an Blut, die du verloren hast, auch glaubst, dass du fliegen kannst. Ich werde dein dummes Gerede einfach als das zusammenhanglose Geschwätz einer Schwerverletzten betrachten."

„Ich hatte schon früher Stichwunden."

„Ich bin mir nicht sicher, warum du damit angibst", schoss Gareth zurück, und seine Wut angesichts der Situation unterstrich sein freudloses, dunkles Lachen.

21

Von Gareths Hand, die sanft auf meiner inzwischen verheilte Wunde an meinem Bauch lag, strömte Wärme über meine Haut. Es war ablenkend, als ich versuchte, einen detaillierten Bericht über den Vorfall zu geben. Seine andere Hand war an seinem Handy und scrollte durch Objekte in der Datenbank des Magischen Rates sowie durch die verbotenen Objekte in der nationalen Datenbank.

„Ich kann den Dolch, von dem du sprichst, nicht finden", sagte er schließlich mit finsterem Blick.

„Vielleicht ist es ein unbekannter Gegenstand", sagte ich.

Ich machte einen Versuch, mich aufzusetzen, doch er übte genug Druck aus, um mich davon abzuhalten. „Livy, gib dir Zeit, dich zu erholen."

„Meine Wunde ist geheilt." Ich zog seine Finger weg, um ihm meinen unversehrten Bauch zu zeigen.

„Hast du Zugang zu Magie?"

Widerwillig schüttelte ich den Kopf. In den letzten zwanzig Minuten hatte ich versucht, sie zu benutzen, und mich gefragt, ob das der Grund war, warum ich nicht entlassen worden war. Es waren fast vier Stunden vergangen, seit die Ärzte mich behandelt hatten. Die ersten zwei

Stunden war ich nicht bei Bewusstsein gewesen, und hatte nicht bemerkt, wie die Zeit vergangen war. Ich war mit einer verheilten Wunde aufgewacht und Gareth, der an meiner Seite saß und mich besorgt beobachtete. Etwas, das er immer noch tat. Ich war mir nicht sicher, ob es eine Wandler-Sache oder eine Gareth-Sache war.

„Gareth, mir geht's gut. Ich schwöre es."

„Sie sagt immer, dass es ihr gut geht." Savannah kam mit einem Korb mit Leckereien und bunten Luftballons herein. Ich war bereit zu wetten, dass die bunten Luftballons ihre Idee waren, und der Korb mit Delikatessen von Lucas. Wenn es um Geschenke ging, war Lucas ein Star und Savannah war in der unteren Liga mit Müsli, zuckerfreien Abscheulichkeiten und glutenfreiem Was-auch-immer. „Oh, es ist nur eine Stichwunde, gib mir das Klebeband. Was, mein Arm ist ausgerenkt? Gib mir eine Sportbandage", sagte sie mit einer schlechten Imitation meiner Stimme. Sie stellte den Korb auf den Tisch und kam näher zu mir. „Darf ich?", fragte sie Gareth, der seine Hand wegnahm, damit sie die nicht vorhandene Verletzung sehen konnte.

„Wie schlimm war es?", fragte sie ihn und sah mich an, als wäre sie nicht bereit, mir zuzuhören, weil ich dazu neigte, meine Verletzungen herunterzuspielen. Es war nicht so, als würde ich sie nicht für ernst halten, doch egal, ob es sich um schwere oder kleine Verletzung handelte, Savannah verhielt sich immer so, als müsste ich sofort zur lebensrettenden medizinischen Versorgung ins Krankenhaus geflogen werden. Und dann durfte ich tagelang ihre übereifrige Pflege über mich ergehen lassen. Sie ging die Pflege mit der gleichen Begeisterung an, mit der sie Yoga praktizierte und ihrem Bedürfnis nachging, mir ihre mit Honig gesüßten Muffins aufs Auge zu drücken.

„Was hat Conner jetzt wieder vor?" Savannah verdrehte die Augen und blickte finster drein. Etwas, das sie jedes Mal tat, wenn sein Name erwähnt wurde.

„Er hat Livys Magie genommen", sagte Gareth.

„Das wissen wir nicht sicher", korrigierte Kalen von seinem Platz auf dem Sofa aus, auf dem er gesessen und in seiner Wut über Mr. James' Verrat gesimmert hatte – nicht gegen uns, sondern gegen die gesamte magische Gemeinschaft. Er hatte versucht, es zu verstehen, es aus der Perspektive des alten Mannes zu betrachten, aber Kalen, der seine Magie liebte, verstand nicht, wie jemand sie hassen oder irgendetwas tun konnte, sie aus der Welt zu verbannen. Er war nicht bereit, meine Erklärung zu akzeptieren, dass der Mann einfach fehlgeleitet war.

„Es gibt fehlgeleitet und es gibt vorsätzlich ignorant. Er ist letzteres, wenn er sich dafür entscheidet, die Welt in Schwarz und Weiß zu sehen, wenn Magie so viele Schattierungen von Grau hat und nicht in eine einzige Schublade gesteckt und als schlecht abgestempelt werden kann", hatte er vor einer Stunde geknurrt, als ich meinen letzten Versuch gestartet hatte, zu erklären, was der alte Mann getan hatte. Wut hatte Kalens Fähigkeit zur Vernunft getrübt, und er hatte meine Erklärung als Akzeptanz betrachtet. Das war es eindeutig nicht. Meine Perspektive war eine andere, weil ich aus einem Volk kam, das wegen der Aktionen einer kleinen Gruppe verteufelt worden war. Ich würde die Säuberung nie auch nur in Erwägung ziehen, doch alle behandelten mich, als wäre ich fünf Sekunden davon entfernt, eine zu versuchen. Conner war bei dieser Einschätzung keine Hilfe.

Ich blickte immer wieder auf meine Finger, um nach den Funken zu suchen, oder nach dem lebhaften Gefühl von Magie, die erwachte und durch mich strömte, bereit, benutzt zu werden. Es gab ein Flackern, wie bei einem Feuerzeug, dessen Zündrad gedreht wurde, doch das Feuer nicht anzünden konnte. Mehrere Minuten lang hielt ich daran fest, bis meine Finger schwach blau und weiß glühten. Erleichterung packte mich, selbst als die Farben verpufften und so schnell starben, wie sie entzündet worden waren. Meine Magie war nicht weg, und das war eine Erleichterung.

„Es kann eine Weile dauern. Er hat deine Magie benutzt, um auszubrechen, und den Berichten zufolge, war es explosiv ", sagte Gareth.

„Ich will nach Hause gehen."

Gareth verzog das Gesicht.

„Du kannst unmöglich glauben, dass ich hier sicher bin."

„Sicherer", flüsterte Gareth. „Ich glaube nicht, dass Conner hierher kommen wird."

„Nein, ich kann nirgendwo hingehen, um vor ihm sicher zu sein."

Gareth wusste das und es schien ihn schwer zu belasten. „Wir müssen ihn aufhalten." Gareth schüttelte den Kopf. „Was hat sich Mr. James nur dabei gedacht?", seufzte er gereizt. Ich hatte das Gefühl, dass er auch der Meinung war, dass der alte Mann fehlgeleitet war, während Kalen bei seiner Meinung blieb und Savannah, die aus ihrem Verhör von Gareth das Wesentliche erfahren hatte, schien sich auf Gareths Seite gestellt zu haben. Sobald die Gilde der Übernatürlichen mit der Katalogisierung und dem Vergleich von Mr. James' Sammlung mit den Datenbanken fertig war, ging das Eigentum vertragsgemäß auf Kalen und mich über.

Ich konnte es kaum erwarten, dass Kalen und Blu die Gegenstände in die Hände bekamen. Sie waren nutzlos darin, Kisten zu durchwühlen, die Grenzen eines Dachbodens zu überwinden und Scheunen auszumisten, um im Müll Dinge von Wert zu finden. In Sachen Recherche waren meine Lieblings-Fashionistas jedoch ein Power-Paar. Es war offensichtlich, dass ihre Ähnlichkeiten nicht bei ihrem Sinn für Mode endeten. Sie liebten Magie und hatten einen unstillbaren Wissensdurst.

„Conner hätte niemals nach Barathrum geschickt werden dürfen." Ich vermied es zu sagen, was ich sagen wollte, doch Gareth verstand, was ich meinte.

„Wenn wir ihn wieder erwischen, wird er nicht dorthin gehen." Drohung und Wut hallten in seinen Worten wider.

„Wirst du von jetzt an immer so sein?", fragte Savannah, als ich nach meinem zweiten Nickerchen des Tages aus meinem Schlafzimmer kam. Meine Genesung hatte viel Energie gekostet. Ich war vor zwei Tagen aus dem Krankenhaus entlassen worden und meine Magie war endlich zurückgekehrt.

„Hey, immer langsam, ich habe erst seit vierzehn Stunden wieder Zugriff auf meine Magie."

Ich setzte mich neben sie an den Küchentisch und ließ zu, dass sich die Magie in einem Regenbogen von Farben um meine Finger legte. Sie beobachtete mich, während ich damit spielte und sie zu einem Energieball aufrollte, nur um ihn mit einer Bewegung meines Fingers verschwinden zu lassen.

„Die Agenten bei der Gilde der Übernatürlichen sind nervös. Dir wurde deine Magie entzogen. Das will niemand erleben. Du weißt, was das für jeden bedeutet, der kein Legacy ist."

Ich runzelte die Stirn, denn ich war mir nicht sicher, ob es nicht auch für uns den Tod bedeutete. Legacy und Vertu hatten sich hinter einem nahezu undurchdringlichen Schutzzauber verschanzt, während die Welt um sie herum zusammengebrochen war. Ich vermutete, dass die Säuberung auch auf sie eine Wirkung gehabt hätte.

Meine Magie aus eigenem Antrieb nicht zu benutzen war eine Sache, doch nicht fähig zu sein, sie zu benutzen, war eine andere. Sie war ein Teil von mir, meine Art, mich zu schützen, und ohne sie blieben mir nur die Zwillinge, die ich immer bei mir hatte.

„Sind sie immer noch da draußen?", fragte ich stirnrunzelnd und deutete mit dem Kopf zur Tür, vor der Victor zwei seiner Agenten in Autos abgestellt hatte. Gareth, so nahm ich an, um zu zeigen, dass seiner größer war, hatte drei seiner Agenten – zwei davon Hochmagier – vor unserer Tür und einen Wandler, der in der Gegend Patrouille ging.

„Sie waren da draußen, als ich ihnen Getränke und Snacks gebracht habe."

„Hör auf, ihnen Essen zu bringen, dann verschwinden sie vielleicht. Oder noch besser – gib ihnen deine Muffins. Dafür werden sie uns so hassen, dass sie uns gerne ermorden lassen würden."

Sie verzog das Gesicht und streckte ihre Zunge heraus. „Wir müssen Conner finden, bevor er tut kann, was er vorhat."

„Die Gilde der Übernatürlichen und das FSR suchen ihn."

Mehrere Minuten vergingen, während Savannah auf ihren Lippen kaute. „Wenn sie ihn finden, werden sie ihn nur wieder verhaften." Ihre Stimme war leise, scharf und dunkel. Genug, dass sich meine Augen weiteten. Ihre Worte warfen einen dunklen Schatten auf ihre normalerweise strahlenden Gesichtszüge. Es war das erste Mal, dass ich rohe, ungezügelte Wut und Hass auf Conner in ihr sah. Was er ihr angetan hatte, kam einer Vergewaltigung gleich und seine jüngsten ungeheuerlichen Taten halfen auch nicht.

Ich suchte nach einer entschlossenen Reaktion, um sie davon abzubringen, doch ich hatte keine. Ich wollte Conner auch tot sehen. Nicht in einem Gefängnis, aus dem er wieder nur einen Fluchtweg finden würde. Tot.

Die Stille zwischen uns sprach Bände; wir hatten uns auf einen stillen Pakt geeinigt. Wir würden dafür sorgen, dass Conner sterben und nicht zurückkehren würde.

Unser stiller Pakt war eine Sache, doch Savannah aktiv teilnehmen zu lassen war eine andere. Wenn man jemanden tötete, nahm es einem etwas; es spielte keine Rolle, ob derjenige es verdient hatte oder nicht. Ich würde Savannah nicht damit belasten. Conner war mein Problem und sie war unschuldig ins Kreuzfeuer geraten.

Als ich die Wache von der Gilde beobachtete, als er zum dritten Mal in dieser Stunde an meinem Fenster vorbeiging, fragte ich mich, wann meine Nachbarn eine Petition einreichen würden, um uns aus der Wohnung zu werfen. In den vergangenen Monaten hatten Savannah und ich genug Gewalt und polizeiliche Überwachung angezogen. Unsere Hausgenossen waren immer noch höflich, oder so höflich, wie sie sein konnten, wenn sie uns jedes Mal misstrauische Blicke warfen, wenn sie einen von uns sahen. Unsere Partnerwahl hatte die Situation nicht einfacher gemacht. Wir waren schnell von den ruhigen Mädchen im Gebäude zur Freakshow geworden, mit der niemand etwas zu tun haben wollte.

Nachdem ich die Zwillinge auf meinem Rücken geschnallt hatte, kontrollierte ich die Messer, die ich an meinen Knöcheln hatte, und schnippte mit Magie an meinen Fingern, um sie wieder einmal zu testen. Das Letzte, was ich wollte, war eine magische Fehlzündung in Conners Gegenwart. Mein Plan basierte stark darauf, dass Conner gefunden werden wollte. Als ich an den Blick dachte, den er mir bei Mr. James zu Hause zugeworfen hatte, wusste ich, dass er es kaum erwarten konnte, mich wieder anzugreifen, doch das beruhte auf Gegenseitigkeit. Sein Ego war seine Schwäche. Er wollte einen Kampf, um zu wissen, dass er mich besiegt und übertrumpft hatte. Ich wartete, bis die Wache weit genug von meinem Fenster weg war, dass er mich nicht sehen würde. Jetzt ging einer der Magier Streife. Geduldig hatte ich bis zum Schichtwechsel gewartet, da ich wusste, dass der Wandler mich riechen und hören würde.

„Ist der Wandler weg?", flüsterte Savannah in die Dunkelheit, bevor sie das Licht in meinem Schlafzimmer einschaltete. Ich wandte meine Aufmerksamkeit vom Fenster ab, um einen Blick auf meine Mitbewohnerin zu werfen. Ihre „Missionstasche" hing über ihrer Schulter, sie trug eine wadenlange Yogahose und ein blassblaues T-Shirt mit der Aufschrift „Namaste" auf der Vorderseite. An ihrer Taille steckte ein Dolch in einer Scheide, dazu hatte sie ein Fleischermesser in der Hand. „Niemand hielt es für angebracht, mir die richtigen Waffen zu besorgen, also musste ich mich damit begnügen."

„Warum hältst du das Messer, als wolltest du Gemüse würfeln?" Ich warf der Frau, die meine Rachepartnerin sein wollte, einen weiteren durchdringenden Blick zu. Sie sah gefährlich aus, aber nur für sich selbst. Ich nahm ihr das Fleischermesser ab und legte es auf das Bett. „Du gehst nirgendwohin. Ich bin bald zurück."

Bevor ich mit meiner Liste der Gründe beginnen konnte, warum sie bleiben musste, beginnend mit dem Fleischermesser, vibrierte mein Handy. Ich senkte meine Stimme, sodass sie leise und schläfrig klang, als wäre ich aus dem Schlaf geweckt worden, und murmelte ins Mikrofon: „Hi, Gareth."

„Du hast nicht geschlafen. Du stehst an deinem Fenster, beobachtest meine Jungs und tadelst Savannah dafür, dass sie ein Fleischermesser in der Hand hält. Lass mich raten, sie hat ihre Missionstasche für euer Abenteuer gepackt."

Ich sah mich im Zimmer um. „Hast du eine Kamera hier drin oder so?" Ich war gereizt.

„Nein, einer meiner Agenten hat euch gehört."

Verdammte Wandler!

„Gareth, ich muss das tun. Ich muss wenigstens versuchen, ihn zu finden. Die Zeit ist nicht auf unserer Seite, weil wir keine Ahnung haben, was er vorhat."

„Du wirst dich selbst als Köder benutzen", knurrte er.

Beruhige dich, Kätzchen.

Victor hatte sich beruhigt. Ich wäre lieber diejenige, die es tut, als jemand anderes gehen zu lassen.

Ich wollte nicht mit Gareth streiten. Er hatte allen Grund,

Angst zu haben, aber ich würde mich mit mehr als nur mit Angst auseinandersetzen müssen, wenn ich Conner nicht aufhalten konnte. Gareth war vernünftig und ich wusste, dass er es verstehen würde. Nach einigen langen Momenten des Schweigens sagte er: „Ich kann dir das nicht ausreden, oder?"

„Nein."

Er seufzte genervt. „Dann sei vorsichtig."

22

Savannah sah sich in der kleinen Höhle um, die einst mein persönlicher Zufluchtsort gewesen war, an dem ich ohne Angst zu haben, entdeckt zu werden, zaubern konnte. Sie war ein Eindringling. Beste Freundin hin oder her, es fühlte sich genauso eigenartig an, sie hier zu haben, wie damals, als Gareth das erste Mal hier war.

„Was hast du vor?", flüsterte sie aus nur wenigen Metern Entfernung.

„Ich werde ihn tracken."

„Das hast du schonmal gemacht, und ohne Elijah hat es nicht funktioniert."

Ich holte tief Luft und musste das Offensichtliche zugeben. „Es hat funktioniert, weil wir gemeinsam stärker waren als er." Ich warf ihr einen Blick über die Schulter zu, die große Taschenlampe beleuchtete den nachtschwarzen Raum nur minimal. Schatten fielen über ihr besorgtes Gesichts. „Doch jetzt muss ich nicht stärker sein als er; Ich bin sicher, er will, dass ich ihn finde."

Er wird versuchen, mich zu finden.

Savannah stand aufrechter und griff zielstrebig nach ihrer Waffe. Sie war bereit, es mit einem Psychopathen aufzunehmen, der mächtige Magie und Schwerter benutzte – mit einem Küchenmesser. Wenn ich nicht so besorgt um ihre Sicherheit gewesen wäre, wäre es komisch gewesen. Sie sah lächerlich aus, als sie das Messer in der Hand hielt, als würde sie einen Baseballschläger schwingen.

„Ich wünschte wirklich, du würdest gehen und mich das erledigen lassen", flehte ich zum fünften Mal.

„Ich wünschte, du würdest aufhören, wie eine kaputte Schallplatte zu klingen. Ich lasse dich nicht allein im Kampf gegen Conner. Wenn er dich angreift, greift er automatisch auch mich mit an. Basta. Wir machen das zusammen."

Ich trat von ihr weg, um den Ortungszauber auszuführen. Platz war jedoch meine geringste Sorge. Sobald ich den Ortungszauber ausgeführt hatte, würde ich mich ihm öffnen, damit er mich finden konnte. Er konnte teleportieren, und meine Fertigkeiten, waren verbesserungsbedürftig. Ich konnte es jetzt, doch ich war mir nicht wirklich sicher, wo ich landen würde. Ich hatte noch einen langen Weg vor mir.

Als ich das Messer aus der Scheide zog, blitzte ein blendend greller Blitz in der Höhle auf und erhellte sie so weit, dass wir Conners extravaganten Auftritt sehen konnten.

„Ich dachte, ich erspare dir die Mühe", gurrte er.

Ich war abgelenkt; eine magische Welle traf Savannah in die Brust und warf sie so weit zurück, dass ich sie im unbeleuchteten Teil der Höhle nicht sehen konnte. Das Geräusch eines Körpers, der auf dem Boden aufschlug und dabei keuchte, war mein einziger Hinweis. Sie stöhnte. Wenigstens lebte sie.

„Wie wird es enden? Drei Leute gehen rein, einer kommt wieder raus?", spottete er. Das schwache Licht ließ seine Gesichtszüge bedrohlicher erscheinen. Das Leuchten, das von seinen Fingern ausging, fesselte meine Aufmerksamkeit mehr als der Sadismus auf seinem Gesicht. Ein Gefühl der Endgültigkeit überkam mich, als er seinen hasserfüllten Blick auf mich richtete. Zuvor hatte es noch Spuren von

Interesse und Anziehung, Staunen und Verehrung gegeben. Jetzt war da nur noch blanker Hass. Kühle Luft, die durch die feuchte Höhle strich, streifte meine Wange, Magie summte gegen meine Nase, und Angst stieg und fiel in mir wie eine ungleichmäßige Brandung. Ich mochte es nicht, Angst zu haben, doch ich wusste, dass Angst manchmal gut war. Sie weckten den Instinkt, mich selbst zu schützen, und das war es, was ich brauchte.

„*Du* hast uns zerstört", warf er mir mit kalter, giftiger Stimme vor.

„Im Ernst? Ich dachte, du warst derjenige, der versucht hat, die Säuberung noch einmal durchzuführen." Ich riss die Zwillinge aus ihren Scheiden und weigerte mich, in die Offensive zu gehen, als wir uns umrundeten. Wir wussten beide, wie es ausgehen würde. Die Sai auf ihn gerichtet, schickte ich Magie durch sie hindurch, scharf und hart. Sie schlug zischend gegen die Wand, die er schnell vor sich errichtet hatte.

„Ich bin stärker als du", sagte er, als ob ich daran erinnert werden musste. Schließlich hatte er daraus nie einen Hehl gemacht. Seine Lippen verzogen sich zu einem Knurren, angewidert von meiner bloßen Existenz. Sein Gefühl, verraten worden zu sein, war offensichtlich.

„Ich habe den ganzen Tag Zeit", sagte ich und wartete darauf, dass er die Barriere fallen ließ, denn ich weigerte mich, unnötige Energie aufzuwenden, um eine Mauer zu durchbrechen, von der ich wusste, dass er sie irgendwann fallenlassen würde. Dahinter konnte er nicht gegen mich zaubern, und seine Augen versprachen einen qualvollen Tod.

Die Wand fiel und Magie schoss wie eine Abrissbirne aus ihm hervor, traf mich gegen die Brust und nahm mir die Luft, als mein Rücken gegen die Wand auf der gegenüberliegenden Seite der Höhle krachte. Kiesel lösten sich und regneten auf mich. Ich erwischte die Klinge des Schwertes, das sich in seiner Hand materialisiert hatte, zwischen der

Schneide und den seitlichen Zinken eines Sai. Ein schneller Schlag mit dem anderen durchbohrte seinen ausgestreckten Arm. Er schrie auf, als ich ihn auf mich zu riss. Als er sich zurückzog, schien er Schmerzen zu haben.

„Du bist wirklich eine Kriegerin." Die Sehnsucht in seiner Stimme kehrte zurück. Wie krank und verdreht musste er sein, um sich nach jemandem zu verzehren, der ihn tot sehen wollte wie ich? Die Zeit, die er brauchte, um ein paar Schritte zurückzuweichen, war alles, was er brauchte, bevor sich die Wunde schloss und das Blut verschwand und sein Arm wieder unversehrt war. *Durchbohr' sein Herz*, erinnerte ich mich, doch ich war nicht überzeugt, dass das reichen würde. Gareth konnte sein Herz nicht verfehlt haben, als er ihn zerfleischt hatte. Ich würde mehr tun, als es nur zu durchbohren; Ich würde es notfalls aus seinem Körper herausschneiden.

„Hast du Angst, Anya?", schnurrte er mit sadistischem Unterton.

„Oh nein. Ich überlege nur, wie ich dich am effizientesten töten kann. Kann ich mir dein Schwert ausleihen? Ich wette, ohne Kopf kannst du nicht leben."

Gelächter schallte durch die Höhle. Es klang wahnsinniger, wenn es sich mit Echo vermischte.

Er verdrehte die Augen und schnaubte: „Der Liebhaber."

Ich erwartete, Gareth zu sehen, war jedoch überrascht, als Lucas mit solcher Geschwindigkeit auftauchte, dass die magische Kugel, die in seine Richtung geschleudert wurde, ihn verfehlte. Aus nächster Nähe schlug er auf Conner ein, die Geräusche von Metall auf Metall dröhnte in der kleinen Höhle, als sie einander aggressiv attackierten. Conner stürzte sich auf ihn. Lucas wirbelte herum und wich dem Schlag aus. Conner rammte seine Hand in Lucas. Er heulte auf. Die Energie des magischen Stroms, den Conner durch ihn schoss, ließ die Haare auf meinen Armen zu Berge stehen. Sie löste Lucas' Hand von seinem Schwert und verschaffte

Conner die Gelegenheit, es mehrere Meter weit wegzuschleudern. Wir hörten beide das Rascheln von Bewegungen. Es war Savannah, deren Hände gerade weit genug aus dem Schatten kamen, um das verlorene Schwert aufzuheben. Conners scharfer Blick schoss in ihre Richtung.

„Wenn ich dich diesmal erwische, werde ich deinen Verstand so zerstören, dass Anya dich nicht noch einmal retten kann", drohte Conner. Seine letzten Worte presste er mit einem Grunzen heraus, als ich eine eng zusammengerollte Kugel aus Magie warf. Sie traf ihn so hart, wie er mich getroffen hatte und ließ bei seinem Aufprall Erdbrocken und Steine wegspritzen. Ich stürzte auf ihn zu, bevor er sich genug erholt hatte, um Magie einzusetzen oder mit seinem Schwert zu parieren. Einer meiner Dolche glitt in seinen Bauch, nicht genug, um ihn festzunageln, aber tief genug, dass er sich anstrengen musste, um ihn herauszuziehen. Blut tränkte sein Hemd und ließ es an seinem Körper kleben. Keuchend kniff er die Augen zu und riss den Sai mit einer schnellen Bewegung heraus.

Ich ersetzte ihn durch den anderen Zwilling ersetzt. Vornübergebeugt hob er seinen Kopf gerade weit genug, um mir in die Augen zu sehen. Der Ruck turbulenter Magie, der mich durchfuhr, war schlimmer als der hasserfüllte Blick, den er mir zuwarf. Es fühlte sich an, als ob ein Stier durch meinen Körper wütete und seine Hörner benutzte, um sich den Weg zu bahnen. Tränen stiegen mir in die Augen und meine Knie gaben nach. Ich versuchte, genug Energie zu sammeln, um aufzustehen, doch es fühlte sich an, als wäre sie mir entzogen worden. Meine Beine waren wie Blei, als ich mich halb aufrichtete. Conner zog den Zwilling aus seinem Bauch und richtete ihn auf mich, blockiert durch die Barriere, mit der ich mich abgeschirmt hatte. Sie schwankte beim Aufprall. Von der magischen Vergeltung geschwächt, wusste ich, dass er sie irgendwann überwinden würde. Es war schwierig, das Gleichgewicht zwischen dem Aufrechterhalten der Barriere und dem Aufsparen meiner Kraft zum Kämpfen zu finden. Conner hatte einen Zwilling, ich den anderen. Er verzog seinen Lippen zu einem Grinsen, als er mir dabei zusah, wie ich kämpfte. So wie ich darauf gewartet hatte, dass er seine Barriere fallen ließ, wartete er jetzt darauf, dass meine Energie nachließ. Ich weigerte mich, ihm dieses Vergnügen zu bereiten. Aus dem Augenwinkel konnte ich sehen, wie Savannah sich langsam vorwärts bewegte. Conner auch.

„Savannah, ich werde dich vernichten, wenn du dich einmischst. Ich werde deinen Verstand so zerstören, dass du jemanden brauchen wirst, der dich pflegt. Glaubst du, dein Vampir wird bei dir bleiben, um sich in dem infantilen Zustand, in den ich dich versetzen werde, um dich zu kümmern? Bleib, wo du bist."

Doch damit hatte er nur dafür gesorgt, dass sie ganz sicher nicht dort bleiben würde. Ich musste sie nicht sehen, um zu wissen, dass sie hochrot war vor Wut. Sie an das zu erinnern, was er ihr schon einmal angetan hatte, würde sie nicht dazu bringen, ihn zu fürchten. Es würde nur die Flammen ihres Zorns und ihres Verlangens nach Rache weiter anfachen. Sie bewegte sich langsamer. Arroganz und Selbstzufriedenheit brachten ein hochmütiges Lächeln auf sein Gesicht.

Langsam, Savannah. Langsam. Als könnte sie mich hören, blieb sie stehen. Er grinste zufrieden. Savannah sah ängstlich aus. Er genoss ihre Angst zu sehr. Ich ließ die Barriere fallen und schleuderte hart meine Magie auf ihn. Schwächer als zuvor, doch in ständiger Folge schlug sie ein. Savannah kroch neben mich und zog das Schwert mit sich. Sie legte ihre Hand auf meine Schulter und die Kraft, die mich durchströmte, raubte mir den Atem. Sie summte wie ein elektrisches Kabel vor Energie, die ein Ventil brauchte. Ich hatte Savannahs magische Verstärkung schon früher gespürt, doch diesmal gab sie mir mehr Kraft als jedes andere Mal zuvor.

Lag es daran, dass sie durch ihre Kampf- oder Fluchtreaktion voller Adrenalin war? Ich nutzte das Aufwallen der Magie und schlug mit offensiver Magie auf ihn ein, bis ich ihn an die Wand gedrängt hatte. Wieder rammte ich einen Zwilling in ihn. Lucas bewegte sich auf ihn zu, weniger anmutig als sonst.

Savannahs Kreischen, schrill vor Frustration, Wut und Rachedurst, hallte von den Wänden wider. Ich konnte sehen, dass Conners Kraft nachließ – die Magie, die von ihm ausging, war schwach, ein starker Wind anstatt eines heftigen Sturms. Savannah durchbrach Conners Magie und schlug zu. Ich drehte mich um und spürte einen nassen Spritzer auf meinem Gesicht. Ich sah nicht hin. Ich wusste, was passiert war, bevor Conners Körper zu Boden sank. Savannah starrte ihn an. Ihre Lippen waren geöffnet, ihre Augen weit aufgerissen und glitzerten in einem Zustand von Ehrfurcht und Schrecken. Als sie mit ihrer Hand über ihr Gesicht wischte, verschmierte sie das Blut, anstatt es wegzuwischen.

Gareth spähte in die Öffnung der Höhle und er atmete erleichtert auf.

„Uns geht's gut", sagte ich.

„Das sehe ich."

Zumindest mir ging es gut. Bei Savannah war ich mir nicht so sicher. Sie hatte sich immer noch nicht bewegt. Lucas' sanfte Berührung riss sie aus ihrem Schockzustand – teilweise. Sie ließ das Schwert fallen und erlaubte ihm, ihr aus der Höhle zu helfen. Ich war die Zweite, die hinauskletterte. Lucas blieb zurück. Ich ging zurück, um nach ihm zu sehen, und spürte die Hitze der Flammen, als ich mein Gesicht durch die Öffnung steckte.

Gareth fluchte hinter mir, und mehrere Agenten Gilde der Übernatürlichen eilten herunter, um das Feuer zu löschen, doch ich nahm an, dass es zu spät war, um viel zu tun. Gareth seufzte, doch er schien nicht allzu verärgert darüber zu sein. Ich war erleichtert. Conner würde nicht zurückkommen.

Als wir zum Auto gingen, schüttelte Gareth den Kopf und verzog die Lippen zu einem ungläubigen Grinsen. „Habt ihr ihn wirklich gebeten, euch sein Schwert zu leihen, um ihm den Kopf abzuschlagen?", bellte er in einer Mischung aus vernichtendem Spott und dunklem Lachen. „Ihr habt sie doch nicht mehr alle."

„Was? Mehr als nein sagen hätte er nicht tun können", schoss ich ebenso ungläubig zurück. Unsere Stimmung hätte ernster sein sollen. Jemand war gestorben, und meine beste Freundin hatte ihn getötet. Ich hatte versucht, Conner zu retten und mit ihm zu reden. Jedes Mal, wenn er sein Ziel nicht erreicht hatte, hatte er eine Chance zur Rehabilitation bekommen, die er in den Wind geschlagen hatte. Jetzt hatten die Legacy und die Vertu eine Chance. Es war eine neue Ära, und hoffentlich war Conners Tod, eine Warnung wie die ursprüngliche Säuberung. Ich sah zu Savannah hinüber, die gerade von einem Sanitäter untersucht wurde. Sie schien in Ordnung zu sein. Ich hoffte, dass es ihr gutging. Lucas warf ihr denselben prüfenden Blick zu wie ich. Das sanfte, vorwurfsvolle Lächeln, das sie ihm zuwarf, war für den Moment beruhigend. Selbst entgegen ihre Proteste würde sie ins *The Isles* gebracht werden, weil sie immer noch als Mensch galt. Menschen mussten versorgt werden. Alysa tauchte auf und sprang aus dem Auto, bevor der Fahrer ganz anhalten konnte. Vielleicht war sie die Beste; nicht einmal Harrah hatte einen Fahrer gehabt.

Sie sah sich um und nahm eine schnelle Einschätzung aller Anwesenden vor. Mit Ausnahme von Savannah waren alle Übernatürliche – Angehörige der Gilde oder des FSR. Als sie auf Savannah zuging, hatte sie diesen Ausdruck auf ihrem Gesicht – den Blick, den Harrah gehabt hatte, wenn sie eine Situation „in den Griff bekam". Gareth reagierte schneller als ich und schob sich zwischen sie und Savannah.

Er beugte sich vor und sagte etwas, das nur für ihre Ohren bestimmt war. Sie diskutierten mehrere Minuten lang, beide angespannt, während sie alles, was sie zu sagen hatten, herauspressten. Alysa fiel es nicht leicht, Zugeständnisse zu machen, und einige Augenblicke lang teilte sie ihre Aufmerksamkeit zwischen Gareth und Savannah, die ihren Blick wie ein Adler auf sie gerichtet hatte.

Schließlich machte Alysa kehrt und ging zu ihrem Auto.

„Wenn Savannah ins Krankenhaus gebracht wird, will ich dort sein, sobald sie dort ankommt", sagte ich zu Gareth, als er zu mir zurückkam. Obwohl ich es flüsterte, blickte Lucas in meine Richtung und ich wusste, dass er es auch gehört hatte. Ugh, Vampire und Wandler machen das Leben viel komplizierter!

23

Gareths Blick wanderte durch das *Devour*, etwas, was ich die ganze Nacht über getan hatte, um die Vampire zu beobachten, nicht aus Interesse, sondern weil sie die ganze Zeit über auf meinen Hals starrten. Savannah beschuldigte mich, paranoid zu sein, doch ich fand es schwierig, nicht übermäßig vorsichtig zu sein, umgeben von Wesen, die nahezu unbegrenzte Zeit hatten, ihren Charme und ihre Anziehungskraft zu perfektionieren. Ich kam bewaffnet mit meinem Zynismus und den fünfzehn Zentimeter langen Ziernadeln, die in meinem lockeren Haarknoten steckten. Ursprünglich war es ein fester Knoten gewesen. Savannah hatte ihn mit einem Stirnrunzeln und einem Augenrollen quittiert, bevor sie mein Haar zu einem lockeren Knoten arrangiert hatte, aus dem genug Strähnen herausfielen, um die Nadeln zu verdecken.

Lucas hatte uns mit einem neckenden Lächeln begrüßt, während sein Blick schnell zu den Nadeln gewandert war. „Oh, Livy. Ich kann dir garantieren, dass du sicher bist. Wir setzen keine Gewalt ein, um Leute zu ködern. Niemals." Und er hatte recht. Die lieblichen Gesichter, die anmutigen, geschmeidigen Bewegungen und die offene Sexualität versprachen eine Nacht voller Vergnügen, die eine Person nicht so schnell vergessen würde. Ich bevorzugte das *Crimson*, den Club, in dem die jüngeren Vampire abhingen. Sie hatten ihre Anziehungskraft noch nicht perfektioniert und ihre Vampirpersönlichkeiten aus jedem erdenklichen Teenager-Vampirfilm übernommen. Sie waren normalerweise ängstlich oder grüblerisch. Damit konnte ich umgehen. Die tiefen, hypnotisierenden Blicke, die heiseren Bitten, die Art und Weise, wie sie jemanden streiften, hatten etwas so ungeniert Sinnliches und Berauschendes. Während ich alles beobachtete und mir einprägte, machte ich es zu einem Teil meiner Verteidigung, doch Savannah war von einem Vampir ganz besonders fasziniert. Gareth und ich konnten nichts dagegen tun.

„Hör auf, sie zu beobachten, du kannst nicht die ganze Nacht verhindern, dass er von ihr trinkt", neckte er. Ich hatte den größten Teil des Abends damit verbracht, Savannah inmitten der Menge in dem spärlich beleuchteten Raum zu finden, so nahe bei Lucas, dass ich kaum erkennen konnte, wo er aufhörte und sie anfing. Ich tat es jedoch nicht nur, weil ich verhindern wollte, dass Lucas von ihr trank. Ich machte mir Sorgen um Savannah. Sie hatte jemanden getötet, und er hatte es verdient, doch trotzdem hatte sie ein Leben genommen. Sie schien okay zu sein und ich hoffte wirklich, dass sie es war. Vielleicht hatte sie es in den Bereich der Dinge eingeordnet, die getan werden mussten, wo sie ihre Ethik über Bord werfen und die Verantwortung für das Allgemeinwohl übernehmen konnte. Conner war weg. Er hatte es überlebt, von einem riesigen Höhlenlöwen zerfleischt zu werden, doch es war unwahrscheinlich, dass er ohne seinen Kopf zurückkommen würde. Nur um sicherzugehen – denn wenn es um Conner ging, wollte niemand ein Risiko eingehen – hatte Lucas die Leiche verbrannt.

„Livy, ihr geht's gut."

„Ich weiß. Ich hatte erwartet, dass sie verändert ist. Irgendwie dunkler, ernster.“

„Ich bin mir nicht sicher, ob du von einer Frau, die vor Sonnenaufgang wie ein Welpe auf Adrenalin aufwacht, jemals etwas Dunkles bekommen wirst.“ Er trank einen Schluck aus seinem Glas und fand sie in der Dunkelheit, wo sie uns beim Beobachten ertappte und anfing, begeistert zu winken. „Ja, das ist ein abgrundtiefes Loch. Sie ist so dunkel und bedrohlich – ich zittere vor Angst.“ Er lachte und sah mich an. „Du andererseits … Du bist dunkel genug für euch beide.“

Ich trat zurück, warf ihm einen Blick zu, leckte meine Lippen so, wie er es liebte, und senkte meine Stimme, bis sie leise und sinnlich war. „Bin ich dunkel, sexy und grüblerisch?“, fragte ich neckend.

„Nein. Überhaupt nicht. Du bist dunkel und nerdig – mit den Karoblusen und dem ständigen Gerede über Superhelden hast du sexy und grüblerisch im Flur gelassen und ihnen die Tür vor der Nase zugeschlagen.“ Immer noch grinsend beugte er sich vor, um mich zu küssen.

„Trotzdem habe ich es geschafft, dich zu angeln“, hauchte ich gegen seine Lippen.

„Ich bin leicht zu haben, erinnerst du dich?“ Er trat einige Schritte von mir zurück und erlaubte mir, ihn ganz zu sehen. Anscheinend war es nicht so einfach, ihn zu bekommen, wie ich behauptet hatte, um ihn aufzuziehen. Er interessierte immer noch viele Frauen, und selbst als wir an der Bar des *Devour* standen, umgeben von Vampiren, Menschen mit einer Affinität zu Vampiren und den gelegentlichen Übernatürlichen, bekam ich Blicke zugeworfen. Einige bewundernder Natur, doch die meisten wertend. Ich erfüllte ihre Erwartungen nicht und fragte mich, ob einige der verächtlichen Blicke darauf zurückzuführen waren, dass ich mich als Legacy geoutet hatte.

„Willst du gehen?“, fragte er.

„Ja, lass uns gehen. Ich habe das Gefühl, auf der Speisekarte zu stehen."

Gareth lachte, hob sein Glas und trank es aus. Er verflocht seine Finger mit meinen, als ich spürte, wie eine kühle Brise durch den Raum wehte. Alle blieben für einen kurzen Moment stehen, als eine eigenartige Magie durch den Raum fegte. Für mehrere Beats im Takt eingefroren, fanden sich die Clubbesucher voneinander getrennt wieder, ihre Körper beiseitegeschoben, sodass ein Pfad zu Gareth und mir frei war. Etwas Kühles streifte meine Nase. Aus meiner peripheren Sicht sah ich, wie Leute gegen eine unsichtbare Wand liefen. Dorian erschien, ganz in Menschengestalt. Sein Gesicht blieb perfekt professionell, nüchtern, zurückhaltend. Steinharte Augen richteten sich auf uns wie durch das Zielfernrohr eines Attentäters. Magie stieg in mir auf, eine Schutzreaktion, doch ich hatte keine Ahnung, wogegen ich sie einsetzen sollte. Dorians Starren war kein Angriff. Soll ich einen präventiv zuschlagen?

„Bestätigt", flüsterte Dorian, als er zurücktrat. Die Zeit verging nicht mehr langsamer. Alles beschleunigte sich bis zur Unschärfe. Es war, als würde ich in einen Hurricane hineingezogen. Ich konnte mich nicht schnell genug bewegen, laut genug schreien oder genug Magie rufen, um es aufzuhalten. Vor Gareth und mir stand eine hellhaarige Frau, ihre Präsenz eiskalt – die Inkarnation des Todes. Das hauchdünne weiße Kleid, das um sie herum wehte, weitete sich wie Flügel. Bezaubernde, eiskristallblaue Augen richteten sich auf meine und dann auf Gareths. Sie war eine seltsame Kombination aus Teufel und Engel, beängstigend und beruhigend zugleich. Gareth und ich standen geschockt da und konnten uns nicht bewegen, bis ihr Schrei durch den Raum hallte, als sie unsere Handgelenke packte. Ein schwerer magischer Ruck durchfuhr mich und schockte mich zu einer Reaktion. Ich zwang einen mächtigen Ausbruch von Magie heraus, der in sie eindrang. Sie stand aufrechter, absorbierte ihn und kreischte lauter. Das entsetzliche Geräusch hatte Kraft, drückte gegen meine Magie und erfüllte uns mit mehr von ihrer. Meine Arme fühlten sich an, als wären sie in Brand gesteckt worden. Plötzliche Stille legte sich über den Raum. So schnell die Frau aufgetaucht war, verschwand sie wieder.

Sie hat bei uns beiden identische Spuren hinterlassen. Ein aschfarbener Kreis mit einer Verlängerung, die wie ein Finger, der zu einem Haken gekrümmt war, aussah.

„Was zur Hölle war das?", zischte Savannah und betrachtete die Spur des Besuchs der Frau auf meinem Arm.

Gareth streckte seinen Arm aus und Savannah untersuchte die identischen Male. Ihr Finger schwebte über meinem, zögerte, es zu berühren. Ich machte ihr keinen Vorwurf daraus. Die Haut drumherum war wund und sah schmerzhaft aus.

Sie zerrte uns hinter die Bar und warf dem Barkeeper einen Blick zu, als er es wagte, sich über ihr Eindringen zu beschweren. Ich wusste, dass sein Zugeständnis wenig mit ihrem wütenden Gesicht und alles damit zu tun hatte, wie sie zu Lucas stand. Sie drehte das kalte Wasser auf und steckte unsere Arme darunter. Es kühlte den geröteten Bereich, entfernte jedoch nicht das Mal oder beruhigte das seltsame Gefühl. Es pulsierte in einem stetigen Takt, eine Erinnerung an seine Existenz.

Lucas stand hinter Savannah und zog sie an sich, als sie den Mut aufbrachte, es zu berühren.

„Nicht", sagte er. Stirnrunzelnd betrachtete er das Treiben im Club. Es gab eine Menge Dinge, die man über Vampire sagen könnte, doch niemand konnte jemals in Frage stellen, dass sie beeindruckend waren. Die Aktivität hatte sich wieder normalisiert, als wäre eine seltsame, kreischende, weiß gekleidete Frau nur eine kurze Störung in einer Nacht voller Hedonismus und Spaß.

24

Kalen und Blu starrten wieder auf das Mal auf meinem Arm und gingen dann zu Gareth, der auf einem Sessel in der Sitzgruppe des Büros saß, um sich seines anzusehen. Er fing an, seine Frustration zu zeigen. Seit wir in der Nacht zuvor markiert worden waren, hatte es reges Treiben gegeben. Die Gilde der Übernatürlichen hatte Fotos von den Malen gemacht, ein Spezialist für rituelle Magie war hinzugezogen worden, und wir hatten mehrere Stunden mit einem ganzen Team von Agenten verbracht, Bücher durchforstet und versucht, herauszufinden, was das Zeichen bedeutet. Es pulsierte immer noch auf meinem Arm, und da es mit Dorian und einer Frau zu tun hatte, die gleichzeitig das Furchteinflößendste und Verführerischste war, das ich je gesehen hatte, war die Neugier aller geweckt – bis wir ihnen sagten, wer Dorian war und woher wir ihn kannten. Die Blicke wurden besorgt oder wertend und tadelten uns nonverbal für unseren Ausflug.

Kalen und Blu waren nur besorgt, als sie ihre Aufmerksamkeit zwischen ihren Büchern und unseren unauslöschlichen Malen aufteilten. Als Blu das dritte Mal meinen Arm umdrehte, um sich das Mal anzusehen, schlug ich vor, ein Foto davon zu machen.

„Nein, ich muss es in Echtzeit sehen, falls es sich ändert."

„Warum sollte es sich ändern?", fragte ich verwirrt.

„Warum sollte ein magisches Mal an dir und Gareth angebracht werden? Warum hat es diese Farbe? Warum wurde Gareth überhaupt markiert? Er ist ein Wandler. Es gibt hier eine ganze Menge Warums." Sie verzog ihre Lippen zur Seite und blätterte ein paar weitere Seiten in dem Buch um, in dem sie las, bevor sie es beiseite warf und ein anders nahm.

„Wie wurde Magie bei Gareth eingesetzt? Glaubst du, ein Legacy hat das getan?"

„Wir haben es mit Magie zu tun, die älter als die Legacy und die ist, die wir jetzt haben. *Aber* das Mal ist magisch, es wendet nicht wirklich Magie gegen ihn an."

„Meins fühlt sich eigenartig an, genau wie Livy ihres beschreibt."

„Es ist immer noch *nur* ein Mal." Nach einigen Momenten der Überlegung fügte Blu hinzu: „Denke ich zumindest."

Kalen und Blu fingen an, vor uns auf und ab zu gehen, Bücher durchzugehen und Blicke in solch fließenden Bewegungen auszutauschen, dass es wie eine Choreografie aussah. Es war das erste Mal, dass ich Kalen tatsächlich zerzaust sah. Die Ärmel seines Seidenhemds waren bis zum Ellbogen hochgekrempelt, die untere Hälfte seines Hemds war aus seiner Hose gerutscht, und sein Haar war unfrisiert, weil er mit seinen Fingern hindurchgefahren war. Zuzusehen, wie Blu vor uns hin und her marschierte, machte die seltsame Situation amüsanter. Sie hatte noch nie mehr wie eine Hexe ausgesehen als gerade. Das Klischee einer Hexe, die ein weinrotes, mit Goldrunen bedrucktes Buch in der Hand hielt. Ihre dicken, krausen Locken waren mit einem langen fließenden Schal aus dem Gesicht gebunden. Ein langes, bedrucktes, hauchdünnes Kleid umfloss ihren Körper und flatterte in Wellen, wenn sie sich bewegte. Das Outfit wurde von strassbesetzten Sandalen abgerundet, die im Licht glitzerten.

Das Mal hatte einen Puls, einen lästigen Herzschlag, der in einem konstanten Rhythmus schlug und mich an seine Anwesenheit erinnerte.

Kalen blieb plötzlich stehen. Er überflog langsam die Seite des Buchs in seiner Hand und riss den Kopf hoch. „Als die Naga euch gebeten hat, zu bleiben, habt ihr auch nur angedeutet, dass ihr es tun würdet?", fragte er mit besorgter Stimme.

„Ich wollte nicht unhöflich sein, also habe ich gesagt, ich würde es tun, wenn ich nicht zu Savannah zurückmüsste", sagte ich.

„Und dann?"

Ich versuchte, mich an alles zu erinnern, was passiert war; es schien, als wäre jedes Detail wichtig. „Ich habe ihr gesagt, dass ich die *Culded* brauche, um Savannah zu helfen."

„Hast du angeboten, nach Abschluss der Mission zurückzukehren?" Noch einmal ging ich die Ereignisse dieses Tages durch. Nach allem, was passiert war, schien es, als wäre es Jahre her und nicht nur Tage.

„In gewisser Weise hast du das", sagte Gareth stirnrunzelnd. „Du warst nur höflich, doch es kann leicht sein, dass sie es falsch aufgefasst haben könnte."

„Wie kann man das falsch auffassen? Ich habe ihr gesagt, dass ich Savannah helfen muss."

Gareth starrte zu Boden, als würde auch er die Szene im Detail durchgehen. Dann wiederholte er das ganze Gespräch mit sehr spezifischen Einzelheiten. Beeindruckt von seiner Erinnerung, war ich froh, ihn auf meiner Seite zu haben.

„Ich war höflich", wiederholte ich.

„Ich weiß, dass du es warst, doch das erklärt ihre Reaktion."

„Reaktion?", fragte Kalen.

Ich schauderte bei dem Gedanken daran, wie sie vor Qual geheult hatte. „Sie hat uns angegriffen, als wir gingen. Als wir entkommen sind, hat sie traurig geheult. Es war sehr seltsam, und dann wurde uns verboten, dorthin zurückzukehren.”

„Das Mal ist eine Vergeltung”, bot Blu an. Einige Augenblicke verstrichen, bis sie fortfuhr: „Es schlägt – wie ein Puls, nicht wahr?”

Ich nickte.

„Es ist ein magisches Zielsuchsystem. Jetzt müssen wir herausfinden, was auf euch zukommt.”

Gareth schien zu entspannt für jemanden, dem gerade gesagt worden war, dass ein gottähnliches Wesen uns markiert hatte. Anstatt besorgt auszusehen, lächelte er selbstgefällig.

„Du machst dir keine Sorgen?”, fragte ich ungläubig.

Er zuckte mit den Schultern. „Wir haben uns mit Conner herumgeschlagen. Ich kann mir nicht vorstellen, dass sie uns Schlimmeres schicken können.”

Ich wäre gerne optimistischer gewesen, doch es schien immer etwas Schlimmeres zu geben. Ich dachte nicht, dass es etwas Schlimmeres als die Legacy geben könnte, und *ta-da* – erfahre ich von den Vertu. Hatte er vergessen, wie schwer es gewesen war, Conner zu töten?

Blu und Kalen machten finstere Mienen, als sie beide auf eine Seite in dem Buch blickten, das Kalen in der Hand hielt. Kalen ging zum Computer und fing an, hektisch auf der Tastatur herumzutippen. „Willst du wetten?” Kalen runzelte die Stirn. „Das ist schlimmer … ein Spiritus Mortem.”

Dann fing er an, vorzulesen. „Sie nehmen nur Gestalt an, um ihre Opfergaben einzusammeln.” Er blickte vom Bildschirm auf. „Ihr habt es mit etwas Ähnlichem wie einem Geist zu tun, nur tödlicher. Es hat keine erkennbare Form. Ich denke, das wird schwieriger als Conner.”

„Dann fangen wir ihn in wie einen Flaschengeist ein”, schlug ich vor. Die Situation auf die leichte Schulter zu nehmen, war alles, was ich tun konnte, um damit fertig zu werden. Was sie beschrieben, war schlimmer als Conner. Egal wie sehr ich versuchte, die Situation zu verharmlosen, das Problem blieb, dass ich das Problem beheben musste, was bedeutete, dass ich wahrscheinlich nach Menta reisen musste, um die Naga zu finden und ihr auf wenig freundliche Art und Weise den Unterschied zwischen höflicher Ablehnung und einem Versprechen zu erklären.

„Da gibt es ein paar positive Dinge. Sie sind an die finsterste Nacht gebunden, wo sie eure Alpträume beherrschen werden, bevor sie ihr Opfer holen", erklärte Blu. Es war kein großer Trost. *Großartig, sie können uns nur nachts töten.* Sie las weiter und ging dann zu dem Stapel Bücher auf dem Tisch und blätterte durch mehrere andere. „Also seid ihr sicher, solange ihr tagsüber schläft."

„Was passiert, wenn sie nachts auftauchen?"

„Sie werden euch in euren Träumen foltern und dann die Energie eurer Angst nutzen, um euch mitzunehmen."

„Wohin bringen sie uns?", fragte ich, nicht länger in der Lage, mich hinter einem Scherz zu verstecken.

Sie las weiter, und ich stellte mich neben sie, las weiter und fand Conner mit jedem Satz, der detailliert auf die Opfer ihrer Besuche einging, weniger furchteinflößend. Sie blätterte um. *Juhu, Bilder.* Ich hatte mir den enthaupteten Connor nicht ansehen konnte, und ich wollte die Ergebnisse der Folterkammer des Spiritus Mortem nicht sehen. Anscheinend manifestierte sich alles, was sie einem in den Träumen antaten, körperlich. Ich schauderte angesichts der Bilder vor mir und wollte der Naga unbedingt einen Besuch abstatten.

„Wie hält man sie auf?", fragte ich, immer noch über Blus Schulter spähend. Ich las mit ihr und fünf Seiten später wussten wir, wer sie anrufen konnte und wie man es machte, und wir hatten Bilder ihrer schrecklichen Folter gesehen – doch es gab scheinbar nichts, was sie aufhalten konnte.

„Ich sollte in der Lage sein, einen zu beschwören, richtig?", fragte ich.

„Und was soll das bringen, Livy?", fragte Blu.

Nichts, ich wollte nur einen auf die Naga hetzen. Kleinlicher ging es nicht.

„Wie lange müssen wir tagsüber schlafen?", fragte
Gareth.

„Bis wir einen Weg gefunden haben, sie von euch abzubringen", sagte Blu.

„Ich nehme an, der Tod dessen, der sie beschworen hat,
würde reichen." Blus Gesicht verzog sich angewidert. Ich
verstand es. Tod als Antwort auf ein Problem war schwer zu
akzeptieren, und ich hoffte, es ohne Blutvergießen beenden
zu können.

Gareth hatte in den letzten Minuten tief in Gedanken
versunken sein Mal untersucht. „Selbst wenn das eine
Option wäre, weißt du, dass wir nicht zurückkehren dürfen.
Sie würden uns am Ufer aufhalten." Seine Worte erinnerten
uns an die missbilligende und wütende Art, wie Dorian uns
angesehen hatte.

Es war Mitternacht und wir hatten mehrere Stunden vor
uns Zeit, bevor der Tag anbrach und wir schlafen konnten.
Kalen verließ das Zimmer, ging in die Küche und kehrte mit
zwei großen Tassen Kaffee und einer Schale Schokokaffeebohnen zurück. Der Kaffee und die Kaffeebohnen hatten
genug Koffein, um uns wachzuhalten.

Das Problem, wenn man schläfrig war und gezwungen
war, wach zu bleiben, war, dass man zu müde war, um
tatsächlich zu lesen. Die Worte, die ich las, verschwammen
vor mir und das Gelesene zu verstehen wurde zu einem
Problem, bis ich mir das Buch mit den Bildern und der
Nacherzählung der Folter, der die Opfer ausgesetzt waren,
ansah.

„Haben sie überhaupt keine Gestalt, bis sie ihre Aufgabe
erfüllen?" Irgendwann mussten sie sich materialisieren, um

uns zu berühren. „Wir sind zu zweit. Ich gehe davon aus, dass es mehr als einen Spiritus Mortem gibt."

Blu nickte. „Sie scheinen zu dritt aufzutauchen", sagte sie stirnrunzelnd. Seltsamerweise war es beruhigend zu wissen, dass es mehr als einen gab und dass ein Spiritus Mortem nicht genug Macht hatte, um einen Legacy und einen Wandler auszuschalten. Dann hatte ich den morbiden Gedanken, dass einer vielleicht genug war, doch drei kamen, um sicherzugehen, dass die Arbeit auf die grausamste Weise erledigt wurde. Bei der Vorstellung pochte mein Herz schneller.

Als die Sonne endlich die Dunkelheit vertrieb, war ich mehr als bereit zu schlafen. Da ich Savannah nicht beunruhigen oder involvieren wollte, beschloss ich, bei Gareth zu bleiben. Als ich geduscht hatte und darauf wartete, dass die Wirkung des Kaffees nachließ, damit ich endlich schlafen konnte, hörte ich Gareths Handy klingeln. Er runzelte die Stirn, als er die Nummer sah

„Ja, Savannah, Liebes." Er hielt inne. „Ja, uns geht's gut, du musst nicht auf uns aufpassen, während wir schlafen."

Ich konnte nicht hören, was sie am anderen Ende sagte, doch Gareth unternahm mehrere Versuche, sie zu unterbrechen, ohne Erfolg. Ich hatte aus dem, was er hier sagte, geschlossen, dass sie am Tor der Gated Community war. Er biss sich auf die Lippen und drückte mehrere Knöpfe auf seinem Handy, was ihr den Zutritt erlaubt haben musste.

„Sie ist ziemlich hartnäckig, nicht wahr?", sagte er, rollte aus dem Bett und ging zur Schlafzimmertür.

„Das ist ein Euphemismus für herrisch und anmaßend", sagte ich und folgte ihm.

Savannah, mit einem sehr unglücklichen Lucas im Schlepptau, trat mit einer Reisetasche ein. Das war die Reiseversion ihrer „Missionstasche" komplett mit einem Baseballschläger, Pflöcken – die Lucas ihr gegeben haben musste, weil ich keine hatte – und einem Taser. Der Taser war neu und ich fragte mich, wann sie ihn zu ihrem Arsenal hinzugefügt hatte.

„Ich habe Snacks mitgebracht. Das kann wie eine Pyjamaparty sein."

Lucas schien noch weniger an einer Pyjamaparty interessiert zu sein als Gareth. Ich konnte die Enttäuschung nicht ertragen, also machte ich mir nicht einmal die Mühe, in den Tüten nach genießbaren Snacks zu suchen, da ich garantiert nur die geschmacksfreie Versionen von etwas normalerweise Gutem finden würde.

„Ihr zieht Abenteuer irgendwie magisch an", sagte Lucas, zog seine Jacke aus und hängte sie über die Rückenlehne eines der Stühle, bevor er sich setzte. Savannah saß da, wo sie es normalerweise tat, wenn Lucas anwesend war – auf seinem Schoß, eng an ihn gekuschelt.

„Wir sind sicher. Es ist helllichter Tag; sie kommen nur nachts."

„Na ja, so steht es in dem Buch, aber denk' daran, dass in Büchern auch stand, dass Legacy ausgestorben sind und Vertu wurden gar nicht erwähnt. Vorsicht ist besser als Nachsicht", mahnte Savannah.

Gareth rieb sich mit einem Ausdruck purer Verwirrung die Bartstoppeln. Es war derselbe verwirrte Blick, den er hatte, wenn Savannah sich über Lucas, ihn und mich aufregte und uns „die Leviten las". Es war unterhaltsam anzusehen, wie er versuchte, mit Savannah fertig zu werden. Ich dachte mir, er würde es machen wie Lucas, schweigend kapitulieren und sich dafür entscheiden, sie als eher amüsant als nervig zu betrachten. Ich betrachtete meine gluckende, *hartnäckige* Mitbewohnerin als beides: eine amüsante Nervensäge.

Ich gab ihnen die Bücher, die wir von Kalen ausgeliehen hatten, und fragte: „Könnt ihr die durchgehen, um zu sehen, ob wir etwas übersehen haben, das uns helfen könnte, diese Kreaturen zurückzuschicken oder die Male zu entfernen?" Dann folgte ich Gareth zurück in sein Zimmer.

Er legte seinen Arm um mich und drückte seine Lippen auf mein Haar. „Du versuchst also immer noch, ihn vom Trinken abzuhalten?", neckte er.

„Absolut nicht. Ich gebe ihnen nur etwas, womit sie die Zeit verbringen können, solange sie hier sind."

---

25

*E*s dauerte mehr als drei Tage, etwas zu finden, das auch nur annähernd funktionieren würde, da ich die meisten Gegenstände zerstört hatte, die wir hätten benutzen können, um sie zu fangen, zusammen mit vielen anderen Gegenständen aus dem Besitz des Magischen Rates. Auch wenn eines der Objekte dazu beigetragen haben könnte, Gareth und mich zu retten, bereute ich meine Entscheidung nicht.

„Das wird funktionieren?", fragte ich skeptisch, als Blu und Kalen anfingen, mitten in Gareths Wohnzimmer einen großen Kreis zu legen, indem sie Salz, Tannin und einen von Blu hergestellten Trank verwendeten.

Blu sah mich unsicher an. „Das sollte es."

Ihre Unsicherheit machte es mir schwer, Vertrauen in den Kreis zu fassen, den sie legten, um einen zu fangen. Dem magischen Signal folgend waren die Kreaturen nachts in einer dunklen Rauchwolke in Gareths Haus eingedrungen. Ihre nebulösen Formen waren im Raum gehangen, jedoch nur um uns wach und auf dem Sofa sitzend vorzufinden. Unfähig, mehr zu tun, als uns zu belästigen, hatten sie sich die ganze Nacht über um uns herum bewegt und den Raum mit dem Duft von Asche und Zimt erfüllt, während sie verschiedene Formen annahmen, von denen die häufigste eine geisterhafte Menschengestalt gewesen war. Da ich Zugang zu außergewöhnlicher Magie hatte, fand ich es absurd, dass meine beste Waffe gegen sie Koffein, Zucker und ein morgendliches Nickerchen waren.

Gestern waren sie durch die Ritzen des Hauses eingedrungen, um uns wieder wach vorzufinden. Ihre körperlichen Formen peitschten um uns herum, während ihr einzigartiger Duft durch die Luft wehte. Sie zeigten ihren Ärger darüber, uns wach zu finden, indem der Geruch stärker und unangenehmer wurde. Dann hatten sie angefangen, einschläfernde, monotone Laute von sich zu geben, um uns schläfrig zu machen. Als das nicht funktioniert hatte, hatten sie sich bedrohliche Formen angenommen, die die gewünschte Wirkung gehabt hätten, wenn sie nicht nur Nebelgestalten gewesen wären.

Wir hatten ungefähr eine Stunde, bevor wir wieder mit ihnen rechnen mussten. Genug Zeit für Blu und Kalen, um den Zauber zu vollenden, und für uns, uns für die Ausführung des Plans zu positionieren.

Lucas lehnte sich gegen den Türrahmen, ein unfreiwilliger Besucher für eine vierte Nacht, da Savannah nicht gehen wollte. Sein ärgerlicher und desinteressierter Blick verriet, dass er sich keine Sorgen um uns machte. Savannah stand neben ihm und interessierte sich sehr für Kalens und Blus Vorbereitung.

Gareth hatte sich gut an die verschobene Schlafenszeit gewöhnt. Er hatte ein paar Stunden geschlafen, war lange bei der Arbeit geblieben, hatte Savannah und Lucas hier gelassen, um mir Gesellschaft zu leisten, und war rechtzeitig zurückgekehrt, um nachts bei mir zu sein. Ich konnte mit nur vier Stunden Schlaf kaum funktionieren, doch Gareth schien es bis jetzt gut zu gehen.

Während er auf dem Sofa saß, sackte sein Kopf nach

vorn. Er riss ihn hoch, verzog das Gesicht und sah sich dann im Zimmer um. Mein Blick folgte seinem zu dem Gas, das unter der Tür hindurch kam. Er schlug sich die Hand vors Gesicht. Lucas reagierte geschockt: Er stürmte den Flur hinunter, ich nahm an, um Handtücher und was er sonst noch finden konnte, zu holen, um die Fenster und Türen abzudichten, während Gareth mich in den anderen Raum brachte. Magie funktionierte bei Gareth nicht, doch Gas würde seine Wirkung auf ihn nicht verfehlen – oder auf mich.

Scheiße. Da die Spiritūs Mortem keine feste Gestalt annehmen konnte, musste Dorian für den Gasangriff verantwortlich sein.

Ein paar Minuten später rief Kalen uns zurück.

Savannah lag ausgestreckt am Boden, Lucas hielt sie fest an sich gedrückt. Sie hatte zu viel des Gases inhaliert. Lucas war nicht immun gegen Magie, doch Gas machte ihm nichts aus, ein Vorteil des Untotseins.

„Ich schätze, sie haben Hilfe hinzugezogen", knurrte Gareth.

Blu machte sich daran, den Kreis zu schließen, der gestört worden war, als sich alle auf den Weg gemacht hatten, um zu fliehen und Fenster und Türen zu sichern, und wartete dann darauf, dass die Kreaturen mit der Dunkelheit zurückkehrten. Sie krochen herein als dunkler Rauch aus wirbelnden Wolken von vage geformten Gestalten, die aufhörten sich zu bewegen, als sie uns fanden, wach und wartend auf sie.

Ich flüsterte die Worte, um den Zauber zu wirken, und sie wurden wie von einem Vakuum in den Kreis gesaugt, unfähig, seine Grenzen zu überschreiten. Es war ihr Gefängnis bis zum Morgen – wenn sie es so lange durchhielten. Als sich die magische Energie um sie schloss, erlagen sie ihr. Nein, sie schienen sich der Magie zu ergeben.

Der Zauber war nicht perfekt. Er fesselte sie, doch sie schienen die Energie des Kreises zu nutzen, um solide

Gestalt anzunehmen. Der Kreis erfüllte seinen Zweck und diente als unsichtbares Gefängnis.

Blu und Kalens Augen weiteten sich. Er sollte sie festhalten und sie vertreiben, um sie an der Rückkehr zu hindern. Er hielt sie fest, doch das war alles.

Es wurde offensichtlich, warum sie sich dem Zauber ergaben. Sie nutzten seine Magie, um ihre eigene zu wirken. Der Rauch wurde zu große Kreaturen, halb menschliche, halb tierische Mutationen. Sie waren zweibeinig, etwas über zwei Meter groß und hatten Finger, die in Klingen endeten. Ihre Gesichter erinnerten mich an das eines Faultiers, doch hier endeten die Ähnlichkeiten. Sie bewegten sich innerhalb des Kreises mit der Schnelligkeit eines Wandlers, anmutig und raubtierhaft. Funken sprühten, als ihre Klauen die magische Barriere trafen. Ich zuckte bei jedem Schlag zusammen. Magisch mit der Barriere verbunden, war mir nicht bewusst, dass es auch eine physische geben würde. Die Tiere schlugen und krallten um ihr Leben und versuchten, sich aus ihrem Gefängnis zu befreien.

„Du kannst das", ermutigte Blu mich von hinter mir. Doch ich war mir nicht so sicher. Sie setzten ihren Angriff auf den Kreis fort. Da die drei kämpften, herauszukommen, war ich mir nicht sicher, wie lange ich dem Angriff standhalten konnte. Eine Viertelstunde später waren sie immer noch nicht müde. Stattdessen schienen sie eine Strategie zu überlegen. Zwei kamen näher. Ihre Klauen schlugen immer wieder an derselben Stelle zu, während der andere wieder in seine gespenstische Gestalt annahm und versuchte, eine Schwachstelle zu finden. Mein Herz raste. Wir hatten nicht gewusst, dass sie in der Lage sein würden, eine feste Form anzunehmen, während sie vom Zauber eingeschlossen waren – was wussten wir sonst nicht?

„Wenn sie rauskommen, werden sie diese Form beibehalten können?", fragte ich Kalen und Blu.

„Ich weiß nicht. Wir dachten nicht, dass sie diese Form

annehmen können", antwortete Kalen mit Panik in der Stimme, als der Spiritus Mortem seine vorherige körperlose Form annahm. Etwas hatte sich verändert. Hitze strahlte von der Barriere ab, die uns trennte. Zuerst war es gerade warm genug, um unangenehm zu sein, doch je mehr Minuten vergingen, umso schmerzhafter wurde es. Es wurde immer schwieriger, mich darauf zu konzentrieren, die Barriere aufrecht zu halten, und ich war mir sicher, dass genau das das Ziel war.

Schweiß glänzte auf meinem Gesicht, als sie die Barriere weiter aufheizten. Als das nicht funktionierte, begannen sie wieder einlullende Laute von sich zu geben. Sanft und beruhigend, waren sie dem hypnotisierende Klang des Mors, den Harrah geschickt hatte, um mich zu töten, so ähnlich, dass ich mich fragte, ob sie irgendwie verwandt waren.

Hypnotische Klänge ließen mich mit den Bewegungen der Geistergestalten wiegen, und als mir die Augen zufielen, schreckten mich die schrillen, lauten Stimmen von Blu und Gareth auf.

„Das wird immer schwerer", gab ich leise zu.

Gareth trat neben mich, ein Schwert in der Hand. Lucas, immer noch in der Nähe von Savannah, die langsam aufwachte, stand auf und nahm eine Verteidigungsposition ein.

„Dann lass sie raus."

„Ich kann nicht. Nicht so." So schnell sie eine feste Form annehmen und wieder körperlos werden konnten, konnte es keine gute Idee sein, sie freizulassen. Ich vermutete, dass sie verschwinden würden, sobald wir sie gehen ließen, und die Naga würden entweder etwas anderes schicken oder einen Weg finden, den Zauber zu umgehen.

„Du wirst das nicht bis zum Morgen aufrechterhalten können, Livy", sagte Gareth besorgt.

. . .

„Wenn du es bis zum Morgen durchhalten kannst, solltet ihr sicher sein", sagte Blu, und ihre Stimme verriet die Verzweiflung, die ich zu spüren begann.

Es würde schwierig werden, die Barriere bis zum Tagesanbruch zu halten; Ich war erschöpft, und es waren erst zwei Stunden vergangen. Sie würden geschwächt sein, sobald der Tag anbrach, und der Zauber würde sie austreiben und ihre Rückkehr blockieren, was die Beschwörung der Naga im Wesentlichen zunichtemachte. Ich hatte jedoch das Gefühl, dass sie darauf warteten, dass dasselbe mit mir geschah, während ich darauf wartete, dass sie schwächer wurden.

In der vierten Stunde schien es, als hätten sie sich geschlagen gegeben, doch ich fiel nicht darauf herein und blieb wachsam. Mein Kopf schmerzte: Ich hatte alles erlebt, vom Schlagen gegen die Barriere, extreme Hitze und Kälte bis hin zu jedem erdenklichen kognitiven Zauber, der mich dazu bringen sollte, dort zu schlafen, wo sie am stärksten waren.

Als einer der Spiritūs Mortem die Form eines Minotaurus annahm, mit schlankem Körper und Klauen statt Händen, spannte ich mich an. Er atmete und eine kleine Flamme entzündete sich. Wenn er ein Feuer machen würde, würde es niemandem außer ihnen schaden. Ich würde die Hitze spüren, doch das war alles. Blu und Kalen gingen um den Kreis herum und behielten die Kreatur und das mit Rauch gefüllte Gefängnis genau im Auge. Ich körperliche Kreaturen ohne Probleme bekämpfen. Meine Sai waren ihnen gewachsen. Doch das war anspruchsvoller. Ihre Stimmungen vorherzusehen half nicht.

Langsam wich Blu zurück. Die Augen immer noch auf den Spiritus Mortem gerichtet, nahm sie das Salz, das Tannin und das Gebräu, das sie vorbereitet hatte, und kehrte zu ihrem Platz in der Nähe des Kreises zurück.

„Was ist?", fragte ich und hob meinen Blick zu einer sehr besorgten Blu.

„Etwas fühlt sich anders an."

Gareth, der sich gesetzt hatte, stand wieder auf und griff nach dem Schwert. Ich ging zurück, um die Sai aufzuheben, doch bevor ich fest genug zupacken konnte, kam ein Windstoß aus dem Inneren des Kreises und riss eine Öffnung, die groß genug war, dass der Minotaurus ausbrechen konnte. Blu und Kalen reagierten schnell, um den Kreis zu schließen und die anderen beiden drinnen zu halten. Sobald der Kreis wieder geschlossen war, beschwor ich den Zauber erneut und wich den Flammen aus, die der Minotaurus in meine Richtung spie. Gareth schlug nach der Kreatur. Sein erster Schlag traf den Minotaurus in die Brust, der zweite in den Bauch.

Als der dritte Schlag die Kreatur zu Fall brachte und sie entzweischnitt, fragte ich mich, ob die Macht, die der Minotaurus gebraucht hatte, um den Kreis zu durchbrechen, ihn zu schwach gemacht hatte, um seine andere Gestalt anzunehmen. War das ihr letzter verzweifelter Versuch gewesen, Gareth und mich zu erreichen und ihre Aufgabe zu erfüllen?

Obwohl sich der Minotaurus nicht bewegte, streuten Blu und Kalen einen weiteren Kreis und umschlossen ihn mit den anderen. Sobald der Zauber gesprochen war, trat ich zurück und ließ mich auf den Teil des Sofas fallen, der nicht den Flammen des Minotaurus zum Opfer gefallen war.

Es war leichter, den Kreis zu halten, wenn es niemanden gab, der mit aller Kraft versuchte, ihn zu durchbrechen. Als der erste Sonnenstrahl ins Zimmer fiel, rief Blu: „Jetzt."

Ich sprach einen weiteren Zauber, und im Gegensatz zu den anderen Nächten, als sich die Kreaturen in dunklen Rauch verwandelt hatten und aus dem Haus geschossen waren, rollten sie sich jetzt zusammen, wurden heller und pulsierten, während sie vergeblich gegen den Exorzismus kämpften. Augenblicke später folgte ein kreischendes Geräusch, einen Lichtblitz und dann einen leeren Kreis. Sie waren weg. Erschöpft von dem Versuch, auszubrechen, waren die Kreaturen verschwunden.

Nach ihrem Verschwinden warteten wir mehrere Minuten. Die Male auf unseren Armen waren immer noch da, doch sie pulsierten nicht mehr.

„Gareth, wir müssen zurück nach Menta", hauchte ich mit müder Stimme, als ich mich auf die Kissen des Sofas sinken ließ, weil ich ein Nickerchen und mehrere Aspirin brauchte.

„Wir wurden verbannt, erinnerst du dich?", sagte er.

Als ob ich das vergessen könnte. „Wir müssen mit ihr reden. Vielleicht versteht sie es. Wenn wir das Mal entfernen, wird sie einfach etwas anderes tun, bis sie uns für die Nichteinhaltung unseres vermeintlichen Versprechens bestraft hat."

„Was, wenn man nicht vernünftig mit ihr reden kann?"

„Dann suchen wir einen anderen Weg." Wir wussten beide, dass die anderen Wege gewalttätig und blutig waren. Ich wollte gewalttätig und blutig nicht. Ich wollte es mit einem Dialog beenden, einem freundlichen Gespräch, einer gütlichen Lösung.

„Bitte", sagte ich. „Zumindest können wir dann sagen, dass wir es versucht haben. Wenn es nicht hilft, gehen wir es anders an."

Gareth seufzte und warf mir einen Blick zu. Er hielt mich für naiv, und vielleicht war ich das auch, doch die Naga war gekränkt. Sie war eine abgewiesene Frau oder Schlangenfrau oder was auch immer.

Mein Batman arbeitete daran, uns zurück zur Insel zu bringen, während ich auf dem Sofa saß und von Blu, Savannah, Lucas und Kalen beobachtet wurde, die alle nervös waren. Wir waren jedoch nur paranoid, denn wenn sie hätten verschwinden können, nur um wieder aufzutauchen und noch einmal anzugreifen, hätten sie das schon vor Stunden getan.

26

Zwei Tage, nachdem wir den Attentatsversuch durch die Gruppe von Spiritūs Mortem abgewendet hatten, befanden wir uns auf demselben Trawler und ernteten viel schlimmere Blicke vom Kapitän und der Besatzung, als ich erwartet hatte. Ich hatte nicht, dass es einen „Ihr seid Dummköpfe"-Blick gab, doch sie hatten ihn perfektioniert.

Als wir das Schiff verließen, um auf die Insel zu gehen, wiederholte der Kapitän dieselbe Anweisung, die er uns auf dem letzten Ausflug dorthin gegeben hatte. „Wir bleiben bis zum Sonnenuntergang und dann fahren wir ab, mit oder ohne euch." In seinem Ton lag eine Spur von Trauer, Unglauben und Fassungslosigkeit, zumal wir nicht viel über den Grund unserer Reise gesagt hatten. Ich hatte sie gemieden, weil ich einfach nicht mehr von ihren Blicken auf mich ziehen wollte. Mein Stolz war ziemlich verletzt, und ich vermutete, dass Gareth der Plan peinlich war. Wenn ich das nicht seinen ungläubigen Blicken und seinem Kopfschütteln entnommen hätte, hätte ich sicherlich darauf geschlossen, da er mich dauernd fragte, ob ich wirklich glaubte, dass es funktionieren könnte. Ich war mir absolut nicht sicher, dass es funktionieren würde. Es war eine extrem schlechte Idee – das gab ich zu –, doch es gab nicht viele Alternativen. Die Naga konnte genauso unvernünftig sein wie Conner, doch ich klammerte mich an die Vorstellung, dass sie wirklich geweint hatte. Es war kein verletzter Stolz gewesen; sie hatte gelitten. Wir waren die ersten, denen sie eine Einladung ausgesprochen hatte, und wir hatten sie abgelehnt. Sie tanzte wahrscheinlich Stepptanz auf der Grenze zwischen Vernunft und Wahnsinn, doch ich hoffte, dass sie etwas stärker zu ersterem neigte und sie mit sich reden ließ.

„Ihr wurdet angewiesen, niemals zurückzukehren", zischte Dorian, als er uns am Ufer mit einer Herde von neun weiteren Pferdewandlern mit wunderschön schimmerndem, sandfarbenem Haar und einer kaltem, abweisenden Haltung begrüßte. Zu beiden Seiten hielten jeweils zwei Bögen in ihren Händen und genug Pfeile in ihren Köchern, um ernsthaften Schaden anzurichten, die anderen trugen Schwerter. Dorian selbst war unbewaffnet.

Gareths Augen glühten, der Wandlerring um sie herum tanzte vor Wut, als er Dorians Anzeichen von Aggression wahrnahm. Ich trat näher an ihn heran und berührte sanft seinen Rücken mit meiner Hand.

„Wir würden gerne die Naga sehen", erklärte ich Dorian.

„Ihr wurden angewiesen, nicht zurückzukehren", wiederholte er.

Ich habe dich das erste Mal gehört.

Demut gehörte nicht zu meinen Stärken und es kostete mich große Mühe, sie zu zeigen. Dorians verächtliches Grinsen machte es nicht leichter. Als ich sah, wie seine Herde näher kam und ihre Waffen richtete, kostete es mich viel Mühe, nicht meine Sai zu ziehen und zu sehen, wie viele Pferde ich ausschalten konnte, bevor sie einen Schuss abgeben oder einen Schlag landen konnten. Ich atmete langsam und tief durch, inhalierte die blumigen Düfte und die klare Meeresluft und rang mit meinen Gefühlen.

„Wir sind gekommen, um uns zu entschuldigen", gab ich leise zu.

Mit überrascht geweiteten Augen musterte Dorian mich lange und richtete dann seine Aufmerksamkeit auf Gareth. „Ihr seid den ganzen Weg hierhergekommen, um euch zu entschuldigen?", fragte er mit unverhohlener Skepsis.

Du hast dieselbe Entfernung zurückgelegt, um uns zu vergiften.

Ich nickte. „Wir schulden ihr etwas. Wir wurden missverstanden und es hat sie verletzt. Ich möchte das korrigieren."

Sein Blick fiel auf unsere Arme. „Haben eure Male etwas mit dem Sinneswandel zu tun?"

Er war ein Wandler. Ihn anzulügen war sinnlos. „Zu Anfang, aber ich habe einen Weg gefunden, deine Attentäter einzudämmen." Ich lächelte herzlich. „Wie du weißt, haben sie einen Weg gefunden, unsere Strategie zu umgehen – und trotzdem sind wir noch am Leben." *Und das haben wir nicht dir zu verdanken, Arschloch.* „Ich besitze starke Magie und umfangreiche Ressourcen" – ich zeigte mein Handgelenk – „und es ist nur eine Frage der Zeit, bis wir einen Weg finden, sie zu entfernen. Und schlimmstenfalls, falls das nicht funktioniert, könnte ich sie töten. Ich gehe davon aus, wenn der Beschwörer stirbt, verfällt der Auftrag." Seine Augen weiteten sich angesichts meiner Direktheit. „Ich bin nicht hier, um sie zu töten. Ich bin hier, um mich zu entschuldigen, weil ich ihr etwas schuldig bin. Wir schulden ihr eine Entschuldigung", sagte ich und hoffte, dass Gareth nicht dasselbe säuerliche Gesicht machte wie jedes Mal, wenn ich erwähnte, dass wir uns entschuldigen sollten.

Der Blick des Pferdewandlers schweifte langsam über mich, dann über meine Waffen, Gareth und die Messer, die er an Gürtel und an seinem Knöchel trug. Ich bezweifelte, dass er letztere sehen konnte, doch er musste vermuten, dass es mehr gab.

„Gut, dann lasst mich euch begleiten."

Wir gingen nicht auf demselben direkten Weg dorthin;

stattdessen nahm er uns mit auf einen anderen Weg über die kleine Insel, mit Blick auf alles, was sie zu bieten hatte. Kleine Geschäfte, Restaurants und ein großes braunes Gebäude mit cremefarbenen Säulen mit komplizierten goldenen und bordeauxroten Mustern, Latein über der Tür. Ein weiteres Gebäude war fast hinter den anderen versteckt, eine weiße Kuppelform. Aufwändige Säulen schlossen es ein, und wunderschönes, saftig grünes Gras, das so makellos war, dass es magisch gedüngt sein musste, wuchs darum herum. Große Bäume mit unbekannten Früchten standen zwischen den Häusern verstreut, die wir beim ersten Mal verpasst hatten. Oder vielleicht waren sie vorher nicht da gewesen und jemand veranstaltete eine magische Show. Mehr Leute beobachteten uns, als wir uns auf den Weg machten, um die Naga zu sehen. Mit der kleinen Armee bewaffneter Möchtegernzentauren hinter uns sah es aus, als würden wir zu einer Hinrichtung marschieren. Vielleicht taten wir genau das.

Als wir am Ufer ankamen, nickte er uns zu. „Viel Glück." Seine Stimme hatte ihre Schärfe verloren und war samtweich und herzlich, ähnlich wie bei unserem ersten Besuch. Sogar aus seinen Augen war jede Drohung gewichen und sie waren freundlich und funkelten vor Aufrichtigkeit. Hatte sich seine Stimmung geändert, weil er wusste, dass es das Ende war, oder weil er den Grund für unsere Reise kannte?

Glocken klangen, als wir uns auf den Weg zur Insel machten. Wieder einmal waren unsere Kleider trocken, als wir aus dem Wasser auftauchten. Die Schlangenfrau schlängelte nur wenige Meter entfernt herum. Sie hatte immer noch keine Kleidung gefunden, die ihren Oberkörper bedeckte. Beim letzten Besuch waren ihre Bewegungen sanft, rhythmisch und geschmeidig gewesen; jetzt waren sie scharf und aggressiv, als ihre Augen zwischen runden menschlichen Pupillen und vertikalen Schlitzen hin und her wechselten.

„Ihr seid zurückgekehrt", sagte sie, während ihre Schlangenzunge aus ihrem Mund schoss und die Luft schmeckte. Ihr Schwanz zuckte mit derselben Feindseligkeit wie ihre Bewegungen.

„Stopp", befahl ich streng.

Sie zuckte zurück und starrte mich an, als hätte ich sie geschlagen. „Stopp?" Sie zischte buchstäblich, als ihre gespaltene Zunge herausschoss.

„Ja, Stopp. Auf der Stelle. Wir sind gekommen, um uns zu entschuldigen, doch wenn du dich weiter so verhältst, gehen wir." Sie stand stramm und wirkte verwirrt, und ich war mir nicht sicher, was der Grund war: mein Befehl, sich zu beruhigen, oder der Grund für unseren Besuch.

„Entschuldigen?", flüsterte sie und wiegte mit ihrem Körper zwischen uns hin und her, ihre Augen ganz menschlich genau wie ihrer Zunge, die sie während des Sprechens wandelte und dadurch ihre Worte verstümmelte.

Als er die Veränderung in ihrem Verhalten spürte, schien Gareth plötzlich auch davon überzeugt zu sein, dass es eine gute Idee war. „Ja", mischte er sich ein. „Wir schulden dir etwas."

„Ich wollte höflich sein, als ich zu dir gesagt habe, dass ich bleiben würde, wenn meine Freundin nicht wäre. Ich war nicht ehrlich, und das tut mir leid. Die Insel ist wunderschön, doch ich möchte bei meiner Freundin sein, und wir können nicht hierbleiben."

Ihre Augen wurden traurig und glänzten vor unvergossenen Tränen. Wenn sie wieder anfangen würde zu jammern, würden wir es auf keinen Fall hier weg schaffen.

„Kannst du dich ganz in einen Menschen verwandeln?", fragte Gareth.

Sie nickte und kam der Bitte schnell nach. Augenblicke später stand sie als Frau vor uns –als nackte Frau, unbeschämt von ihrer Nacktheit. Als ich meinen Blick abwandte, kam sie näher an uns heran.

„Wir können hier nicht bleiben", begann Gareth. „Aber du

kannst mit uns kommen", fügte er schnell hinzu, als Tränen in ihre Augen stiegen. Zurückweisung vertrug sie wirklich nicht gut.

„Ich kann nicht gehen", sagte sie leise. "Das ist mein Zuhause."

„Aber du willst, dass wir unser Zuhause verlassen, um hier bei dir zu sein", fügte ich hinzu und hielt meine Stimme ruhig, in der Hoffnung, dass sie die Doppelmoral ihrer Bitte sehen würde. Sie ließ den Blick über die Insel schweifen. Ich nahm an, dass sie das blaugrüne Meer, den blassgoldenen Sand, die Obstbäume, die Palmen, die sie vor der Sonne schützten, und ein paar Häuser auf der kleinen Insel betrachtete, die von dort, wo wir standen, leer aussahen. Weiter hinten war ein mattgraues Haus, das mich an einen überdimensionierten Bungalow erinnerte.

„Es ist wunderschön hier, aber es ist nicht unser Zuhause", erklärte ich und beobachtete, wie die Erkenntnis über ihr Gesicht huschte. Ihr schwaches Lächeln verschwand. „Wir werden zweimal im Jahr wiederkommen und dich besuchen", versprach ich und hoffte, dass das Angebot ausreichen würde, um sie zufriedenzustellen. Um die zu Unrecht wahrgenommene Abweisung zu korrigieren und sie dazu zu bringen, die Male ohne Zwischenfälle zu entfernen. Ich behielt sie und die Umgebung im Auge und suchte nach irgendetwas Unerwarteten. Ich traute der Insel und ihren Bewohnern immer noch nicht.

Ich griff in meine Tasche und holte ein Armband heraus. Gefasste Topase glitzerten im Licht. Es sah teurer aus als es war. Mich hatte es nichts gekostet; Kalen hatte es mir als Geschenk für sie gegeben. Ihre Augen blitzten vor Begeisterung. Sie kam näher, streckte mir ihr Handgelenk entgegen und freute sich, als ich das Armband darum legte. Sie hielt ihren Arm ausgestreckt und bewunderte das Geschenk.

„Das gehört mir", sagte ich ihr. „Wenn ich zurückkomme, tauschen wir es gegen etwas anderes aus."

Ihr Lächeln wurde breiter, als sie die Gabe bewunderte. „Es ist so schön wie du."

Okay, ich wurde schon mit Schlimmerem verglichen.

Die Augen der Naga huschten in Gareths Richtung und hielten seinem Blick erwartungsvoll stand. „Deine Gabe?" Er schluckte, und ich wusste, dass er unser Gespräch auf dem Weg zum Flugzeug in seinem Kopf hören musste, als ich ihn gedrängt hatte, etwas mitzubringen.

Gerade als er ihr sagen wollte, dass er nichts hatte, drehte ich mich um und fing an, ihm seine Uhr abzunehmen. „Die ist etwas ganz Besonderes für ihn. Er bietet sie dir als Gegenleistung für dein Vertrauen an, dass wir zurückkommen werden." Ich legte ihr die Platinuhr in die Hand, und sie bewunderte sie, während ihr Interesse zwischen den beiden Geschenken hin und her wanderte.

„Ihr werdet zurückkommen." Es war keine Frage, sondern eine Feststellung, die sie mit wehmütiger Glückseligkeit wiederholte. Ein breites Lächeln hatte sich in ihrem Gesicht festgesetzt, und es schien unmöglich, dass jemand mit solch einer kindlichen Freude so gnadenlose Kreaturen wie Spiritūs Mortem – oder drei – heraufbeschwören konnte.

Nachdem sie Gareths Uhr an ihrem anderen Handgelenk befestigt hatte, betrachtete sie sie noch einmal. Sie kam mit der gleichen Geschmeidigkeit wie als Schlange noch näher an uns heran und sah zufrieden aus. Sie ergriff uns beide bei den Handgelenken und erinnerte sich daran, dass wir zurückkehren würden. Ich nahm an, dass sie es tat, um uns daran zu erinnern.

„Ich würde gerne sagen, dass es nicht wehtun wird, doch das kann ich nicht." Sie runzelte die Stirn. Ihre geschlitzten Schlangenaugen kehrten zurück, leuchtend grün, und sie flüsterte eine Beschwörung, die ich mir einprägte, für den Fall, dass ich sie jemals benutzen musste. Magie überflutete mich. Ich war mir nicht sicher, was Gareth empfand, doch der Schmerz war offensichtlich, als wir unsere Zähne zusammenbissen. Es fühlte sich an, als würde sie die Male mit einem stumpfen Messer ausgraben. Mehrere Minuten lang stand ich vor ihr, mein Körper von Schmerz gepackt, bis sie unsere Arme losließ, die jetzt keine Male mehr trugen.

„Wir sehen uns wieder." Damit drehte sie sich um und bewunderte erneut ihre Geschenke, bevor sie ihre Schlangenform annahm und davonglitt.

„Das war eine Zwanzigtausend-Dollar-Uhr, die du ihr gerade geschenkt hast!"

Ich schmunzelte. „Oh, du solltest dich schrecklich fühlen … nicht, weil ich ihr deine Uhr gegeben habe, sondern weil du bereit bist einen derart obszönen Geldbetrag für eine Uhr zu zahlen. Apple hat auch eine Uhr, weißt du? Sie kostet viel weniger als das und leistet mehr."

Gareth funkelte mich an, doch unser Gespräch wurde unterbrochen. Eine warme, wohlklingende Stimme hallte durch die Luft, sanft und süß. Dorians finsterer Blick war einem Lächeln gewichen. „Sie ist glücklich."

Nickend blickte ich in die Richtung, in die sie verschwunden war. Ich konnte sie nicht sehen. „Ich glaube nicht, dass sie ganz da ist, aber ich habe lieber einen glücklichen Psychopathen als jemanden, der sich wegen einer eingebildeten Kränkung rächen will."

Ich lächelte. Auf Gareths neugierig hochgezogene Augenbraue hin sagte ich: „Ich hatte es mit zwei möglichen arroganten Psychopathen zu tun; diese Begegnung endete nicht mit einer Enthauptung und einer verbrannten Leiche." Nenn mich Weichei oder naiv, aber ich war mehr als froh, dass es so ausgegangen war.

Dorian und seine Pseudozentauren-Herde begleiteten uns ans Ufer. In einer choreografierten, fließenden Bewegung verbeugten sie sich alle in unsere Richtung. Gareth und ich sahen uns an, zuckten mit den Achseln und erwiderten die Geste. Ich nahm an, es war die Entschuldigung des Pferdewandlers dafür, dass er versucht hatte, uns zu vergasen, uns zu markieren und von der Insel zu verbannen. Vielleicht waren es all die Dinge, die sie getan hatten und jetzt fühlten sie sich ein wenig schuldig. Es war mir egal. Ich nahm Gareths Hand und wir gingen zum Boot.

Noch befriedigender war es, die geschockten Gesichter der Besatzung bei unserer Rückkehr zu sehen.

„Wir haben definitiv nicht damit gerechnet, euch wiederzusehen!" gab der Kapitän mit großen Augen zu.

Danke für das Vertrauen.

27

Victors professionelle Miene machte deutlich, dass es sich um ein geschäftliches Treffen handelte. Trotz dieser Annahme wollte Savannah, die immer noch einen Groll gegen ihn hegte, nicht, dass ich ging. Ich machte ihr keinen Vorwurf daraus. Seine Einladung war nicht gerade gastfreundlich. Es hatte sich eher wie ein Befehl angehört, als er mich drei Tage nach unserer zweiten Rückkehr von Menta gebeten hatte, ihn in Chauncy zu treffen, einem Restaurant ein paar Blocks vom Gebäude der Gilde der Übernatürlichen entfernt.

Er nippte an einem Eistee und schob die Speisekarte in meine Richtung, sobald ich Platz genommen hatte. Ich warf einen Blick darauf, um zu sehen, ob sie neue Speisen hinzugefügt hatten, bevor ich das Übliche bestellte. Chauncy war eine Kette; Ich hatte schon öfter dort gegessen, als ich zählen konnte. Typisch amerikanisches Essen, also bestellte ich zwei Cheeseburger, Fritten, Buffalo Wings, eine Beilagenportion frittierte Zwiebelringe und einen Salat mit extra Käse – ich musste mein Gemüse haben.

Ich schmunzelte angesichts Victors überraschten und verstörten Blick und sagte: „Sie zahlen, oder?"

„Selbstverständlich. Es ist ein Geschäftsessen."

Ist es das? Du meinst, du siehst normalerweise nicht so aus, als hättest du einen Stock im Arsch?

Das tat er. Professionell stoisch, beobachtete er mich einige Augenblicke lang und sah sich regelmäßig im Raum um, bevor er seine volle Aufmerksamkeit auf mich richtete. „Es sind nicht viele Legacy zu uns gekommen. Gareth vermutet, dass die meisten Regierungsbeamten wahrscheinlich immer noch nicht vertrauen."

„Ich bin mir nicht sicher, ob es das ist. Es sind nicht so viele, wie Sie vielleicht vermutet haben. Stellen Sie sich vor, wie viele Tracker uns gejagt und getötet haben; diejenigen, die unentdeckt geblieben sind, hatten deshalb wahrscheinlich Angst, sich fortzupflanzen."

Victor grunzte angewidert und trank einen weiteren Schluck, bevor er anfing, mit den Fingern auf den Tisch zu trommeln. Ich vermutete, dass er warten wollte, bis unser Essen kam, doch das musste er definitiv nicht. Ich neigte dazu, abgelenkt zu sein, wenn frittierte Köstlichkeiten vor mir lagen.

„Worüber wollen Sie sprechen?"

Er beugte sich vor und warf mir einen weiteren abschätzenden Blick zu. „Ich möchte, dass Sie erwägen, für das FSR zu arbeiten."

Überrascht schloss ich meinen Mund. „Was?"

„Sie sind talentiert, klug und geschickt. Abgesehen von den altklugen Bemerkungen und Ihrer Bissigkeit, die das Training sicher beheben wird, wären Sie eine großartige Ergänzung für unser Team."

„Ich …was …ich…" Ich stammelte nie, doch ich war wirklich geschockt über sein Angebot. Meine Gedanken liefen auf Hochtouren, dachten über die Ausbildung nach, Savannah verlassen zu müssen, meinen Job zu kündigen und weg von – Ich wollte diesen Gedanken nicht denken, doch er schlüpfte mir trotzdem durch den Kopf. Gareth. Ich wollte nicht von ihm weg sein. Kalen und Savannah waren große Teile meines Lebens und ich wusste, dass ich sie vermissen würde, wenn ich jemals gehen müsste. Gareth war anders. Ich empfand anders für ihn. Zu erkennen, wie viel ich für ihn empfand, erschreckte mich.

„Ich weiß nicht, was ich sagen soll", gab ich zu. „Das ist ein großartiges Angebot."

„Technisch gesehen ist es ein Vorschlag. Sie müssten eine Ausbildung absolvieren und die Prüfung bestehen, doch ich denke nicht, dass das ein Problem ist. Ich glaube, meine Empfehlung wird zu Ihren Gunsten arbeiten." Er schwieg mehrere Minuten lang und sah aus, als würde er über etwas nachdenken. Seine Stimme wurde angespannter, als er fort-fuhr: „Gareth möchte, dass Sie für die Gilde der Übernatürli-chen arbeiten. Er hat diese Idee der Ethikkommission und mir vorgetragen."

Sie hatten eine Ethikkommission? Die Justiz sollte blind sein, doch die Gilde der Übernatürlichen drückte bei vielem ein Auge zu. War dieses Komitee im Urlaub gewesen, als Harrah gearbeitet hatte? Es war absolut unmöglich, dass die Dinge, die Harrah in ihrer Karriere getan hatte, von einer Ethikkommission gutgeheißen worden waren.

Als er das Interesse in meiner Stimme bemerkte, als ich sagte „Wirklich?", runzelte Viktor die Stirn. „Ich habe ihm davon abgeraten, und der Ethikkommission hat die Idee auch nicht gefallen. Ihre persönliche Beziehung bringt die Agentur und ihn in eine kompromittierende Position. Ich denke, die Gilde der Übernatürlichen hat mehr Vorurteile gegenüber Legacy als wir."

Das bezweifelte ich stark. Sie hatten alle ihre Vorurteile. Ich bezweifelte, dass das über Nacht enden würde. Wandler mochten mich nicht, weil ich Magie gegen sie einsetzen konnte. Andere aufgrund der Geschichte der Legacy. Ich war nicht naiv genug, etwas anderes zu erwarten.

Die Arbeit mit Gareth hatte mein Interesse geweckt und

machte die Idee, ein Agent des Federal Supernatural Reinforcement zu werden, weniger attraktiv, was Victor offensichtlich spürte. „Sie werden nicht für die Gilde der Übernatürlichen arbeiten können", erklärte er. Sein Wandlerring glitzerte – er war irritiert. Vielleicht konnte er sich nicht vorstellen, dass irgendjemand die Gelegenheit ausschlagen würde, für das FSR zu arbeiten – was ich nicht getan hatte.

„Er hat den Magier gefeuert, der Sie immer wieder beleidigt hat, als wir Sie festgenommen haben."

Ich bemühte mich die Überraschung nicht zu zeigen und kontrollierte meine Stimme, als ich antwortete. „Wirklich?"

„Wirklich. Und wegen des Ungehorsams des Magiers hatte er jedes Recht dazu, doch Gareths Reaktion darauf war unangemessen. Und seinem Ruf nach auch untypisch. Ihretwegen hat er so reagiert. So führt man keine Agentur. Selbst wenn es ethisch nicht schlecht beraten wäre, Sie einzustellen, wäre es eine schlechte Entscheidung, egal, wie sehr Sie sich als Bereicherung erweisen würden."

Die Erwähnung des Magiers ließ mich noch einmal erleben, wie Victor mich als Köder benutzt hatte. Wollte ich für jemanden arbeiten, der das getan hatte? Könnte ich für diese Chance darüber hinwegsehen? „Wann muss ich mich entscheiden?"

Er zuckte mit den Schultern. „Ich würde bis nächste Woche gerne etwas wissen."

Ich nickte. Er winkte nach dem Kellner und bat um die Rechnung. Schmunzelnd sagte er: „Keine Sorge, das Essen kommt noch und geht auf mich. Das gibt Ihnen ein bisschen Zeit, darüber nachzudenken. Livy, Ihre Talente müssen für mehr eingesetzt werden, als Dachböden aufzuräumen und Schnickschnack zu verkaufen."

„Beim Durchgehen dieses Schnickschnacks haben wir viele illegale magische Objekte gefunden, von denen einige der Gilde der Übernatürlichen und dem FSR eine große Hilfe waren und noch sein werden", betonte ich.

Er nickte.

Meine Lippen verzogen sich zu einem Lächeln und ich konnte mir das Grinsen und Augenrollen vorstellen, das Kalen mir zuwerfen würde als Reaktion auf die Neuigkeiten über Victors Angebot und dass Gareth Victor nach seiner Meinung gefragt hatte, ob ich für die Gilde der Übernatürlichen arbeiten sollte. „Wo soll ich nur einen karohemdtragenden Morgenmuffel finden, der es schafft, auf einem Niveau mürrisch und bissig zu sein, das manche als Kunst bezeichnen würden? Meinst du, ich könnte vielleicht mit jemandem zusammenarbeiten, der mich nicht täglich mit seiner Garderobe visuell beleidigt?", neckte er mit gespielter Verzweiflung.

„Vielleicht kannst du Blu einstellen und ihr zwei könnt den Tag damit verbringen, zu posieren und den Flur entlang zu staksen, als wäre es ein Laufsteg", schoss ich zurück.

„Da ist sie ja", witzelte er. Dann folgte ein langes, bedrücktes Schweigen. „Ich werde dich unterstützen, wofür auch immer du dich entscheiden wirst. Du verdienst es wirklich, glücklich zu sein."

„Ich war glücklich dabei, das weißt du hoffentlich."

„Ich weiß, aber ich will mehr für dich. Und das ist mehr."

Ich atmete erleichtert auf und konnte nicht glauben, dass ich mir Sorgen gemacht hatte, dass er verärgert sein würde. Das war er nicht – er wollte das Beste für mich. Ich legte auf und fühlte mich leichter, als ich Gareths Auffahrt hinaufging. Er wartete mit einem wissenden Grinsen an der Tür auf mich. Er wusste von dem Treffen. Ich fragte mich, ob Victor ihn um seinen Segen gebeten hatte. Das bezweifelte ich stark.

Gareth zog mich an sich und küsste mich, bevor ich ins Haus gehen konnte. „Du siehst besorgt aus, was ist los?"

Ich schüttelte den Kopf.

Er stöhnte. „Du wirst mich zwingen, das Vitalwertespiel zu spielen und dir zu sagen, dass ich alle Veränderungen sehen und nutzen kann, um festzustellen, ob du lügst, nicht wahr? Vielleicht sollte ich Karten drucken lassen und sie dir jedes Mal geben, wenn du eine Erinnerung daran brauchst", feixte er. Er schob sich näher an mich heran und legte seine Hand auf meine Hüfte. „Was ist los?"

„Mir wurde heute ein Job angeboten."

„Das weiß ich. Was willst du tun?"

Ich zuckte mit den Schultern und starrte ihn an. Ich wollte nicht – es würde die Flammen seiner Arroganz nur anfachen –, doch es war nicht zu leugnen, dass er nett anzusehen war. „Es hängt davon ab."

„Wovon?"

„Ob es eine Möglichkeit gibt, für die Gilde der Übernatürlichen zu arbeiten. Ich will nicht weg. Das ist mein Zuhause, und ich will hier bei Savannah und Kalen sein ..." Ich ließ meine Worte verklingen, bevor ich leise seinen Namen sagte.

„Und bei mir? Hast du das gesagt?" Er hob die Hand an sein Ohr, um mich besser zu hören, als ob das nötig wäre. Eine Nadel könnte in einem anderen Raum fallen und er würde es hören und anhand des Geruchs sagen, wer sie fallengelassen hat.

„Ja, und bei dir", gab ich leise zu. *Du machst es mir nicht leicht, oder?*

Sein Lächeln verschwand, als er seine Gedanken nachhing. Schließlich sah er an mir vorbei zur Tür. Während ich ihn aufmerksam beobachtete, fragte ich mich, ob er die gleiche Pro- und Contra-Liste hatte wie ich. Meine Liste war nicht sehr lang. Victor hatte recht, ich war gut, aber ich hasste Politik. Machte ich mir was vor. Würde jemand wie ich in der Strafverfolgung bestehen, auf Stadt- *oder* Bundesebene? Der größte Vorteil wäre eine größere Sichtbarkeit als

Legacy; diejenigen, die sich nicht outen wollten, könnten durch meine Rolle ermutigt werden. Ich würde in der Öffentlichkeit stehen, doch nachdem ich als Gesicht der Legacy vorgestellt worden war und angesichts meines Partners, hatte ich mich schon daran gewöhnt.

„Meinst du, ich sollte mich für die FSR-Stelle bewerben?"

Er schüttelte den Kopf. „Nein, ich habe gesagt, dass ich mir bewusst bin, dass ich voreingenommen bin. Wenn ich das weiß, werde ich vorsichtiger sein. Die Ethikkommission hat nicht gesagt, dass du für uns arbeiten kannst. Sie haben gesagt, es sei keine gute Idee. Ich bin anderer Meinung. Du wärst eine Bereicherung für die Gilde, und wenn ich dafür zurücktreten muss, werde ich das tun. Wenn du eine Stelle bei uns annimmst, würde ich die notwendigen Vorkehrungen treffen, um dir *keine* Sonderbehandlung zukommen zu lassen." Er lächelte mich an und fügte hinzu: „Manche könnten vielleicht sagen, dass ich unfair hart zu dir bin."

„Ich würde nichts anderes erwarten. Du hast deinen eigenen Neffen von der Polizei anhalten lassen. Du bist zu allem fähig."

„Er hat mein Auto gestohlen", erinnerte Gareth mich.

„Ich habe gehört, er habe es sich ausgeliehen und du hast überreagiert."

„Ich möchte nichts mehr, als dass du hier arbeitest." Er kam näher und küsste mich.

„Das möchte ich auch."

„Gut, dann geh morgen online und füll' die Bewerbung aus." Er ging zum Sofa und setzte sich. „Was wirst du Savannah sagen?"

Ich zuckte mit den Schultern. „Ich habe nicht die Absicht, es ihr zu sagen; Du wirst derjenige sein, der sich mit ihren spontanen Besuchen auseinandersetzen muss, wenn sie nach mir … nach uns sehen will. Das dürfte Spaß machen."

Er verdrehte die Augen und schnaubte: „So viel Spaß." Bilder von Savannah, die mit ihrer Missionstasche im

Gebäude der Gilde der Übernatürlichen auftauchte und verlangte, in gefährlichen Situationen zu helfen, um sicher zu sein, dass mir nichts passierte, blitzten in meinem Kopf auf. Ich fragte mich, wie lange es dauern würde, bis sie sich auch bewerben würde. Der Gedanke an Savannah mit einem Abzeichen brachte ein Lächeln auf meine Lippen. Ein Hauch von einem Lächeln zupfte auch an Gareths Lippen, und ich war mir sicher, dass er wahrscheinlich ein ähnliches Bild sah.

Er entspannte sich und fragte: „Wer wird sich um die Stelle bewerben, Anya oder Olivia?"

Das war eine gute Frage. Ich war die meiste Zeit meines Erwachsenenlebens Olivia gewesen; das war meine Identität, die Frau, die ich geworden war. Ich hatte mir meine Beulen und Prellungen, meine Kriegswunden und Lektionen als Olivia verdient. Anya Kismet war mein Anfang, Olivia war mein Ende.

„Ich bin Olivia Michaels – Livy – und ich bin ein Legacy", sagte ich ernst und ohne jede Spur von Sorge oder Angst.

Es war ein gutes Gefühl.